SIRIUS

Du même auteur au Rouergue

Souviens-toi de la lune, 2010, roman doado noir
Le cœur des louves, 2013, roman doado
Chat par-ci/Chat par-là, 2014, roman boomerang
La langue des bêtes, 2015, roman doado

Illustration de couverture : © **Patrick Connan**
Graphisme de couverture : **Olivier Douzou**

www.lerouergue.com

épik

Stéphane Servant

SIRIUS

rouergue

69.

– Des *zoiseaux* ?

– Non, Kid, répondit la jeune fille, ce ne sont pas des oiseaux.

Le petit tenait son nez levé vers la nuit qui étendait son immense couverture au-dessus de ce coin du monde. La cabane était perchée tout en haut du chêne, à une dizaine de mètres du sol. Avril et Kid étaient allongés sur la plate-forme qui formait une terrasse à l'aplomb du vide, si bien qu'on aurait pu croire qu'eux aussi étaient suspendus au milieu du ciel.

– Ce sont des étoiles filantes.

Au-dessus d'eux, tout autour d'eux, par-delà la ramure du chêne, la nuit était comme poudrée d'or, rayée par les traînées lumineuses de toutes ces comètes qui s'en allaient mourir de l'autre côté du monde. Avril n'en avait jamais vu autant. Depuis quelque temps, les nuits étaient presque plus lumineuses que les jours. Comme si un animal énorme lacérait le ciel à grands coups de griffes.

– T'es sûre ? C'est pas des zoiseaux ?

– Non, je te l'ai déjà dit, répondit patiemment Avril. Les oiseaux, ça avait des ailes. C'était vivant. Là, ce sont des étoiles. Des bouts d'étoiles. Des gros cailloux qui tombent. Ce que tu vois, ce sont les derniers moments de ces étoiles.

Avril était fatiguée, aussi elle n'eut pas le courage d'expliquer à Kid comment les débris de roche s'enflammaient en rentrant dans l'atmosphère. Comment ils se désintégraient et se transformaient en poussière et comment cette poussière retombait ensuite sur notre monde. Cette même poussière dans laquelle leurs pas laissaient des traces nettes. Cette même poussière qui poudrait leurs cheveux, sans doute en ce moment même sans qu'ils n'en sachent rien.

– C'est des *zétoilfilantes*, répéta Kid en hochant la tête. Des zétoilfilantes ! C'est beau, hein ?

– Oui, Kid, c'est beau, approuva Avril.

Kid ne dit rien pendant un moment. Le chêne gigantesque tanguait mollement. Au-dessus, il y avait tant de rayures mordorées que la nuit ressemblait à une broderie orientale ou à une toile de ce peintre à l'oreille coupée dont Avril avait oublié le nom. Les étoiles semblaient toutes filer vers l'est. Et, curieusement, le ciel dans cette direction était beaucoup plus sombre. C'était magnifique. Vraiment magnifique, et tout aussi terrifiant.

– Dis, Avril, pourquoi elles filent, les zétoiles ? demanda Kid en tournant son regard vers la jeune fille. Elles jouent à *casse-casse* ?

– Non, elles ne jouent pas à cache-cache, elles filent, c'est tout. Kid se gratta le bout du nez.

– Elles ont peur, alors ?

Avril caressa la joue sale de l'enfant.

– Ne t'en fais pas, Kid, rien ne peut effrayer les étoiles.

Les yeux du gamin brillaient dans l'obscurité, pareils aux étoiles enflammées là-haut.

Kid lui sourit. Un petit sourire un peu forcé. Avril voyait bien que son explication n'était pas suffisante. Elle voyait bien ce que Kid se disait dans sa petite tête d'enfant : À quoi bon filer quand rien ne nous menace ? Si on se trouve bien quelque part, pourquoi ne pas y rester ? Kid en était persuadé : si les étoiles se ruaient à l'autre bout du ciel, c'est qu'elles étaient en danger, sans doute poursuivies par quelqu'un ou quelque chose. Avril essaya d'imaginer à quoi pourrait ressembler une telle créature. Est-ce qu'il y avait là-haut un Dieu si furieux qu'il faisait fuir jusqu'aux étoiles ? Est-ce qu'il y avait autre chose dans le ciel que l'ombre portée de l'homme, la faim d'un ogre jamais rassasié ?

Avril caressa une nouvelle fois la joue du gamin.

– Ne t'en fais pas, frérot, on regardera demain dans le Livre de Madame Mô, tu veux ?

Kid hocha la tête lentement.

– D'accord, Avril.

Et il vint se blottir contre la jeune fille.

Ils restèrent ainsi pendant un long moment, allongés sur les lames de bois de la terrasse, suspendus à une hauteur vertigineuse, à regarder les étoiles mortes embraser le ciel. Une dizaine de mètres plus bas, les pins bruissaient dans la nuit. Tout semblait calme et tranquille.

– Tu sais, murmura Avril, avant, on disait qu'il fallait faire un vœu quand on voyait une étoile filante.

– C'est quoi, un vœu ?

– C'est quelque chose que tu souhaites très fort dans ton cœur.

Kid leva les yeux vers Avril. Les contours de son visage anguleux étaient éclairés par les zébrures du ciel. Il semblait poudré d'or lui aussi.

– Alors j'ai plein de vœux dans le cœur, dit Kid.

– Oui ? Qu'est-ce que tu voudrais faire comme vœu ?

Kid réfléchit intensément.

– D'abord, avoir de bonnes choses à manger. De très bonnes choses. Des beignets de pois chiches. Des tas. Et puis… et puis voir un zoiseau, un vrai.

Le gamin essayait de compter sur ses doigts comme Avril le lui avait montré mais il s'embrouillait. Finalement, il abandonna et battit des mains.

– Et puis que Sirius, il arrive très vite. Comme ça, on ira à la Montagne. Et on retrouvera Pa et Ma.

Avril lui ébouriffa les cheveux sans rien dire.

– Mais tu sais, le vœu plus important de tous ? ajouta le gamin.

Avril lui sourit.

– Non, dis-moi.

– C'est qu'on reste toujours ensemble, sœurette.

Elle le prit dans ses bras. Ils levèrent ensemble leurs regards vers la broderie effilochée du ciel et prononcèrent leur vœu en même temps.

– C'est d'accord, Kid.

– Tu crois qu'elles ont entendu les zétoiles ?

– Oui, les étoiles entendent tout.

Le gamin s'endormit peu après et Avril le transporta à l'intérieur jusqu'à sa paillasse de fougères sèches. Il était si léger, ce petit corps entre ses bras.

Elle écouta sa respiration paisible et elle espéra qu'ils n'auraient jamais à quitter cet endroit. Kid n'en savait rien mais le monde au-delà de la forêt n'avait plus rien à voir avec les jolies photographies en couleur du Livre de Madame Mô. C'était un endroit désolé où ne brillaient que des étoiles noires.

68.

Au matin, Avril fut réveillée par un tremblement de terre qui fit vaciller la haute cime du chêne. La cabane frissonna et gémit.

La jeune fille se leva, attentive aux répliques qui ne manqueraient pas de suivre. Elle s'avança au milieu de la cabane, scrutant les tremblements de l'Arbre.

Sur sa paillasse, Kid se retourna en grognant et il enfouit sa tête sous la couverture élimée.

Une nouvelle secousse agita les feuilles du chêne.

On entendit un grondement.

Comme Avril levait la tête, il y eut un grand craquement et, soudain, une dizaine de planches vermoulues du toit se fendirent et cédèrent. Un déluge de feuilles, de poussière et de sciure s'abattit sur les épaules de la jeune fille.

En toussant, Avril sortit sur la plate-forme devant la cabane.

Elle se pencha au-dessus d'une cuvette remplie d'eau de pluie et se débarbouilla le visage. Elle se redressa, inspira profondément l'air frais et humide du petit matin. Au pied de l'Arbre, très loin en dessous, la forêt était enrubannée de brume, toute grondante de l'écho inquiétant des arbres morts déracinés par la secousse. Avril guetta le tintement des boîtes de conserve mais seuls les arbres gémissaient.

La jeune fille déroula l'échelle de corde et elle descendit jusqu'aux branches maîtresses du chêne. Elle ausculta l'écorce, à la recherche de fissures. Mais non, l'Arbre était sain. Bien vivant. Il ne s'effondrerait pas de sitôt.

Elle avait trouvé la cabane cinq ans auparavant, alors que Kid n'était encore qu'un tout petit enfant. Elle était sur les routes depuis bientôt six mois quand elle avait aperçu cet arbre magnifique, immense, qui lançait ses branches vers le ciel. Elle avait suivi sa direction à travers la forêt, comme elle aurait suivi une boussole. Elle avait vu l'échelle de corde déroulée qui reposait contre le tronc. Elle avait grimpé et, là-haut, elle avait découvert la cabane. L'endroit débordait alors de provisions en tout genre : bonbonnes d'eau, boîtes de conserve, nourriture déshydratée. Tout était propre et net. Il y avait une table, des chaises, des ustensiles de cuisine, des outils, deux paillasses faites de fougères sèches. L'endroit était parfait. Elle s'attendait à ce que les propriétaires fassent leur apparition mais personne ne s'était montré, ni ce jour-là ni les suivants. Elle s'était installée là avec Kid et c'était le meilleur refuge qu'elle ait jamais trouvé. Ici, dans l'Arbre, au milieu de la forêt, loin de tout, elle se sentait en sécurité.

Avril remonta jusqu'à la plate-forme.

Kid était assis là, emmitouflé dans sa couverture. Il se frottait les yeux. Un coin de ciel bleu apparaissait à travers le toit. L'enfant montra le tas de feuilles au milieu de la pièce.

– T'as vu, il a plu des feuilles dans la cabane cette nuit. Je savais pas qu'le ciel il avait des feuilles.

Avril lui ébouriffa les cheveux.

– Il va falloir réparer le toit, dit-elle.

Elle se mit à balayer le plancher.

– Ça veut dire qu'on va aller en bas ? Tous les deux ?

La jeune fille hocha la tête.

Les yeux de Kid s'agrandirent de plaisir.

– Oh, ça c'est chouette !

Elle fit bouillir de l'eau pour le thé puis ils partagèrent une barre énergétique qu'ils mâchonnèrent sans conviction. Les rations s'amenuisaient. Le coffre était presque vide. Cela faisait bien longtemps qu'ils avaient épuisé le stock de nourriture qu'elle avait trouvé à son arrivée. Avril ne s'était pas vraiment montrée économe et plus l'enfant grandissait, plus son appétit devenait insatiable. Il y a deux ans, elle avait dû aller dans la forêt à la recherche d'une Capsule de survie. Par chance, grâce au signal sonore qu'elle émettait encore, elle en avait déniché une à moins d'un jour de marche. Elle partageait son contenu avec Madame Mô, une vieille femme à moitié aveugle qui vivait de l'autre côté de la forêt. Elle s'y rendait avec Kid une fois par mois et ils en rapportaient des sacs à dos remplis de provisions qu'ils entreposaient dans un grand coffre. La dernière fois qu'Avril avait regardé à l'intérieur, celui-ci lui avait semblé beaucoup plus plein. Elle soupçonnait Kid de s'être servi en secret mais elle n'avait rien dit.

Quand ils eurent fini de déjeuner, Avril fourra une scie et une hache dans son sac à dos. Elle glissa le couteau à sa ceinture. Kid bondissait à travers la pièce en chantonnant joyeusement. Ils déroulèrent l'échelle de corde et Kid entreprit la descente.

Ils progressèrent prudemment dans une brume épaisse et collante, pareille à une gigantesque toile d'araignée. Dans la forêt, au ras du sol, l'air était froid, humide, chargé d'odeurs lourdes. Partout autour d'eux, les arbres morts gémissaient. Appuyés les uns contre les autres, ils ressemblaient à des hommes ivres sur le point de s'effondrer. Ils marchèrent en silence, traversèrent des murs de ronces desséchées, des chaos d'arbustes entrelacés. Mis à part les craquements lugubres des arbres, tout était calme. C'était incroyable de penser qu'un jour la forêt avait bruissé de chants d'oiseaux, de cris de bêtes. Avril s'en souvenait très bien : la vie était bruyante. Les oiseaux, les insectes, les plantes, la moindre chose vivante avait son propre son, sa petite musique. Même au plus profond des bois, jamais cette musique ne cessait. Depuis que la vie s'était tue, le monde n'était que silence. Un long silence qui vous faisait presque bourdonner les oreilles.

Kid allait devant sur le sentier, bondissait de tronc en tronc, sautait par-dessus les fondrières. Avril était souvent obligée de siffler pour le rappeler.

Le petit haussait les épaules.

– De quoi t'as peur ? Qu'est-ce que tu veux qui s'passe ?

– On ne sait jamais, disait Avril. Il y a plein de bombes qui n'ont pas explosé. Elles sont peut-être là, juste sous les aiguilles de pin.

– C'est bon, je fais attention.

– Et puis on pourrait t'entendre.

– Y'a rien ici, y'a rien que nous.

Oui, c'était vrai. Hormis la vieille Madame Mô, cela faisait des années qu'ils n'avaient vu personne. Ni homme ni animal. Si bien qu'ils auraient pu être seuls au monde. Avril frissonnait parfois à cette idée. Mais elle savait qu'il ne fallait pas baisser la garde. Si elle avait trouvé le grand chêne, d'autres pouvaient le trouver aussi.

Avril posa son sac quand elle eut repéré un pin à la ramure bien proportionnée. Le grand tronc était couché dans une petite clairière, pareil à un géant foudroyé.

– On va fabriquer une nouvelle cabane ? demanda Kid.

– Non, on va juste couper des branches et on les attachera sur le toit.

Pendant qu'Avril peinait sur la scie, Kid entreprit de gratter le sol pour y trouver des racines. Il le fit discrètement car Avril ne voulait pas qu'il creuse la terre. Elle disait que tout était empoisonné, que c'était dangereux de manger des racines qu'on ne connaissait pas, que c'était les animaux qui faisaient cela. Kid pensait que les animaux avaient bien raison. Il ne connaissait rien de meilleur que de fourrer ses doigts dans la terre brune. C'était doux, c'était chaud. Pourquoi aurait-il dû se priver de ce plaisir ?

Un matin où ils étaient allés dans la forêt couper des fougères, Kid avait trouvé une bête sous la terre.

Une vraie bête vivante.

Une sorte de brindille molle et rose dont il n'avait jamais osé parler à Avril. La bête se tortillait entre ses doigts. C'était magnifique. Il avait essayé de lui parler mais la brindille n'avait pas répondu. Elle ne pensait qu'à gigoter. À ce moment-là, Avril l'avait appelé, il fallait repartir. Alors Kid avait fourré la bête dans sa bouche.

Quelle drôle de sensation que de la sentir bouger sur sa langue !

C'était comme les chatouilles que lui faisait parfois Avril. Il s'était mis à rire et sans s'en rendre compte, d'un seul coup, il avait avalé la brindille molle et rose. Il avait eu beau chercher dans sa bouche, la bête avait disparu. Elle devait être dans son ventre mais elle était maintenant invisible. Kid en était persuadé, elle n'en était jamais ressortie. Elle vivait là, *quelque part*, en lui. Sans doute devait-elle se sentir bien seule à présent, à se tortiller dans l'obscurité de son ventre. Aussi, dès qu'il en avait l'occasion, Kid fouillait le sol de ses petits doigts pour trouver un compagnon à la bête. Mais, hélas, il n'avait jamais retrouvé une autre brindille molle et rose.

Ce matin-là, il parvint tout de même à mettre la main sur trois vieilles capsules rouillées qu'il enfila sur le collier qu'il portait autour du cou.

Avril s'épongea le front. L'humidité de l'aube n'était plus qu'un souvenir. Le ciel était entièrement dégagé, presque blanc, et un soleil ardent faisait roussir la terre. Tout autour d'eux, les troncs morts des pins étincelaient comme du métal.

– Allez, Kid, on rapporte toutes ces branches à la cabane.

Le gamin essuya ses mains dans son dos et ils charrièrent les morceaux de bois le long du sentier embroussaillé.

Arrivés à une dizaine de mètres du grand chêne, Avril prit soin de remettre en place la corde à laquelle étaient accrochées de vieilles boîtes de conserve lestées de tessons de verre. Avril disait que c'était une alarme censée les protéger. Kid n'avait jamais bien compris de quoi puisqu'ils étaient seuls au monde. Maintenant que Madame Mô était aveugle, elle ne se serait pas aventurée jusqu'ici toute seule. Les boîtes n'avaient jamais fait le moindre bruit, sauf au moment des tremblements de terre.

À l'aide d'une corde, ils hissèrent les branches jusque sur la plate-forme. Kid grimpa sur le toit avec une facilité surprenante. Ses premiers pas, il les avait faits sur la terrasse. Et il savait presque grimper dans le chêne avant de savoir marcher. Avril peinait à le suivre quand il sautait de branche en branche. Il pouvait descendre de l'Arbre sans l'aide de l'échelle de corde et elle avait bien du mal à lui interdire d'aller se promener tout seul dans la forêt quand il prétextait avoir envie de faire ses besoins. Ils travaillèrent presque jusqu'au soir.

Fourbus, ils s'allongèrent tous les deux sur la terrasse. Maintenant le soleil sombrait par-delà la mer des arbres morts. Une énorme boule rouge, zébrée d'éclairs jaunes. Autrefois, Avril n'aurait pas prêté attention à tous ces détails. Elle ne se serait jamais émue d'un coucher de soleil, de la chanson d'une averse, de l'ombre élancée d'un pin. Aujourd'hui, elle se surprenait à passer de longues minutes à contempler ces prodiges, bouche bée. Le monde ne lui avait jamais paru aussi beau que depuis qu'elle avait compris qu'il était en train de disparaître.

Plus tard, après avoir partagé une ration, une des dernières du coffre, Avril posa le Livre près de la bougie. Kid, qui jouait sur sa paillasse avec une vieille paire de lunettes rouillée, rechigna un peu. Cela inquiétait Avril. Le gamin ne voulait plus lire. Pourtant, au début, le Livre que lui avait offert Madame Mô, l'avait passionné. Il le réclamait souvent : « Avril, tu me lis le Livre ?! » Les images des fleurs et des fauves du cirque l'impressionnaient particulièrement. À présent, il s'en désintéressait. Plus le temps passait et plus son esprit semblait décliner. Il y a quelques semaines, il savait compter sur ses doigts et aujourd'hui on aurait dit qu'il avait presque oublié tout ce qu'elle lui avait appris. L'éduquer était un combat de tous les jours.

– Allez, viens, Kid, insista-t-elle, on va chercher si on trouve des étoiles filantes dans le Livre !

Il vint finalement s'installer à côté d'elle sur le tronc d'arbre qui leur servait de banc.

Elle tourna les pages et s'arrêta sur une image. On y voyait une grande ville, une nuée de toits de tuiles rouges d'où parfois s'élevait un clocher élancé.

– Regarde, est-ce que tu peux lire ce qui est écrit là ? Tu connais les lettres, c'est facile.

Kid se pencha, tira la langue pour mieux se concentrer.

– Pffffffff, finit par lâcher le gamin. J'y arrive pas.

Avril l'encouragea.

– Mais si, je t'ai appris l'alphabet. Regarde, là, c'est un « r », et là un « o ».

Kid ajusta les lunettes tordues sur son nez et fit une moue boudeuse.

– Ça sert à rien de lire.

– Mais si, Kid, tu dois apprendre à lire. Regarde Madame Mô, si elle n'avait pas les livres, elle s'ennuierait beaucoup, non ?

– Madame Mô, elle lit pas. Ses yeux ils marchent plus. C'est toi qui enregistres les histoires avec le *matégnophone*.

– Le magnétophone, corrigea Avril. Allez, Kid, fais un effort.

– Non, je lirai pas, ça sert à rien. Est-ce que ça remplace des bonnes choses à manger de lire ? Est-ce que ça remplace les beignets de pois chiches ? Non ! Alors, tu vois, ça sert à rien.

Avril fit des efforts pour rester calme.

– Kid, s'il te plaît.

– Et les zoiseaux, ils apprenaient à lire ? questionna le gamin, les yeux plissés.

– Non.

Kid se leva, triomphant.

– Ah, tu vois ! Les zoiseaux, ils avaient pas besoin de lire, et pourtant, c'était les plus forts parce qu'ils pouvaient voler dans le ciel ! Alors ça sert à rien !

– Mais justement, Kid. Les animaux ne savaient pas lire, c'est pour ça que c'était des animaux. Nous, nous sommes des humains. Et on a inventé la lecture, l'écriture. Et regarde, on a aussi construit des villes, des églises, des ponts, des routes, et…

– Et les bombes, glissa le gamin.

Avril leva les yeux au ciel.

– Oui, les bombes aussi. Mais regarde, regarde cette image. Tu ne trouves pas ça beau ? Cette ville, elle est magnifique, avec toutes ces…

– Pfffff, n'importe quoi, la coupa Kid. Tout ça, c'est des histoires. C'est pour m'obliger. Les villes et les *zéglises*, ça existe pas. C'est juste que des dessins sur le Livre. Oui, tout ça c'est que des *zinventions*.

Avril secoua la tête.

– Allons, Kid, tu peux me croire...

– Moi, déclara l'enfant d'une voix boudeuse, je connais que Madame Mô, toi, notre Arbre et la forêt. Le reste, c'est que des zinventions !

– Non, Kid, je te jure, ça existait.

Le gamin la fixa avec un air soupçonneux.

– Tu dis toujours la même chose. Mais c'est quand que ça existait ?

– Quand il y avait des oiseaux.

– Et tout a disparu ?

Avril haussa les épaules. Elle ne savait pas quoi répondre.

– Mais non, Kid. On vit loin de tout ici. Mais ailleurs, il y a certainement des villes. Oui, il y a certainement...

Elle ne finit pas sa phrase. Elle ne savait pas s'il restait quoi que ce soit au-delà de la forêt.

Kid regarda la nuit qui noyait le monde au-delà de la porte. Il paraissait subitement triste.

– Tout a disparu, dit-il d'une petite voix. Tout a disparu à cause de la guerre. La Montagne, peut-être qu'elle a disparu aussi. Comme Pa et Ma. Et Sirius, il viendra jamais.

Il glissa du banc et alla se pelotonner sur sa paillasse.

Avril le rejoignit, posa une main sur son épaule.

Elle pensa à ce qu'elle avait dit. Oui, tout cela avait existé. Les humains avaient construit des routes, des ponts, des villes, des églises. Et tout cela s'était écroulé en si peu de temps… Oui, Kid avait peut-être raison. Lire ne servait plus à rien sinon à ne pas oublier le passé.

Kid sanglotait doucement. Contre la cloison de bois était épinglée une photo jaunie. Trois silhouettes. Un couple et un chien noir. L'homme et la femme souriaient à l'objectif. La femme, enceinte, avait les mains jointes sur son ventre rebondi. Derrière eux, on devinait un chalet de bois planté au bord d'un lac et, plus loin encore, les montagnes immenses et enneigées. Le chien noir, impassible comme une statue, arborait une étoile blanche sur le front.

– Pa et Ma n'ont pas disparu, Kid. On les retrouvera.

Le gamin renifla un peu.

– On ira à la Montagne ? Comme sur la photo ?

– Oui, Kid. Les montagnes sont là depuis le début du monde. Et elles seront toujours là.

– Quand ? Quand c'est qu'on les retrouvera ?

– Tu le sais, Kid, je te l'ai dit.

– Dis-moi le encore.

Avril regarda le grand chien noir sur la photo.

– Quand Sirius viendra nous chercher, ce sera le signe. Ça voudra dire que la guerre est finie et que nous pourrons arrêter de nous cacher.

– Oui, quand Sirius sera là, ce sera le signe, murmura l'enfant. Le *casse-casse* sera fini et tout recommencera, on sera tous ensemble avec Pa et Ma et Sirius.

Plus tard, après que Kid s'était endormi, Avril sortit sur la terrasse.

Elle regarda le croissant de la lune faucher les étoiles puis elle alluma une bougie. Elle disposa près d'elle une tasse d'infusion et cala le vieux magnétophone de façon à ce qu'on entendît bien sa voix. On arrivait presque au bout de la bande. La couverture du livre craqua quand elle l'ouvrit. Le parfum du papier et de l'encre vint délicieusement chatouiller ses narines.

Elle arrivait à la fin de l'histoire qu'elle enregistrait pour Madame Mô.

C'était une pièce de théâtre. Pleine de tendresse et de fureur. Les deux amoureux étaient séparés par leurs familles. Mais ils bravaient tous les interdits pour se retrouver. Nul doute que dans les prochaines pages, l'histoire tournerait mal.

Elle adorait lire à voix haute. Autant pour faire plaisir à Madame Mô que pour avoir le bonheur de se plonger dans des histoires où des hommes et des femmes étaient prêts à tout par amour. Un monde où l'amour l'emportait sur la peur, la maladie et la faim. Elle lisait avec application, se coulant avec délectation dans la peau des personnages.

Avril tourna les pages et, quand elle fut prête, elle pressa le bouton « enregistrer ».

Et la bande se mit à défiler.

67.

Après le petit déjeuner, ils s'installèrent sur la terrasse.

Avril aiguisa les ciseaux sur une pierre.

Kid, entièrement nu, assis sur un rondin de bois, ne cessait de gigoter.

– À quoi ça sert ?! Est-ce que les arbres ils s'coupent les ch'veux, pt'et ? Est-ce que les pierres elles se lavent ?

Avril avait beau lui répéter que les humains n'étaient pas semblables aux pierres ou aux arbres et que les humains devaient se laver et prendre soin de leur corps, rien n'y faisait.

– C'est comme ça, Kid.

– Et les zoiseaux ? demanda-t-il sournoisement. Et les oiseaux, ils s'coupaient les cheveux ?

– Non, Kid, les oiseaux ne se coupaient pas les cheveux.

– Ah ben tu vois ! Ils s'coupaient pas les ch'veux et pourtant c'était les plus forts, les zoiseaux, parce qu'ils volaient dans le ciel ! J'suis sûr que c'était les plus forts et qu'ils avaient les cheveux longs !

Avril soupira :

– Kid, ils ne se coupaient pas les cheveux parce qu'ils avaient des plumes.

Kid rit à gorge déployée.

– Tu sais beaucoup d'choses, Avril. Mais j'arrive à voir quand tu dis un mensonge. Et tes *ploumes*, là, je sais que c'est un mensonge, qu'ça existe pas !

– Bon, déclara Avril, en brandissant les ciseaux sous le nez du gamin. J'ai quelque chose à te dire. Le coffre de provisions est vide.

– Oh, fit Kid, les yeux ronds. Y'a plus rien à manger ?

– Non, dit Avril. La bonne nouvelle, c'est que…

Le visage de l'enfant se fendit d'un large sourire.

– On va partir à la Capsule et on ira chez Madame Mô !

Avril sourit elle aussi :

– Oui, et peut-être qu'elle te fera des beignets !

Kid battit des mains.

– Oh oui, des beignets !

C'était une tradition. Quand Madame Mô avait commencé à perdre la vue, Avril lui avait proposé son aide. Sur la route de la Capsule, ils s'arrêtaient chez elle. Ils poussaient le petit chariot en tissu de la vieille femme à travers la forêt et ils le lui rapportaient chargé de rations et d'eau. Au retour, ils passaient la nuit chez elle et, invariablement, Madame Mô préparait des beignets qui enchantaient l'estomac de Kid.

– Mais tu sais que Madame Mô aime bien les petits enfants propres, dit Avril. Alors aujourd'hui, on va se couper les cheveux.

– Pfffffff.

– Et on va se laver, ajouta Avril en agitant un savon.
– *Tounutoutentié ?*
– Tout nu tout entier.
Kid prit un air horrifié.
– On coupe les cheveux *et* on se lave ? Oh non !
Avant qu'Avril pût l'attraper, il s'enfuit en courant, bondissant dans les branches du chêne avec des cris épouvantés. Avril le poursuivit et le rattrapa sur le toit de la cabane.
– Allez, viens, petit animal, c'est l'heure de la grande lessive ! dit-elle en le chatouillant.
Elle lava l'enfant, ses cheveux, son visage, ses épaules, son torse et tout le reste de son petit corps. Bientôt sa peau pâle apparut, débarrassée de la crasse et de la poussière des étoiles mourantes. Avril eut un pincement au cœur quand elle vit ses côtes qui pointaient sous la peau. Ses articulations semblaient démesurées. Mais en fait le gamin était juste maigre, extrêmement maigre. Voilà pourquoi elle n'avait rien dit quand elle s'était aperçue que les rations du coffre s'étaient évanouies.
La jeune fille prit les ciseaux et elle dégagea le front, les oreilles et la nuque de l'enfant.
– Hé, Avril. Tu m'coupes pas les *zoreilles*, hein ?
Elle suspendit son geste. Les cheveux blonds de Kid, poussés par la brise, s'envolaient de la plate-forme et planaient dans l'air au-dessus de la forêt.
Avril tendit le petit miroir devant le visage de Kid.
Les yeux de l'enfant s'arrondirent.
– Qui c'est ?
– Mais, c'est toi, frérot ! Maintenant que tu es propre, tu ressembles à un vrai petit garçon !

Kid considéra avec suspicion les cheveux ras, les joues creuses, les yeux d'un bleu si clair qu'on aurait dit deux flaques après une averse. Il finit par hausser les épaules, comme si son image importait peu, ou comme s'il ne se reconnaissait pas, puis, toujours entièrement nu, il s'allongea sur la terrasse, laissant le soleil du matin caresser sa peau.

Avril se déshabilla à son tour. Son corps était aussi maigre que celui de Kid, sa peau sombre, marbrée ici et là de bleus, d'éraflures et de contusions. Elle versa un peu d'eau sur le savon et elle le fit courir sur ses joues, sur ses épaules, sur ses seins, si petits qu'ils ressemblaient à deux noisettes, sur son ventre, ce vase vide et fêlé. Elle passa la main sur son épaule gauche où était tatouée une étoile noire. L'encre avait pâli, si bien qu'elle se confondait presque avec la couleur de sa peau. Elle ne partirait donc jamais.

Kid observait Avril à la dérobée. Il lui avait déjà demandé d'où venait cette étoile sur son épaule et elle lui avait répondu que c'était très ancien. Une chose oubliée. Elle mentait, bien sûr. Pour toujours, l'étoile noire brûlerait sur sa peau.

Elle se tourna vers Kid.

– Qu'est-ce qu'il y a ?

– Rien.

Elle s'enroula dans une serviette et s'avança vers lui.

– Si, pourquoi tu me regardes comme ça ?

– Tu crois qu'un jour j'serai noir, moi aussi ? J'aime bien ta couleur. J'veux dire, c'est chouette d'être noir. Pourquoi moi j'suis blanc ?

Avril sourit au gamin. Elle était soulagée qu'il ne pose pas de questions sur son tatouage.

– C'est comme ça.

– Mais sur la photo, Pa et Ma sont blancs, comme moi. Pourquoi toi t'es noire comme Sirius ?

Avril haussa les épaules.

– Je n'en sais rien, Pa et Ma ont dû trouver ça amusant de me faire d'une autre couleur, je suppose.

– Pt'être qu'en grandissant, je deviendrai noir, comme toi, comme Sirius ?

– Non, Kid, on a chacun notre couleur. On a ça à la naissance.

– C'est comme mon zizi ? T'en auras jamais, toi ?

– Pareil, il y a des choses qu'on ne choisit pas, ça fait partie de nous, nous sommes différents.

– Mais à quoi ça sert d'être différent ?

– Si on était pareils, ce serait ennuyeux, non ? Tu imagines si j'étais exactement comme toi ? On se disputerait tout le temps pour savoir qui aurait le droit de manger le chocolat des rations.

– C'est moi qui mange le *cocholat* !

– C'est bien ce que je dis, frérot. Si on était deux comme toi, on ne ferait que se bagarrer. Et on ne dit pas *cocholat* mais chocolat.

Elle laissa le gamin méditer sur tout cela. Elle lava précautionneusement ses pieds puis elle coupa ses ongles avec les ciseaux. Elle avait deux grosses ampoules qu'elle creva avec une aiguille, laissant à l'intérieur un bout de fil poissé afin qu'elles se vident.

Quand elle eut fini, elle s'assit sur un rondin et elle tendit les ciseaux à Kid.

– Allez, à toi de jouer. Et tu t'appliques, d'accord ?

Elle le regarda travailler dans le bout de miroir brisé, lui donnant parfois des recommandations pour éviter qu'il ne massacre ses cheveux. Elle se dit que c'était puéril et ridicule. Un réflexe du temps d'avant.

Dans le miroir, elle vit les ciseaux qui taillaient grossièrement dans ses cheveux châtains. Elle regarda son visage anguleux. Un visage maigre et dur, pareil à une pierre tranchante. Sa peau sombre, déjà ridée par le soleil, le vent et le froid. Ses yeux noirs, ses pupilles comme deux têtes d'épingle. Il ne restait plus rien de l'enfance. Elle se reconnaissait à peine. Elle se souvint que Pa avait eu un appareil photo et que des photos d'eux décoraient les murs de la maison. Souvenirs de voyages, d'une sortie à la piscine, d'un repas de Noël. C'était il y a si longtemps. Autrefois, elle avait adoré que Pa la prenne en photo. Dans le temps, tout le monde adorait ça. Les photos étaient partout. Accrochées aux murs, dans la rue, sur les écrans. Aujourd'hui, ça lui semblait un peu ridicule. C'était une habitude étrange, pensa Avril. Les gens raffolaient de leur image. À quoi cela servait-il ? C'était peut-être une manière de se rassurer, de se prouver qu'on existait encore dans le grouillement incroyable de toutes ces vies sur Terre. De se dire : « non, je ne suis pas insignifiant ». Bien sûr, la suite s'était chargée de prouver que les hommes n'avaient pas plus de valeur que les arbres, les rivières ou les oiseaux. Ils étaient aussi éphémères. La vie était volatile et les images plus encore, car qui pouvait dire où elles s'en étaient allées désormais ?

Quand Kid eut fini de couper les cheveux d'Avril, il se tint devant elle et il fit claquer sa langue et elle sut qu'elle était belle.

Le regard de Kid valait toutes les photographies.

66.

Ils partirent au petit matin.

Chacun portait un sac à dos dans lequel ils avaient réuni les affaires nécessaires au voyage : couteau, corde, carte, lampe torche, couvertures de survie, et les deux dernières rations que contenait le coffre. Avril avait également emporté la cassette et le livre de Madame Mô. Elle avait veillé tard pour finir de l'enregistrer. Autant pour Madame Mô que parce qu'elle n'arrivait pas à quitter les personnages. Elle avait même pleuré sur la terrasse, quand les deux amoureux s'étaient rejoints dans la mort.

Il tombait une pluie fine et étrangement tiède. Au-dessus des pins, les nuages lourds avaient une teinte d'aubergine.

– Tu restes bien près de moi, d'accord Kid ?

Vu de leur Arbre, le monde paraissait vide de toute vie mais Avril savait que c'était une illusion. La forêt les protégeait du monde. Mais elle les empêchait également de voir ce que le monde était devenu, au-delà. Depuis de nombreuses années, la guerre s'était tue, faute de combattants. Les soldats devaient aujourd'hui n'être plus que poussière, tout comme les miliciens des Étoiles Noires, sans doute. Mais la guerre avait disséminé des bombes derrière elle. On en entendait parfois exploser au loin. Des détonations qui venaient remuer en Avril des souvenirs douloureux. Et puis il y avait toujours le risque de rencontrer des rôdeurs, des voyageurs égarés en quête de nourriture. Quand elle avait trouvé refuge dans la forêt, le monde mourait déjà de faim. Elle se doutait que les choses n'étaient pas allées en s'arrangeant. Plus aucun avion ne larguait de Capsules de survie. Plus aucun avion ne volait depuis longtemps, d'ailleurs. Quand les dernières rations que contenaient les dernières Capsules auraient été consommées, il faudrait se résoudre à manger les dernières racines. L'homme était appelé à se conduire comme un animal. Un insecte. Il rongerait alors le monde comme on croque dans un trognon, jusqu'à ce qu'il n'en reste plus rien. Et puis après ? Que se passerait-il ? Avril préférait ne pas y penser.

Elle regarda Kid qui trottait devant elle, insouciant, tout content de quitter l'Arbre, enfin.

Les expéditions à la Capsule l'enchantaient. C'était comme si, tout d'un coup, le monde se déployait tout autour de l'Arbre, tout autour de lui. Et puis il savait qu'au bout du chemin, il y aurait Madame Mô et ses beignets.

Avril avait rencontré Madame Mô le jour où elle avait trouvé la Capsule de survie. La jeune fille suivait depuis plusieurs heures le signal sonore émis par la réserve de nourriture et de matériel. Le signal était très faible et la Capsule pouvait être vide depuis longtemps.

Mais Avril n'avait pas d'autre choix. Les provisions de la cabane étaient au plus bas. Quand elle était arrivée à la Capsule, elle avait aperçu une vieille femme à la peau olivâtre penchée au-dessus du module. Avril s'était avancée, sans chercher à dissimuler le couteau qu'elle tenait à la main. La vieille femme et la jeune fille s'étaient jaugées du regard, essayant de savoir qui était cet autre qui venait prélever sa part dans la réserve de nourriture. Dans ce monde, les hommes étaient devenus des ennemis, chacun prêt à tuer l'autre pour un sachet de soupe lyophilisée. Et puis après un silence tendu, Madame Mô avait demandé d'une voix chevrotante : « Je pense qu'il y en a assez là-dedans pour toutes les deux. Dis-moi, ça ne te dérangerait pas de m'aider à pousser mon caddie ? » Elle avait montré un petit chariot en tissu, débordant de provisions. Ce qu'Avril ne découvrit qu'ensuite, c'est que Madame Mô tenait sous sa blouse bleue et blanche un fusil au canon scié capable de vous ôter définitivement la tête et la vie et qu'elle n'aurait pas hésité à tirer. Elles avaient convenu de se partager les rations. Avec le temps, elles avaient fini par s'apprivoiser. Kid avait définitivement conquis le cœur de la vieille dame. Et inversement. Le gamin s'était attaché à Madame Mô, comment aurait-il pu faire autrement ? Hormis Avril, la vieille femme était la seule personne que Kid ait vue depuis qu'il était devenu un vrai petit garçon. Sans compter que Madame Mô cuisinait très bien.

Vers midi, ils s'arrêtèrent pour déjeuner sous ce qui avait dû être autrefois un abri de chasseur. La pluie qui tombait sans discontinuer les avait obligés à marcher sous leurs couvertures de survie et la chaleur se faisait étouffante. On aurait pu se croire dans une jungle tropicale.

Kid rechigna à manger.

– Je préfère les beignets !

– Il faudra attendre ce soir, Kid !

– Tu crois qu'elle nous en fera, hein ? Il lui reste de la farine, hein ?

– Mais oui, ne t'en fais pas.

La pluie s'arrêta soudain. Comme si quelque part dans le ciel, on avait fermé un robinet. Sa ration avalée, Kid alla jouer autour de l'abri. Avril lui fit promettre de bien faire attention.

– Mais oui, ne t'en fais pas, lui répondit Kid avec un ton moqueur.

Elle le chassa de la main et s'allongea sur les fougères pour se reposer un peu.

Kid l'appela peu après.

– Avril, viens voir, j'ai trouvé un *zanimal* !

La jeune fille le rejoignit un peu plus loin, près d'un bosquet de genévrier desséché.

Le gamin était penché au-dessus d'une boule crayeuse.

– Qu'est-ce que c'est ? demanda l'enfant, fasciné.

– C'était un renard.

La dépouille de l'animal était recouverte d'une pellicule grisâtre, un peu poisseuse, à moins que ce ne soit sa fourrure qui ait pris cet aspect-là avec le temps, les radiations ou les poisons. La gueule du renard était ouverte et on voyait parfaitement ses dents taillées en biseau et sa langue, raide comme un vieux bout de cuir.

Kid était fasciné par les animaux. Ils en trouvaient parfois, sur la route de la Capsule. L'enfant interrogeait alors Avril sur ces formes momifiées. Il lui demandait quels étaient leurs noms, et elle essayait de fouiller dans sa mémoire pour les retrouver et quand elle ne trouvait pas, elle faisait appel au Livre ou elle inventait quelque chose susceptible de plaire à l'enfant.

Kid voulait tout savoir de ces statues fragiles, si elles avaient été vivantes un jour et comment elles allaient de par le monde. Il était particulièrement fasciné par les oiseaux. Qu'une chose ait pu se déplacer dans le ciel sans le moindre effort apparent lui semblait merveilleux. Et ça l'était. Ça l'était vraiment, pour autant qu'Avril s'en souvienne. Elle n'avait pas vu d'oiseaux, même morts, depuis plus de cinq ans. Et Kid n'en avait jamais connu. La plupart des petits animaux, rats, chiens, chats, et oiseaux avaient depuis longtemps été exécutés, abattus pour leur chair ou alors ils étaient morts de maladie, de vieillesse. Il ne restait aujourd'hui pas la moindre trace de ces petites bêtes. Il leur était arrivé de trouver des cerfs et des sangliers, de gros animaux qui avaient survécu on ne sait comment et qui s'étaient effondrés là, épuisés, las de lutter, et peut-être de savoir qu'ils étaient les ultimes représentants de leur espèce, victimes de la solitude des bêtes.

Kid était captivé quand Avril racontait comment ces êtres vivaient autrefois. Une fois qu'elle lui avait donné les détails dont elle se souvenait, le petit s'agenouillait près des dépouilles et les fixait intensément, comme s'il avait voulu graver dans sa mémoire la forme de ces animaux, puis, d'une pression du doigt, Kid les faisait tomber en poussière. Ça n'avait rien d'un amusement. Quand il faisait ça, il gardait toujours une expression sévère sur le visage, comme si ça avait été rendre justice à ces choses que de les faire définitivement quitter cette terre, ou retourner à la terre, peut-être bien.

Kid approcha la main du renard. Il appuya son index sur le museau de la bête et aussitôt elle s'effondra dans un nuage de poussière. Le gamin regarda son doigt blanchi.

Il releva les yeux vers Avril et il demanda d'une petite voix :

– Avril, comment c'est ?

– Quoi donc, frérot ?

– Quand on meurt, comment c'est ?

La jeune fille passa une main dans les cheveux de l'enfant.

– Allez, viens, Kid, Madame Mô nous attend.

– Tu peux me dire, sœurette. J'suis plus tout petit. Un renard qu'est mort, je sais comment c'est. C'est tout blanc. Un arbre, c'est tout sec. Un zoiseau, j'sais pas. Mais j'imagine pas que c'est mort. Ou si c'est mort, c'est tout doux. Et nous, on est comme les renards. Comme les arbres. Presque comme les zoiseaux. Je sais qu'un jour on sera morts. Toi et moi. Mais y'a quelque chose que j'sais pas : comment c'est, de mourir ?

Avril hésita à répondre.

– Comment c'est ? insista le gamin.

– On meurt un peu tous les jours, Kid. Sans s'en rendre compte. C'est pour ça que la vie est précieuse. Qu'il faut en profiter.

– Alors mourir et vivre c'est la même chose ?

– Les enfants ne meurent pas, frérot. Ils grandissent.

Kid se releva, il glissa sa petite main dans celle d'Avril.

– Moi, en attendant d'être mort, j'espère qu'on sera vivants. Tous les deux. Très longtemps.

65.

Ils arrivèrent chez Madame Mô en milieu d'après-midi.

La vieille femme habitait une villa somptueuse, tout de bois et de verre, nichée dans l'écrin d'une clairière bordée de vieux chênes centenaires. Elle avait été autrefois femme de ménage pour le couple qui vivait là. Elle les appelait encore *Monsieur et Madame*. Quand les troubles avaient éclaté, *Monsieur et Madame* étaient partis à la ville régler quelques affaires. Ils n'étaient jamais revenus. La villa était devenue sa maison. Et pourtant, Madame Mô avait conservé ses anciennes habitudes. Elle s'employait à passer le balai et la serpillière tous les jours, à battre régulièrement les tapis, chassant la poussière d'étoiles sans relâche. Elle portait à toute heure la blouse bleue et blanche, au cas où *Monsieur et Madame* arriveraient à l'improviste. Même si, elle le savait très bien, *Monsieur et Madame* ne reviendraient jamais.

Avril et Kid s'avancèrent sur l'allée gravillonnée qui sinuait entre ce qui avait dû être autrefois de beaux parterres fleuris mais qui aujourd'hui n'était qu'une friche grisâtre. De la terre montait maintenant une brume dense et épaisse. La vieille femme était déjà sur le seuil devant l'immense baie vitrée. Elle avait beau être quasiment aveugle, elle avait encore l'ouïe assez fine.

– Ah, dit-elle en souriant, Kid, Avril, c'est vous.

Elle abaissa le fusil à canon scié, énorme entre ses mains.

– C'est le jour des commissions, hein ?

– Madame Mô !

Kid vint se pendre au cou de la vieille femme et il n'eut pas trop d'effort à faire. Madame Mô était toute petite et menue, à peine plus grande que le gamin. Elle enfouit son visage dans le cou de l'enfant.

– Mmmm… qu'est-ce que tu sens bon, Kid !

Le gamin fit une grimace en direction d'Avril.

– Oui. On s'est lavés *tounutoutentié* !

– C'est une bonne idée, approuva Madame Mô. Il n'y a rien de meilleur que l'odeur d'un enfant propre. Entrez donc dans mon palais. Mais essuyez-vous les pieds. Toi aussi, Kid !

Elle les conduisit à la cuisine où elle leur donna des serviettes pour qu'ils se sèchent. Grâce à deux panneaux solaires, une ampoule brillait faiblement au plafond. Chaque fois qu'ils venaient ici, Kid en restait bouche bée, se demandant comment Madame Mô avait fait pour capturer une *zétoile*. Seuls les beignets de pois chiches parvenaient à supplanter ce miracle.

– Vous avez fait un bon voyage ? demanda la vieille femme.

– Oui, dit Kid. On a même vu un renard ! Mais il était mort.

Madame Mô lui caressa la joue.

– Oh oui, je me souviens, dans le temps, il y avait des renards partout par ici. Ils n'avaient pas peur, ça non. J'étais même amie avec l'un d'eux. Je l'avais appelé Plumeau.

– *Plumo* ?

– Oui. C'est un drôle de nom pour un renard, pas vrai ? Ce renard-là, je l'ai trouvé un matin sur le canapé du salon. La baie vitrée était restée ouverte toute la nuit. Et lui, il s'était installé, bien tranquillement sur les coussins. Quand *Monsieur et Madame* l'ont vu, *Madame* a eu très peur et *Monsieur* a failli tourner de l'œil. Ils m'ont demandé de régler *le problème*. Moi, je ne savais pas comment me débrouiller. *Monsieur* voulait que j'aille chercher ce vieux fusil qu'il avait gagné en jouant aux cartes. Mais j'ai refusé. Pas question de faire du mal à ce renard. Alors j'ai pris mon plumeau, et j'ai essayé de le chasser en lui donnant de petits coups. Mais ça ne l'a pas vraiment impressionné. Il avait même l'air d'aimer ça. Comme si ça le chatouillait. Il se roulait sur le dos en me montrant le ventre ! Il a quand même fini par partir. Et vous n'allez pas me croire, mais le lendemain, il était derrière la baie vitrée. Il m'attendait pour que je le chatouille avec mon plumeau !

La vieille femme haussa les épaules.

– Il est venu pendant des semaines entières. Et puis un jour, il a disparu. J'imagine qu'il a dû rencontrer des chasseurs. Les chasseurs, des bêtes bien plus dangereuses que les renards !

Elle leur tendit deux verres d'eau.

– Vous avez déjà fini vos provisions ?

– Oui, dit Avril. Kid a un appétit d'ogre. Et vous, vous ne manquez de rien ?

– Non, tout va bien, ma belle. Tu sais, moi j'ai un appétit d'oiseau.

Elle désigna un sac plein de vêtements.

– Ah, j'ai cousu quelques habits pour Kid. Il a encore grandi, non?

Avril ne put qu'approuver.

– Dès qu'on a le dos tourné, les enfants en profitent pour grandir ! s'exclama la vieille femme. Mais on regardera ça demain, vous passerez la nuit ici, n'est-ce pas?

Kid fit un effort pour ne pas demander si Madame Mô avait pensé à préparer des beignets pour le repas du soir.

Les yeux voilés de la vieille femme papillonnèrent.

– Oh je ne vois pas bien mais je sens que quelqu'un ici a très faim.

Kid battit des mains, ravi.

La vieille femme ouvrit des placards à la recherche de quelque chose à manger pour le gamin. Mais les étagères étaient vides. Sans doute avait-elle terminé ses rations depuis bien longtemps. Avril se demanda depuis quand Madame Mô n'avait plus rien avalé. Elle était si maigre sous sa blouse bleue et blanche.

– Oh, regarde ce que j'ai trouvé ! s'exclama-t-elle théâtralement.

Et elle mit sous le nez de Kid la boîte à moitié vide de farine de pois chiches. Le petit fit claquer sa langue.

– Ah mais il faudra attendre ce soir. D'ici là, il faudra être bien sage avec Avril, hein ?

Kid promit. Il aurait promis tout ce que la vieille femme lui aurait demandé.

– Alors, demanda-t-elle, quelles nouvelles de l'autre côté de la forêt ? Votre Arbre est-il toujours debout ?

– Oui, il va bien, dit Avril. Il y a eu quelques dégâts avec les dernières secousses mais nous avons réparé ça. J'ai même eu le temps de finir l'enregistrement de votre livre.

Ce fut au tour de Madame Mô de battre des mains.

– Oh, viens. Viens, ma belle.

Elle guida Avril jusqu'au salon.

Tout un pan de mur était occupé par des rayonnages où reposaient des centaines de livres. Une gigantesque bibliothèque.

Madame Mô plaisantait parfois à leur sujet : « La plupart de ces livres n'ont jamais été ouverts, disait-elle. *Monsieur et Madame* les achetaient uniquement pour la décoration. En fait, tu sais, le mur derrière la bibliothèque n'était pas très beau. Et acheter des livres, c'était moins coûteux que de refaire la tapisserie ! »

Depuis que *Monsieur et Madame* avaient disparu, Madame Mô s'était mise à dévorer les romans.

– Moi qui n'avais jamais lu de toute ma vie ! Ces livres sont mes compagnons ! Sans eux, je serais bien seule !

Quand elle commença à perdre la vue, elle fut désolée.

– Qu'est-ce que je vais faire, sans eux ?

Et puis il y a quelques mois, elle avait déposé devant Avril une étrange machine.

– Regarde ce que j'ai trouvé au grenier.

– Qu'est-ce que c'est ?

– Mais voyons, c'est un magnétophone ! Ça fonctionne avec des piles et des cassettes. On s'en servait pour enregistrer la voix.

La vieille femme montra comment le magnétophone fonctionnait et Kid s'amusa beaucoup d'entendre sa propre voix sortir de la machine :

– *Zoiseau !* disait Kid.

– *Zoiseau !* répétait le magnétophone.

Ce jour-là, Madame Mô demanda à Avril : « Est-ce que tu me rendrais un service, ma belle ? Est-ce que tu voudrais bien lire pour moi. Est-ce que tu voudrais bien être mes yeux ? »

Et depuis, à chaque visite, Madame Mô proposait à Avril de choisir un livre dans les rayonnages. Madame Mô disait : « Choisis-moi un bon livre, hein. »

Quand Avril lui avait demandé ce qu'était un bon livre, la vieille dame avait souri : « Un livre avec une histoire d'amour et des larmes, beaucoup de larmes, bien sûr ! »

Avril empruntait alors le livre pour un mois. Elle l'emportait jusqu'à l'Arbre, le lisait à voix haute et l'enregistrait. Elle rapportait ensuite la cassette à la vieille femme, qui pouvait l'écouter tranquillement sur la chaîne du salon.

Avril tira de son sac à dos la cassette et le livre qu'elle avait achevé d'enregistrer la veille.

– Voilà, de la lecture pour vous.

Madame Mô mit la cassette dans le lecteur.

La voix d'Avril s'éleva dans le salon, un peu déformée, un peu traînante car il avait plu toute la matinée et les panneaux solaires n'avaient pu charger correctement la batterie.

– *Roméo et Juliette*, de William Robert Shakespeare. *Deux familles, égales en noblesse / Dans la belle Vérone, où nous plaçons notre scène / Sont entraînées par d'anciennes rancunes à des rixes nouvelles / Où le sang des citoyens souille les mains des citoyens*.

– Qu'est-ce que tu lis bien, Avril, la complimenta Madame Mô. Cette histoire m'a l'air tout à fait tragique !

Avril hocha la tête :

– Oui, et il y a beaucoup d'amour et encore plus de larmes, comme vous aimez.

La vieille femme se frotta les mains.

– Il me tarde d'écouter ça !

Avril désigna la bibliothèque.

– J'en choisirai un autre ce soir, quand on reviendra de la Capsule.

Madame Mô s'accrocha à son bras et lui glissa à l'oreille :

– Ça serait tellement bien si vous veniez vivre ici. On pourrait lire tous ces livres. La villa est assez grande. Vous seriez bien, Kid et toi.

Avril ne répondit pas. Ce n'était pas la première fois qu'elle lui faisait cette proposition-là. La jeune fille avait toujours refusé. Elle comprenait bien que Madame Mô devait se sentir très seule dans cette grande villa. Mais Avril préférait vivre dans l'Arbre avec Kid. Elle s'était habituée à cette solitude. À cette vie rude. Elle se sentait libre et indépendante. Comme une sorte d'ermite. *Ou comme une fuyarde*, lui murmurait parfois une petite voix aigre dans sa tête.

La vieille femme se tourna vers Kid qui faisait courir ses doigts un peu sales sur la tranche des livres.

– Dis-moi, Kid, demanda Madame Mô. Tu lis toujours l'encyclopédie que je t'ai donnée ?

– *L'impycoclé*… quoi ? Ah, le Livre ! Oui oui, il est bien, mentit Kid sans conviction.

– Eh bien, tu sais, tu peux en prendre un autre si tu veux, dit-elle en désignant la bibliothèque.

Le gamin haussa les épaules :

– Pas besoin, je l'ai déjà lu.

Avril lui ébouriffa les cheveux :

– Kid, je te l'ai expliqué, tous les livres sont différents.

Mais l'enfant avait un tout autre centre d'intérêt.

– Tous différents ? demanda-t-il malicieusement. Comme les beignets de pois chiches ?

Madame Mô hocha la tête.

– Tu as raison, Kid. Il faut que je me mette à préparer les beignets. On les fera frire quand vous reviendrez de la Capsule, c'est d'accord.

Kid posa un baiser sur sa joue.

– Le caddie est à la place habituelle.

Ils prirent leurs sacs à dos et Kid alla chercher le chariot sur le côté de la maison. Devant la baie vitrée, Madame Mô posa sa main menue sur le bras d'Avril.

– Il faut que je te dise quelque chose. Il y a dix jours, un garçon est venu ici. J'étais en train d'écouter ton enregistrement, je ne l'ai pas entendu venir. À croire que je deviens dure d'oreille.

– Qu'est-ce qu'il voulait ?

– Il m'a dit qu'il cherchait sa sœur. Il a voulu me montrer une photo. Mais je lui ai répondu que j'étais aveugle. Alors il me l'a décrite.

Madame Mô marqua une pause.

– Il m'a dit qu'elle avait la peau noire.

Avril frissonna.

– Je lui ai dit que je n'avais vu personne depuis plus de six ans, souffla Madame Mô en plissant les yeux. J'ai bien fait, n'est-ce pas ?

La jeune fille approuva en tentant de maîtriser sa voix.

– Bien sûr, Madame Mô. On ne sait jamais.

Madame Mô resta silencieuse un moment, comme si elle attendait qu'Avril ajoute quelque chose, mais elle resta muette.

Kid, poussant le chariot à toute allure sur les graviers, passa l'angle de la maison.

– Allez, Avril, à la Capsule !

– Réfléchis à ma proposition, sourit Madame Mô. On serait bien ici, tous ensemble.

64.

Le caddie en tissu tressautait sur les racines et laissait dans le sol boueux deux profondes empreintes. La brume les empêchait de voir où ils allaient, aussi ils durent à plusieurs reprises faire demi-tour devant des fondrières ou d'immenses ronciers jaunis. Avril consultait régulièrement sa carte. Elle y avait marqué l'emplacement de la Capsule pour être certaine de toujours pouvoir la retrouver. Le signal sonore s'était tu l'an passé. Avril supposait que les batteries du module étaient arrivées en fin de vie. La jeune fille, bien qu'elle n'ait pu se résoudre à vider entièrement la Capsule de ses provisions, se félicitait sans honte de ce silence : cela éviterait que d'autres viennent se servir. S'ils faisaient attention, ils pourraient encore tenir plus de six mois avec ce qu'elle contenait. Il faudrait ensuite tenter d'en trouver une nouvelle. Mais pour l'heure, Avril était inquiète pour de toutes autres raisons.

Ce que lui avait raconté Madame Mô l'obsédait. Qui était ce garçon qui était venu chez elle ? Il avait dit rechercher sa sœur. Ça aurait pu être un mensonge mais ça n'avait rien d'impossible. Les familles avaient été séparées par le couperet de la guerre et les massacres des milices. Des gens avaient disparu. Certains avaient trouvé refuge dans les forêts ou les montagnes et s'y terraient comme des animaux. Sans doute pour la plupart avaient-ils succombé à la maladie, à la vieillesse, à l'épuisement ou à la folie sans que personne n'en sache rien. D'autres reposaient dans des fosses communes qu'on avait recouvertes à la hâte et ils demeureraient là pour toujours, invisibles. Mais ce garçon avait bien précisé qu'il cherchait une fille à la peau noire. Cette coïncidence inquiétait Avril. Si Madame Mô n'avait pas été aveugle, Avril aurait pu lui demander à quoi ressemblait ce garçon. Qui pouvait bien la rechercher à présent ? Les Étoiles Noires étaient-elles prêtes à sillonner le monde pour la retrouver ? Ce ne pouvait être Darius, il était mort.

– Il est mort, murmura-t-elle, comme pour se persuader. Darius est mort. Je l'ai vu.

En frissonnant, elle repensa à ce soir où sa vie avait basculé. C'était il y a plus de cinq ans. Une éternité. Elle avait vu la maison en flammes s'effondrer sur Darius. Elle avait elle-même barricadé la porte pour qu'il ne puisse s'échapper et elle s'était enfuie avec Kid. Non, ce ne pouvait être lui.

Ils avaient marché deux bonnes heures quand le gamin poussa un cri :

– Regarde, la Capsule ! Avril vit le parachute beige, qui faisait comme un turban au-dessus d'un bosquet de noisetiers. La Capsule était juste en dessous.

Alors qu'ils arrivaient près du bosquet, elle entendit des voix. Elle arrêta Kid d'une main et posa l'autre sur la bouche de l'enfant. Ils se tapirent tous les deux dans la brume.

– Dépêche-toi, grogna une voix masculine. Il va être furieux si on traîne !

– C'est bon, répondit une autre. Je fais ce que je peux.

– Ça c'est vraiment de la chance, ajouta une troisième voix, trouver une Capsule, comme ça, par hasard !

Avril essayait de voir à quoi ressemblaient les trois garçons mais on n'apercevait que leurs silhouettes qui s'agitaient au-dessus de la Capsule. Ils étaient à une vingtaine de mètres à peine.

– Qui c'est ? demanda Kid, les yeux écarquillés autant de peur que de joie. C'était la première fois qu'il entendait des voix autres que celles d'Avril ou de Madame Mô.

– On ne sait pas, lui souffla Avril. Mais on ne doit pas se faire voir, d'accord ?

– C'est des garçons ?

– Oui.

– Des garçons comme moi ?

Avril ne lui répondit pas. Elle se demandait s'il fallait repartir ou prendre le risque d'attendre.

– Avril ? Pourquoi on se *casse* ?

– Il ne faut pas qu'ils nous voient.

– Alors on joue à *casse-casse* avec eux, c'est ça ?

– Oui, Kid. À cache-cache. Il ne faut pas faire de bruit.

Elle abandonna le chariot et s'enfonça discrètement au travers des broussailles. Ils s'aplatirent derrière le tronc fracassé d'un grand pin.

– On va attendre qu'ils partent, d'accord ? souffla-t-elle à Kid. Et baisse-toi ! N'oublie pas, s'ils te voient en premier, tu as perdu.

Les yeux de l'enfant brillaient d'excitation.

Les silhouettes s'agitaient, là-bas dans le bosquet.

– Allez, quoi, on embarque tout ce qu'on peut et on y va !

– Y'en a au moins pour six mois de bouffe !

– Mais vous savez très bien qu'il veut pas qu'on mange des trucs des Capsules.

– Moi ce que je sais, c'est que je vais manger ça.

– Mais Dieu a dit que…

– On s'en fout de Dieu, Mirko ! Je crève de faim depuis des semaines.

– Moi aussi, qu'est-ce que tu crois ! Mais s'il nous trouve avec ça, ça va mal se passer.

– On a qu'à manger tout ce qu'on peut.

Une silhouette émergea du bosquet. C'était un homme assez jeune, très maigre, le crâne rasé, habillé d'un treillis de camouflage en lambeaux.

– Vous voulez vraiment qu'on se fasse passer un savon, hein ? Moi je vous l'dis, je reste pas là, ils nous…

Soudain le cri de Kid retentit dans la forêt :

– Vu !

Avril sursauta.

Le garçon se figea.

Kid souriait de toutes ses dents.

– Vu, je l'ai vu ! Il a perdu le casse-casse ! À moi de jouer !

Avril plaqua une main sur la bouche de l'enfant.

– Kid, tais-toi, souffla-t-elle, je t'en prie, ne dis plus rien.

Les yeux de l'enfant s'agrandirent de surprise et d'incompréhension. Ne venait-il pas de gagner le jeu ? Pourquoi Avril avait-elle l'air si terrifiée ?

Le jeune homme scruta le brouillard puis il se mit à crier.

– Les gars, il y a quelqu'un !

Il tira une machette de sa ceinture. Un outil de jardinier mais qui pouvait sans peine trancher un bras ou une tête.

Deux garçons jaillirent des fourrés, armés de machettes eux aussi. Ils étaient tout aussi maigres et dépenaillés que l'autre.

– C'était une voix de gamin, dit le garçon au crâne rasé. Ça venait de par là-bas.

Les trois se regardèrent puis s'avancèrent à pas lents.

La main de Kid tremblait maintenant dans celle d'Avril.

Elle n'osait pas bouger, de peur qu'ils la repèrent.

– Hé ho, gamin ! Je sais que tu es par là.

– Viens, on te fera pas de mal.

Les garçons se déployèrent dans les bois, cherchant à encercler l'endroit approximatif où ils se trouvaient.

– Gamin ? Tu es là ?

– Gamin ?

On ne les voyait plus à présent, il n'y avait que le son des brindilles qui craquaient sous leurs semelles épaisses.

– T'es sûr que t'as entendu un truc, Mirko ?

– Mais oui, je te dis ! C'était une petite voix.

– Une voix de fille ?

– Non, j'crois pas. C'était plutôt une voix de gamin.

– Qui disait quoi ?

– « Vu », elle a dit.

– Vu ?

– Ouais, vu.

– Eh, regardez ça ! Un chariot !

Avril entendit les garçons se regrouper.

– Hé, on dirait un truc pour faire les courses.

– Bon, et ce gamin alors ? T'as rêvé ou quoi ?

– Je te dis que j'ai entendu un gamin. Je sais ce que je te dis.

– Moi je crois que tu délires, Mirko.

– Et le chariot, tu crois qu'il est venu tout seul peut-être ?

Il y eut un silence.

– Regardez. Là. Des traces de pas.

– Ouais. On dirait qu'il n'est pas tout seul ton gamin.

– Oui, il y a plusieurs empreintes. Ils sont deux.

– Vous voyez que je délire pas.

– Venez, on va le choper.

Les garçons se rapprochèrent.

Avril, serrant plus fort la main de Kid, ordonna à l'enfant :

– Cours, maintenant. Cours !

63.

Ils ressemblaient à des feux follets, éclats pâles émergeant de la brume pour y replonger ensuite, sautant pardessus fondrières et racines, bataillant avec des ronciers desséchés.

Les garçons étaient après eux. Avril pouvait les entendre hurler. Des hurlements qu'elle connaissait bien pour les avoir déjà entendus alors que le monde se faisait cendres et feu. Des cris de bêtes.

– Par ici, Kid !

Avril entraîna l'enfant sur une ancienne piste dégagée qui filait entre les pins puis elle bifurqua sur la gauche entre deux hêtres terrassés. Ils coururent sans savoir où ils allaient à travers la forêt. La jeune fille tirait le gamin derrière elle. Et le gamin esquivait avec adresse les gifles des branches basses et il bondissait par-dessus les troncs abattus, les yeux vifs, les joues rougies, dérapant parfois dans la boue pour se redresser en un éclair, pareil à un animal rapide et furtif.

– Plus vite, Kid !

Avril priait pour que les garçons abandonnent. Mais elle savait au fond d'elle-même qu'ils ne s'arrêteraient que quand ils les auraient capturés. Et qui sait ce qu'ils leur feraient à ce moment-là.

Ils coururent ainsi pendant ce qu'il leur sembla être des heures puis enfin, ils s'arrêtèrent, le souffle court.

La forêt était silencieuse.

– C'est bon, je crois qu'on les a semés, murmura Avril.

Mais des cris éclatèrent non loin, pareils à des coups de feu.

– Mirko, par là !

– Oui, par ici !

Avril et Kid se tapirent derrière un bosquet.

– Pas un bruit, d'accord ?

L'enfant hocha la tête.

Avril entendit les garçons se rapprocher. Ils avançaient droit sur eux. Elle n'osait pas bouger. Elle était tétanisée. Elle espérait que les garçons ne les trouveraient pas mais on entendait les branches craquer. Ils se rapprochaient encore.

Kid prit la main tremblante d'Avril.

– Faut pas avoir peur. Jamais ils nous attraperont.

La jeune tenta de lui sourire.

– Tu as raison.

– Alors on court ?

– On court !

Et ils bondirent de leur cachette et se mirent à courir dans le brouillard.

Immédiatement, des cris retentirent dans les bois.

– Par là ! Il est passé par là !

Ils filèrent à travers les bois, les poumons chauffés à blanc et les garçons pestaient derrière, maudissaient ce gamin dont ils n'avaient entendu que la voix mais qui restait, malgré tous leurs efforts, invisible.

Avril et Kid débouchèrent soudain dans ce qui avait dû être de vastes jardins. Des lambeaux de brouillard s'accrochaient encore ici ou là mais le soleil de la fin d'après-midi perçait maintenant les nuages. Au centre des jardins, se dressait une bâtisse imposante, une sorte de manoir aux murs couleur crème, rehaussés de briques rouges, percés de larges fenêtres surmontées de pignons pointus. Il ne restait rien de la belle demeure. Les carreaux des vitres étaient brisés et une partie du toit semblait effondrée. Un escalier massif menait à la porte principale. Celle-ci pendait sur ses gonds, grande ouverte. Sur les murs de chaque côté de la porte, quelqu'un avait tracé des lettres à la peinture rouge. Un avertissement : « Attention » sur le côté gauche. À droite, « Dange ». Visiblement, celui ou celle qui avait tenu le pinceau avait oublié le « r » final. Ou bien il s'était enfui avant d'avoir pu finir. Elle entendit les cris des garçons qui se rapprochaient.

Avril entraîna Kid vers le bâtiment.

Ils gravirent le grand escalier de pierre et entrèrent dans le hall. À l'intérieur, tout était en ruines. Des lambeaux de tapisserie pendaient des murs défraîchis. Des éclats de verre parsemaient le parquet terne du vestibule, accrochant çà et là des copeaux de lumière. Au centre de la pièce s'ouvrait un énorme trou, baigné de soleil.

Avril s'en approcha avec prudence. Quelques mètres en dessous luisait l'éclat mat d'une bombe. Une bombe énorme, qui n'avait pas explosé. Avril leva la tête et elle comprit d'où venait toute cette lumière. L'obus était entré par le toit, il avait traversé le plancher de chaque étage, pour finalement atterrir à la cave, et le soleil couchant coulait maintenant depuis là-haut pour baigner la bombe d'une lumière jaunâtre.

– Vite, par ici, dit-elle à Kid en désignant un escalier qui menait aux étages.

Ils filèrent à travers le bâtiment délabré, partout ce n'était qu'immondices, portes défoncées, parquets calcinés. Des voix se firent entendre dans le hall. Ils se figèrent sur le palier du deuxième étage, aux aguets. Avril comprit que les garçons devaient certainement avoir découvert la bombe. Elle écouta les voix qui résonnaient jusque dans l'escalier.

– Eh, regardez ça !

– Ouais, sacré morceau.

– Fais gaffe, t'approche pas.

– C'est bon, je sais ce que je fais.

Avril entendit les morceaux de verre exploser sous leurs semelles.

– Bon, vous croyez qu'ils sont entrés là-dedans ?

– J'sais pas. Avec le brouillard, on voyait rien.

– Si si. Moi je suis sûr qu'ils sont là.

– Gamin ? T'es là gamin ?

– Hé, les gars, il y a quelque chose qui bouge !

Avril retint son souffle. C'était impossible qu'ils les aient repérés.

– Quoi ? Où ça ?

– Là. Là, en bas !

– Près de la bombe ?

– Ouais, je vous jure, j'ai vu un truc qui bougeait.

– Tu crois que c'est eux ?

– Je sais pas.

– Merde, si c'est eux, ils sont dingues ! souffla un des garçons.

– Moi, je vois rien.

– Y'a quelqu'un en bas ? Gamin, t'es là ?

On entendit quelque chose tomber dans l'eau.

– Mais t'es malade ? Balance pas des trucs là-dedans ! Tu vas tous nous faire sauter !

– C'est bon !

– Vous faites ce que vous voulez, moi je descends pas là-dedans.

– Ouais, Mirko a raison. Faut déjà qu'on retrouve la Capsule. Et on a intérêt de se dépêcher, il faut rentrer avant la nuit au campement.

– D'accord. Alors on fait quoi ? On laisse tomber ?

– On laisse tomber, on y va.

– Allez, les gamins, on vous laisse. Bonne nuit, hein !

– Et ne remuez pas trop là-dessous. On sait jamais, ça pourrait faire boum !

Les garçons pouffèrent en s'éloignant.

– Boum !

62.

Longtemps après, Avril et Kid quittèrent le palier et redescendirent. Le hall était désert.

Au-delà de la porte béante, ils regardèrent le soleil disparaître tout à fait derrière la cime des arbres.

– Kid, je crois bien que nous allons devoir passer la nuit ici, déclara Avril.

Le gamin leva vers elle des yeux implorants.

– Mais les beignets ?!

– Ne t'en fais pas, le rassura la jeune fille. Madame Mô nous attendra.

Elle savait que la vieille femme s'inquiéterait mais il n'y avait pas d'autre choix. Il était trop dangereux de s'aventurer de nuit dans la forêt. Elle n'avait qu'une vague idée d'où ils se trouvaient. Jamais elle n'était allée si loin. Et les garçons pouvaient toujours être dans le coin.

– Avril, viens voir, l'interpella Kid.

Le gamin se tenait penché au bord du trou, les yeux ronds.

– Kid, ne t'approche pas si près, c'est dangereux, il y a une bombe là-dedans.

Elle se pencha au-dessus de la cave. Tout au fond, l'obus luisait avec un éclat mat. On aurait presque dit un objet inoffensif, une sculpture, une œuvre d'art. Mais Avril savait qu'il pouvait suffire d'une feuille, d'une pierre, d'un infime tremblement de terre ou d'un petit doigt trop curieux et la bombe exploserait.

Kid se pendit à sa manche pour attirer son attention.

– Mais non, regarde, là !

En scrutant la cave, elle vit alors ce que Kid lui montrait. Tout autour de la bombe, baignant dans une boue sombre, il y avait des dizaines de conserves. Certaines avaient explosé. Elles flottaient, éventrées, dans l'eau épaisse. Beaucoup d'autres semblaient intactes. Mais Avril savait qu'il était extrêmement risqué de consommer de vieilles boîtes de conserve. La nourriture avariée pouvait être aussi mortelle que du poison.

– À manger ! sourit Kid.

– Non, Kid, c'est dangereux. Tu ne dois absolument pas t'approcher de ce trou. C'est dangereux, tu m'entends ?

– Dangereux, répéta Kid avec une grimace, sans toutefois quitter les conserves des yeux.

Elle éloigna le gamin avec peine. Ils explorèrent toute la maison, pièce après pièce. Tout ce qui avait pu être volé l'avait été. Et ce qui n'avait pas pu être volé avait été brisé. Ils marchèrent parmi des tableaux lacérés, des radiateurs en fonte rouillés, des restes de sommiers défoncés. Visiblement, le lieu était inoccupé depuis très longtemps. L'obus au sous-sol avait dû décourager les voyageurs les plus curieux. Comme le soir s'avançait, Avril décida d'installer leur petit campement sur le toit.

Par chance, dans leur course, ils avaient conservé leurs sacs à dos.

Elle jeta leurs couvertures de survie sur le pan du toit orienté à l'ouest, face au soleil qui embrasait la cime des pins. Tout autour de la maison, la forêt se déroulait en un tapis noir jusqu'à perte de vue.

– Pourquoi ils étaient en colère, les autres ? demanda Kid.

– Tu parles des garçons de la Capsule ?

Le petit fit oui de la tête.

– Moi, j'croyais que c'était des nouveaux *zamis*. Qu'on jouait à casse-casse. C'est pour ça que j'ai crié « vu ».

– Ne t'en fais pas, ce n'est pas grave, tout va bien.

– Mais c'était pas des zamis, hein ?

– Non, Kid.

– Ils voulaient pas jouer. Ils voulaient nous faire du mal, pas vrai ?

Avril ne répondit pas.

– Pt'être qu'ils voulaient tout manger. Et qu'ils voulaient pas partager avec nous ?

– Oui, sans doute. Tu as eu peur ?

Kid réfléchit un instant puis il finit par hocher la tête.

– Oui. Parce que moi j'crois qu'ils voulaient nous manger, nous. Nous manger *tounutoutentié*.

– Mais non, le rassura Avril. Les humains ne se mangent pas entre eux.

Et en disant cela, elle ne put s'empêcher de frissonner car elle savait que c'était faux.

– Tu crois qu'ils vont revenir ?

– Non. Ils sont partis. On ne les reverra pas.

– C'est dommage qu'ils voulaient nous manger, regretta le gamin, moi j'aurais bien aimé de nouveaux zamis.

Avril le serra contre elle.

– J'ai faim, finit par dire l'enfant.

– Moi aussi, Kid. Pense aux bons beignets que Madame Mô nous fera demain.

Le ventre vide, épuisés par leur course, ils regardèrent la nuit engloutir le jour et bientôt les étoiles se mirent à rougeoyer comme une guirlande.

À présent, Kid dormait paisiblement. Les étoiles au-dessus d'eux n'en finissaient pas de dégringoler vers l'est. Si bien qu'Avril pensa que bientôt tout un coin du ciel serait vide. Entièrement vide. À quoi pourrait bien ressembler le monde si le ciel se vidait de ses étoiles ? À quoi pourrait bien ressembler la vie si plus jamais on ne pouvait faire un vœu ?

Avril regarda en bas, vers les terrasses qui autrefois avaient été des jardins, vers la forêt et ses pins immenses. La brise était tombée, il n'y avait pas un bruit. Juste le silence. Ce silence assourdissant. La jeune fille pensa à la bombe dans la cave. Elle espérait qu'il n'y aurait pas de tremblement de terre trop violent. Sinon, c'était certain, l'obus exploserait. Elle revint près du gamin. Les yeux de Kid semblaient danser sous ses paupières closes. À quoi pouvait-il bien rêver ? Avril aurait parié que les beignets de Madame Mô emplissaient tous ses songes.

Elle s'allongea près de lui.

Elle dit : « Bonne nuit, Kid. Bonne nuit, frérot. » Elle dit cela, mais pas très fort pour ne pas le réveiller. Il était certainement plus heureux dans son rêve que sur ce toit.

Au milieu de la nuit, un grand vent tira Avril de son sommeil.

Les étoiles avaient cessé de pleuvoir. Le croissant de la lune se balançait mollement derrière les nuages, pareil à un œil mi-clos.

Il faisait suffisamment clair pour que la jeune fille distingue une forme sombre s'éloigner d'elle à vive allure. Elle porta la main à son couteau. La forme se tenait maintenant en équilibre sur le bord du toit, frémissante, comme un énorme oiseau effarouché.

Dans le ciel, le vent chassa les nuages. La lune ouvrit son œil et la chose reflèta le regard borgne de la lune.

Alors Avril comprit. Cette chose, c'était la couverture de survie de Kid.

Le gamin était parti.

61.

Faut pas avoir peur.
Moi, je te ferai pas du mal, t'sais.
Tu l'sais, ça ? Que je te ferai pas du mal.
Allez, approche. Viens.

Viens, Sirius.

On se connaît, toi et moi, pas vrai ?
Faut pas avoir peur, hein.
Moi au début, j'ai eu peur de toi.
J'savais pas que t'étais là, dans le noir.
J'ai cru qu'il y avait quelqu'un.
Enfin, quelqu'un d'autre que toi, Sirius.
J'ai grogné mais parce que j'avais pas compris. Pas compris que c'était toi.
Je croyais que c'était quelqu'un qui cherchait les choses à manger. Dans les boîtes en fer, tu comprends ? J'ai cru que tu voulais manger les boîtes, ou me manger moi.
Tounutoutentié.

C'est pour ça que j'ai grogné.
Parce que je savais pas. Parce que je devais pas venir là. Avril, elle me l'a dit. Et si ça avait été quelqu'un d'autre, et qu'il m'avait mangé, Avril elle m'aurait fait la leçon, même si j'aurais été mort. Elle aurait dit : « Et voilà, frérot, tu m'écoutes jamais. Qu'est-ce que j'avais dit, frérot ? Est-ce que je t'avais pas prévenu qu'il fallait pas venir ici. Que c'était dangereux ? Dangereux, tu connais ce mot, Kid ? Répète après moi. »
Et moi j'aurais répété, même si c'est difficile de se souvenir des mots et de toutes les lettres qu'il y'a d'dans. Voilà, Avril elle m'aurait grondé, et moi j'aurais rien dit parce que j'aurais été mort ou mangé. Et c'est la même chose, être mort et mangé. Alors pour tout ça, pour pas être mort, j'ai grogné. Mais c'était pas contre toi, Sirius.

Et puis quand j'ai vu l'étoile blanche, l'étoile blanche sur ton front, j'tai reconnu, forcément.

J'sais pas comment t'as fait pour nous retrouver.
Depuis tout ce temps. Avec le danger et les autres qui veulent peut-être te manger. Mais personne voudrait te faire du mal à toi, Sirius.
Allez, quoi, approche-toi.
Tu m'reconnais pas, c'est ça ?
Tu t'souviens pas ? T'as oublié ?
Mais moi, j'ai pas oublié, Sirius, non, j'ai pas oublié.
Je sais que j'sais moins de choses qu'Avril mais toi, j'tai pas oublié Sirius.
Non, j'tai pas oublié parce que j'ai la photo.

Oui, approche, regarde, j'ai la photo. J'la garde toujours dans ma poche, là, tu vois.
Tu t'souviens ? Tu t'souviens maintenant ?

Là, approche, tu vois, c'est toi sur la photo. Moi, j'suis pas sur la photo, enfin si, j'y suis. Mais on me voit pas. Là, y'a que Pa, Ma et toi. Et c'est Avril qu'a pris la photo. Et Avril m'a dit que moi j'étais dans le ventre de Ma.
C'était comme ça, avant. Y'avait des bébés dans le ventre des gens.
Mais plus maintenant.
Y'a plus de bébés de rien, maintenant.
Plus de bébé renard, plus de bébé arbre, plus de bébé zoiseau, plus de bébé Kid.
Tu t'souviens, Sirius ? Tu te souviens de Pa, de Ma, d'Avril ? Tu te souviens de moi, même si sur la photo on me voit pas ?

Voilà, c'est ça, approche, faut pas avoir peur, approche.
Oui, laisse-moi mettre mes bras autour de ton cou.
Oh mon Sirius.
Oh mon Sirius.
C'que t'es beau, mon Sirius.

60.

Avril dévala les étages, le couteau dans une main, la lampe torche dans l'autre.

Dans le hall, il n'y avait pas un bruit. La porte était grande ouverte sur la nuit.

Elle se pencha au-dessus du trou creusé par la bombe. Tout était sombre. La jeune fille n'osa pas allumer sa lampe, de peur que quelqu'un repère la lumière depuis la forêt. Elle appela à voix basse :

– Kid ? Frérot, est-ce que tu es là-dessous ?

Mais il n'y eut pas de réponse.

Avril inspecta les abords du trou, là où le plancher avait explosé quand la bombe était tombée, et elle finit par repérer la trace boueuse de deux petites mains. Le gamin avait dû se pendre là et se laisser tomber dans la cave.

– Kid, dit-elle un peu plus fort, Kid, je sais que tu es là-dessous. Tu ne peux pas remonter, c'est ça ? Allez, montre-toi, je ne te gronderai pas.

Elle avait dit ça dans un souffle, le cœur battant. Avril en était persuadée : le gamin était descendu dans le trou pour voir s'il pouvait ouvrir une ou deux conserves et se remplir l'estomac. Mais il n'avait certainement pas prévu comment sortir de là.

– Kid, je vais descendre là-dessous, d'accord ? Si tu es là, tu ne bouges pas, tu ne touches pas à la bombe, c'est compris ?

Il lui sembla entendre quelque chose remuer dans l'obscurité sous le plancher. Un vague clapotis. Un grognement. Elle n'avait aucune envie de descendre mais si Kid touchait l'obus, tout exploserait. Il fallait le tirer de là.

Le sac était resté sur le toit, aussi elle dut remonter pour prendre la corde avant de l'attacher solidement à la rambarde de l'escalier et de la laisser filer dans le trou, le plus loin possible de la bombe.

Elle descendit lentement, tous les muscles tendus. Elle retint à peine un frisson de dégoût quand ses pieds entrèrent dans l'eau épaisse et tiède. Elle s'enfonça dans le liquide jusqu'aux genoux. Le fond était spongieux, gluant, un peu chaud, pareil à la bouche d'un énorme animal. Elle alluma la lampe torche. Le pinceau jaune vint caresser la bombe qui reposait, imposante et noire, dans la boue. Il irradiait du métal une douce chaleur, comme si quelque chose palpitait là-dedans. Une chaleur noire. Un éclat de mort. Toute la rage des hommes.

Avril contourna précautionneusement l'obus. Des boîtes de conserve rouillées flottaient un peu partout. Tout autour, contre les murs, d'immenses étagères montaient jusqu'au plafond de la cave. Il y avait des bocaux, des conserves, des paquets de cartons dévorés par l'humidité et des champignons aujourd'hui momifiés. Avril appela doucement :

– Kid, est-ce que tu es là ?

Il y eut un mouvement au fond de la pièce, de l'autre côté de la bombe.

– Kid, c'est toi ?

Avril s'avança, lentement, prête à frapper de son couteau, la lampe torche bien calée dans son autre main.

Et puis elle vit le gamin, agenouillé dans l'eau saumâtre, les bras noués autour d'une forme inconnue.

– Kid ?

L'enfant tourna son visage vers elle. Un minuscule visage fendu d'un large sourire.

– T'as vu, Avril ? T'as vu ? C'est Sirius !

À ses côtés, la bête clignait des yeux, indisposée par la lumière de la torche. Une étoile blanche ornait son front bosselé. La bête laissa échapper un grognement un peu apeuré.

Avril laissa échapper un cri de surprise.

– C'est un cochon, Kid ! Un cochon !

59.

Il s'agissait d'un vrai cochon.

Il était noir et d'une taille relativement modeste. C'était surprenant, car dans le souvenir d'Avril, les cochons étaient plutôt roses et ventrus, mais pas de doute possible : c'était un vrai cochon.

Avril grimpa hors du trou. L'enfant enroula la corde autour de sa taille et il prit le cochon entre ses bras. L'animal se laissa faire sans protester.

– Kid, surtout ne touche pas la bombe.

Elle les remonta en peinant sur la corde, priant pour que le cochon ne se débatte pas. Mais non, il resta parfaitement calme. Une fois sur le plancher défoncé du hall, le cochon se mit à boitiller derrière le gamin en couinant, et Avril prit conscience que ce n'était pas un rêve. C'était un vrai animal. *Un animal vivant.*

Passé ce moment de stupeur, Avril ordonna à Kid :

– Fais attention, qu'il ne s'échappe pas !

Kid sourit. Ses yeux brillaient d'excitation devant le cochon qui gambadait à ses pieds. L'animal ne semblait pas inquiet.

– C'est Sirius. Il s'échappera pas.

Avril haussa le ton.

– Kid, ce n'est pas Sirius, c'est un cochon, et il ne doit pas s'enfuir.

La jeune fille détacha la corde et s'approcha lentement de la bête qui reniflait les gravats.

– Viens ici, petit, lui dit-elle gentiment, viens ici.

Le cochon leva ses deux petits yeux noirs vers elle et grogna furieusement.

Elle s'avança encore, tout en improvisant un nœud coulant.

– Viens me voir, viens ici.

Mais l'animal, comme s'il avait deviné ses intentions, trottina vers Kid en agitant ses deux petites fesses rebondies.

– C'est bon, Kid. Attrape-le ! Tiens-le bien !

Kid caressa l'animal qui se laissa faire en couinant de plaisir.

Alors Avril se jeta sur le cochon et ils roulèrent sur le parquet, faisant tinter dans leur lutte les débris de verre éparpillés.

Le cochon hurlait comme un enfant paniqué et Kid criait encore plus fort.

Avril réussit enfin à maîtriser l'animal et lui passa la corde autour du cou. Sitôt qu'elle le relâcha, le cochon s'enfuit à longues foulées et quand il arriva au bout de la corde, il y eut un claquement sec et la bête s'affala sur le ventre avec de petits couinements surpris.

– On l'a eu Kid ! On l'a eu !

Mais Kid ne souriait pas.

– Pourquoi tu fais mal à Sirius ?

– Ce n'est pas Sirius.

– Si, c'est lui, déclara-t-il en tirant la photo de la poche de sa veste.

Expliquer à Kid que ce cochon n'était pas Sirius fut impossible.

Il ne voulait rien entendre. Il affirmait que le cochon était semblable au chien sur la photo.

– Mais si, r'garde ! Il a la même zétoile ! La même zétoile blanche sur le front ! C'est lui ! C'est Sirius !

Ils se rapprochèrent de l'animal qui tremblait. Avril posa un doigt sur la photo. Elle expliqua au gamin qu'un cochon et un chien ne se ressemblaient pas du tout mais pour lui il n'y avait pas de différence. Les deux animaux étaient noirs, ils avaient une étoile blanche au front, quatre pattes et une queue. Il n'y avait rien d'autre à ajouter.

Kid rangea la photo dans la poche de sa veste, le visage fermé.

– Écoute, frérot, dit Avril en tentant de l'amadouer. Il ne faut pas que ce cochon s'échappe, d'accord ? Est-ce que je peux te faire confiance ?

Kid évita son regard. Il croisa ses bras sur sa poitrine et Avril crut l'entendre murmurer : « Sirius, c'est Sirius. »

– Ce cochon est très précieux. Alors il va rester avec nous. On va bien s'occuper de lui cette nuit, d'accord ?

Le petit tourna la tête vers Avril et renifla un grand coup.

– Voilà ce qu'on va faire, dit-elle en tendant la corde vers le gamin. Tu vas prendre la longe et tu la tiendras et on va remonter tous les trois, d'accord ?

Kid réfléchit un instant puis il finit par céder :
– Avec Sirius ?
Avril hocha la tête :
– Avec lui, oui.
Kid accepta. Il vint s'accroupir à côté du cochon et lui murmura des petites choses en le caressant. La bête tremblante finit peu à peu par se calmer.

Ils montèrent tous les trois à l'étage. Le cochon les suivit docilement, sans tirer sur la longe, trottinant aux côtés de Kid. Avril trouva une pièce pas trop encombrée par les gravats. Elle attacha la corde à un vieux radiateur en fonte échoué dans un angle.

Elle alla sur le toit récupérer leurs affaires et les descendit à l'étage. Quand elle revint, le gamin et l'animal étaient pelotonnés l'un contre l'autre. Ils dormaient. Leurs deux visages tout proches. Et il lui sembla que le cochon avait l'air aussi heureux et innocent que Kid. Elle étendit la couverture de survie sur leurs corps, vérifia le nœud du radiateur et elle s'assit dans un angle de la pièce.

Elle était véritablement épuisée. Malgré cela elle ne put s'endormir avant longtemps. Le cochon l'obsédait. Elle ne cessait de se redresser pour vérifier qu'il était toujours là, aux côtés de Kid. Et à chaque fois, elle pouvait constater, un peu incrédule, que oui, le cochon était là. Et qu'il était vivant. *Vivant*. Il poussait parfois de petits grognements apaisés, comme s'il rêvait lui aussi. C'était un petit cochon. Un porcelet. Avril n'avait aucune connaissance en la matière mais il paraissait assez jeune, ce qui était très étonnant. S'il était là, c'est qu'une femelle adulte lui avait donné la vie. *Donner la vie*. Le genre de chose qu'on ne donnait plus depuis bien longtemps. Arbres, plantes, insectes, poissons, animaux, le virus n'avait épargné personne. Cette stérilité avait précipité le monde dans la folie et la mort. Combien de fois avait-elle répété à Kid que chaque vie était précieuse ? Et pourtant, Avril avait si faim qu'elle ne pouvait s'empêcher de penser à ce petit corps gras blotti contre celui de Kid. Oui, elle s'en souvenait, le cochon était comestible et c'était même sacrément bon.

58.

Quand Avril émergea de sa mauvaise nuit, elle découvrit Kid, les bras noués autour du porcelet. Il couvrait l'animal de baisers. La corde n'était plus attachée au radiateur et la longe traînait sur le sol. L'enfant leva vers elle des yeux pétillants.

– Alors, c'est aujourd'hui ?

– Quoi, aujourd'hui ? demanda Avril.

– Ben, Sirius est revenu, c'est le signe. Aujourd'hui, on va à la Montagne ! On va retrouver Pa et Ma !

– Ce n'est pas Sirius, voyons !

– Si c'est lui ! s'entêta le gamin.

– Mais non, Kid. Sirius est un chien. Ça, c'est un cochon ! dit Avril en désignant l'animal qui se grattait l'oreille.

– Pfffffff... Et c'est quoi, la différence ?

Avril leva les yeux au ciel.

– Un cochon, c'est...

Elle était sur le point de dire que les cochons étaient roses mais elle se reprit juste à temps.

– Un cochon, c'est noir, petit, avec un groin, et une queue en tire-bouchon. Ça aime la boue et ça passe son temps à manger…

– Moi aussi ! Et pourtant j'suis pas un cochon !

Avril ignora la remarque de l'enfant.

– Un chien, ça aboie, ça remue la queue, ça court si tu lances un bâton, et quand tu l'appelles il vient vers toi. Comme s'il te comprenait.

– Ah ouais ?

– Oui, les chiens étaient les meilleurs amis des hommes. Ils étaient très intelligents. Là, ce n'est pas un chien, c'est un cochon. Il ne peut pas comprendre ce que tu lui dis.

Kid réfléchit intensément. Puis il libéra le porcelet qui se mit à renifler le sol avec curiosité. L'animal trouva un vieux bout de tapisserie qu'il mâchouilla avec ravissement. Kid l'appela à ce moment-là :

– Sirius !

Le cochon leva son groin et tourna sa tête vers l'enfant et se précipita entre ses bras en grognant joyeusement.

– Ah, tu vois ! triompha Kid. Il est *zintelligent* ! C'est mon *zami* ! C'est Sirius ! C'est lui !

Avril tendit la main vers l'enfant.

– Viens ici, Kid.

Mais il secoua la tête, refusant de se séparer de l'animal.

– Ce n'est pas Sirius, d'accord ? dit calmement Avril.

– C'est Sirius. C'est le signe. On va à la Montagne ?

La jeune fille se releva. Elle comprit qu'il serait impossible de faire entendre raison à l'enfant.

– Écoute, Kid. On va d'abord essayer de retrouver la Capsule. Et ensuite on ira chez Madame Mô qui doit nous attendre.

– Avec Sirius ?

Avril considéra la question en regardant le cochon.

Que fallait-il faire de l'animal ? Le laisser là ? Le prendre avec eux ? La jeune fille pensa à la Capsule. Aux rations qui s'amenuisaient. La dernière fois qu'elle avait fait le compte des provisions, il leur restait six mois de vivres. Six mois, si les garçons qui les avaient poursuivis n'avaient pas tout emporté. L'apparition de ce cochon était inespérée. Bien sûr, il lui serait difficile de tuer l'animal et elle ne savait pas très bien comment elle pourrait conserver toute cette viande. Mais le principal problème était Kid. Il ne fallait pas qu'il s'attache à l'animal, sinon il n'accepterait jamais de le manger. Et elle devait à tout prix lui faire comprendre que le cochon n'était pas Sirius. Que Sirius viendrait certainement, mais plus tard. Que cet animal n'était pas le signe dont elle lui avait tant de fois parlé quand l'enfant se languissait de retrouver Pa et Ma. Oui, Kid devrait entendre raison, sans quoi elle serait obligée de lui avouer la vérité. Avril se dit que Madame Mô pourrait peut-être le convaincre. Si la vieille femme lui expliquait que ce n'était pas un chien mais un cochon, sans doute accepterait-il cette réalité. Et si ça ne suffisait pas, quand ils rentreraient à l'Arbre, Avril lui montrerait l'encyclopédie.

– Bon, lâcha finalement Avril. Mais le porcelet a de petites pattes. Il pourrait nous ralentir.

Kid se mordit la lèvre inférieure. Il était sur le point de pleurer, alors la jeune fille ajouta :

– Par contre, j'ai un sac à dos vide. Est-ce que tu crois qu'il accepterait de monter dedans ?

Le visage de Kid s'éclaira d'un immense sourire qui ensoleilla le cœur d'Avril. Il lâcha le cochon et il se précipita sur elle et il la serra entre ses bras en couvrant son visage de baisers.

– Merci, sœurette. Oh, merci !

Derrière lui, le cochon, comme s'il avait compris les mots que la jeune fille venait de prononcer, faisait de petits sauts sur lui-même tout en poussant des couinements aigus qui auraient pu passer pour des cris de joie.

Avril finit par renverser Kid sur le dos pour lui chatouiller le ventre et le cochon vint lui donner de râpeux coups de langue qui firent rire l'enfant de plus belle. Cela faisait si longtemps qu'Avril ne l'avait pas entendu s'esclaffer ainsi ! Et elle pensa pour elle-même : « Et toi, depuis combien de temps n'as-tu pas ri ? Vraiment ri ? »

Ils prirent donc la direction de la Capsule, le porcelet harnaché dans le dos d'Avril et Kid bondissant à sa suite, adressant à l'animal des sourires et des caresses. L'enfant était heureux, il avait tout oublié de sa frayeur de la veille.

Avril se tenait sur ses gardes, elle craignait que les garçons soient encore dans les parages mais la forêt était silencieuse et calme. Ils mirent une bonne heure pour retrouver le chemin de la Capsule. Ils avaient couru au hasard et le manoir dans lequel ils avaient trouvé refuge était hors de la carte.

Malgré les recommandations de la jeune fille, Kid ne cessait de parler.

– Tu vas voir, Sirius, on va aller à la Montagne ! Ce sera bien à la Montagne !

– Kid, ne fais pas tant de bruit. Et puis je te l'ai déjà dit, ce n'est pas Sirius. C'est un cochon. Il ne comprend pas ce que tu racontes, ce n'est pas la peine de lui parler comme ça.

Mais le gamin ne l'écoutait pas.

– On va retrouver Pa et Ma ! Et puis pt'être on pourrait inviter Madame Mô ?! Oui, ça lui plairait de venir au bord du lac. Elle serait plus obligée de passer le balai. Avril, elle lirait des livres. Plein de livres. Et puis on ferait des beignets tous ensemble. Pas vrai, Avril ?

La jeune fille ne répondit pas.

Elle pensait au porcelet dans son dos. Elle pouvait sentir son souffle dans son cou, son odeur un peu douceâtre, sa chaleur à travers le tissu. Il poussait parfois de petits grognements, comme s'il était décontenancé de se retrouver là, entravé dans un sac et pourtant en mouvement. C'était incroyable d'être si proche d'un animal vivant. Pourtant, il ne fallait pas se laisser distraire par ce miracle. Elle devait avant tout penser à Kid. À Kid, uniquement à Kid.

Quand ils arrivèrent près de la Capsule, les lieux étaient déserts.

Avril pénétra dans le bosquet sous le parachute.

La Capsule était vide.

Entièrement vide. Ne restaient que des sachets éventrés, quelques nécessaires de premiers soins et les empreintes de grosses chaussures dans la boue.

– Ils ont tout mangé, se désola Kid.

Avril contempla le désastre.

Les garçons avaient emporté toute la nourriture.

Même le chariot en tissu avait disparu.

– Qu'est-ce qu'on va manger, nous ? demanda l'enfant. Moi j'ai faim, et Sirius aussi !

Avril tenta de ne rien laisser paraître de son abattement.

– Ne t'en fais pas, Kid. On trouvera une autre Capsule. D'ici là, on va aller chez Madame Mô. Et je suis certaine qu'elle aura gardé des beignets.

Avril consulta sa carte et ils prirent la direction de la maison de la vieille femme.

Ils retrouvèrent bientôt les traces qu'avait laissées le caddie.

Mais Avril vit aussi dans la boue d'autres empreintes. Celles de grandes chaussures qu'elle avait déjà vues dans le bosquet. Et bien d'autres encore.

Les traces laissées par une dizaine de personnes.

Elles convergeaient toutes vers le même endroit : la maison de Madame Mô.

57.

Avril sentit l'odeur bien avant d'arriver.

L'odeur âcre et piquante du feu refroidi.

Cette odeur, elle ne la connaissait que trop bien.

Elle s'arrêta à une centaine de mètres de la clairière et déposa le sac contenant le porcelet sur le sol.

– Ne bouge pas, Kid. Surveille le cochon, je reviens.

– Qu'est-ce qui s'passe ? demanda l'enfant.

– Reste là.

La jeune fille tira le couteau de sa ceinture et s'avança prudemment dans les bois.

Bientôt, elle aperçut la clairière.

Comme elle l'avait pressenti, la maison avait été ravagée par le feu.

Elle vit les pans de murs noircis et tordus où s'imprimaient les empreintes de longues langues charbonneuses, les poutres calcinées, les morceaux de verre brisé.

Il ne restait presque rien de la maison de Madame Mô.

Elle abaissa son arme et s'avança, le menton tremblant.

Des nuages de cendres encore tièdes volaient autour d'elle. Les chênes centenaires qui bordaient la propriété berçaient lamentablement leurs ramures roussies. Sous la croûte grise, des braises rougeoyaient encore. L'odeur était insupportable et Avril dut enfouir son nez sous son col.

– Madame Mô ? finit-elle par appeler d'une voix faible.

Elle erra au milieu des décombres, soulevant des paquets de cendres, qui faisaient pleurer ses yeux.

– Madame Mô ?

Mais il n'y eut aucune réponse. Il n'y avait que le grésillement des braises sous la cendre.

– Elle est où Madame Mô ? fit une petite voix derrière elle.

Kid se tenait là, les bras ballants, les yeux écarquillés d'incompréhension. Le cochon à ses pieds reniflait la cendre avec des airs dégoûtés.

Avril n'eut pas le courage d'ordonner à l'enfant de s'éloigner. Elle aurait voulu lui éviter ce triste spectacle qu'il ne comprenait même pas. La seule personne qu'il connaissait en dehors d'Avril venait de disparaître.

Ils parcoururent en silence les gravats, contemplant avec tristesse les restes des meubles et des tapis carbonisés. Des livres il ne restait plus que quelques couvertures racornies et des cendres, des tas de cendres.

Les poings d'Avril se refermèrent douloureusement quand elle vit l'étoile noire tracée à la peinture sur un pan de mur craquelé.

– Ce sont eux. Ce sont eux qui ont fait ça.

Et Avril n'eut plus de doute. Le garçon qui était venu interroger Madame Mô faisait partie des Étoiles Noires.

Tout comme ceux qui les avaient poursuivis la veille. Elle se sentit alors affreusement coupable de tout cela, de tout ce gâchis, et elle eut envie de pleurer.

– Là ! s'écria soudain Kid en désignant la lisière de la clairière.

Avril rejoignit l'enfant.

Madame Mô était là, toute petite, roulée en boule dans la cendre. Ses joues étaient noircies, sa blouse bleue et blanche déchirée. Le fusil brisé reposait à ses côtés.

Le cochon flaira la vieille femme. Avril le chassa sans ménagement et s'agenouilla près d'elle.

– Madame Mô ?

Les lèvres craquelées de Madame Mô tremblèrent un peu mais ses paupières ne se relevèrent même pas.

– Je suis désolée, parvint-elle à articuler. Si désolée.

Avril secoua la tête. Elle ne comprenait pas. Elle aurait bien aimé lui donner à boire mais elle n'avait rien à lui offrir. Elle tendit une main pour caresser sa joue mais elle se ravisa, de peur de la blesser.

– Madame Mô, ça va aller, ne vous en faites pas.

– Les livres…

– Peu importent les livres, nous allons vous aider.

– C'est à cause des livres.

– Je ne comprends pas, balbutia Avril. Pourquoi est-ce que vous parlez des livres ?

– Il avait entendu ta voix, murmura la vieille femme. Quand il est venu, la première fois.

– Comment ?

– Ta voix, ma belle. L'enregistrement de la lecture. C'est comme ça qu'ils ont su.

Kid leva des yeux implorants vers Avril.

– Qu'est-ce qu'on peut faire, sœurette ? Est-ce qu'elle est en train de mourir ? Est-ce que c'est ça, mourir ?

La jeune fille baissa la tête.

– Ils m'ont obligée, balbutia Madame Mô. Ils m'ont obligée à leur dire.

– Quoi donc ?

– L'Arbre. L'Arbre où vous vivez. Ils sont là-bas. Ils t'attendent.

Le menton d'Avril se mit à trembler.

– Les Étoiles Noires. Ce garçon. Ils t'attendent.

Ils restèrent auprès de Madame Mô jusqu'à ce que ses lèvres se referment pour toujours. Avril étouffa ses pleurs dans son col.

En guise d'adieu, Kid posa son index sur le front de la vieille femme.

Le porcelet abaissa l'étoile blanche de sa tête, peut-être pour chercher de quoi manger dans les gravats charbonneux, peut-être pour rendre hommage à celle qui fut un jour Madame Mô, car qui peut savoir ce qui se passe dans l'esprit des bêtes ?

56.

Épuisés, tristes et affamés, ils reprirent le chemin qui menait à l'Arbre.

Avril s'efforçait de ne pas penser. Tout était confus. Elle ne savait pas ce qu'elle devait faire à présent. Kid n'avait pas prononcé un seul mot, il marchait derrière elle, le visage froissé. Seul le cochon paraissait à son aise. Sa tête dépassait du sac à dos. Ses longs cils noirs papillonnaient et son petit groin frétillait sans cesse, comme s'il cherchait à reconnaître les environs.

Avril ne parvenait pas à croire que les Étoiles Noires l'aient poursuivie durant toutes ces années. Et pourtant, elle savait bien la folie qui était la leur et qui les poussait toujours plus loin sur les chemins. Bien sûr, c'était imprudent de retourner à l'Arbre si, comme l'avait dit la pauvre Madame Mô, les Étoiles Noires étaient là-bas. Mais Avril espérait qu'ils ne l'auraient pas trouvé. Ou qu'ils seraient déjà repartis. Au pire, ils se cacheraient et ils attendraient le départ des Étoiles Noires. L'Arbre, c'était tout ce qui leur restait. Leur seul abri.

– Pourquoi ils ont brûlé la maison de Madame Mô ? lui demanda l'enfant.

– Je ne sais pas, Kid, répondit Avril sans s'arrêter.

– Madame Mô, elle est morte. Ça veut dire qu'on la reverra plus jamais, pas vrai ?

– Non.

– Elle fera plus de beignets, hein ? On peut pas faire de beignets quand on est mort ? Ni passer le balai. Ni écouter des histoires. Ni aller à la Montagne ?

Avril s'arrêta et se retourna vers l'enfant, prête à lui demander de se taire. Mais il avait l'air si désemparé que sa colère s'évanouit. Elle l'attira contre sa poitrine.

– Viens, Kid. Tu as le droit d'être triste. C'est normal.

– Tu m'as dit que les zétoiles, elles entendent tout, pas vrai ? murmura le gamin dans son cou. Est-ce qu'on peut faire un vœu dans son cœur pour que Madame Mô elle soit pas morte ?

– Non, ça ne marche pas comme ça. Quand on est mort, c'est pour toujours.

– Comme les renards ? Comme les arbres ?

– Exactement. Mais si on se souvient d'elle, comme elle était avant, elle sera un petit peu à l'intérieur de nous, tu comprends ?

Le gamin réfléchit longuement puis il finit par hocher la tête.

– D'accord. Madame Mô, c'est comme la brindille rose. Jamais je l'oublie.

Avril fronça les sourcils.

– La brindille rose ?

Mais le gamin ne lui répondit pas, il caressa la tête du porcelet et se remit à marcher, étrangement apaisé.

Bientôt, à des signes infimes, la forme étrange d'une branche, un creux dans un tronc, un entrelacs de lianes desséchées, ils surent qu'ils arrivaient près de l'Arbre.

Ils s'approchèrent en silence.

Les cordes lestées de boîtes de conserve traînaient au sol. Avril vit qu'elles avaient été tranchées.

Elle fit signe à Kid de s'arrêter.

– Il y a quelqu'un à l'Arbre, souffla-t-elle à l'enfant.

– Qui ? C'est les gens qu'ont fait du mal à Madame Mô ?

Avril hocha la tête.

– Il faut faire très attention. Il ne faut pas qu'ils nous voient, d'accord ?

– Sinon, on sera morts ?

La jeune fille caressa la joue de l'enfant.

– Ne t'en fais pas. On va juste voir s'il y a quelqu'un. Et tout se passera bien.

– D'accord, je dirai pas « vu », même si je les vois. C'est promis.

Ils se faufilèrent discrètement entre les arbres.

Ils approchaient du grand chêne quand ils entendirent une voix.

Une voix forte, qui vint ébranler la forêt, se répercutant d'arbre en arbre, faisant frémir jusqu'à leur ramure.

La voix d'Avril qui lisait le texte pour Madame Mô : « *Dans la belle Vérone, où nous plaçons notre scène / Sont entraînées par d'anciennes rancunes à des rixes nouvelles / Où le sang des citoyens souille les mains des citoyens.* »

Avril frissonna.

Elle écarta un buisson, leva les yeux vers le chêne.

Et elle le vit, lui.

Darius.

Il se tenait debout sur la plate-forme, le magnétophone entre les mains.

Il avait à peine vieilli depuis qu'Avril l'avait quitté, cinq ans auparavant. Ses cheveux blonds flottaient devant son visage pâle. Il était toujours fin et élancé, presque maigre à présent, comme un enfant monté trop vite en graine et ses vêtements noirs ne faisaient qu'accentuer sa maigreur. Entre ses mains, le magnétophone dévidait sa bande. Il souriait, l'air un peu rêveur. À le voir ainsi, perché sur la terrasse de la cabane, les cheveux au vent, il aurait pu passer pour un poète romantique, naïf et exalté. Avril savait qu'il n'en était rien, bien au contraire. Darius était intelligent, dangereusement intelligent.

Derrière lui, une dizaine de garçons et de filles mettaient la cabane à sac. Ils étaient tous aussi maigres et pâles que Darius. Elle les imagina retournant les coffres et les bancs et les paillasses. Avec dégoût, elle s'aperçut que les trois qui les avaient poursuivis la veille étaient là.

La voix d'Avril récitait toujours : « *Les terribles péripéties de leur fatal amour / Et les effets de la rage obstinée de ces familles / Que peut seule apaiser la mort de leurs enfants / Vont en deux heures être exposés sur notre scène.* »

Un des garçons, celui au crâne rasé, s'approcha de Darius. Il jeta au sol l'encyclopédie de Madame Mô.

– On a tout fouillé. Il n'y a rien de plus que le magnétophone et ce vieux livre. Qu'est-ce qu'on fait ?

Darius ne le regarda même pas. Il fit taire la voix d'Avril et il vint s'asseoir au bord du vide. Un brusque coup de vent écarta les cheveux de son visage. Sur toute la partie gauche s'étalait le large stigmate d'une brûlure ancienne. Comme un pain de cire qu'on aurait trop approché du feu, la peau avait fondu, formant cratères et tourbillons. Et pourtant, cet horrible masque ne parvenait pas à éclipser tout à fait la beauté angélique de l'autre partie du visage.

– Nous allons attendre qu'elle revienne, dit-il d'une voix forte, comme s'il savait qu'Avril pouvait l'entendre. La vieille femme nous a dit qu'elle vivait là avec un gamin. Alors on va attendre. Elle reviendra car il est écrit dans le ciel que nos routes se rejoindront.

Le garçon, embarrassé, se dandinait d'un pied sur l'autre.

– Mais Darius, on a plus rien à manger. Ça fait des mois et des mois qu'on cherche cette fille. On est épuisés. On pourra pas tenir longtemps comme ça.

Darius lui fit signe de venir s'asseoir à côté de lui. Le garçon s'exécuta.

– Tu as encore faim, Mirko ? lui demanda Darius en passant son bras par-dessus son épaule.

– Comment ça ?

– Oui. Il m'a semblé que tu traînais un peu trop avec les deux autres, hier. Et ce matin, à l'endroit où tu as dormi, j'ai ramassé une drôle de chose.

Il sortit de sa poche un sachet vide de ration énergétique.

– Où est-ce que tu as trouvé ça ?

Mirko baissa la tête vers le sol, une dizaine de mètres plus bas. Derrière eux, le reste de la troupe s'immobilisa.

– Alors ?

– D'accord, lâcha le garçon après un silence. Hier, quand on explorait autour de la maison de la vieille femme, on a trouvé une Capsule. Et on avait si faim qu'on a mangé quelques trucs. Trois fois rien.

– Tu sais ce que je pense des Capsules, n'est-ce pas ?

– Oui. Tu as dit que ça allait contre les desseins de Dieu. Qu'il fallait qu'on se nourrisse de ce que Dieu avait créé pour nous sur la Terre.

– Exactement, Mirko. Alors pourquoi ? Pourquoi tu as mangé ces choses ?

– J'avais si faim, Darius. J'ai pas réfléchi…

– Où est passé le reste de la nourriture ? Est-ce que tu caches des choses à manger ?

– Non, je t'assure.

– Tu es certain ? Il n'y avait rien d'autre dans cette Capsule ? Juste cette ration ?

– Non, il y avait quelques trucs. On avait tout mis dans un chariot. Mais on l'a abandonné avant de vous retrouver chez la vieille femme. On a pensé que ça ne te plairait pas qu'on ramène tout ça.

Darius sourit.

– Un chariot ?

– Oui, un chariot en tissu, avec des roulettes, tu sais.

– Dis-moi, où est-ce que vous avez trouvé un chariot ?

– Près de la Capsule.

– Il était là, comme ça ? C'est étrange, non ? Tu as déjà croisé beaucoup de chariots dans la forêt ?

Mirko hésita :

– Heu… non.

Darius se rapprocha de Mirko et vint placer sa main droite dans le dos du garçon. Le vide s'ouvrait devant eux. Il suffisait d'une pression et le garçon basculerait.

– Alors comment est-ce que tu expliques cela ?

Le garçon se mit à bafouiller. Avril distinguait à peine ce qu'il disait.

– On a commencé à prendre des choses dans la Capsule. Mais il y a eu ce gamin, qui est sorti de nulle part. Le chariot devait être à lui.

– Un gamin ?

Le garçon acquiesça.

– Enfin, on ne l'a pas vu. Mais on l'a entendu.

– Et vous n'avez rien fait ? Ça ne t'a pas semblé étrange, un enfant avec un chariot en pleine forêt ?

– Bien sûr que si, s'empressa de répondre Mirko. On l'a poursuivi mais il allait trop vite…

– Un enfant ? Un enfant peut courir plus vite que trois Étoiles Noires ?

– Non. Non. Mais il y avait du brouillard. On ne voyait pas bien. On l'a rattrapé. Enfin… on a suivi sa trace jusqu'à une grande maison. Une sorte de manoir. Il est allé se cacher là-dedans. Il y avait une bombe dans la cave, alors on a abandonné. On s'est dit que ce n'était pas grave. Que c'était qu'un gamin.

Darius hocha la tête. Il ouvrit la main et le sachet plastique vide tourbillonna dans les airs. Le garçon agrippait des deux mains le rebord de la plate-forme, comme s'il avait peur que Darius le pousse dans le vide. Les autres, derrière, fixaient la scène, silencieux.

– Et il était seul, cet enfant ?

Le garçon hésita un peu.

– Est-ce qu'il était *seul* ? insista Darius derrière le rideau de ses cheveux blonds.

– Non. Il y avait d'autres traces, je crois. Des empreintes.

– Des empreintes qui auraient pu être celle d'une fille ?

Le garçon, tremblant, hocha la tête.

– Et tu as pensé que ça ne m'intéresserait pas ?

– Non, je t'assure, Darius. Mais…

– Réponds-moi, Mirko. Tu as pensé que ça ne m'intéresserait pas ?

– Non. Je… j'étais fatigué et… je te jure, j'ai réfléchi et je me suis dit que…

– Tu as *réfléchi* ?

Le garçon fit oui de la tête. La main de Darius se fit plus lourde dans son dos.

– Tu vois, Mirko. C'est ton problème. Tu as réfléchi. Tu sais, réfléchir, ça peut être dangereux. Parfois, il vaut mieux faire confiance à son instinct. Car l'instinct nous a été donné par Dieu. Si tu t'étais fié à ton instinct, tu serais venu m'en parler, directement. Tu m'aurais tout raconté.

– Je voulais…

Darius le fit taire en faisant glisser sa main jusqu'à son épaule et sa main ressemblait à une serre.

– C'est important l'instinct. C'est même ce qui te maintient en vie, sans que tu le saches. Par exemple, si tu t'approches trop du vide, l'instinct t'enverra un signal. Il te dira : « Mirko, recule. Recule ou tu vas tomber et mourir. D'une manière affreuse. Affreuse et totalement stupide. »

Mirko, blême, ne répondit rien.

Il y eut un très long silence. Puis finalement, Darius explosa de rire. Un rire cristallin. Angélique.

Il tapota le dos du garçon. Presque amicalement.

– Détends-toi, Mirko ! Tu ne croyais quand même pas que j'allais te pousser ?!

Mirko reprit son souffle et tenta d'esquisser un sourire.

– Non, Darius, bien sûr que non.

Darius se tourna vers les autres qui se tenaient derrière, le visage fermé.

– Et vous ? Vous pensiez que j'allais le faire ?

Personne ne répondit. Ils fixaient tous Darius avec un regard froid. Il n'y avait que le garçon au crâne rasé qui souriait.

Alors, d'un coup, Darius poussa Mirko.

Il le poussa dans le vide.

Le garçon tomba, en silence, un air étonné sur le visage.

On entendit son corps se fracasser au pied de l'Arbre.

Avril enfouit la tête de Kid contre sa poitrine.

Darius l'avait poussé sans émotion particulière. Sans colère et sans haine. Il avait simplement tué ce garçon, comme si c'était une chose naturelle. La seule chose à faire.

Là-haut, sur la terrasse, Darius se releva en époussetant ses vêtements noirs.

– Vous voyez où ça mène de trop manger ? De trop réfléchir ? À force, on devient lourd et on tombe. Comme ce pauvre Mirko.

Tous baissaient les yeux. Darius repoussa ses cheveux sur ses épaules, laissant apparaître côte à côte la beauté et la laideur de son visage fendu en deux.

– Je sais que je vous en demande beaucoup. La lourdeur, c'est à la portée de tout le monde. Mais la légèreté… la légèreté, c'est le plus difficile. Je sais que vous en êtes capables. Car vous êtes des Étoiles Noires. Cette fille, celle que nous recherchons, elle a désobéi à Dieu. Elle s'est détournée de Lui. Cette fille, c'est ma mission, c'est la vôtre, nous devons la retrouver.

Il s'approcha du reste du groupe.

– Ça ne sert à rien d'attendre ici. Nous allons aller la chercher. Elle et son gamin. On arrachera chaque arbre de cette forêt s'il le faut.

Il s'arrêta devant les deux garçons qui, la veille, avaient poursuivi Kid et Avril.

– Vous deux, vous allez me conduire jusqu'au manoir. Et peut-être bien que vous vivrez jusqu'à ce soir.

Les garçons hochèrent la tête silencieusement.

Darius s'agenouilla et se saisit de l'encyclopédie de Madame Mô. Il la feuilleta lentement, comme si ces images imprimées de l'ancien temps ravivaient en lui des souvenirs depuis longtemps enfouis. Une grimace de dégoût s'étala peu à peu sur son visage. Il déchira une poignée de pages puis il tira un briquet de sa poche. Le feu prit rapidement.

Il jeta à la volée ces feuilles enflammées dans la forêt. Puis il recommença, encore et encore. Les pages tourbillonnaient dans l'air, se prenant dans la ramure des arbres desséchés où les flammes se mirent à danser.

– Comme ce livre, comme l'ancien monde, toute cette forêt brûlera, dit-il à voix haute. Il n'y a plus d'endroit pour se cacher. Grâce à Dieu, les Étoiles Noires brillent aujourd'hui !

Tout autour de l'Arbre, les pins s'embrasaient en crépitant. L'incendie se propageait rapidement. Sur la terrasse, les garçons et les filles du groupe n'avaient pas l'air très rassurés mais rien ne pouvait arrêter Darius. Il semblait possédé. Un ange de la mort.

Il mit enfin le feu à la couverture du livre. Il le regarda un instant puis le lança à l'intérieur de la cabane. Les flammes ne tardèrent pas à dévorer les paillasses de fougères, les murs de planches vermoulues. La ramure du chêne se mit à frémir sous l'assaut du feu.

Le cœur d'Avril se serra. L'Arbre, ce chêne majestueux, dans lequel ils avaient vécu durant cinq années, était en train de brûler.

Darius se tourna vers le reste de son groupe.

– Allez, descendez, allez la chercher !

Puis il lança à voix haute :

– Avril ! Tu vois, les Étoiles sont là ! Je ne t'ai pas oubliée. Bientôt, je serai là, avec toi.

La jeune fille posa une main tremblante sur l'épaule du gamin.

– Viens Kid, il nous faut partir.

– On va à la Montagne ?

– Ne pose pas de questions. Cours !

55.

Ils se mirent à courir dans la direction opposée du manoir.

Le porcelet, dans le sac, humait l'air, le groin froncé, comme s'il était inquiet. Avril, plus que de la peine, ressentait de la colère. De la colère contre Darius, contre elle-même, mais elle essaya de n'en laisser rien paraître. Il fallait s'éloigner, le plus vite possible.

Ils avaient emprunté une piste qui filait vers le nord à travers la forêt. Derrière eux, les flammes, attisées par un vent d'ouest, dévoraient la forêt avec de grands craquements sinistres. L'incendie barbouillait le ciel de noir, masquant le soleil et transformant le jour en nuit.

– C'est par là la Montagne ? demanda Kid au bout d'un moment.

Avril s'arrêta.

– Où on va, sœurette ?

La jeune fille s'apprêtait à répondre mais elle réalisa soudain qu'elle n'en avait pas la moindre idée. Elle savait ce qu'elle fuyait mais où devait-elle aller, elle n'en savait rien.

– On cherche un endroit, finit-elle par bafouiller. Un endroit où on sera en sécurité.

– On reviendra pas à l'Arbre, pas vrai ? demanda l'enfant.

Avril secoua la tête.

– Non.

– T'as vu. J'ai pas crié « Vu », hein ?

– Oui, c'est bien, Kid. Tu as très bien fait.

– Le Garçon-mort, pourquoi il est méchant comme ça ?

– Le garçon-mort ?

Le gamin posa une main sur sa joue.

– Celui qui a la marque. Celui qui a poussé l'autre de l'Arbre.

– Certains hommes sont méchants, Kid. C'est comme ça.

– C'est à cause de sa joue ?

Avril ébouriffa les cheveux de l'enfant.

– Ne t'en fais pas, Kid. On ne le reverra plus. Ils sont partis de l'autre côté. Ils ne nous retrouveront pas.

Kid approuva :

– À la Montagne, tout recommencera. Y'aura pas de bombes ni la guerre. Y'aura que nous.

– Tu as raison. Mais d'abord il faut trouver un endroit pour se mettre à l'abri. Ensuite, on verra.

– D'accord, finit par approuver Kid. Mais faut se dépêcher parce que ça va vite.

Avril fronça les sourcils.

– Qu'est-ce qui va vite ?

Kid leva son index au-delà de l'épaule de la jeune fille.

– Le feu, il va vite.

Avril tourna la tête. Et elle vit les flammes qui léchaient le ciel noir. Poussé par un vent de sud, le feu les talonnait. Comme si c'était une bête que Darius aurait lancée à leur poursuite. La forêt tout entière s'embrasait. Une déflagration fit trembler le sol sous leurs pieds. Et puis une autre. Ici et là, des bombes enfouies explosaient.

– Viens, Kid.

Ils se mirent à courir au trot. Le poids du porcelet dans le sac tirait sur l'épaule d'Avril. Le vent forcit encore et bientôt ils purent entendre très clairement le rugissement du brasier dans leur dos, le brasier qui galopait bien plus vite qu'eux.

Petit à petit, la végétation se modifia. Les arbres se firent plus maigres et tordus, et le sol devint peu à peu sombre, spongieux. Ils s'enfoncèrent dans ces marécages. Ils durent contourner des mares sombres et nauséabondes. Des touffes de roseaux desséchés, morts depuis longtemps, traçaient d'étranges labyrinthes où ils s'égarèrent. Enfin, ils arrivèrent à une rivière, essoufflés, les yeux brûlants. L'eau était noire et épaisse, pareille à de l'huile. Il flottait dans l'air une odeur âcre et piquante. Tout autour, la végétation avait pris des teintes sombres et maladives. Plus loin sur la berge, trônait un amoncellement de barils crevés, tous frappés d'une tête de mort. Avril se retourna. Le feu n'était qu'à quelques dizaines de mètres et le vent poussait toujours les flammes dans leur direction.

– On va traverser, Kid. L'eau fera barrière. Mais surtout ne l'avale pas, ordonna Avril. Elle est sûrement empoisonnée.

Ils se plongèrent dans la rivière en réprimant un frisson de dégoût. L'eau était chaude, gluante. Par chance, ils avaient pied, et ils traversèrent le cours d'eau les mains levées. Dans le sac, le cochon se mit à couiner de terreur et Kid n'était pas loin de suivre son exemple.

Une fois sur la berge opposée, ils regardèrent de l'autre côté les pins s'embraser comme de pauvres allumettes. Ceux qui étaient encore vivants se tordaient et gémissaient et la sève portée à incandescence s'enflammait avec des sifflements aigus. Les flammes vinrent lécher les eaux sombres mais elles se retirèrent en feulant comme un animal effrayé. Une vapeur dense et suffocante se répandit dans l'air. Dans le sac, le cochon se mit à tousser et Avril sentit son estomac se révulser.

– Viens, Kid. Il ne faut pas rester ici.

Ils se remirent à courir, leurs vêtements lourds de cette eau épaisse et nauséabonde, laissant derrière eux l'incendie qui rugissait.

Plus tard, Avril repéra sur la carte une ancienne chapelle. L'incendie avait sûrement effacé leurs traces, ce pouvait être un bon abri en attendant de savoir ce qu'ils allaient faire.

Ils arrivèrent à la chapelle à la tombée de la nuit. L'œil blanc de la lune luisait faiblement et donnait au lieu un aspect désolé.

Avril avait expliqué à Kid qu'une chapelle était comme une petite église et le gamin fut un peu déçu en pénétrant dans le bâtiment aux murs lépreux. Comme si ce qu'il voyait là était bien la preuve que tout ce que montrait le Livre de Madame Mô n'avait été qu'un ramassis d'histoires. Effectivement, la chapelle était dénuée de toute beauté. Les vitraux, les bancs, l'autel, tout avait été brisé. Avril fit sortir le porcelet de son sac et il se mit à renifler les gravats avec un air curieux. Sur le mur au fond de la nef, il y avait un crucifix de métal barbouillé de peinture rouge. Avril y attacha la longe de l'animal. Ils enlevèrent leurs vêtements poisseux et se laissèrent tomber sur le sol. Ils avaient beau ne pas avoir mangé depuis la veille, ils avaient la nausée. Kid regarda longuement le crucifix et l'homme cloué dessus en tripotant son collier de capsules.

– Qui c'est ? demanda-t-il après un temps.

– C'est le fils de Dieu, répondit Avril.

Le gamin se tourna vers elle.

– Est-ce qu'on va te faire la même chose ?

– Comment ça ?

– Le Garçon-mort, à l'Arbre, il a dit que t'avais désobéi à Dieu. Est-ce que Dieu, il va te clouer les mains et les pieds, comme si c'était des capsules ?

– Non, Kid. Dieu… Dieu n'existe pas. Pas vraiment. C'est… c'est une sorte d'histoire que se racontent les grands, pour se rassurer.

– Une histoire ?

Avril était épuisée. Elle n'avait pas envie de se lancer dans une longue explication. Elle n'aurait même pas su quoi dire exactement. Elle chercha des mots simples pour l'enfant.

– Oui, des gens croient que Dieu habite là-haut, dans les nuages. On dit que Dieu a créé la terre, et la vie sur terre. Les arbres, les animaux et les hommes. Quand tu meurs, tu vas au ciel et tu vis pour toujours avec lui.

– Tu vas au ciel en volant ? Comme les zoiseaux ?

– Un peu, oui.

– Alors Madame Mô, elle est avec Dieu ?

– Je ne sais pas. Peut-être.

Kid réfléchit puis il finit par dire :

– C'est des bêtises. Moi je sais où on va quand on est mort.

– Où ça ?

– Dans le cœur.

Avril tira les couvertures de survie de son sac. Elle avait faim et soif mais ils étaient à court de provisions.

– C'est Dieu qu'a tué son fils ? reprit Kid en montrant l'homme crucifié.

– Non, ce sont d'autres gens. Parce qu'ils n'aimaient pas ce que son fils disait.

– Et Dieu, il a rien fait pour l'aider ?

Avril soupira :

– C'est très compliqué, Kid. Je t'expliquerai une autre fois.

– Pa, il nous aurait jamais fait ça, pas vrai ? Il aurait pas laissé les gens nous faire du mal.

– Non, bien sûr que non.

– Dieu l'est méchant, décréta l'enfant. Ton histoire, c'est pas pour rassurer les grands, c'est pour leur faire peur.

Avril ne prit pas la peine de répondre. Ils se blottirent près de l'autel brisé et ils tombèrent dans le sommeil comme on tombe d'une falaise.

Ils dormirent un jour entier. Peut-être deux, Avril n'aurait pas su le dire. Elle se sentait fiévreuse, malade. Elle avait complètement perdu la notion du temps.

Quand Avril sortit de la chapelle, tout scintillait sous le givre. La température avait considérablement chuté. À l'ouest, le ciel était encore encombré par les fumées de l'incendie mais on ne voyait plus de flammes. Elle revint près de Kid et se serra contre lui.

Avril sursautait chaque fois qu'un tremblement de terre faisait tinter les débris de verre éparpillés dans la nef. La jeune fille passa le reste de la journée près de la porte, à guetter la forêt. Un souffle de vent dans les branches, un craquement lointain, la moindre oscillation du soleil, tout portait ses nerfs à vif. Plusieurs fois, il lui sembla entendre des cris. Elle savait que Darius n'abandonnerait pas. Elle avait vu la folie briller dans ses yeux. Tôt au tard, il les retrouverait. Elle ne doutait pas qu'ils étaient à ce moment même à leur recherche.

L'état de Kid l'inquiétait. Cela faisait presque trois jours qu'ils n'avaient ni mangé ni bu. Le gamin traînait son ennui sous les voûtes de la chapelle, suivi à la trace par le porcelet noir qui tirait sur sa longe. Il ne parlait même plus de la Montagne. Elle le trouvait de plus en plus souvent prostré. Son visage était creusé, ses cernes noirs. La nuit, elle l'entendait parler dans son sommeil, des phrases incompréhensibles où une brindille rose et le nom de Madame Mô revenaient fréquemment. Le petit était en train de mourir de faim. Et l'eau de la rivière les avait certainement intoxiqués. Elle-même se sentait extrêmement faible. Elle avait souvent l'esprit embrumé. Des papillons dansaient devant ses yeux. Les idées noires ne cessaient de l'assaillir dans son sommeil. Elle s'endormait, se réveillait en sueur, des lambeaux de cauchemars encore accrochés sous les yeux. Et en pleine nuit, elle ne parvenait plus à distinguer les cauchemars de ses souvenirs et elle se demandait parfois si ce n'était pas la même chose.

La présence du porcelet l'obsédait. Alors Avril regardait les bois et elle se mettait à imaginer des dizaines de porcelets rassemblés autour de leur mère, une portée tout entière, et dans son imagination, c'était un beau spectacle, une scène incroyable. Puis rapidement, dans son esprit épuisé, ces cochons se transformaient. Ils devenaient rôtis, saucisses, jarrets. Elle ne cessait de penser à toute cette bonne viande, cette graisse fondante. De lointains souvenirs de repas lui chatouillèrent et le nez et l'estomac. Les grillades dans le jardin, avec Pa et Ma. La graisse qui fondait sur les braises, le crépitement délicieux, la fumée odorante qui montait droit dans le ciel où planaient les oiseaux. Son estomac se contractait douloureusement et elle chassait avec peine ces images de son esprit. Et bientôt elle ne pensa plus qu'à ça.

Au crépuscule, elle prit une décision.

54.

La lune coulait sa lumière froide sur la terre quand Avril sortit de la chapelle.

Le cochon trottinait devant la jeune fille, tendant son groin pour humer l'air glacé du matin. La forêt était prise sous une gangue de givre et leurs haleines formaient de petits panaches blancs.

Avril laissa l'animal gambader. Fouiller les décombres et la terre grisâtre et les feuilles flétries et manger le peu qu'il pouvait y trouver. Il relevait de temps à autre son groin vers la jeune fille et, dans ses yeux, ses deux petits yeux noirs, ronds comme des billes, la jeune fille put lire qu'il savait déjà ce qui allait se passer.

Sa main trembla quand elle se posa sur le couteau.

Elle serra les mâchoires et se retourna vers la chapelle où Kid dormait. Le petit n'avait rien entendu quand elle avait dénoué la longe. Le cochon n'avait pas grogné, il avait suivi docilement la jeune fille, comme s'il savait ce qui allait lui arriver. Avril avait pensé que c'était peut-être là le sort de toutes les bêtes, et que ce qu'elle allait faire était inscrit en elles depuis la nuit des temps et qu'elles le savaient au moment même où elles venaient au monde.

Elle avait son couteau dans une main, la longe dans l'autre. Et le cochon se tenait immobile au milieu de la clairière toute scintillante de givre et de l'éclat de la lune. Et ses yeux noirs fixaient la jeune fille.

Ils la fixaient sans appréhension, sans crainte. C'était deux yeux calmes de bête pour qui la vie n'est qu'un éternel présent.

Elle posa le couteau sur la gorge du porcelet.

L'animal se laissa faire. Il n'essaya pas de s'enfuir. Il se contenta de pousser un petit couinement, sur une note aiguë, pareil à une plainte.

Avril inspira profondément.

Maintenant, il suffisait d'un geste.

Un seul.

Et la lame glisserait sous la peau.

Et la lame ferait couler le sang.

Et la lame prendrait cette vie.

Le cochon regardait Avril et, dans ce regard, Avril se vit, elle.

Comme dans un miroir.

Elle vit toutes ces pensées qui tourbillonnaient en elle. Tous ces souvenirs qui ressemblaient tant à des cauchemars. Les cohortes de réfugiés jetés sur les routes. Les animaux exterminés. La guerre et le chaos, partout, comme pour étancher la colère et le désespoir de savoir que plus jamais l'homme ne donnerait la vie. Et tout ce sang versé par les Étoiles Noires, au nom de Dieu. Et le couteau de Darius, ce soir-là, cinq ans auparavant. Et le corps si petit de Kid dans son berceau. Si léger quand elle l'avait pris dans ses bras. À peine plus lourd qu'un oiseau ou qu'une étoile. Le cochon voyait tout cela. Et Avril voyait tout cela aussi dans les yeux du cochon.

Elle vit sa main sur le couteau.

Sa main qui tremblait.

Et des perles de givre qui glissaient le long de ses joues creuses et qui explosaient à ses pieds.

Et sa main qui tremblait.

Qui hésitait.

Et c'était déjà trop tard. Elle le savait.

Tout comme le cochon savait aussi que la jeune fille ne ferait pas couler son sang.

Quand Avril revint vers la chapelle, il lui sembla voir un visage disparaître à l'angle d'une fenêtre.

53.

Sirius.

Tu m'as appelé, Sirius. Et je t'ai entendu.
Je dormais, et pourtant, je t'ai entendu.
Je t'ai entendu dans ma tête.
Dans ma tête, oui.
C'est bizarre, c'était pas vraiment une voix.
Non, pas une voix.
Pas des mots. Pas des vrais mots compliqués comme ceux d'Avril.
Non. C'était des images. Comme dans le Livre de Madame Mô.
Mais des images qui bougent.
Un Livre vivant, écrit avec un alphabet d'odeurs, de couleurs et de sons.
C'était comme si j'étais toi, Sirius.
Comme si je lisais dans le Livre de ta tête.

Dans le Livre de ta tête, Sirius, il y avait le froid et la glace.
Il y avait Avril et dans la main d'Avril, il y avait le couteau.

Et le couteau était sur ta gorge.
Et le couteau pouvait couper ta gorge.
Et toi, tu bougeais pas.
Mais toi, t'avais pas peur.
Tu pensais qu'à une chose : « La Montagne. »
Tu pensais : « Je veux vivre.
Je dois vivre.
Je dois aller à la Montagne.
La Montagne. »

C'est bizarre. D'entendre sans entendre.
Mais je t'entends, Sirius.
Pas avec des mots.
J'vois ce que tu vois.
J'sens ce que tu sens.
J'sais ce que tu sais.
Et tout est clair, maintenant.
Comme quand le vent, il chasse les nuages dans le ciel.
Comme si ce ciel, c'était ma tête.
Et ta voix, ta voix sans mots, c'était le vent.

Sirius.
Dans le Livre de ta tête, j'ai tout vu de ta vie.
J'ai vu des choses que je comprenais pas, avant, parce que les mots, c'est compliqué.
Mais là, j'ai compris.
Parce qu'il suffit de regarder les images et d'entendre et de sentir pour comprendre.
Dans le Livre de ta tête, j'ai vu des choses terribles.
J'ai vu là où t'es né. Gris. Tout gris. Dur et froid.
J'ai vu les cages, les barreaux.

J'ai goûté le lait tiède des mamelles de ta mère.
J'ai senti l'odeur, l'odeur affreuse de tous les corps entassés.
J'ai vu les hommes qui sont entrés dans la maison de fer, avec leurs masques sur le visage et les armes dans leurs mains.
J'ai senti l'odeur de la peur.
J'ai entendu les bruits et les cris.
J'ai senti la puanteur de la mort.
J'ai vu la surprise dans leurs yeux quand ils t'ont trouvé.
Et j'ai vu ta surprise quand ils ont enlevé leurs masques.
Des hommes. Pas différents de toi. Joufflus et poilus. Presque des frères.
J'ai vu les hommes essayer de t'arracher à la mamelle chaude de ta mère.
J'ai senti leur peau sur ta peau.
Et ta mère, elle grognait dans sa cage de fer.
Alors ils l'ont tuée, comme ils avaient tué les autres.
Ta mère, ils l'ont tuée.
Comme si sa vie, elle comptait pas.
T'as crié. T'as hurlé. T'as pleuré.
Et t'as compris.
Que pour vivre il fallait fuir.
T'as planté tes huit dents dans le cou de l'homme.
T'as senti le goût du sang dans ta bouche.
T'as couru, entre les cadavres.
T'as couru, couru, sans t'arrêter.
Y'avait la peur dans ton ventre, le soleil qui brûle les yeux, le vent qui fait tourner la tête.
Le monde si grand autour de toi. Pour la première fois.
T'as couru et j'ai couru, avec toi. Effrayé, mais libre.

T'as vécu là, dans les bois. T'as mangé des racines, des écorces. T'as bu de l'eau dans les sources. La nuit, tu frissonnais, à cause de tous les bruits que tu connaissais pas.
Et le matin, le soleil il caressait ta peau.
Et puis un jour, t'as senti quelque chose.
Un appel.
Tout au fond de ton ventre.
C'était pas une voix, pas un son, pas une odeur.
C'était un tambour. Un tambour dans ton ventre.
Qui disait : « La Montagne. *»*
Et tu t'es mis en marche. Oubliées la peur, la soif et la faim.
Y'avait plus que ça.
Elle prenait toute la place dans ton ventre.
La Montagne.
La Montagne.

Moi aussi, je la sens.
Dans mon ventre, Sirius.
La Montagne.

52.

Quelques heures plus tard, Avril fut réveillée par un léger tremblement de terre qui fit vaciller la chapelle et dégringoler la jeune fille dans le petit jour, les yeux lourds et le cœur battant. Elle se redressa, aux aguets. Il faisait clair à présent. Kid et le cochon se tenaient face à elle, pelotonnés l'un contre l'autre. La corde n'était plus attachée au crucifix, Kid tenait la longe entre ses mains.

Le gamin la regardait sans rien dire, fixement.

– Qu'est-ce qu'il y a, Kid ? demanda-t-elle avec anxiété. C'était un tremblement de terre, non ? Tu as entendu quelqu'un ? Il y a quelqu'un ?

Kid secoua la tête. Elle tendit les bras pour serrer son corps comme ils le faisaient tous les matins à leur réveil. Un peu de douceur pour rendre plus supportable la journée à venir. Mais Kid ne bougeait pas. Sa main caressait les petites oreilles du cochon. Avril voyait bien que quelque chose le tracassait. Sans doute l'avait-il vue depuis la fenêtre, le couteau à la main et le cochon qui la regardait sous la lune. Quand elle était rentrée dans la chapelle, il lui avait pourtant semblé que le petit dormait paisiblement. Avril avait rattaché le cochon au crucifix et l'animal était allé se blottir sans bruit contre Kid. En s'endormant, elle avait pu constater que sa main tremblait encore.

– Dis-moi ce qu'il y a, Kid.

Le gamin finit par sourire.

Il exhiba alors une racine blanchâtre.

– Où est-ce que tu as trouvé ça ?

– C'est Sirius qui l'a trouvée. Sirius l'est très fort pour trouver les racines.

Le gamin croqua dedans, avec un air ravi, puis il la tendit à Avril.

– Il faut manger.

Avril s'approcha. Elle regarda le tubercule avec suspicion.

– Tu as mangé ça, Kid ?

– Oui, ça fait du bien. Il faut manger. Sinon, on va être morts. À cause de la rivière.

Avril en croqua un petit bout. Le goût était infect. Elle dut faire des efforts pour avaler.

– La racine, elle va faire du bien. Sirius l'est très fort !

– Ne l'appelle pas Sirius, Kid.

Kid fronça les sourcils comme on le fait devant un enfant qui refuse d'admettre la vérité.

– C'est Sirius.

– Ce n'est pas Sirius. Ce n'est pas le chien qu'on avait avec Pa et Ma, je t'assure. Et puis ce n'est même pas un chien. C'est un cochon, Kid. Un cochon.

Kid se recroquevilla, emprisonnant de ses bras le porcelet qui mâchouillait lui aussi une racine.

– D'accord, dit Avril. D'accord, Kid. Dis-moi. Dis-moi ce que tu veux me dire, je t'écoute, c'est promis.

Le gamin releva prudemment la tête. Avril lui lança un sourire pour adoucir son humeur.

– C'est Sirius, commença-t-il, en marquant une pause pour voir si la jeune fille l'interrompait à nouveau, mais elle resta silencieuse. C'est Sirius, j'veux savoir une chose.

– Oui ?

L'enfant cherchait les mots. Sa bouche s'ouvrait et se fermait, comme s'il voulait attraper des phrases flottant dans l'air devant lui. Kid n'avait plus parlé depuis qu'il avait décrété que Dieu était méchant. On aurait dit que ce silence prolongé lui avait fait perdre le langage. Comme si les mots dont on ne se servait plus pouvaient définitivement disparaître.

Enfin, Kid se lança, il prit une profonde inspiration et il débita d'un coup :

– Sirius, il est venu nous chercher. Il est venu nous chercher pour qu'on aille à la Montagne. C'est le signe. Il faut le suivre. T'en fais pas, Sirius, il connaît la route. Si la carte on peut pas la lire, j'sais pas, s'il pleut et qu'on peut pas la sortir, ben, il suffira de suivre Sirius. On regardera, et il ira devant en faisant attention, et on suivra son étoile blanche, et comme ça on saura où aller et on se perdra pas. Moi j'dis qu'on doit faire comme Sirius il dit. C'est le moment. C'est le signe. Mais toi, Avril, je sais pas si tu veux vraiment aller à la Montagne. Est-ce que tu fais confiance à Sirius ?

Avril hocha la tête et considéra gravement la question.

De la Montagne, elle ne savait rien. Elle n'avait que le nom d'un village, « Beausoleil », griffonné au dos de la photo. C'était une chimère, un conte pour enfant destiné à apaiser Kid. Les montagnes n'étaient même pas sur la carte. Elle savait simplement qu'elles étaient quelque part à l'est. Partir sur les routes avec ce seul indice était extrêmement risqué. Et le chalet de la photo pouvait très bien ne plus exister. De plus, la présence d'un animal, un animal vivant, poserait tout un tas de problèmes. Avril savait qu'on avait accusé les animaux d'être responsables du virus. On avait abattu des élevages entiers pour tenter de l'éradiquer. Et même si aujourd'hui tout le monde avait certainement oublié cela, le porcelet serait un objet de convoitise pour tous ceux qu'ils croiseraient. Avril se souvenait à peine du goût d'un steak ou d'une côtelette mais elle savait, car c'était inscrit en elle, dans la mémoire la plus profonde, la mémoire de son ventre, que c'était quelque chose d'incroyablement délicieux. Et elle n'était certainement pas la seule à s'en souvenir. Avril ne doutait pas que quelques kilos de viande en auraient fait saliver plus d'un. Si elle avait abandonné l'idée de tuer l'animal, elle savait que d'autres n'hésiteraient pas.

Cinq ans auparavant, elle s'était juré de garder Kid en bonne santé, de veiller sur lui, et d'en faire un petit homme suffisamment instruit des choses d'avant pour ne pas devenir comme les Étoiles Noires. Kid était peut-être un des derniers enfants de ce monde. Il était hors de question qu'il lui arrive quelque chose à cause du porcelet.

– Qu'est-ce qu'tu dis, Avril ? demanda Kid, les yeux pleins d'espoir. Pourquoi qu'tu dis rien, sœurette ? Moi, j'ai beaucoup parlé, t'as entendu ? Avec des phrases et des mots et des lettres et tout. T'as entendu tout ça ? Tous ces beaux mots que j'ai dits ?

Oui, c'est vrai. Kid n'avait plus parlé aussi longuement depuis bien des jours. Il avait plaidé la cause du cochon avec conviction. Et ça avait fait plaisir à Avril d'entendre toutes ces phrases, même si elles se cognaient maladroitement dans sa bouche. Il fallait l'avouer : le cochon avait rendu le sourire au gamin. Immédiatement, il s'était noué entre eux une complicité, comme deux petits animaux abandonnés qui se reconnaissaient.

Avril évalua rapidement les possibilités. L'Arbre était parti en fumée. Madame Mô était morte. Darius et les Étoiles Noires rôdaient dans la forêt. La chapelle n'était qu'une coquille vide et insalubre. Partir vers l'est ne semblait pas plus absurde qu'autre chose.

– D'accord, dit-elle. Nous allons à la Montagne.

Elle lui tendit les bras et le gamin vint s'y réfugier.

Elle enfouit son nez dans le cou de Kid.

Madame Mô avait bien raison. Il n'y avait rien de meilleur que l'odeur d'un enfant.

Et qu'importe qu'il ne soit pas très propre.

51.

L'aube pointait à peine quand ils sortirent de la chapelle.

Il neigeait à présent. Une neige lourde et collante.

Avril se sentait mieux. Kid avait repris des couleurs lui aussi. La racine que le porcelet avait trouvée les avait-elle vraiment soignés ? En tout cas, même si elle avait toujours très faim, la nausée avait disparu.

Après avoir consulté la carte, ils prirent la direction de l'est, laissant derrière eux la forêt qui les avait protégés durant cinq longues années. Cette forêt à présent réduite en cendres. Et pourtant Avril n'avait pas vraiment de regrets. Elle se sentait étrangement bien. Comme si ce voyage était un nouveau départ. Kid était tout joyeux. Il paraissait avoir oublié la mort de Madame Mô et la menace des Étoiles Noires. Il marchait à côté d'Avril et lançait régulièrement des clins d'œil au porcelet dans le sac à dos.

Autour d'eux, tout était blanc, moelleux et immaculé, calme et tranquille. La neige avait ce pouvoir-là. De réenchanter le monde, le plus cruel des mondes.

Avril savait pourtant qu'il n'était pas normal qu'il neige. Depuis des mois, tout semblait déréglé. La canicule laissait place à un froid polaire, des pluies diluviennes succédaient à la sécheresse, et ce dans la même journée. Il n'y avait aucune logique. La Terre était pareille à un cheval rendu fou par un serpent. Comment était-ce possible ? Avril n'en avait aucune idée mais elle savait que les hommes étaient certainement responsables de tout cela. Autrefois, elle avait vu toutes ces catastrophes à la télé : les inondations et les coulées de boue qui emportaient des villages entiers, les tremblements de terre qui éparpillaient des villes comme des châteaux de cartes et poussaient des cohortes de réfugiés sur les routes. Les signes ne dataient pas d'aujourd'hui. Mais personne n'avait su ou voulu les lire. Pourtant, ce matin-là, le spectacle des bois emmitouflés de neige était merveilleux.

Ils marchèrent quelques heures, sans croiser âme qui vive, enveloppés par le silence froid des forêts, et, peu à peu, le relief s'accentua. Au fil de petits vallons enneigés, les arbres se firent moins denses.

En milieu d'après-midi, le soleil commença à décliner lentement et Avril décida de s'arrêter. Depuis des jours, ils n'avaient rien mangé d'autre que les racines dénichées par le porcelet et ils étaient épuisés. Il leur faudrait trouver de la nourriture ou ils n'iraient pas très loin.

Ils établirent un campement sous un affleurement rocheux. Avril scruta les alentours. La neige avait recouvert leurs pas. Elle se rassura en se disant que personne ne serait capable de les suivre.

Kid et le cochon sortirent sous la neige. Le cochon faisait de petits bonds. La bouche grande ouverte, ils avalaient tous les deux les papillons blancs en riant.

La jeune fille, exténuée, n'eut pas le courage de leur dire que ce pouvait être dangereux. On ne savait pas ce que contenait la neige. Peut-être était-elle contaminée, comme tout le reste.

Peu après, Kid la rejoignit sous la couverture de survie. Ils se partagèrent un bout de racine puis le gamin tira la photo de sa veste.

– Dis, Avril, tu racontes ? Tu racontes comment que c'était, la Montagne ?

Sur le cliché en noir et blanc, il y avait Pa, Ma et Sirius. Avril raconta une fois de plus.

– C'était l'été. Quand l'école était finie, on préparait nos bagages. Chacun avait sa valise. Et moi aussi, j'avais une valise. Une petite. Elle était rose. Avec un dauphin dessiné dessus. Tu sais, les dauphins, je t'ai montré dans le Livre, c'était de gros poissons qui avaient toujours l'air de rigoler. Quand les bagages étaient prêts, Pa et Ma fermaient la maison avec une clé. On disait au revoir aux voisins. On quittait le Village.

– Dans la *voature* ? Avec Sirius ?

– Oui, Kid. On montait tous dans la voiture. Sirius aussi. Il s'asseyait à côté de moi. Et on allait à la Montagne.

– Comment que c'était ?

Avril promena un doigt sur la photo, comme elle le faisait à chaque fois. Et elle serra les dents, comme elle le faisait à chaque fois. La neige au-dehors scintillait. Presque plus lumineuse que le jour. Le cochon qui humait l'air froid et vif tourna vers la jeune fille les deux perles noires de ses yeux.

– C'était beau, tu sais. Le matin, quand on se levait, le soleil venait caresser la crête des montagnes. Il y avait des chants d'oiseaux. On entendait les cloches des vaches qui broutaient sur les versants. On prenait notre petit déjeuner face au lac.

– Avec le beurre ! Et la confiture !!!

– Oui, Kid. Et du bon pain. Et, ensuite, Ma lisait un livre sur la terrasse. Et Pa et moi on allait pêcher au lac. Dans l'après-midi, on partait se promener. Et le soir, on rentrait et on allumait un feu dans la cheminée. On faisait griller des poissons. Des fois, on lisait ou on jouait à un jeu, tous ensemble. La nuit venait et on avait des couvertures douces, pleines de plumes, et on faisait des rêves jusqu'au matin. Et chaque matin, tout était doux et neuf.

Avril marqua une pause et elle murmura :

– Oui, tout était doux et neuf. On ne pouvait pas imaginer qu'un jour tout disparaîtrait.

Le cochon vint se blottir entre Avril et l'enfant.

La jeune fille pouvait sentir sa chaleur à travers la couverture. Kid tira sur sa manche.

– Et les *sandouitches* ? Raconte les *sandouitches* !

Alors elle raconta à Kid les préparatifs et la balade. Le sac à dos, la marche, les ruisseaux clairs, les poissons qui y nageaient, les arbres, la pause de midi où on partageait le repas dans une clairière. Le pain craquant, le fromage, le jambon.

Et en racontant cela, Avril se surprit à baisser la voix pour ne pas effaroucher le cochon qui ronflait doucement contre son flanc. Comme s'il avait pu comprendre ce qu'elle venait de dire.

– Sirius est venu nous chercher, dit doucement Kid. Ça veut dire que Pa et Ma nous attendent à la Montagne, pas vrai ?

Avril hocha la tête. En retenant ses larmes. Elle s'en voulait de mentir à Kid. Mais qu'aurait-elle pu lui dire ? Elle retourna la photo, regarda l'adresse qui était griffonnée au dos. Le simple nom d'un village : « Beausoleil ».

– Oui. Ils ont dit que nous pourrions revenir de la forêt quand il n'y aurait plus de danger.

– C'est comme jouer à *casse-casse* en très grand.

– C'est ça, Kid.

Le gamin bâilla tout contre la joue de la jeune fille.

– Eh ben moi, j'suis bien content. Parce que j'en ai assez de ce jeu. Et je veux manger des sandouitches au bord du lac.

– C'est d'accord, Kid. On mangera des sandwichs.

– Tous ensemble ?

– Tous ensemble.

– Même Sirius ?

Avril se tourna vers le cochon :

– On trouvera quelque chose de meilleur pour Sirius.

Kid fermait déjà les yeux. Du givre brillait dans ses cheveux.

– On lui donnera un sandouitche. Un sandouitche à la confiture.

Ils se pelotonnèrent les uns contre les autres et ils ne tardèrent pas à sombrer dans le sommeil.

Avril eut l'impression de dormir quelques secondes à peine, le temps d'un battement de paupières, de la chute d'une étoile, d'un baiser sur le front d'un enfant.

Et elle fut réveillée par un bruit.

50.

Avril ouvrit les yeux. La neige avait cessé. La lune éclaboussait le tronc des arbres transis. Tout scintillait. Un calme infini drapait ce coin du monde, silence de givre bientôt rompu par un nouveau craquement. Il y avait eu un bruit. Elle en était certaine.

Kid et le cochon dormaient sous la couverture.

Est-ce que Darius pouvait être là ?

La jeune fille se leva très lentement, le couteau à la main, et elle fit quelques pas au-dehors.

On y voyait presque comme en plein jour. La neige crissait sous ses pieds.

Elle aperçut plus loin une trace sombre dans la blancheur immaculée du sol. Elle s'avança, grelottante et posa sa main à côté de la marque. Il n'y avait pas de doute possible. C'était l'empreinte d'une patte gigantesque. Quel animal – *quel animal encore vivant* – avait bien pu laisser cette trace ? Et surtout, où était-il *à présent* ?

Soudain le cri de Kid retentit derrière elle.

Elle courut jusqu'au campement.

Ils étaient deux. Deux formes sombres dissimulées sous de larges pelisses qui tombaient jusqu'à leurs pieds, la tête couverte par des bonnets. L'un des deux tirait sur la longe du cochon qui couinait de façon affreuse. L'autre avait ceinturé Kid. Le gamin ruait et se débattait. Il se retourna et planta ses dents dans le bras de son agresseur. Un cri de fille explosa sous les couches de vêtements.

– Joris, il m'a mordue ! Le gamin m'a mordue !

– Putain, mais fais-le taire, Maggie ! jura celui qui bataillait avec le cochon.

– Lâchez-le ! ordonna Avril d'une voix forte.

Les deux ombres se tournèrent vers elle, sans pour autant lâcher Kid ou le cochon.

– Allez, tout doux, susurra le garçon, essoufflé.

Avril demanda :

– Vous êtes avec Darius ? Vous êtes des Étoiles Noires ?

Le garçon secoua la tête.

– Non. Non. On vous veut pas de mal.

Avril aurait pourtant juré qu'elle avait déjà vu leurs visages. Et ce ne pouvait être qu'à l'Arbre.

– On veut juste le cochon, ajouta le garçon.

Kid rua à nouveau :

– Non, pas Sirius ! Pas Sirius ! et la fille peina à le retenir.

L'animal roulait des yeux, couinait, couché sur le sol comme s'il voulait s'y enfoncer, tirant sur sa longe.

– Lâchez le gamin.

La fille secoua la tête.

– Je le lâcherai pas. Pas tant que t'auras pas posé ton couteau.

Avril vit que la fille tenait dans son poing un bout de tôle affûté, tranchant comme un rasoir.

– Ça n'arrivera pas, répondit froidement Avril. Lâchez le gamin, maintenant.

Ils restèrent face à face sans rien dire. Juste le silence assourdissant des bois, ébréché par leurs respirations saccadées et les petits couinements du cochon.

Le garçon et la fille échangèrent un regard.

Puis le garçon retira son bonnet. Son visage était mangé de barbe, très pâle. Il devait avoir vingt ans, tout au plus.

– D'accord, dit le garçon, en grimaçant ce qui aurait pu ressembler à un sourire. On vous veut pas de mal. Les temps sont durs. Faut s'entraider. Après tout, ce cochon est assez gros pour nous quatre, hein ? De toute façon, Maggie et moi, on pourrait pas tout manger, sûr. Et ça serait dommage que cette bonne viande se perde, pas vrai ? On vous veut pas de mal. Non, on n'est pas comme ça, Maggie et moi.

Il hocha la tête comme pour s'en convaincre.

Avril ne bougea pas.

– Je te dis la vérité, d'accord ? reprit le garçon. C'est vrai, on était avec Darius. C'est vrai. On a été au manoir mais on t'a pas trouvée. Il nous a envoyés à ta poursuite. Il nous a dit qu'il fallait qu'on te capture. Nous, on s'en fout. On te veut pas du mal.

– Joris dit la vérité, approuva Maggie. On reste avec lui parce qu'on n'a nulle part ailleurs où aller. Jusqu'à maintenant, on avait de quoi bouffer. Mais là, on crève de faim. Les Étoiles Noires, c'est fini. Tout est fini. J'suis même pas sûre que Darius y croie encore. Il est fou. Complètement fou.

Le garçon ajouta :

– Quand on avait à manger, on faisait avec. Mais là, on n'a plus rien. Nous, on a juste faim. Comme vous. Tout le monde a faim. Vous et nous aussi. Ça fait des semaines qu'on mange des écorces, des herbes. Et de la viande, ça fait longtemps qu'on en a pas mangé, pas vrai Maggie ?

La fille hocha la tête. Dans sa main, la lame tremblait, juste au niveau de la gorge de Kid. Le gamin ne bougeait plus. Il fixait Avril avec un regard tranchant.

Joris passa sa langue sur ses lèvres desséchées.

– On a faim. Et ce cochon, là, je sais pas d'où il sort mais, bon sang, c'est un cadeau du ciel. Un putain de cadeau du ciel. Alors voilà, un cadeau comme ça, on peut le partager, pas vrai ? Il y en a trop pour vous, il y en a trop pour nous. Mais il y en a assez pour tous les quatre.

Comme Avril gardait le silence, le garçon poursuivit.

– Si ça vous arrange, je peux le tuer. Je peux tuer le cochon. Je sais comment faire. Quand j'avais votre âge, j'ai déjà vu faire. Mon grand-père avait une ferme. Il savait y faire. Il m'a montré. Je ne gâcherai pas la viande, promis.

– On partage et on dira rien à Darius, ajouta Maggie. Promis, on lui dira pas qu'on t'a trouvée.

Et l'animal, comme s'il avait compris, poussa une longue plainte. Avril savait que la fille n'hésiterait pas à trancher la gorge de Kid si elle faisait le moindre mouvement.

– Les temps sont durs pour tout le monde, souffla Joris. Faut s'entraider. Vous, nous, on est pareils. On est pas des animaux, pas vrai ? On est des hommes, des frères. On peut partager. On doit partager.

Les paroles et les yeux implorants du garçon giflèrent Avril. Elle se vit soudainement comme si elle était un oiseau planant au-dessus de cet éperon rocheux. Quatre humains perdus dans un monde désolé et froid, le ventre tenaillé par la faim et la peur. Quatre humains qui n'étaient pas certains de vivre jusqu'au matin. Est-ce qu'ils étaient différents du cochon qui grelottait sur la roche gelée ? Le garçon se trompait. Un jour peut-être, les hommes s'étaient crus différents. Parce que tout leur appartenait. Parce qu'ils avaient le pouvoir de vie et de mort sur les autres espèces. Mais à présent, à présent, ils étaient nus et grelottants, comme aux premiers jours du monde. À présent, ils étaient semblables, tous les cinq. Les hommes n'étaient pas différents du cochon.

– Ce cochon est plus mon frère que vous, souffla Avril. Nous ne partageons plus rien.

Ce fut comme un signal.

Le cochon se jeta sur le garçon et mordit furieusement la main qui tenait la longe. Joris poussa un hurlement terrible. Dans le même temps, Kid décocha un coup de coude dans le ventre de la fille et elle desserra son étreinte.

– Cours, Kid !

Dans un même mouvement, ils s'élancèrent vers les bois. La neige gémissait sous leur course effrénée. Leurs haleines changées en givre comme une traînée fantomatique. Les pas et les jurons du couple derrière eux.

– Revenez ! On ne vous veut pas de mal !

– Cours, Maggie, il faut les rattraper !

Giflés par les branches, les joues rougies, ils coururent au hasard de longues minutes, peinant dans les congères, glissant dans les fondrières. Dans leur dos, le couple gagnait du terrain. Kid courait aussi vite qu'il pouvait mais ses petites jambes d'enfant ne lui permettaient pas de distancer les poursuivants. Les arbres se firent soudain plus clairsemés. Devant eux, au-delà d'un fossé, s'ouvrait l'espace dégagé d'une route.

Quand Avril se retourna, elle vit que le garçon tendait la main vers Kid. Le cochon, petite comète noire sur la neige, freina des quatre pattes, traçant un large sillon dans la croûte givrée. Joris poussa un cri de joie.

– Je tiens le gamin !

Avril rebroussa chemin, prête à se battre.

Il y eut alors un fracas sur sa gauche et une montagne brune se dressa devant elle. Un souffle chaud fouetta son visage. Odeur de musc, de charogne, d'humus et de résine. Elle releva la tête et elle ne comprit pas de suite ce qu'elle voyait.

Ça paraissait impossible.

Un ours.

Un immense ours brun à la gueule béante.

Il écarta la jeune fille de son chemin d'un coup de patte et elle s'effondra dans la neige, au pied d'un érable. À moitié sonnée, elle ne put que regarder l'ours qui s'avançait vers Kid en grognant.

Pas de doute : c'était bel et bien un ours.

Un ours *vivant*.

Vivant et terriblement en colère.

49.

Les deux autres, ils ont peur.
C'est normal d'avoir peur quand on va être mort.

Moi aussi, j'ai peur d'être mort.

Toi non, Sirius ? T'as pas peur de la grosse bête.
Non ? T'es courageux, Sirius. T'es bien courageux, plus que Kid.

Sirius, tu glisses ton museau entre mes jambes. Ton souffle me réchauffe.
Avec ta voix sans mots, tu me dis de pas avoir peur.
Et pourtant, ça fait peur cette grosse bête qui s'avance sur ses deux pattes et qui grogne et qui s'avance et qui frappe les arbres et les arbres qui explosent et les deux autres ils ont peur. Ils bougent plus et la bête elle marche, boum boum, vers eux et je sens l'odeur de leur peur et je sens l'odeur de la bête et…

Comment, comment tu dis, Sirius ? Tu dis que c'est une ourse.

Et qu'elle s'appelle Artos ?

Est-ce qu'elle va les tuer ? Est-ce qu'ils vont être morts ? Tu sais pas, Sirius ?
Avec ta voix sans mots, tu dis qu'Artos est comme l'orage, comme la foudre, comme un tremblement de terre. Qu'on sait pas ce qui reste debout après son passage.

Les deux autres, ils sont contre un arbre.
Ils tremblent, ils reniflent, ils pleurent. Ils arrivent même pas à courir, même pas à bouger.
Parce que ça fait peur quand on sait qu'on va être mangé.
Moi, je veux pas qu'ils meurent, les deux. Il y a assez de choses mortes dans ce monde, non ? J'en ai assez des choses mortes.

Alors je me lève.
Je vais vers l'ourse, vers Artos.
Je me mets entre elle et les deux autres.
Je lève la tête pour la regarder.
Tu vois, j'ai pas peur moi non plus, Sirius.
Juste un peu.

Artos, dressée sur ses deux pattes, me regarde depuis tout là-haut.
Moi, je suis comme une toute petite chose entre ses pieds.
Une brindille molle et rose.
Elle pourrait m'écraser si elle voulait. Mais j'ai pas peur.
Parce que je sais qu'elle fait ça pour nous protéger, nous, Avril, Sirius et moi.
Je le sens dans son odeur.

Alors je tends ma main vers elle et Artos se laisse retomber sur ses quatre pattes et son museau vient me renifler.
Je la renifle aussi.
Elle sent les bois et les racines qu'on cherche avec les griffes.
On se regarde. Mes yeux noirs, ses yeux noirs. Nos yeux.

Tu t'appelles Artos. Je m'appelle Kid.
Et nous sommes pareils.

Tu t'appelles Artos.
Et quand tu grognes, j'entends ton histoire dans ta voix.
Ton histoire, elle défile dans ma tête.
Comme si tu me parlais sans mots.
Tu ouvres le Livre vivant de ta vie.

Artos, t'es née il y a cinq printemps dans une clairière.
Au-dessus, le ciel était bleu.
Ta mère, elle s'était échappée d'un cirque, pendant la guerre des hommes. Elle avait un anneau de fer dans son museau.
Ton père était sauvage. Noir et sombre comme la montagne où les hommes l'avaient relâché.

Je te vois, Artos.
Tu nais il y a cinq printemps. Sur un lit d'aiguilles de pin, tu nais aveugle et sans poils. Rose. Rose comme une brindille molle. Rose comme un homme. Rose comme moi.
Je te vois.
Tu grandis là, dans les forêts. Ce que tu préfères, c'est les racines de carottes sauvages. Et te baigner dans la rivière. Et jouer au soleil avec ta mère. Tu es curieuse. Si curieuse du monde. C'est pour ça que tu te méfies pas de la bombe.

Cette drôle de chose qui pointe son museau noir hors du sol. Tu grattes la terre avec tes griffes. Tu grattes encore. Et la terre explose. Et le ciel s'éteint. Quand tu te réveilles, tu es blessée. Et ta mère est morte.
Alors depuis, c'est la solitude et la peur et la faim.

À la fin de l'hiver dernier, tu as entendu un appel, Artos. Tu sais que tu dois aller à la Montagne. Mais tu t'es perdue sur le chemin. Des gens ont voulu te faire du mal. Tu t'es perdue. Ou alors t'as cru te perdre. Parce que peut-être que tu devais venir ici, nous sauver, Sirius, Avril et moi.

Tu vois, t'es pas perdue, Artos.

Alors on va aller à la Montagne, tous ensemble.
Tu grognes un peu, Artos.

Et quand je relève la tête, les deux autres, ils sont partis, plus là. Y'a que l'odeur de leur peur. Et je suis content parce qu'ils sont pas morts et que j'ai une nouvelle amie.
C'est une ourse.
Elle s'appelle Artos.

48.

Une chaleur lourde et moite s'était installée dès le lever du soleil.

Les arbres s'égouttaient avec des bruits mouillés et on n'y voyait pas à plus de quelques mètres tant le brouillard était épais. Une odeur forte d'humus planait dans l'air. Des lumières palpitaient dans le secret des bois.

Kid, Avril et Sirius marchaient en silence depuis déjà une heure quand le petit dit : « A faim ».

Avril serra les poings.

Ils avaient perdu le peu qu'ils avaient. Les couvertures, la carte, la trousse de premiers secours, les sacs à dos. Dans leur fuite, ils avaient tout abandonné sous la paroi rocheuse. Avril ne savait même pas où ils se trouvaient ni où ils allaient. Ils étaient perdus.

– Kid l'a faim, répéta Kid. Et Sirius aussi, l'a faim.

Avril regarda le gamin en coin.

Elle le revoyait encore se planter en face de l'ours énorme. Avril se préparait à sauter sur l'animal, même si elle savait que jamais elle n'aurait le dessus. Mais Kid n'avait pas eu peur. Il avait regardé l'animal dans les yeux et l'animal l'avait regardé, lui, tout aussi calmement. On aurait dit une communion. C'était comme s'ils se comprenaient. Ce gamin chétif et cet ours énorme. Pendant ce temps, Joris et Maggie, les deux Étoiles Noires, en avaient profité pour détaler. L'ours, après avoir soufflé au visage de l'enfant, avait fait demi-tour et s'était enfoncé dans les bois d'un pas lourd mais serein.

Avril s'était précipitée sur Kid, elle l'avait serré dans ses bras.

– Kid ? Kid, est-ce que tu vas bien ?

L'enfant lui avait souri étrangement.

– À la Montagne, on va tous à la Montagne, avait-il répondu.

Et le cochon était venu se frotter contre sa jambe.

Avril n'avait pas compris.

Elle l'avait serré plus fort contre elle et elle avait murmuré doucement :

– Ne t'en fais pas, Kid, je suis là.

Il avait ri :

– Kid s'en fait pas, sœurette. Tout va bien.

Elle se faisait du souci. L'esprit de l'enfant lui semblait de plus en plus lointain. Après avoir été pourchassé par ce couple et s'être retrouvé face à un ours, un vrai ours sauvage, bien vivant, Kid semblait affreusement tranquille, presque joyeux. Est-ce qu'il devenait fou ?

Et est-ce qu'elle-même ne devenait pas folle ?

Avait-elle vraiment vu un ours brun, là, dans cette forêt enneigée ? Et cet ours leur avait-il vraiment sauvé la vie ? L'ours devait certainement être affamé. Il aurait pu les attaquer, les dévorer tous. Mais il s'était contenté de rebrousser chemin. Comme s'il avait été là pour les sauver, eux, et rien d'autre.

Il y avait quelque chose d'incompréhensible dans tout cela. Quelque chose que Kid semblait avoir parfaitement saisi mais dont il ne voulait rien dire.

– Kid l'a faim, répéta le gamin.

Avril s'arrêta brusquement sur le chemin. Dans le brouillard, le cochon faillit la renverser.

– Écoute, Kid. On a perdu toutes nos affaires. Nous n'avons plus qu'un couteau et les habits que nous avons sur…

Kid l'interrompit :

– Non, agad, Kid l'a la photo !

Et il tira de la poche de sa veste la photo du chalet.

– T'as vu ? La photo l'a pas perdue !

Avril fronça les sourcils.

– Pourquoi est-ce que tu parles comme ça ? Tu ne sais plus parler ?

L'enfant ne se donna pas la peine de lui répondre.

– La carte, pas besoin. Sirius, il sait pour la Montagne. Il sait tout, Sirius.

À ses pieds le cochon, comme pour approuver, papillonna des cils.

Avril se remit à marcher.

– Allez, viens, on va trouver à manger…

– Des racines, sœurette ? Kid peut manger les bonnes racines, dit le gamin en montrant la forêt du doigt. L'est bon les racines.

Avril secoua la tête.

– Non, Kid. Je te l'ai déjà dit. Nous ne sommes pas des animaux, on ne va pas creuser la terre.

Kid fit la moue, vexé.

– On va trouver quelque chose de meilleur, le rassura Avril.

– Confiture ?

– Peut-être. On verra. Allez, marchons.

Ils continuèrent leur chemin dans la brume, le cochon trottinant entre eux deux.

Le gamin, comme un mantra, ne cessait de répéter « Sandouitche, confiture, sandouitche, confiture » et cela mettait les nerfs d'Avril à vif.

La Montagne devait être à plusieurs semaines de marche. En espérant que le chalet de la photo existe encore. Elle savait que les zones reculées avaient été relativement épargnées par les troubles et les bombardements. Bien sûr, les tremblements de terre pouvaient avoir détruit le chalet. Mais il n'y avait pas de demi-tour possible. Joris et Maggie devaient déjà avoir rejoint Darius. Maintenant qu'il avait retrouvé leur piste, il ne les lâcherait plus. La Montagne, c'était la seule solution. Mais encore fallait-il qu'ils avancent dans la bonne direction. Et sans carte, c'était impossible à dire.

La priorité, pour l'instant, était de trouver à manger et à boire. Tuer le cochon n'était plus une option. Plus jamais elle ne verserait le sang. Elle avait brandi le couteau face au couple mais elle aurait été incapable de leur faire du mal. Elle ne voulait plus de toute cette violence. Et pourtant, dans ce monde, tout poussait à la violence. Est-ce que les choses étaient ainsi auparavant ?

Elle peinait à s'en rappeler. Les guerres, la faim, la douleur étaient des choses lointaines, qui surgissaient parfois de l'autre côté d'un écran. Il suffisait de pousser un bouton pour les faire disparaître, comme de mauvais rêves. Au Village, là où elle vivait, tout cela paraissait si lointain. On se disait que de telles horreurs ne pourraient jamais arriver jusqu'ici.

Et puis, peu à peu, la violence avait fait son entrée, insidieusement.

D'abord à cause de la couleur de sa peau. Au Village, des gamins lui avaient conseillé en ricanant de mieux se laver, sans quoi elle attraperait le virus dont on parlait à la télé. Des gamins avec qui elle avait grandi. Des gamins qui la regardaient à présent sans plus aucune bienveillance. Presque avec répulsion. Elle n'avait pas compris.

Quand elle avait questionné Pa et Ma, ils lui avaient dit : « Ne les écoute pas, Avril. Ce ne sont que des bêtises. Tu peux être fière de ce que tu es. Tu es notre enfant. Et nous t'aimons, telle que tu es. »

Pa et Ma n'avaient rien vu venir. Ils étaient persuadés que l'amour pouvait effacer toutes les peines. Comme une gomme sur une feuille.

Et pourtant, même si ces paroles avaient un temps rassuré Avril, il était resté une marque. Une blessure. Invisible. Gravée profondément, dans les replis du cœur.

Peu après, la blessure s'était mise à saigner.

Les informations télévisées faisaient état d'un inquiétant problème de stérilité chez plusieurs espèces animales et végétales. Des commentateurs, des hommes politiques, des scientifiques se disputaient à longueur de temps pour savoir quelle était la cause de cette stérilité. Certains évoquèrent un virus. D'autres, une malédiction. Tous étaient d'accord : il fallait un coupable. Alors on désigna les animaux. Et les animaux furent exterminés. Mais le virus était toujours là alors on pointa du doigt les étrangers, les autres, les réfugiés, ceux qui n'avaient pas la bonne couleur de peau, ceux qui fuyaient les guerres. Les moqueries qu'on lançait à Avril se changèrent en crachats. Pa et Ma étaient trop occupés pour s'en apercevoir.

Darius était arrivé au Village à ce moment-là. Il avait su accueillir la tristesse d'Avril et l'avait transformée en haine. Il l'avait fait croître, pareille à une fleur vénéneuse.

Cette fleur, elle n'en voulait plus.

Elle l'avait arrachée, définitivement, avec Kid. Et maintenant avec Sirius. Cet enfant, ce cochon, c'était sa rédemption à elle. Ça, Darius ne pouvait pas le comprendre. Et c'est pour cela qu'il ne la laisserait jamais en paix. « Pour cela ou parce qu'il t'aime », chuchota une voix aigrelette à l'oreille d'Avril. La jeune fille se mordit les lèvres.

– Ce n'est vraiment pas le moment d'être stupidement romantique !

Elle pensa aux héroïnes des livres idiots qu'elle lisait autrefois. Ou à celles des romances qu'aimait Madame Mô. Un temps, ces histoires d'amour l'avaient fait rêver. Puis elle en avait ri. Puis les livres avaient tous fini dans les brasiers ou leurs pages utilisées comme papier toilette. Même ceux de la pauvre Madame Mô. Il ne restait rien de ces héroïnes de papier. Rien de leurs rêves et de leurs peines de cœur. Il n'y avait rien d'éblouissant à voir le monde mourir. Surtout quand on savait pertinemment que rien ne pouvait le sauver.

Avril n'avait rien d'une princesse. Son ventre stérile ne porterait jamais d'enfant. Et Darius était une Étoile Noire, capable du pire. Un ange de la mort. Elle eut un haut-le-cœur en pensant aux joues barbouillées de suie de Madame Mô. En fait, Avril devait admettre qu'elle avait peut-être été amoureuse de Darius. *Stupidement amoureuse*. Et Darius n'avait pas attisé la haine en elle, il avait juste soufflé sur les braises de sa bêtise. Et voilà tout.

Avril réalisa soudain qu'elle marchait vite, les poings rageusement enfoncés dans les poches de son pantalon crasseux, et qu'il n'y avait plus de bruits de pas derrière elle. Même le mantra pénible de Kid avait disparu.

Elle s'arrêta, tourna sur elle-même, mais le brouillard l'empêchait de voir quoi que ce soit.

Elle appela à voix basse :

– Kid ! Kid, est-ce que tu es là ?

Mais personne ne lui répondit.

Elle rebroussa chemin, le cœur battant.

Nulle trace de Kid ni de Sirius.

Ils avaient disparu.

À l'aveuglette, elle quitta la route et s'enfonça dans la forêt, ouatée de brume. Des lichens phosphorescents pulsaient doucement à travers le coton, dessinant d'étranges chemins tortueux.

– Kid ? Sirius ?

Ils ne devaient pas être bien loin. Elle s'était laissée aller à rêvasser mais pas plus de quelques secondes, n'est-ce pas ? Avec la fatigue et le manque de nourriture, elle ne savait plus très bien. Depuis quand n'avait-elle pas entendu la voix de Kid ?

Son menton se mit à trembler. Elle tourna sur elle-même, tentant de s'orienter. Les lichens verdâtres irradiaient tout autour d'elle. Ça aurait pu être magnifique si le gamin avait été auprès d'elle. S'ils n'avaient pas été perdus, pourchassés par Darius. Si un ours brun complètement sauvage et bien vivant n'arpentait pas les bois.

Elle crut entendre une branche craquer de l'autre côté de la route et elle se précipita.

– Kid, c'est toi ? Tu es là ?

Il y eut un long silence. Puis un autre craquement, dans les arbres au-dessus. Avril ferma les yeux, priant pour que ce ne soit pas l'annonce d'un tremblement de terre.

Une forme bougea dans la brume.

Elle brandit son couteau.

47.

La forme se précisa et ça avait tout d'un cochon miniature, groin tendu et frémissant.

– Sirius !

Elle accueillit l'animal avec une caresse.

– Où est Kid, Sirius ? Est-ce qu'il est là ?

Le porcelet rebroussa chemin et se retourna, pour vérifier qu'elle le suivait bien.

Il s'arrêta en éternuant au pied d'un hêtre immense aux racines tordues envahies de mousse.

Avril leva la tête. Là-haut, on devinait la forme oblongue d'une Capsule. Et le petit corps de Kid suspendu entre deux branches. Il dégringola comme un écureuil. Ses joues étaient barbouillées de chocolat.

Il sourit largement à Avril :

– Kid l'a senti l'odeur dans son nez. Pas pu résister. Kid l'avait faim.

La Capsule était coincée entre deux branches maîtresses du hêtre, à une dizaine de mètres au-dessus du sol. Le parachute renversé auquel la Capsule avait été accrochée, gonflé d'eau de pluie, pendait lourdement dans le vide comme un énorme fruit prêt à exploser.

Avril grimpa difficilement, rejoignant Kid qui sautait avec aisance dans la ramure. Loin au-dessous d'eux, dans le matelas de brume où palpitaient les lichens fluorescents, ils pouvaient entendre Sirius pousser de petites plaintes craintives.

– Ne t'en fais pas, lui avait dit Avril, en grattant son encolure, nous revenons tout de suite.

Avril passa une main sur la coque en plastique de la Capsule pour chasser la poussière jaunâtre qui lui donnait l'air d'un œuf pondu là par un énorme insecte.

Le couvercle de la Capsule avait sauté lors de l'atterrissage. La pluie et la neige avaient abîmé certaines des rations mais la plupart étaient en bon état. Visiblement, quelqu'un s'était déjà servi mais n'était pas allé jusqu'à la piller entièrement. Comment Kid avait-il pu savoir que la Capsule se trouvait là ? C'était un mystère. Est-ce qu'il avait *vraiment* senti l'odeur de la nourriture comme il l'avait dit ?

– Y'a pas confiture, mais y'a *cocholat* ! proclama Kid en agitant devant Avril une tablette à demi dévorée.

– Chocolat, le reprit Avril en souriant. Mais ne mange pas tout, sinon tu auras mal au ventre.

Le gamin, en souriant, lui tendit un carré et Avril le laissa fondre sur sa langue en fermant les yeux. Qu'est-ce que c'était bon ! Elle avait presque oublié que quelque chose d'aussi doux puisse exister dans le monde. Elle se souvint qu'autrefois elle adorait manger du chocolat en lisant un livre, blottie bien au chaud entre Pa et Ma, sur le canapé du salon. Ils faisaient toujours semblant de se disputer pour savoir qui aurait le dernier carré. Pa faisait les gros yeux, Ma montrait les dents. Ils bondissaient les uns sur les autres. Et si c'était un vrai combat, ce n'était qu'un combat de chatouilles, et ils riaient tous et Pa et Ma finissaient par s'avouer vaincus, le souffle court, et bien évidemment Avril avait droit au dernier carré. Alors entre ses doigts, elle cassait le morceau de chocolat en trois et chacun savourait sa part. En laissant fondre le chocolat sur sa langue, Avril revit tout cela comme si c'était hier et elle se retint à peine de pleurer.

Kid, comme s'il l'avait senti, lui toucha la joue. Elle ouvrit les yeux.

– Le cocholat, ça fait pleuvoir ?

Avril secoua la tête.

– Qu'est-ce que tu racontes, Kid ?

Le gamin promena son doigt sur la joue de la jeune fille.

– Le cocholat, ça fait pleuvoir les yeux d'Avril ?

Elle sourit et tira le gamin contre elle, au risque de tomber dans le vide, et l'étouffa presque en le serrant entre ses bras.

– Non, frérot. Avec toi, pas de pluie !

Un couinement pathétique du cochon, dix mètres plus bas, rompit leur étreinte.

– Allez, viens, Sirius s'impatiente, il ne faut pas le faire attendre.

La jeune fille fit rapidement le compte de ce que la Capsule renfermait. Boissons et rations énergisantes, protéines, pastilles de purification, nécessaire de premiers soins, lampe torche, ils auraient de quoi tenir pendant un mois, à condition de se rationner et de pouvoir transporter tout cela, ce qui ne serait pas évident sans sac à dos…

Avril et Kid firent de nombreux allers-retours entre la Capsule et le sol. Ils entreposèrent les rations entre les grosses racines moussues du hêtre. Le cochon faisait de petits bonds à chaque fois qu'ils reposaient le pied sur terre. La petite étoile blanche sur son front semblait danser de joie.

Avril hésita avant de vider entièrement la Capsule de tout ce qu'elle contenait. Elle avait toujours pris soin de laisser un peu pour les suivants qui viendraient à passer par là. Mais ils n'avaient plus rien aussi elle décida de prendre autant qu'ils pourraient porter.

Ils partagèrent une ration au pied du grand hêtre. La brume s'épaississait encore, comme si le monde avait été enseveli sous une avalanche de coton, si bien que même les lichens phosphorescents semblaient s'éteindre peu à peu. Au dessert, Kid insista pour partager son gâteau avec Sirius mais Avril n'était pas d'accord.

– Pourquoi Sirius y peut pas manger ? L'a faim, lui aussi.

– C'est comme ça, Kid. Il faut que tu manges. Tu es plus important que le cochon.

– Pourquoi Kid l'est plus important ?

– Parce que tu es mon frérot et que tu dois manger pour rester en bonne santé.

– Pour rester vivant ?

– Oui, pour rester vivant.

Kid pointa le cochon du doigt.

– Sirius, l'est vivant lui aussi. Sirius doit rester vivant.

– Ce n'est pas pareil.

– Pasque Sirius l'est un animal ? C'est pour ça que c'est pas pareil ? Pasque Sirius l'est différent ?

Avril regarda le cochon, son petit groin, ses deux petits yeux noirs qui la fixaient d'un drôle d'air.

– C'est pour ça que les *zanimo* ils sont tous morts ? demanda Kid. Pasque les zanimo ils étaient différents ? Et pourtant, Sirius l'a trouvé une bonne racine pour nous. Pour nous sauver du poason de la rivière ! Lui, l'a pas trouvé Kid et Avril différents !

La jeune fille soupira :

– Kid, ça suffit maintenant. Mange. Et ne discute pas.

Le gamin croisa ses bras autour du cou du porcelet.

– Les zanimo, ils sont morts pasque les hommes y z'étaient trop méchants. Comme toi !

Avril capitula :

– C'est bon, c'est bon. Tu peux lui donner un petit bout.

Kid exulta. Le gamin était heureux, et c'était tout ce qui comptait pour l'instant.

Après avoir mangé, ils sommeillèrent un temps, blottis les uns contre les autres, enveloppés par le coton tiède et douillet du brouillard puis Avril désigna le parachute renversé au-dessus d'eux, pareil à une énorme poire trop mûre pendue sous les nuages.

– Kid, je vais aller récupérer l'eau qu'il y a là-dedans. Elle ne doit pas être trop contaminée. Les sachets des rations nous serviront de gourdes. Et puis on fabriquera des sacs avec la toile du parachute, d'accord ?

Comme Kid se levait, Avril l'arrêta en secouant la tête.

– Non, non. Toi tu restes ici avec Sirius, c'est trop dangereux.

L'enfant se redressa tout de même.

– Non, dit-il tout simplement.

Avril pinça les lèvres.

– C'est trop dangereux.

Kid haussa les épaules.

– D'accord. Avril l'a qu'à attraper Kid !

Et il se précipita sur l'arbre, qu'il escalada sans effort, sous le regard médusé d'Avril et de Sirius.

La jeune fille dut se résoudre à le laisser faire, jamais elle ne pourrait le rattraper. Le gamin bondissait de branche en branche, Avril peinant dans son sillage.

– Sois prudent, Kid ! On n'y voit rien !

Mais le gamin ne l'écoutait pas et courait presque, agile et rapide, dans la ramure emmitouflée de brume.

Elle le rejoignit en surplomb du parachute, un peu essoufflée.

Kid, à califourchon sur une branche, se balançait gaiement, comme s'il lui avait joué un bon tour.

– Kid, l'est comme le zoiseau, dit le gamin avec malice.

Avril ne releva pas et se concentra sur le parachute qui pesait en dessous. Il était retenu par deux cordes échevelées. Pour pouvoir puiser l'eau que le parachute contenait, il lui faudrait aller jusqu'au bout de branches fines, se pencher dangereusement, tirer sur la toile et tendre le bras pour tenter de remplir les sachets vides. La toile et les cordes paraissaient sur le point de céder. Mais sans toile, ils n'auraient pas de moyen de transporter les rations. Et sans eau, ils ne vivraient pas longtemps. Il fallait essayer.

– Tu restes là, d'accord, dit-elle à Kid qui enfonçait en souriant ses orteils dans le ventre rebondi du parachute. Et tu ne touches pas la toile, ça peut exploser !

Avril s'avança précautionneusement, à quatre pattes, très lentement.

Tout doucement.

Elle n'avait pas fait un mètre quand la branche se brisa sous son poids.

– Avril ! s'exclama Kid.

Elle dégringola et sa main s'agrippa de justesse, par réflexe, à une branche solide qui ploya mais ne céda pas, sans quoi elle aurait été avalée par la gueule du brouillard et elle se serait écrasée dix mètres plus bas.

Elle revint difficilement vers le tronc, inspira profondément, le cœur battant.

Kid se tenait debout au-dessus d'elle et lui tendait la main.

– Donne à Kid les sachets et le couteau. Kid l'est léger.

Elle hésita un instant et Kid l'encouragea en sautillant, insensible au vertige.

– Donne. Kid l'est léger. Kid va l'faire !

Avril tira les sacs vides et le couteau de sa ceinture et les fit passer à l'enfant.

– Agad comment Kid y fait, déclara-t-il fièrement en remontant son pantalon dans lequel il avait glissé le matériel.

Elle regarda les pieds de l'enfant se poser délicatement sur l'écorce pâle et lisse, et la branche qui peu à peu s'incurvait sous le poids infime. Et Kid progressait toujours, les bras tendus, la tête haute, pareil à un funambule, sûr de chacun de ses mouvements, comme ne l'aurait fait nul autre animal de cette forêt, comme si la forêt était son territoire depuis toujours.

Arrivé au bout de la branche, perché tel un oiseau prêt à s'envoler, Kid tendit la main vers la toile du parachute et la tira vers lui. On entendit les cordes craquer au-dessus. La poche énorme bâilla un peu, laissant s'échapper un filet d'eau qui s'écoula sans un bruit dans le vide cotonneux.

Loin en dessous, on entendit Sirius couiner.

Avril ne quittait pas l'enfant des yeux. Le voir là-haut, si minuscule au bord du vide lui donnait le vertige jusqu'à la nausée. Elle espérait que la terre ne se mettrait pas à trembler.

Pourtant Kid était très calme. Il tira de son pantalon un sac, le remplit d'eau, fit un nœud grossier et le laissa tomber vers Avril qui le réceptionna au vol.

– Agad, sœurette. L'est léger, Kid ! Comme le zoiseau !

Kid remplit deux autres sacs et les fit passer à la jeune fille.

Il se penchait vers le parachute quand on entendit monter le couinement étouffé du cochon.

– Sirius ! s'exclama l'enfant en laissant tomber le sac dans la grosse poche d'eau.

– Ne t'en fais pas, répondit Avril. Tout va bien. Sirius s'ennuie mais on a presque fini. On va redescendre, on va retrouver Sirius.

– Non, protesta Kid. Sirius l'a peur.

Avril, les bras encombrés par les sacs remplis d'eau, ne savait que faire. Elle avait surtout peur que le petit panique et qu'il bascule dans le vide. Elle essaya de le rassurer.

– Mais non, Kid. Sirius n'aime pas être tout seul.

Un autre couinement monta d'en bas, sous le tapis épais de brume.

Le gamin secoua vivement la tête, en proie à la panique.

– Sirius dit à Kid y'a quelqu'un.

– Quoi ?

– En bas ! Y'a quelqu'un en bas ! Avec Sirius ! Et Sirius l'a peur !

Avril regarda vers le sol mais on n'y voyait rien. Est-ce que Kid avait raison ? Est-ce qu'il y avait vraiment quelqu'un en bas ?

On entendit alors un bruit étrange. Que ni Avril ni Kid ne surent interpréter. On aurait dit une averse de cailloux sur une planche de bois. Une sorte de râle. Quelque chose qui n'avait rien d'humain. Et c'était certain, cela venait du pied de l'arbre.

Kid se releva d'un coup.

Trop vite.

Il tomba, la tête la première, dans le parachute, sans que rien ne puisse le retenir.

Ce fut si soudain qu'Avril lâcha les sacs remplis d'eau et demeura là, bouche grande ouverte.

Dans les branches au-dessus, il y eut un craquement sinistre.

Au travers de la toile tendue, Avril vit très clairement la silhouette de Kid s'enfoncer dans l'eau. On aurait dit un oisillon en suspension dans un œuf.

– Kid ? balbutia-t-elle.

La forme de Kid se rapprocha de la paroi et sa main s'imprima sur la toile.

Il y eut un autre craquement au-dessus.

Puis un grand silence tendu.

Puis les cordes filèrent autour des branches qui les retenaient, et le fruit trop mûr du parachute chuta dans le vide cotonneux.

– Kid !

46.

Avril se précipita le long du tronc, s'abîmant les paumes, le visage griffé et giflé par les branches dénudées par le froid et la neige de la veille.

Et tandis qu'Avril dégringolait de l'arbre, les cordes filèrent, filèrent, jusqu'à se prendre à nouveau dans le nœud des branches plus basses et elles se tendirent avec un claquement de fouet et le parachute, cette énorme masse, ce fruit monstrueux qui contenait le corps minuscule de Kid, fut brutalement stoppé dans sa course, et, sous l'impact, la poche de toile gonflée d'eau explosa dans une gerbe immense qui déchira le brouillard.

Avril en eut le souffle coupé. Sa main se referma sur du vide alors qu'elle pensait saisir une branche et elle chuta de l'arbre, rebondissant douloureusement de branche en branche jusqu'à atterrir violemment sur le sol spongieux.

Quand elle releva la tête, tous les muscles meurtris, les joues et les cheveux maculés d'une boue épaisse, elle vit le corps de Kid inanimé à quelques mètres à peine.

Ce n'est qu'ensuite qu'elle vit l'homme qui se tenait là, en retrait dans la brume.

Son large chapeau noir détrempé pendait autour de son visage maigre et sa longue barbe poivre et sel s'égouttait lentement. Il ruisselait. Le parachute avait dû exploser juste au-dessus de lui. L'homme n'était plus tout jeune, ses traits profondément creusés, mais son corps était affûté. Sous ses vêtements de toile noire, on devinait tous ses muscles tendus.

Instinctivement, Avril porta sa main à sa ceinture, à la recherche du couteau. Elle ne se souvint que trop tard qu'elle l'avait confié à Kid.

Alors l'homme poussa quelque chose de la pointe de sa botte. Le couteau.

– Pas besoin de ça, petite, dit l'homme avec une voix grave.

Et il leva un fusil effilé vers Avril.

C'était un fusil ouvragé, long et fin, le vestige d'un ancien temps. Mais à la façon dont l'homme le tenait, Avril sut que l'arme fonctionnait parfaitement. D'un coup de menton, il lança une question sèche à Avril.

– Rassure-moi, je n'aurai pas à me servir de mon fusil avec toi, petite ?

La jeune fille, sur ses gardes et un peu sonnée, fit non de la tête.

– Très bien. Alors occupe-toi du gamin.

Le cochon noir, qui sortait d'un fourré, trottina jusqu'à Kid et vint lui lécher le visage.

Le vieil homme abaissa son étrange fusil et essora son chapeau de l'autre main, écrasant le feutre noir entre ses doigts décharnés jusqu'à ce que la dernière goutte en fût chassée. Puis il remit le chapeau malmené sur ses cheveux courts et grisonnants.

Avril se précipita vers Kid, prenant soin de garder l'homme dans son angle de vision.

– Frérot ? Frérot, est-ce que ça va ?

Le gamin avait les yeux clos. Une grimace de douleur cisaillait sa bouche.

Avril se pencha sur sa poitrine.

Il respirait. Il respirait encore mais il était inconscient. Le cochon lui donna de petits coups de langue sur la joue en couinant de dépit.

Avril souleva le pull du gamin et elle vit que déjà de larges hématomes s'étalaient sur tout son flanc gauche, colorant de bleu sa peau très pâle.

Sans plus prêter attention à l'homme qui était reparti vers la route, elle fila vers le pied du hêtre où elle récupéra une couverture de survie entre les racines moussues. En revenant vers Kid, elle chercha le couteau, mais l'homme l'avait emporté. Elle entreprit de déshabiller le gamin, le plus délicatement possible. À chaque fois qu'elle manipulait le petit corps maigre et pâle, Kid laissait échapper un gémissement qui fendait le cœur d'Avril. La terre, gorgée d'eau, fumait tout autour d'eux.

– Ne t'en fais pas, frérot, on va s'en sortir, on va s'en sortir.

Elle réussit tout de même à le déshabiller et elle l'enveloppa dans la couverture aux reflets métalliques. Quand elle avait retiré la veste élimée, la photo humide et délavée de Pa et Ma était tombée au sol. Elle l'avait regardée quelques secondes puis l'avait glissée dans sa poche arrière.

Malgré la moiteur qui régnait dans la clairière, le gamin frissonnait. Elle essaya de le réchauffer mais dès qu'elle posait les doigts sur lui, sa bouche se tordait de douleur. Avril supposa qu'il avait des côtes fêlées, peut-être même une jambe cassée. En espérant qu'il n'y ait pas une hémorragie interne contre laquelle elle ne pourrait rien faire.

Il y eut alors un fracas du côté de la route, pierres concassées, bruits de ferraille et grincements, et quand Avril se retourna, elle vit le vieil homme qui émergeait du brouillard, une sangle de cuir dans une main, le fusil dans l'autre, et derrière lui, se dessinant peu à peu dans la brume, la forme d'un grand animal, un cheval à la robe blanche, éclaboussée de poussière et de boue, qui promena sur la clairière ses naseaux fumants et ses gros yeux noirs aux longs cils sombres. L'homme l'encouragea à avancer avec de petits claquements de langue et les sabots de l'animal s'enfoncèrent dans la boue de la clairière avec un bruit mou. Derrière la bête apparut une charrette bâchée d'une toile de plastique vert, aux larges roues de bois cerclées de métal, qui dérapèrent un temps dans la fange mais les sabots de l'animal se plantèrent plus profond et les muscles de ses pattes se bandèrent, dessinant sous la robe blanche leur géométrie parfaite, et les roues s'arrachèrent du sol et la charrette, dans un cri métallique, s'ébranla soudainement jusqu'à glisser près du hêtre où l'homme arrêta la bête d'une caresse sur l'encolure.

Avril en resta bouche bée. Le cochon noir lui aussi ne pouvait détourner les yeux de ce spectacle incroyable.

– C'est… c'est un cheval ? parvint à articuler Avril.

Le vieil homme, qui dételait l'animal au poitrail fumant, répondit sans se tourner.

– Il s'appelle Ésope. C'est un âne.

Et comme pour approuver ce que venait de dire l'homme, l'âne abaissa et releva la tête plusieurs fois en faisant claquer sa grande bouche lippue. Le cochon noir trottina prudemment dans sa direction et huma l'odeur de la grande bête de son petit groin frétillant.

Avril aurait pu s'interroger sur cette extraordinaire coïncidence, avoir croisé dans la même journée un ours et un âne, deux animaux bien vivants, mais l'état de Kid l'empêchait de penser à tous ces miracles et elle se pencha sur l'enfant.

– Comment il va ? demanda l'homme dans son dos.

Avril secoua la tête.

– Je ne sais pas. Il est blessé.

Elle se retourna vers l'homme qui considérait le cochon noir avec un air curieux. Sa bouche s'ouvrit, comme s'il voulait demander d'où pouvait bien sortir ce cochon, mais il se ravisa et posa son fusil contre la roue de la charrette.

– Vous pouvez prendre tout ce que vous voulez, souffla Avril en désignant les rations amoncelées entre les branches moussues du chêne. Prenez tout mais ne nous faites pas de mal.

Le vieil homme s'approcha de l'arbre sur lequel il posa une main.

– Je m'arrête parfois ici. Pour la Capsule. Et parce que j'aime bien ce vieux hêtre, dit-il en tapotant le tronc lisse et pâle.

Il leva les yeux vers les lambeaux de parachute qui flottaient mollement dans la brume.

– J'étais certain qu'un petit malin essaierait un jour de toucher à ce parachute.

Avril ne releva pas le sarcasme.

Le vieil homme tira le couteau de sa ceinture et le regarda longuement.

– Est-ce que tu m'aurais tué avec ça ? demanda-t-il en relevant les yeux.

La jeune fille soutint son regard froid.

C'était une vraie question.

Avril sentit que l'homme attendait une vraie réponse. Ce qu'il adviendrait d'eux dépendait de cela, des paroles qu'elle allait prononcer.

Il y eut un très long silence. Puis Avril finit par hocher la tête.

– Pour protéger Kid, oui, dit-elle d'une voix un peu voilée. S'il avait fallu, pour protéger Kid, oui, je l'aurais fait.

Le vieil homme hocha la tête à son tour mais il ne dit rien.

Le gamin, sous la couverture, gémit doucement.

– Vous pouvez tout prendre, répéta Avril sans quitter l'homme des yeux. Prenez tout et partez.

L'homme glissa le couteau à sa ceinture, inspira profondément, la tête renversée vers la ramure du hêtre noyée dans la brume. Puis il se dirigea vers le chariot, écarta la bâche verte et fourragea à l'intérieur. Il en sortit une casserole bosselée et un petit réchaud de voyage qu'il installa près de la roue cerclée de métal. Il tira ensuite une bonbonne du chariot et remplit d'eau le récipient. La flamme jaillit, jaune et dansante, sous la casserole. Puis, sans rien dire, il s'éloigna dans la brume et Avril entendit des branchages craquer.

Le fusil était posé là, non loin du réchaud. C'était une arme étrange, à la crosse de bois ouvragée, au canon en acier patiné, très long et très fin. Presque plus une œuvre d'art qu'une arme véritable. Avril attendit. Les bruits dans la forêt s'éloignèrent encore un peu plus. Alors elle se releva doucement et s'approcha sans bruit du fusil. Elle avançait la main vers l'arme quand elle vit quelque chose d'étrange suspendu à un crochet à l'avant du chariot, là où pendait également une lampe-tempête. C'était une sorte de collier. Des choses brunes et racornies, comme des piments séchés, étaient enfilées sur une lanière de cuir. Elle secoua la tête et d'un coup, elle comprit.

C'était des oreilles.

Des oreilles humaines tranchées et alignées comme d'affreuses breloques.

Elle plaqua une main sur sa bouche pour s'empêcher de hurler. Elle fit deux pas en arrière, buta sur le cochon qui couina. Et l'âne blanc, sortant de son apparente torpeur, se mit à braire de façon atroce, hochant sa grosse tête, agitant ses grandes oreilles. Un cri animal qui déchira le silence tranquille de la forêt embrumée. Le cri qu'ils avaient entendu quand ils étaient dans l'arbre.

Avril fit un bond en arrière, paniquée. Elle n'avait jamais entendu une bête crier d'une façon si terrible. Le cochon noir sursauta lui aussi et vint se réfugier près du corps de Kid en poussant de petits couinements effrayés.

Avril jura entre ses dents et s'éloigna du chariot. Elle tenait ses mains pour les empêcher de trembler.

L'âne blanc finit par se calmer. Et, comme si rien ne s'était passé, il entreprit de gratter du museau le sol détrempé, à la recherche de nourriture.

Le vieil homme revint peu après. Il tapota affectueusement l'encolure de l'âne et coula un regard narquois en direction d'Avril. Comme s'il avait parfaitement compris ce qui s'était joué en son absence. Comme s'il avait laissé là le fusil, à dessein.

Il s'agenouilla près du réchaud. De la vapeur s'élevait de la casserole. Dans sa main, il tenait une racine longue et sombre et tordue. Avec le couteau d'Avril, il entreprit de la couper en tronçons et jeta chaque morceau à la chair blanchâtre dans l'eau bouillante. Il baissa ensuite le feu et essuya ses mains sur son pantalon de toile noire.

– Il y a des choses incroyables dans ce monde, dit finalement le vieil homme sans relever la tête de l'eau frémissante où dansaient les bouts de racines. Par exemple, est-ce que tu savais que les arbres parlent entre eux ?

Comme Avril ne répondait pas, l'homme l'interrogea du regard, puis dirigea la pointe du couteau vers le grand hêtre.

– Enfin, je ne veux pas dire qu'ils parlent vraiment. Pas comme nous le comprenons, nous, avec nos capacités limitées. Mais ils communiquent entre eux. Par tout un tas de signaux. Dans la forêt, il y a des arbres-mères. Comme le hêtre sur lequel vous êtes montés. Ce sont les arbres les plus anciens. Certains sont là depuis des centaines d'années. Et ce hêtre, il est peut-être encore plus vieux. Quand il a mis sa première feuille, tu n'étais pas née, et moi non plus, même si j'ai des cheveux blancs. Et nos parents n'étaient pas nés non plus. Et le monde des hommes était bien différent. Les arbres-mères, ils sont la mémoire de la forêt. Ils ont vu plus de choses que tu ne pourras jamais en imaginer, et bien plus que je ne pourrais en raconter. Ces arbres-là, ces arbres-mères, tu vois, leur rôle, c'est de veiller sur la famille de la forêt. Parce qu'une forêt, c'est une famille, une famille immense, composée de milliers de frères, de sœurs, de cousins. Et dans cette famille, les plus vieux s'occupent des plus jeunes. Quand l'un d'eux est souffrant, les anciens veillent sur lui. Ils lui donnent l'énergie nécessaire pour se soigner. Si un membre de la famille est attaqué, par un insecte ou un champignon par exemple, la famille va le défendre, en transmettant l'information, en appelant un cousin bien costaud qui va faire fuir le parasite. Et celui qui est attaqué va faire passer l'information, de manière que ses frères préparent leur défense.

L'homme marqua une pause, contempla la danse des morceaux de racines qui viraient au brun dans la casserole.

– Sous la terre, continua l'homme en tapotant le sol, il y a un réseau de racines. Un grand réseau. Chaque arbre, chaque plante est reliée à ce réseau. La forêt, c'est à la fois mille espèces différentes et un seul et même organisme, d'une certaine façon. Tu imagines comme c'est complexe et subtil ? Tu regardes un arbre et tu ne vois que du bois. Du bois qui va te servir à fabriquer des planches, à construire une maison, ou une chaise. Mais tu ne te doutes pas que quand ta hache va venir couper l'arbre, c'est toute la forêt qui va être blessée, n'est-ce pas ?

Avril secoua la tête. Elle ne comprenait pas pourquoi le vieil homme lui racontait tout ça, ni ce qu'il était en train de faire avec son eau et ses racines. La vision du collier d'oreilles la hantait encore et lui brouillait l'estomac.

– Tu vois, reprit-il en même temps qu'il faisait taire la flamme sous la casserole, je pense que la forêt ne nous en veut pas si on prélève un arbre de temps en temps. Si on le fait de façon juste, en sachant que c'est un don. Enfin, don, ce n'est peut-être pas le mot. Ce n'est pas parce qu'une chose se trouve là et qu'elle ne parle pas et qu'elle ne proteste pas que nous pouvons en disposer à notre guise. Je pense plutôt que nous ne savons pas écouter. Ou que nous ne voulons pas parce que ça nous arrange bien, pas vrai ? On dit souvent que chaque chose a un prix. Bon. Alors dis-moi, tous ces arbres, là, est-ce qu'on a les moyens de les acheter ?

Avril s'apprêtait à répondre mais ce n'était pas vraiment une question. L'homme continua, sans lui prêter attention.

– Non, moi je ne crois pas. Nous n'avons pas les moyens. Parce que les arbres qui sont là, ce sont les derniers. Et cette plante, là, la consoude, dont j'ai pris la racine pour la faire bouillir, c'est pareil. Elle ne repoussera pas. Plus jamais. Et même si ce n'est pas le cas, ça aurait pu être le dernier plant de consoude de toute la planète. Et j'aurais commis là un énorme sacrilège. C'est pour ça qu'il faut faire attention. Parce que la forêt et les arbres-mères se souviennent de tout. Toujours. La forêt n'oublie rien.

L'homme eut un sourire.

– Et peut-être même que les planches de ta maison, ou le bois de ta chaise, oui, peut-être que tout ce bois qui un jour a été vivant se souvient qu'il a été vivant, et qu'il faisait partie de cette grande famille. Alors imagine, peut-être que si ta chaise casse quand tu t'assois dessus, c'est comme si elle se vengeait un peu pour ce que les hommes lui ont fait, à elle ou à ses cousins. Et si une branche casse quand un gamin monte dessus, c'est peut-être la même chose. Va savoir, si les arbres ne donnent plus de fruits, c'est peut-être pour se venger des hommes. Qu'est-ce que tu en dis ?

Avril ne dit rien. Elle était simplement persuadée que l'homme était à moitié fou.

L'homme prit la casserole et s'approcha.

Avril était sur ses gardes.

L'homme s'agenouilla près de l'enfant et le regarda en penchant légèrement la tête.

– Il s'appelle Kid, c'est ça ?

La jeune fille hocha la tête, se tenant le plus loin possible du vieil homme.

Il retira la couverture de survie et dévoila le corps maigre du gamin. De larges taches violacées mangeaient sa jambe et son flanc gauche.

L'homme plongea la main dans la casserole et en ressortit une purée marron et grumeleuse qu'il écrasa entre ses doigts noueux pour en chasser l'eau.

Il appliqua la pâte grossière sur la jambe et le côté de Kid. Il le fit sans délicatesse mais sans brutalité non plus, comme si c'était ainsi que ce devait être fait. Le gamin gémit un peu et Avril serra les poings malgré elle. L'homme fit une boule avec l'onguent qu'il n'avait pas utilisé et la posa dans l'herbe. Le cochon vint renifler cette mixture étrange et éternua.

– Il ne faut pas que Kid bouge. C'est peut-être une fracture. Mais ça peut être moins grave. Ou beaucoup plus. Il faut qu'il reste sur le côté, comme ça. L'onguent, tu le laisses jusqu'à ce qu'il sèche. Et tu le renouvelleras plus tard. Ensuite, on verra ce qui se passera. C'est d'accord ?

Avril fixa le visage de l'homme, ses rides profondément creusées, ses lèvres sèches, ses yeux gris, sa barbe poivre et sel, son chapeau noir aux larges bords qui pendait lamentablement, et elle acquiesça.

– C'est d'accord, dit l'homme, comme si c'était une affaire entendue. Il replaça la couverture de survie sur le corps de Kid et il se releva sans rien ajouter. Il s'éloigna vers le chariot, caressa l'âne blanc, puis entreprit de nettoyer la casserole.

La brume se dissipait peu à peu comme la nuit commençait à tomber sur la clairière et sur cet infime coin du monde.

Avril regarda Kid. Elle ne savait pas si le remède de l'homme pourrait l'aider à guérir, mais elle ne voyait pas ce qu'elle pourrait faire de plus. L'enfant était intransportable. Il fallait monter un campement pour la nuit avant qu'il ne fasse trop sombre. Mais la présence du vieux l'inquiétait. Elle aurait aimé qu'il parte rapidement mais elle n'osait pas lui adresser la parole.

L'homme vint se lover entre deux racines du hêtre. Il cala une pipe entre ses lèvres, une flamme dansa et bientôt la senteur des herbes s'éleva dans l'air qui fraîchissait.

– Comment est-ce que tu t'appelles ? demanda-t-il.

– Avril, dit-elle sans lever les yeux.

– Avril, répéta l'homme pensivement. C'était un beau mois. Le mois où les bourgeons s'ouvraient, où la nature renaissait. Enfin, tout ça c'était avant, pas vrai ?

La jeune fille caressa les cheveux de Kid.

– Tu sais, Avril, dit-il d'une voix basse. Ton couteau, il ne t'aurait servi à rien.

Avril releva la tête.

– Je t'aurais tuée avant, dit l'homme dont le visage fut brièvement éclairé par la braise du fourneau. Maintenant, allons ramasser du bois sec. Il faut manger.

45.

L'homme avait mis à bouillir des herbes, des racines et des lichens phosphorescents.

À présent, la nuit avait pris la clairière tout entière dans sa gueule et la canopée faisait comme un couvercle au-dessus d'elle.

Si bien que les seules lueurs étaient le fourneau de la pipe du vieil homme et les flammes jaunes qui dansaient entre les pierres du foyer, et les seuls bruits étaient le crépitement du feu, le grondement de l'estomac de l'âne blanc et le ronflement du cochon près de Kid.

Le vieil homme tira sur sa pipe et touilla le contenu de la casserole avec une longue cuillère de bois. Depuis qu'ils étaient partis en quête de bois sec, il n'avait pas prononcé un mot et Avril non plus n'avait rien dit. La vision du collier d'oreilles la hantait toujours. Était-ce lui qui les avait coupées ? Et pour quelle raison en faire un collier ? L'homme devait être fou. Oui, mais pourtant il avait soigné Kid, il avait aidé la jeune fille à nettoyer l'onguent, à déplacer l'enfant près du feu. Et il lui proposait maintenant de partager son repas. De toute évidence, il avait l'intention de passer la nuit dans la clairière, et ça ne rassurait pas vraiment Avril.

– C'est prêt, dit l'homme après avoir goûté la soupe à même la cuillère.

Il tendit une gamelle de bois à Avril.

– Si tu n'en veux pas, tu peux manger une ration. Moi, le soir, je mange léger.

Avril haussa les épaules. Elle n'avait pas vraiment faim.

L'homme remplit son écuelle. C'était un bouillon un peu verdâtre où nageaient des bouts de végétaux. Elle plongea sa cuillère dans le liquide et goutta précautionneusement. C'était un peu amer. Mais pas mauvais du tout.

De l'autre côté du feu, l'homme commença à avaler sa soupe avec un grand bruit mouillé.

Un silence.

Puis un grand bruit mouillé.

Un silence.

Un autre grand bruit mouillé.

Et le grondement du ventre de l'âne.

Et un ronflement du cochon, comme une note de flûte un peu aiguë.

Un autre grand bruit mouillé.

Avril n'osait pas avaler sa soupe.

C'était si incongru de se retrouver là, au milieu de cette clairière, dans la nuit, avec cet inconnu qui faisait sans même s'en rendre compte tous ces bruits en mangeant.

Avril regarda le vieil homme aspirer sa soupe et soudainement, elle ne le trouva plus du tout effrayant.

Non, c'était juste un vieil homme qui ne savait pas manger correctement. Tous ces bruits, les bruits de bouche, les grondements de l'estomac de l'âne, les ronflements du cochon, ça en était presque comique.

Peut-être à cause de la fatigue et de la tension, Avril se mit à sourire. Un sourire un peu nerveux, et puis un rire monta dans sa gorge. Elle aurait tout donné pour l'empêcher, mais non, elle ne le pouvait pas. Elle pouffa d'abord doucement.

L'homme leva un œil interrogateur. Mais comme Avril baissait la tête, il se remit à aspirer sa soupe, avec de plus grands bruits encore.

Alors la jeune fille pouffa encore. Et elle aussi aspira sa soupe avec un grand bruit mouillé, ce qui la fit pouffer de plus belle.

Le vieil homme ne comprenait rien à ce qui se passait. Ses sourcils dessinèrent un point d'interrogation.

Alors Avril s'étrangla presque et recracha sa soupe et elle éclata de rire, si fort que la gamelle se renversa sur le feu en sifflant. L'homme, médusé, la cuillère immobilisée devant ses lèvres, la regarda hoqueter et se rouler dans l'herbe et se tenir les côtes et rire et rire encore, jusqu'aux larmes.

Le vieil homme ne dit rien. Il la regarda simplement, la cuillère suspendue en l'air. Il la regarda sans rien dire pendant une longue minute. Et l'âne et le cochon maintenant bien réveillés la regardaient aussi, intrigués par cette jeune fille qui riait sans s'arrêter.

Quand Avril eut repris son souffle, elle se redressa, essuya ses yeux, ses joues et balbutia un vague « pardon » un peu honteux.

Le vieil homme hocha la tête, porta l'écuelle à ses lèvres et but le reste de soupe avec un grand bruit.

Avril regarda le feu qui se reflétait sur la couverture de survie de Kid. Des milliers de flammèches dansaient autour du petit corps. Comme de petits dieux sauvages qui veillaient sur l'esprit et les yeux clos de l'enfant. Elle se sentit soudainement très lasse. Un peu triste même. Elle ne parvenait plus à savoir ce qu'il y avait de si drôle quelques minutes auparavant.

– C'est l'heure de poser un nouveau cataplasme, dit le vieux. Tu sauras le faire ?

Avril hocha la tête.

– Je l'ai déjà soigné. Je sais le faire.

Avril se déplaça près de Kid et malaxa la pâte sombre entre ses doigts avant de l'appliquer sur la jambe et les côtes du gamin.

– Ça fait longtemps que je n'avais pas vu un enfant aussi jeune, dit l'homme en regardant Kid. Où est-ce que tu l'as trouvé ?

Avril ne répondit pas.

– D'accord, dit l'homme, je suis trop curieux. Il ne faut pas m'en vouloir. C'est juste que j'aime les histoires.

Il se leva en grognant et il alla au chariot. Avril l'entendit fouiller à l'intérieur.

Quand il revint, il se rassit près du feu. Il posa une paire de lunettes sur son nez effilé et ouvrit devant lui un cahier. Il enleva le capuchon d'un stylo puis se mit à écrire avec application.

Avril l'observait du coin de l'œil. Cela faisait des années qu'elle n'avait vu quelqu'un écrire. Elle avait souvent rêvé d'avoir un cahier, de pouvoir coucher ses idées, d'enseigner à Kid l'écriture. Même si plus personne ne se souciait d'écrire. À quoi bon écrire quand on a le ventre vide ? À quoi bon écrire quand il n'y a personne pour lire ?

L'homme avait une écriture serrée, dansante. Il relevait parfois la tête, comme s'il cherchait ses mots dans les flammes qui dansaient au-dessus du foyer, et le reflet des escarbilles virevoltait sur les verres de ses lunettes, lui donnant l'air d'un démon inspiré.

Avril recouvrit le corps de Kid. Il lui semblait que l'hématome s'était un peu résorbé. Sur la cuisse, la peau virait déjà au jaune. Elle voulut y voir un bon signe. Elle regagna sa place autour du feu et l'homme continua à écrire, sans lui prêter attention.

Elle aurait bien aimé se pencher au-dessus de la feuille, lire les mots que traçait le vieux, mais elle n'osait pas s'approcher.

– Tu sais lire ? demanda le vieil homme sans lever les yeux.

Avril hocha la tête.

– Oui, j'ai eu beaucoup de livres. Avant.

– Je suppose que tu les as brûlés ?

La jeune fille resta silencieuse.

– Bien sûr, tu les as brûlés, déclara le vieil homme. Comme tout le monde l'a fait, pas vrai ? Parce que les Étoiles Noires et leur Dieu l'avaient décidé ainsi.

Avril se recroquevilla. Elle n'avait plus envie de penser à ce temps-là.

– J'avais… j'avais un livre, dit la jeune fille. Une encyclopédie pour enfants. Une vieille femme nous l'avait offerte. Je la lisais à Kid. Parce que je voulais qu'il sache que les choses n'ont pas toujours été comme elles sont. Que le monde était beau. Que l'homme n'a pas toujours été un animal.

Le vieil homme ricana.

– Et si c'était justement ça, la grande erreur, hein ?

Avril secoua la tête.

– Quoi ? Je ne comprends pas.

Le vieux bougonna quelque chose qu'elle n'entendit pas.

– On l'appelait le Livre, poursuivit Avril. Au début, Kid était fasciné. Quand on voulait savoir quelque chose, il suffisait de l'ouvrir et nous avions des réponses. Mais j'ai perdu le Livre.

– Eh oui, dit le vieil homme. On perd toujours tout. Il ne restera rien de nous.

– C'est pour ça que vous écrivez ? hasarda Avril.

L'homme releva la tête. Le feu léchait le verre de ses lunettes.

– L'écriture, c'est une sale habitude qui ne m'a jamais quitté. Ils sont venus me dire que je devais arrêter. Ils ont pris mes livres et mes carnets. Ils les ont brûlés. Ils ont menacé de me couper les mains. Mais rien à faire. Il faut que j'invente des histoires et que je les raconte. Aujourd'hui encore.

– Vous écrivez une histoire ?

Le vieil homme tapota la page de la pointe du stylo.

– J'écris notre histoire.

Avril tendit le cou mais d'où elle était, elle ne parvenait pas à déchiffrer les mots griffonnés sur le papier.

– Oui, tu es dedans, toi aussi jeune fille. Et Kid également. Et votre cochon.

Avril sourit puis secoua la tête.

– Mais… à quoi ça sert ?

Le vieil homme renifla.

– Je n'en sais rien. Ou plutôt si. Je suis persuadé qu'un jour des enfants renaîtront sur cette planète. Tu vois, je suis plutôt optimiste. Alors il faudra qu'ils sachent. Qu'ils sachent quelles erreurs terribles ont été commises. Et peut-être qu'elles ne se reproduiront pas.

Comme Avril ne répondait pas, il ajouta avec une grimace comique :

– Je suis optimiste et terriblement orgueilleux. Mais c'est normal, si tu veux tout savoir, avant tout ça, j'étais écrivain.

– Vraiment ?

Le vieux acquiesça :

– Bon, pas un écrivain terrible, sans doute. Mais des gens lisaient mes livres.

La jeune fille se demanda si elle avait déjà lu des livres que l'homme avait écrits. Et elle réalisa qu'elle ne savait même pas comment il s'appelait.

– Quel est votre nom ?

– Peu importe le passé, petite. Je suis peut-être orgueilleux mais pas vaniteux. Je ne t'ai pas raconté ça pour dire qu'un jour j'avais été quelqu'un. D'ailleurs, je suis beaucoup plus aujourd'hui que ce que j'étais hier, je te l'assure. Et si j'écris, ce n'est pas par nostalgie, pour faire revivre le passé. Non, j'écris pour demain. Pour ceux qui viendront après nous.

Il vit qu'Avril ne comprenait pas vraiment ce qu'il venait de dire alors il ajouta :

– Aujourd'hui, je me fais appeler le Conteur. C'est mon nom de scène. Je raconte des histoires aux gens que je croise, je leur donne des nouvelles de ceux du bout de la route, ils me donnent de quoi améliorer mon quotidien. Et surtout ils me racontent leurs histoires. Parce que tout le monde a envie de parler, pas vrai ? C'est comme ça que je survis. Sans les histoires, je serais mort aujourd'hui.

– Et les Étoiles Noires ? Les Étoiles Noires ne vous ont jamais inquiété ?

L'homme inspira profondément.

– Les Étoiles Noires m'ont déjà tout pris. Tout. Ils ne m'ont laissé que les histoires. Et ça, personne ne pourra me l'enlever. Alors je n'ai plus peur d'eux. Non, je n'ai plus peur. Les Étoiles Noires sont comme toutes les étoiles, ils disparaîtront. Comme nous tous. Ils ont fait beaucoup de mal mais ça a été comme un feu de paille. Un feu de paille qui a mis le feu à toute la maison. Tu n'es pas d'accord ?

Le regard du vieil homme mit Avril mal à l'aise. Elle pensa au tatouage qu'elle portait à l'épaule. Cette étoile noire qui ne la quitterait jamais. Si l'homme avait su, peut-être l'aurait-il déjà tuée. Elle préféra faire bifurquer la conversation.

– Et les gens n'essaient pas de vous voler… pour la viande ? demanda Avril en montrant l'âne blanc qui dormait appuyé conte le hêtre.

Le vieil homme ôta les lunettes de son nez.

– Les gens… Les gens ont toujours besoin d'histoires. Même s'ils n'ont plus rien. Surtout s'ils n'ont plus rien. Écouter une histoire, ça donne du courage. Entendre une histoire, ça vaut bien un vieux bout de pain. On fait du troc. Je raconte contre un peu de nourriture, des conseils sur les plantes. Ou simplement pour le plaisir des mots. Et ceux qui ne veulent pas entendre, ceux qui pensent qu'un homme n'est qu'une proie, et qu'un animal n'est qu'un tas de viande fraîche, eh bien, ceux-là n'ont pas besoin d'oreilles.

Le vieil homme se tourna vers le chariot et Avril sut très bien ce qu'il regardait. Le collier d'oreilles. Les oreilles de ceux qui avaient essayé de le tuer, lui ou son âne blanc.

– Je ne sais pas si tu trouveras ça drôle, reprit le vieux, mais j'ai déjà écrit un livre sur la fin du monde. Eh bien, je n'avais pas du tout imaginé cela comme ça.

L'homme écarta les bras pour embrasser la clairière, le hêtre dont la ramure était illuminée par le feu, les animaux assoupis. Tout ce décor qui semblait si doux, si paisible.

– C'est la plus belle fin du monde que j'ai jamais vue.

Le vieux promena son regard sur les lignes qu'il venait de poser sur le papier.

– Alors j'essaie d'écrire mieux que je ne l'ai jamais fait.

Le Conteur referma son cahier.

– Maintenant je vais aller me coucher dans le chariot. Toi, tu as une couverture, tu peux dormir près du feu et surveiller le gamin. Il reste un peu d'onguent. Dans la nuit, tu changeras son cataplasme.

Il se leva difficilement, en se tenant les reins, et ramassa son étrange fusil.

– Aujourd'hui, tu as écouté mon histoire, petite. Aujourd'hui, je ne rajouterai pas tes oreilles à mon chapelet.

Le Conteur s'enfonça dans l'obscurité.

– Mais je te l'ai dit, tout a un prix. Demain, tu m'en raconteras une. C'est comme ça que ça fonctionne.

Avril entendit le chariot grincer quand il se hissa à l'intérieur.

– En attendant, tu peux dormir sur tes deux oreilles.

44.

Je suis mort.

Je suis tombé du ciel comme une étoile.
Et je suis mort en touchant la terre.
Boum.

Je suis mort et autour de moi, tout est noir.
Il y a rien. Que le vide. Pas de dieu.
Du noir. Juste du noir. Un noir plus noir que la nuit.
J'appelle : Avril ! Sirius !
Mais personne répond.
Tout est noir.
Alors j'attends.
J'ai un peu peur.
Un peu.
Peut-être que je suis dans la terre ?
Ou alors je suis dans Avril ?
Dans le cœur d'Avril. Parce que je suis mort et qu'elle se souvient de moi.

Oui, elle m'a dit que Madame Mô, si on se souvenait d'elle, elle serait toujours dans nous.
Comme la brindille rose.
Alors voilà.
Je suis mort.
Et je suis dans le cœur d'Avril.

Alors j'ai moins peur.
Parce que je sais que je suis en sécurité dans le cœur d'Avril.

Longtemps, je bouge pas. Je bouge plus.
Comme les renards, comme les arbres, comme les oiseaux, comme Madame Mô.
J'attends.
Les choses mortes, elles bougent pas.
Alors j'attends, dans le noir.
Et je pense.
Comme les choses mortes pensent.

Je pense à Sirius.
Je pense à Artos.
À Pa, à Ma, à la Montagne.
Je pense aux étoiles.
Je pense à Avril.

Je pense à Avril.
J'espère qu'elle sera pas triste.
Que ses yeux ne pleureront pas.
Parce que je suis toujours là, dans son cœur.

J'attends.

J'attends.

Je pense à Avril.

J'attends.

Pffffffff, c'est long, d'être mort.

Alors j'essaie de bouger.
Juste un peu.
Pour pas blesser le cœur d'Avril.
Quand j'essaie, je peux pas bouger.
Ou à peine.
Mon corps, c'est de la douleur, partout, dedans.
Alors je bouge pas.

Je pense à Avril.
Sa peau noire. L'étoile sur son épaule.
Tout ce qu'elle voulait m'apprendre.
Toutes ces lettres, tous ces mots.
Je pense à Sirius, à Artos.
À leurs Livres vivants qu'on peut lire sans mots.

J'attends.

Je pense.

J'attends.

Oh.
Une lumière, là-haut.

Une lumière comme celle qui brillait chez Madame Mô.
Une étoile.
Et une autre, là !
Et là !

Petit à petit, le ciel se rallume !

Et puis je vois.

Je me vois, moi.
Tout petit.
Tout petit homme couché près du feu sous une couverture.
Et là, Avril qui dort près d'un chariot, et son menton qui tremble à cause d'un mauvais rêve.
Et ici la forêt, et les arbres et les brindilles qui craquent quand je marche.
Et là encore mon museau qui fouille la terre pour trouver une racine.
Et au-dessus de nous, le ciel. Le ciel si grand. Si grand.
Au-dessus de nous.
Nous !

Alors je comprends.
Je vois à travers tes yeux, Sirius. À travers les tiens, Artos.
Et toi aussi, Ésope, l'âne blanc.
Je sais pas comment c'est possible mais maintenant, je suis Sirius. Je suis Artos. Je suis Ésope.
Je suis vous.
Et vous êtes moi.
Comme si on partageait le même Livre vivant.
Mon corps, il bouge pas. Avec toute la douleur dedans, partout.

Mais je sens ce que vous sentez, je touche ce que vous touchez, j'entends ce que vous entendez, je vois ce que vous voyez.
Et on regarde le même ciel.
Et je sais que je suis pas mort.
Ou que je suis né de nouveau.
Je suis vivant !

Dans le ciel, les étoiles brillent.
On dirait qu'on les a jetées là, n'importe comment.
Mais en vrai, je comprends qu'elles sont alignées.
Elles font des dessins dans la nuit.
Elles sont des morceaux de quelque chose de plus grand.
Et nous, Sirius. Artos. Ésope, Kid. Avril, je le sens, tout au fond de mon ventre, on est pareils que les étoiles.

On est des étoiles.
Différents mais pareils.
Et on est des morceaux de quelque chose de plus grand.
Une Constellation.

La Constellation.

La Constellation ?
C'est comme ça que ça s'appelle ?
Ce mot, je l'ai jamais entendu mais pourtant, je le connais.
Et j'entends le tambour.
Le tambour des étoiles.
Le même tambour dans nos ventres.

La Constellation.

Avril, elle sait pas. Elle sait pas encore. Elle veut pas savoir.
Avril a peur.
Et la peur l'empêche de voir le ciel.
Et le signe de la Constellation.
Mais nous sommes un.
Et elle est nous.
Différente mais pareille.
Une étoile.
De la Constellation.
Avril, elle comprendra.
Bientôt.
Nous, on est pas pressés.
Avril, elle comprendra.
Bientôt.
C'est un long chemin.
Jusqu'au ciel.

43.

Avril ouvrit difficilement les yeux. Elle avait veillé une partie de la nuit, peu rassurée par la présence du vieil homme. Mais après avoir changé le cataplasme de Kid, elle s'était écroulée près du feu, vaincue par la fatigue. Elle avait juste pris le temps de tirer de sa poche la photo où on voyait le chalet. L'eau avait délavé l'image. Les trois personnages au premier plan avaient les traits brouillés. Elle avait longuement regardé le cliché à la lueur déclinante du feu puis elle s'était endormie comme ça, la photo à la main, et en se réveillant, elle sut qu'elle avait fait un cauchemar où des hommes à têtes d'animaux tentaient de couper ses oreilles. Elle fuyait sans cesse mais ne trouvait nul répit. Elle avait cru être sauvée en escaladant un arbre mais, tout en haut, un gamin au visage de cochon l'avait empoignée en ricanant. Pas de doute possible, c'était bien Kid. L'enfant-animal avait alors tiré un couteau effilé et l'avait approché de son visage. Elle avait hurlé. Et le cauchemar s'était déchiré sur son cri. Elle s'était rendormie, ce qui lui sembla être quelques secondes à peine, et le matin était arrivé.

Avril ouvrit difficilement les yeux et, instinctivement, elle porta les mains à ses oreilles. Elles étaient bien là.

La clairière était baignée d'une lumière tiède et douce qui pouvait faire penser à celle d'un printemps d'autrefois.

La jeune fille se redressa et écarquilla les yeux en découvrant un spectacle incroyable : Kid, le cochon noir et l'âne blanc étaient lovés les uns contre les autres et tous les trois dormaient paisiblement. Les corps des animaux formaient autour de l'enfant un cocon chaud et douillet, un rempart solide, comme si les animaux avaient voulu protéger ou réchauffer l'enfant. Le visage de Kid était moins pâle, ses cernes moins marqués.

Avril s'approcha doucement pour ne pas les réveiller.

Elle détailla le grand corps de l'âne. Son poil blanc un peu jauni. Ses grandes oreilles comme deux drapeaux affaissés. Son ventre rebondi et tendu. Les longs cils graciles qui venaient fermer les paupières ourlées de velours noir. Elle ne se souvenait pas d'avoir déjà vu un âne mis à part dans le Livre. Celui-ci était magnifique. Elle avança la main pour toucher le pelage un peu gras.

– Ésope n'aime pas qu'on le réveille avant le petit déjeuner, dit la voix du vieil homme derrière elle. Et quand il est de mauvais poil, il mord.

Avril retira vivement la main et se retourna. Le Conteur se tenait là, les vêtements et le visage froissés par la nuit, le fusil à la main. Il s'étira et on entendit ses vertèbres craquer douloureusement. En plein jour et hors de la brume, il ne paraissait pas si vieux.

Les poings sur les hanches, il contempla les corps enchevêtrés de Kid et des animaux.

– Ils ont mieux dormi que nous, ça c'est sûr.

– On dirait que Kid va mieux, dit Avril.

L'homme hocha la tête :

– La consoude, ça fait des miracles. Le gamin a passé la nuit. Il vivra.

Ils ramassèrent du petit bois et le Conteur ralluma le feu. Il fit chauffer de l'eau agrémentée d'un sachet de thé. Il tendit ensuite une barre énergétique à Avril et en disposa deux près de lui. Les naseaux de l'âne se mirent à frétiller mais il ne bougea pas, comme s'il avait du mal à quitter le cocon douillet des corps rassemblés.

– C'est un bel animal, dit Avril.

Le Conteur sourit :

– Oui. J'ai de la chance d'avoir croisé sa route. On s'entend bien tous les deux.

Avril eut envie de lui dire que c'était certainement parce qu'ils avaient un peu le même caractère mais elle se retint.

– Je me pose une question, demanda Avril. D'où est-ce qu'ils viennent ces animaux ?

– Comment ça ?

– Eh bien, je croyais qu'il n'y en avait plus. Qu'ils avaient tous été tués à cause du virus, ou mangés, ou qu'ils étaient morts de vieillesse ou de faim.

– C'est vrai, dit l'homme.

– Et pourtant, nous avons trouvé ce cochon. Et vous êtes accompagné d'un âne...

Avril hésita à parler de l'ours qu'ils avaient croisé la veille mais l'homme risquait de la prendre pour une folle, aussi elle ne dit rien.

– On voit bien qu'ils ne sont pas si vieux que ça, continua-t-elle. Est-ce que ça voudrait dire que tous les animaux ne sont pas devenus stériles ? Qu'il y a une chance que…

– Ne rêve pas, petite. La stérilité a frappé toutes les espèces, animales ou végétales. Même les champignons, même les insectes ont disparu peu à peu. On ne sait pas pourquoi mais c'est comme ça. Ces animaux sont un miracle, ce sont peut-être les derniers de leur espèce.

L'homme versa du thé dans une gamelle. À ce moment-là, l'âne ouvrit ses grands yeux noirs. Il se redressa sur ses pattes massives et s'ébroua en secouant sa grosse tête. Le cochon remua lui aussi et Kid ouvrit lentement les yeux et bâilla longuement.

Avril se précipita vers lui.

– Kid, est-ce que ça va ?

Le petit grimaça et fit oui de la tête.

– Kid l'a faim.

Avril avait envie de le serrer contre elle, de l'étouffer de baisers mais elle avait peur de lui faire mal alors elle se contenta de caresser doucement sa joue, du bout de ses doigts tremblants.

– Oh, Kid, j'ai eu si peur. Si peur.

L'enfant se redressa péniblement.

– Pas avoir peur, sœurette. Sirius et Ésope et Artos, ils veillent sur Kid.

Avril était si heureuse qu'elle ne demanda pas qui était Artos et comment le gamin pouvait connaître le nom de l'âne puisqu'il avait été inconscient tout ce temps.

– Agad, Ésope l'a faim, s'exclama Kid en montrant l'âne qui lapait le thé dans la gamelle avec de grands bruits, semblables à ceux que le Conteur faisait quand il avalait sa soupe. Le vieux tendit à l'âne une barre énergisante qu'il savoura en la mastiquant lentement.

– Kid, voici le Conteur, dit Avril en désignant l'homme au large chapeau. C'est lui qui t'a soigné.

L'enfant huma l'air longuement, comme s'il voulait sentir l'odeur de l'homme, comme s'il pouvait ainsi savoir qui il était vraiment. Le Conteur haussa les sourcils, un peu troublé.

Enfin Kid hocha la tête, satisfait, et se désintéressa de l'homme.

– Kid l'a faim, déclara l'enfant en caressant le cochon qui lui donnait de petits coups de langue. Et Sirius aussi !

Avril lui apporta du thé et une ration. Enroulé dans sa couverture de survie, il les partagea avec le cochon.

Pendant ce temps, le Conteur se leva et nettoya sommairement la casserole puis il fit bouillir de l'eau à laquelle il ajouta le reste de la racine noire qu'il avait cueillie la veille.

Il s'agenouilla ensuite auprès de Kid.

– Montre-moi, gamin.

L'enfant le dévisagea, les sourcils froncés, leva les yeux vers Avril qui lui fit signe de se laisser faire. L'homme ausculta son flanc, sa jambe.

– Kid l'a mal.

Le Conteur sourit.

– Il faudra faire plus attention la prochaine fois. Tu as eu de la chance que le parachute t'ait retenu.

– Sirius l'avait peur. Peur de toi. Maintenant l'a plus peur.

– Non ?

Kid montra l'âne du doigt.

– Non. Sirius l'a pas peur. Pasque Ésope l'est le chef.

– Oui, approuva l'homme avant de se relever, on peut dire ça comme ça.

Il prépara une nouvelle dose d'onguent et l'emballa dans des feuilles sèches.

– Il faut lui poser une attelle, dit-il à Avril. Tu sais comment faire ?

La jeune fille hocha la tête.

– Tu lui appliqueras des cataplasmes pendant quatre jours. Et si ce gamin ne fait pas le singe, ça devrait aller mieux.

Il nettoya à nouveau la casserole, les gamelles et les rangea dans le chariot.

– Bien, dit-il en tapotant l'encolure de l'âne blanc. Il est temps pour nous d'y aller, je pense. N'est-ce pas, Ésope ?

L'âne opina en faisant claquer ses grosses lèvres.

– Vous partez ? demanda Avril.

– C'est ce que j'ai dit.

Le Conteur harnacha l'âne, vérifiant soigneusement chaque sangle, puis il l'attela au chariot.

– Écoute, dit l'homme, tu avais peut-être pensé que vous pourriez venir avec Ésope et moi. Mais je voyage seul. C'est déjà assez compliqué comme ça. Je suis un solitaire. Et puis hier, tu m'aurais tué avec ton couteau, pas vrai ? Et aujourd'hui tu voudrais qu'on soit les meilleurs amis du monde ? Je te l'ai dit, petite, tout se paye.

Avril regarda autour d'elle. La clairière dans la douce lumière du matin, le feu qui s'éteignait peu à peu, Kid qui tâtait en grimaçant sa jambe bleuie, le cochon noir qui fouillait le sol de son groin, à la recherche de miettes. Elle réalisa alors qu'elle ne savait pas du tout ce qu'ils allaient faire.

– Où est-ce que vous allez ? demanda-t-elle.

L'homme, assurant les attaches de la bâche de plastique vert, ne se retourna même pas. L'affreux collier d'oreilles se balançait mollement.

– Je ne sais pas. Ce n'est pas moi qui décide.

– Comment ça ?

Le Conteur vint flatter l'encolure de l'âne.

– Contrairement à ce qu'on pourrait croire, ce n'est pas moi qui guide Ésope, dit-il très sérieusement. Non, c'est Ésope qui me montre le chemin. Et moi, je le suis. Comme l'a dit Kid, Ésope est le chef.

– Vous voulez dire que vous suivez un âne ?

L'homme se renfrogna.

– Et pourquoi pas ? Est-ce que c'est plus stupide que d'aller au hasard ? Vous, où est-ce que vous allez ?

– Nous… nous allons à la Montagne.

– Oui, va à la Montagne, nous ! approuva Kid. On va retrouver Pa et Ma.

– Bien, dit le Conteur en tirant sur le licol pour faire faire demi-tour à l'âne. Vous voilà plus avancés que moi alors. Même si la Montagne, ça reste bien vague comme destination.

– J'ai une adresse, dit Avril. Mais je n'ai plus de carte. Est-ce que vous savez où ça se trouve ?

Elle lui tendit la photo au dos de laquelle était inscrite l'adresse du chalet. Elle prit bien soin de ne pas lui montrer l'image.

– Beausoleil, hein ? Ça me dit vaguement quelque chose.

L'homme indiqua l'est du canon de son fusil.

– C'est vers les montagnes, effectivement. Mais c'est sacrément loin, si je ne me trompe pas.

– Merci, dit Avril en remettant la photo dans sa poche.

– Par contre, il vous faudra passer par la vallée. Il y a une ville là-bas. Et je vous conseille de faire un grand détour. Il n'y a rien de bon pour vous.

– Nous verrons bien, répondit Avril.

L'homme fit avancer l'âne et le chariot s'ébranla dans un grand crissement métallique.

– C'est tout vu, répondit l'homme en pointant sa carabine sur le collier d'oreilles. N'allez pas là-bas.

Comme il s'éloignait, Avril le héla.

– Et l'histoire ? Je devais vous raconter une histoire !

Le Conteur, sans se retourner, eut un geste vague de la main.

– Ce que j'ai vu me suffit. Une jeune fille revêche et mystérieuse, un gamin sauvage et un cochon noir avec une étoile blanche sur le front, c'est déjà une sacrée histoire.

Le chariot brinquebala vers la route au-delà des arbres.

– Mais ne t'inquiète pas, je ne la raconterai pas. Personne ne voudrait me croire, lâcha le Conteur avant de disparaître tout à fait. Je vous souhaite bonne chance.

42.

Avril appliqua le cataplasme sur le flanc et la jambe de Kid.

La couleur de la peau hésitait entre le vert et le jaune. Ce n'était pas très beau à voir et ça devait certainement être très douloureux mais Kid fut courageux et ne se plaignit pas.

Ensuite, la jeune fille chercha une branche pour fabriquer une attelle.

Elle vit que le Conteur n'avait emporté qu'une toute petite partie des rations et qu'il avait laissé son couteau près du feu. Elle le passa à sa ceinture.

Alors qu'elle s'enfonçait dans les fourrés, elle se sentit soudain très fatiguée. Même si le Conteur lui faisait peur, même si elle n'aimait pas ses manières un peu rudes, ça lui avait fait du bien de parler et d'entendre quelqu'un parler. Elle comprit que, hormis Madame Mô, cela faisait des années qu'elle ne parlait qu'à Kid. Et c'était toujours pour lui expliquer des choses du monde, le sermonner pour qu'il se tienne bien, qu'il ne se conduise pas comme un animal. Mais une vraie conversation, cela faisait bien longtemps qu'elle n'en avait pas eu. Et il fallait admettre que la soirée passée avec le vieil homme, même si elle avait été très étrange, n'avait pas été si désagréable. À présent le Conteur était parti. Elle sentit qu'il allait lui manquer.

Bien sûr, elle aurait pu supplier le Conteur de les aider, de prendre Kid dans le chariot, pourquoi pas. Elle y avait pensé, la nuit dernière. Mais elle avait écarté cette possibilité. Parce qu'elle savait que Darius et les Étoiles Noires les recherchaient. Ils ne tarderaient pas à retrouver leur trace, elle en était certaine. Tôt ou tard, ça arriverait. Et elle ne voulait pas que l'homme soit mêlé à tout ça. Si elle n'avait rien demandé au Conteur, c'était aussi parce que depuis longtemps elle avait appris à ne faire confiance à personne, à toujours tout faire toute seule. Elle s'était promis d'élever Kid, d'en faire un petit humain intelligent, et pour cela elle ne devait compter que sur elle-même. Voilà pourquoi elle avait toujours refusé quand Madame Mô lui avait proposé de venir vivre avec elle à la villa. Parce qu'il fallait qu'elle y arrive, sans l'aide de personne, coûte que coûte. C'était une façon de racheter son passé. Et pourtant, aujourd'hui, elle était là, toute seule dans ces bois, sans Livre, sans carte, sans rien, et elle se sentait fatiguée. Les mots du Conteur résonnèrent dans sa tête : « On perd toujours tout. Il ne restera rien de nous. »

Elle avait trouvé une branche qui pourrait servir d'attelle quand elle crut entendre un bruit derrière elle.

Elle se précipita dans la clairière, le couteau à la main.

Le Conteur était agenouillé près de Kid. Il parlait à voix basse avec l'enfant et Kid lui souriait. Le cochon flairait les bottes de l'homme avec curiosité.

Avril s'avança lentement.

– Qu'est-ce que vous faites là ? demanda-t-elle, suspicieuse.

Le Conteur haussa les épaules.

– Je suis coincé sur la route depuis une heure. Ésope refuse d'avancer.

Kid se tourna vers Avril, un sourire radieux sur le visage.

– Ésope va nous amener à la Montagne !

Le Conteur hocha la tête.

– Je crois bien qu'Ésope a décidé de vous aider.

41.

Kid et Sirius trouvèrent leur place dans le chariot, sous la bâche verte. Ils s'installèrent sur la paillasse de l'homme. Tout autour s'entassait un fatras d'ustensiles, d'objets de l'ancien temps, de plantes séchées, de rations entamées et de bonbonnes d'eau. Il y avait également des piles de livres défraîchis. Avril les aperçut mais elle ne fit aucun commentaire. Kid s'allongea au milieu. Ce n'était certainement pas très confortable mais le gamin pouvait ainsi garder la jambe droite et se reposer. D'ailleurs, dès que le chariot s'ébranla, l'enfant s'endormit, le visage serein, malgré le fracas des roues cerclées de fer et le martèlement des sabots de l'âne. Le cochon, après avoir reniflé un chapelet de racines, en arracha une et vint se blottir près de Kid pour tranquillement mâchouiller son trophée.

Au-dehors, le soleil n'était rien d'autre qu'une boule de feu enflammant et la terre et le ciel. Son éclat terrible faisait baisser les yeux. Le goudron de la route fondait peu à peu comme de la mélasse et les sabots de l'âne y laissaient de profondes empreintes.

Avril et le Conteur marchaient de part et d'autre d'Ésope, tous les trois ruisselants et haletants tant la chaleur était suffocante.

L'homme ne parlait pas. Le fusil toujours à portée, il était vigilant, scrutant les bas-côtés, la longe enroulée autour du poignet, non pas pour tenir l'animal mais comme pour ne pas se perdre, comme si, effectivement, l'âne montrait le chemin.

Avril se demanda si l'âne avait vraiment refusé d'avancer parce qu'il voulait les aider. Non, c'était absurde, bien sûr. L'homme avait trouvé cet argument pour ne pas perdre la face après avoir déclaré qu'il n'avait besoin de personne. Avril pensa qu'il devait se sentir bien seul.

Après avoir chargé Kid et les rations dans le chariot, l'homme lui avait expliqué les règles.

– Vous êtes avec moi parce qu'Ésope le veut. Vous allez à la Montagne. Moi, je vais où Ésope va. D'accord ?

– D'accord.

– Alors on fait un bout de route ensemble. Si Ésope ne va pas à la Montagne, s'il suit une autre direction, vous partirez seuls, sans moi. C'est bien clair ?

Avril avait hoché la tête.

– Écoute, avait rajouté le Conteur, je sais que tu mens. Que tu me caches des choses.

La jeune fille avait tenté de protester :

– Non, je…

L'homme l'avait fait taire d'un doigt sur la bouche.

– Je ne veux pas savoir. On a tous nos secrets. Je ne t'en veux pas pour ça. Mais j'espère que ça ne nous attirera pas des ennuis, à moi ou à Ésope.

La honte avait fait baisser les yeux d'Avril.

Après un silence, l'homme avait désigné le couteau à la ceinture de la jeune fille.

– Je ne crois pas que tu te serves de ça contre moi. Mais au moindre geste, je te l'ai dit, je n'hésiterai pas. Je rajouterai tes oreilles à mon chapelet.

Depuis, le Conteur n'avait rien dit, la route défilait, monotone et brûlante, alors pour tromper le temps, Avril se mit à parler.

– Je vous dois une histoire, non ?

– C'est bien ce que je crois, dit l'homme sans quitter la route des yeux.

– Alors je vais vous raconter l'histoire d'un cochon.

Et Avril raconta à l'homme comment Kid et elle étaient entrés dans un manoir abandonné. Elle ne dit rien des Étoiles Noires qui les avaient poursuivis mais elle expliqua comment Kid, attiré par la nourriture, s'était aventuré dans la cave où une bombe palpitait encore. Et comment ils avaient sorti le cochon de ce trou.

– Quand je l'ai vu, je n'y croyais pas, dit Avril. Il s'est mis à courir dans tous les sens en remuant ses petites fesses. Et on n'arrivait pas à l'attraper. Et il n'arrêtait pas de couiner.

L'homme sourit.

– Oui, c'est extraordinaire. C'est une belle histoire, je te remercie.

Puis après un temps, le Conteur demanda :

– Et pourquoi Sirius ?

– Comment ça ?

– Pourquoi vous l'avez appelé Sirius ?

Avril baissa les yeux.

– C'était le nom de mon chien. Un chien noir qui lui ressemblait beaucoup, avec la même étoile blanche sur le front.

L'homme hocha la tête pensivement.

– Tu sais que Sirius est l'étoile la plus brillante dans le ciel, après le soleil, bien sûr ? Et, c'est amusant, Sirius fait partie de la constellation du Grand Chien. Elle est comme une médaille au cou de l'animal.

– Mais Sirius est un cochon.

– Je le vois. On dit que le cochon est l'animal le plus proche de l'homme. Bien plus proche que le chien. Et pourtant, ça ne nous empêchait pas de les manger. Tu n'y as jamais pensé ?

Il y eut un silence, à peine troublé par le martèlement des sabots de l'âne.

– Si, avoua Avril. Si. Mais je n'ai pas pu.

– À cause de ton chien ?

– Non. Je n'ai pas pu, c'est tout.

Il y eut un nouveau silence. La route étincelait devant eux comme un miroir aveuglant.

Pour dissiper la sensation de malaise, Avril demanda :

– Et vous, comment avez-vous rencontré Ésope ?

– C'est une longue histoire, dit le Conteur.

– Mais si je ne me trompe pas, vous m'en devez une, maintenant, non ? C'est à votre tour de raconter.

Le Conteur haussa les sourcils.

– Bien vu.

– Alors ?

Le Conteur prit le temps de réfléchir puis il dit :

– Alors ma rencontre avec Ésope a eu lieu le jour où je suis mort.

– Mort ?

– Oui, mort, répéta le Conteur en épongeant son front. Mort. Ou presque. Si tu veux savoir la vérité, j'avais tout perdu. J'étais perdu. Je ne savais plus quel était le sens de ma vie. J'errais sur les routes. Je survivais. Tant bien que mal. Et plutôt mal. Je me cachais, comme un rat. Quand je le pouvais, je prenais ce qu'il restait dans les Capsules que je croisais. Je mendiais parfois. Mais je n'ai jamais fait de mal à personne. J'avais trop peur. J'étais trop lâche. Du moins, c'est ce que je pensais à l'époque. J'étais persuadé que je ne vivrais pas longtemps. Que je n'étais pas fait pour ce monde. Et c'est vrai, personne n'est fait pour ce monde. C'était une véritable guerre, même si ça n'en portait pas le nom. Et moi, en guise de combat, je n'avais connu que celui que je menais avec l'écriture. J'ai toujours eu une vie douillette. Avec du café et des cigarettes à portée de main. Le chauffage l'hiver. La piscine l'été. Dans ce petit confort, je pouvais écrire sans peur des livres sur la fin du monde. Je n'avais rien à craindre. J'étais persuadé que ça n'arriverait jamais. Et là… Je n'avais plus rien de tout ça. J'étais seul. Seul dans la grande gueule du monde.

Le vieil homme marqua une pause. Avril ne dit rien, attendant qu'il continue.

– Bref, j'étais terrifié. Je changeais d'abri dès que je le pouvais. Et un jour, à l'orée d'une forêt, j'ai trouvé un café.

– Un café ?

– Oui, un bar. Un bistrot. Un troquet. Dans le temps, ça avait dû être une salle de concert, ou quelque chose comme ça. Il y avait une grande scène au fond de la salle.

Ce bar, il était loin de tout, en retrait d'une route. Si bien que je savais qu'il y avait peu de chances que quelqu'un passe par là. Il était vide et je m'y suis installé. Enfin, vide, pas tout à fait. Il restait des bouteilles. Et je me suis mis à boire. J'étais si désemparé que je ne faisais plus que ça. Ça a duré quelques semaines. Je ne pensais même plus à me nourrir. En fait, je ne pensais plus qu'à mourir.

Avril regarda le vieil homme par-dessus l'échine de l'âne blanc. Il fixait la route, devant lui, un étrange sourire sur les lèvres.

– Un soir, poursuivit-il, un soir où j'avais trop bu, j'ai pris ma décision. Il y avait bien ce vieux fusil, suspendu au-dessus du comptoir. Une antiquité. J'avais trouvé des balles dans un tiroir. Mais je n'ai pas pu. Ça me paraissait trop affreux, de mourir comme ça. Alors j'ai pris une corde qui traînait là. Et je l'ai attachée à une poutre sous l'auvent de ce bar. Et je suis monté sur un tonneau. J'étais prêt à mourir. Oui, j'étais prêt. Mais là, j'ai vu une tache blanche apparaître à travers les arbres. Je ne savais pas ce que c'était. Je croyais avoir des visions. La forme s'est rapprochée. C'était un âne.

– Ésope.

– Oui, c'était Ésope. Même si je ne savais pas encore qu'il s'appelait comme ça. Il s'est avancé vers moi. Il a agité les oreilles, il a battu des cils. Et il a collé ses naseaux contre mes jambes. Moi, j'étais si saoul que je suis parti à la renverse. Le tonneau a roulé. Je suis tombé. La corde s'est tendue. Et je suis mort.

– Mais vous n'êtes pas mort, puisque vous êtes là !

Le Conteur tapota affectueusement le flanc ruisselant de l'âne.

– Effectivement, j'ai cru que j'étais mort. Quand je me suis réveillé, j'avais dessaoulé. Il neigeait tout autour. J'étais gelé mais bien vivant. L'âne était là, lui aussi, à l'abri sous l'auvent. Il me regardait de ses grands yeux noirs. Je me suis relevé et j'ai vu la corde qui avait été grignotée. Il avait dû prendre appui sur la façade, ronger la corde pour me libérer. Alors… alors, comment te dire, j'ai su qu'il restait un peu de magie dans ce monde. Que tout n'était pas perdu. Que j'étais vivant ! J'ai pris l'âne dans mes bras, je l'ai embrassé et j'ai eu envie de raconter cette histoire à quelqu'un. Oui, j'ai eu envie de raconter à nouveau ! De vivre et de raconter à nouveau !

Avril sourit.

– C'est une belle histoire.

– Non, pas vraiment, trancha le Conteur. Et ce n'est pas du tout une histoire. Ça s'est passé comme ça.

– Et pourquoi Ésope. Pourquoi ce nom-là ?

– Cet âne, je suppose qu'il devait travailler dans une ferme, porter des charges. Alors je l'ai appelé Ésope, comme cet esclave grec qui, une fois affranchi, était devenu un grand conteur. Ésope, dit-on, racontait des histoires où les animaux donnaient des leçons aux hommes. Et c'est bien une leçon que venait de me donner cet âne. Qu'il fallait vivre, malgré tout. Alors nous sommes partis sur les routes, Ésope et moi. J'ai décidé que je le suivrais. C'est lui le maître. Et ce chariot, ce n'est pas moi qui l'ai voulu, c'est lui, un jour, qui s'est arrêté près d'un vieil attelage et qui m'a fait comprendre qu'il fallait le prendre. Je te le jure, malgré tout ce qu'on disait des ânes autrefois, de nous deux, c'est lui le plus savant. Et moi le plus bête.

Avril hocha la tête. Même si le Conteur disait le contraire, Avril trouva que c'était une belle histoire. Une histoire un peu triste. Mais tout de même très belle.

Bientôt, la route, qui miroitait sous la morsure du soleil, se mit à descendre doucement. Et la forêt se fit moins dense. Ils traversèrent une zone où, de chaque côté de l'asphalte, au-delà de rangées tordues de barbelés, les arbres avaient été rasés. Le paysage éventré s'ouvrait sur de vastes plaines aveuglantes de béton grisâtre et stérile. Des bâtiments de tôle à demi effondrés y poussaient comme des dents cariées. Des monceaux d'ordures ponctuaient l'alignement parfait. Dans le lointain se dressait une immense cheminée métallique, un doigt incandescent dressé vers le ciel.

– Qu'est-ce que c'est ? demanda Avril.

L'homme épongea son front qui ruisselait sous le chapeau noir à larges bords.

– C'était une ferme-usine, je pense, dit-il en désignant un amoncellement de détritus échoué entre les bâtiments les plus proches.

Avril, la main sur le front, scruta ce que l'homme lui avait montré. Elle vit que ce n'était rien d'autre qu'un tas d'animaux morts, pattes, têtes, cornes, des centaines de corps enchevêtrés recouverts par une croûte de poussière jaunâtre, protégés de la décomposition par l'absence de moisissures et de parasites. Une pyramide de plusieurs mètres de haut. Une atroce sculpture. Et les mêmes charniers se répétaient ainsi jusqu'à perte de vue.

Elle en eut l'estomac retourné.

– Tu trouves ça horrible ? demanda l'homme. Eh bien, je peux te dire que c'était pire avant, quand les animaux étaient encore vivants.

Elle le regarda, les mâchoires crispées.

– Vous savez que les Étoiles Noires disaient ça ? Qu'il valait mieux un animal mort qu'un animal qui souffrait ? Que la mort, c'était la seule libération pour toutes ces bêtes ?

L'homme ne répondit pas.

– Viens, il ne faut pas traîner ici, dit-il en pressant le pas.

Peu après, quand la forêt se fut refermée sur ce spectacle monstrueux, ils s'arrêtèrent et Avril changea le cataplasme de Kid. Allongé contre le cochon, l'enfant dormait toujours, son corps couvert d'une sueur luisante. Elle passa un peu d'eau sur ses lèvres.

– La Montagne, murmura l'enfant. La Montagne.

Elle était heureuse qu'il n'ait pas vu la ferme-usine. Elle n'était pas certaine que l'enfant aurait compris ce que c'était mais elle savait qu'il aurait posé des questions auxquelles elle aurait été incapable de répondre. Il était plus facile d'expliquer la beauté de ce qu'avaient fait les hommes que la cruauté dont ils étaient capables.

Ils reprirent leur route et arrivèrent peu après à un carrefour.

Les panneaux indicateurs tordus, criblés de balles, recouverts d'inscriptions diverses ne leur apprirent rien.

– Où est-ce qu'on va ? demanda Avril.

L'homme retira son chapeau, l'essora d'une main.

– Je te l'ai dit, c'est Ésope qui décide.

L'âne ne semblait pas prendre sa mission très au sérieux. Il grattait l'herbe sèche du bas-côté, à la recherche d'un peu de nourriture.

– La Montagne est par là, n'est-ce pas, dit Avril en indiquant l'est.

Le Conteur hocha la tête.

– C'est ça. Vous allez par là. Moi, je vais où Ésope va.

Ils attendirent un long moment que l'âne se décide, s'abritant sous le couvert des arbres les plus proches. Enfin Ésope s'ébroua et les roues du chariot grincèrent et l'âne fit quelques pas sonores puis tourna en direction de l'est.

– Alors nous y allons ensemble, dit Avril avec un grand sourire.

Le Conteur remit son chapeau en maugréant.

– Qu'est-ce qui ne va pas ?

– Là-bas, il y a la Ville.

– Et alors ?

– Ce n'est pas un bon endroit pour vous. Et pour moi non plus.

– Mais si Ésope va par là, c'est que vous devez y aller vous aussi, non ?

L'homme se réfugia sous le silence de son chapeau et marcha dans le sillage de l'âne.

40.

Oui, je sais, Artos.
Le Garçon-mort.
Il est là.
Il nous cherche.
Il marche dans les bois.
Solitaire.
Et tu marches derrière lui.
Comme une ombre.
Je le vois, à travers tes yeux.
Avec ton nez, je sens son odeur de solitude et de folie.
Le Garçon-mort, il nous cherche.
Ceux qui ont pas voulu le suivre, il les a tués.
Les autres, il les a envoyés sur les chemins.
À la recherche d'Avril.
Il marche, sans relâche.
Le jour, la nuit.
Parfois, il écoute la voix d'Avril.
Il écoute les mots qui sortent de la machine.
Encore et encore.
Et doucement, dans la nuit, il pleure.

Il pleure et il rit.
Il danse, les yeux vers le ciel.
Vers les étoiles mortes.
Aussi mortes que son cœur.
Et toi, Artos, tu le regardes danser.
Sa danse de folie.
Ce garçon, tu voudrais le tuer, Artos ?
Je sens ton souffle chaud.
Tu voudrais manger sa chair. Dévorer son cœur.
Mais non, Artos, il y a trop de choses mortes dans ce monde.
Et les étoiles ont d'autres plans pour nous.
Nous devons suivre le chemin.
Répondre à l'appel de la Montagne.

39.

Ils cheminèrent ainsi durant sept jours, passant de combes en collines, tantôt fouettés par des pluies torrentielles tantôt assommés par des canicules extrêmes.

Ils croisèrent des fermes abandonnées où la terre stérile et craquelée volait en tourbillons de poussière.

Ils firent de grands détours pour éviter des charniers élevés vers le ciel, pyramides où s'enchevêtraient les corps crayeux d'hommes et de bêtes, tous réunis et maintenant entièrement égaux dans la mort.

Ils virent des aurores boréales danser au-dessus des forêts, longs serpents irisés dont la teinte vibrante allait du jaune au violet. Ils se laissèrent caresser avec une joie indicible par ces voiles colorés. La tête renversée et la bouche ouverte, ils se remplirent en tourbillonnant de cette étrange beauté.

Il y eut des tremblements de terre qui les firent vaciller sur leurs jambes.

Des bombes explosèrent dans le lointain.

Des arbres s'abattaient sur leur route avec des cris déchirants.

Un jour de canicule, ils entendirent la sève de toute une forêt de pins crépiter sous l'écorce et des bulles énormes et marbrées se formèrent au niveau du sol et elles éclatèrent avec des détonations sonores et parfumées.

Ils firent de grands détours pour éviter des villages aux maisons hachées par les bombardements, plus par crainte d'y croiser des vivants que des morts.

Un matin, ils rencontrèrent un voyageur et comme ils s'approchaient avec prudence, l'homme se mit à leur crier des choses dans une langue inconnue en montrant la route plus loin et il s'enfuit à toutes jambes.

Un autre matin, ils se lavèrent à même un petit ruisseau où une eau glacée chantait sa chanson cristalline. Ils virent qu'il y avait là un grand nombre de traces laissées par un animal. De toute évidence, il s'agissait d'une très grosse bête. Le Conteur n'avait aucune idée de quel animal avait pu laisser des empreintes aussi imposantes. Avril se demanda si l'ours pouvait les avoir devancés. Ils eurent beau chercher alentour, l'animal resta invisible. Et c'était peut-être préférable.

À la nuit tombée, ils montaient leur campement, à l'abri sous le couvert des arbres, et partageaient leur repas. Kid parvenait maintenant à faire quelques pas, la jambe raide. Il s'appuyait à la fois sur le flanc d'Ésope et sur le dos de Sirius pour avancer. Et c'était si drôle de les voir faire que même le Conteur se mit à sourire. Les trois ne se quittaient plus. Ils avaient pris l'habitude de dormir ensemble et Kid savait maintenant parfaitement imiter le braiment de l'âne et les grognements du cochon. Il n'aurait pas été étonnant que les animaux se mettent bientôt à parler comme Kid.

Le soir, Avril et le Conteur s'installaient près du feu. Le vieil homme écrivait quelques pages. Puis, plus tard, ils regardaient les étoiles enflammer le ciel.

Le vieil homme apprit à Avril à déchiffrer les étoiles. Il lui désigna l'une d'entre elles qui brillait intensément.

– Voilà Sirius. Sirius fait partie de la constellation du Chien. Regarde, ici.

Il lui montra la constellation, qui dessinait tout là-haut la silhouette stylisée de l'animal, amputée d'une patte par la chute de quelques étoiles. Sirius étincelait comme une médaille à son cou.

– La constellation du Chien est juste derrière celle d'Orion. Là, c'est Orion, avec sa grande nébuleuse, et là, c'est Bételgeuse.

Il lui raconta la légende d'Orion, ce grand chasseur grec né de la peau d'un bœuf sacrifié.

– Artémis, déesse de la chasse et de la lune, était amoureuse d'Orion, dit le Conteur. Mais Apollon, le frère d'Artémis, était contre cet amour. Alors il trompa sa sœur en lui lançant un défi. Parviendrait-elle à tuer ce monstre qu'elle voyait là-bas, tout au bout de la mer ? Artémis visa et lança sa flèche, qui vint frapper le monstre à la tête. Quand elle alla chercher le corps, elle réalisa qu'elle venait de tuer son amoureux. Alors elle porta Orion jusqu'au ciel. Et elle mit à sa suite ses deux chiens. L'un d'entre eux s'appelait Sirius.

Un autre soir, le vieil homme lui raconta comment les Romains attribuaient les fortes chaleurs d'été à l'apparition de Sirius dans le ciel. Ils tenaient l'étoile responsable de leurs maux. C'était sa faute si le vin tournait, si l'eau croupissait, si les chiens se mettaient à hurler à la lune. Ces périodes de grande chaleur, on les appela « canicules », en référence au chien d'Orion.

– Et pour calmer l'ardeur de Sirius, ajouta le Conteur, les Romains jetaient des chiennes rousses dans un bûcher.

– C'est affreux, s'indigna Avril.

– Oui. Tu vois, les animaux ont toujours été les victimes des superstitions et de la bêtise des hommes. À croire que nous n'avons rien appris depuis les Romains. Il est plus facile de chercher des coupables dans le ciel que de comprendre le monde tel qu'il est.

Avril aimait bien les discussions avec le Conteur. Effectivement, l'homme connaissait des dizaines d'histoires qui, sous une apparence anodine, disaient souvent quelque chose du monde. Ils parlèrent des livres, des légendes, des plantes qui soignent mais jamais ils n'évoquèrent le passé. Comme s'il y avait là un territoire interdit. Ça convenait très bien à Avril.

La peur de Darius et des Étoiles Noires s'estompa peu à peu.

Sans doute avaient-ils perdu leur trace. Ou peut-être Darius s'était-il lassé ? Elle pensa à Joris et Maggie, le couple qui les avait poursuivis. Ils paraissaient si affamés, si désemparés. Peut-être avaient-ils choisi de ne pas retourner auprès de Darius ? C'était bien possible. Et dans ce cas, il y avait peu de chance que Darius les retrouve un jour. « Tu prends tes rêves pour des réalités, susurrait une méchante petite voix dans sa tête. Tu sais très bien que Darius ne t'abandonnera jamais. Darius est comme Roméo. Il ira jusqu'au bout ! »

Avril eut à plusieurs reprises la sensation qu'ils étaient suivis. Ce n'était presque rien. Des branches qui craquaient dans les bois, un tourbillon de poussière, des marques indéchiffrables dans la boue, le duvet sur sa nuque qui se hérissait.

Presque rien.

Si peu qu'Avril fit tout pour se convaincre que c'était simplement sa propre peur. La peur de s'aventurer si loin dans le monde, à la recherche de quelque chose qui n'existait peut-être pas. Le chalet était-il toujours debout ? Que dirait-elle à Kid quand ils arriveraient là-bas ?

Avril avait beau regarder les étoiles, elle ne pouvait y lire le futur tant le ciel était perpétuellement changeant. Il serait bien temps d'y penser quand ils seraient arrivés à la Montagne. Avril se sentait bien avec le Conteur. On pouvait parler, échanger. Et elle se surprit à rire à plusieurs reprises. C'était si bon de rire. Le vieil homme ne lui demanda pas d'histoires. Avec le temps, il paraissait moins méfiant. Le fusil restait souvent près du chariot. Et il n'évoqua plus l'affreux collier d'oreilles. Si bien qu'Avril se demanda s'il n'avait pas récupéré cet objet horrible au hasard de la route pour effrayer ceux qui voudraient s'approcher de trop près d'Ésope.

Un soir, ils installèrent leur campement dans une combe encaissée et, après un repas frugal, ils passèrent un long moment à regarder Kid claudiquer à la recherche de Sirius dans un jeu de cache-cache hilarant.

– Sirius l'est où ? L'est *cassé* ? criait le gamin.

– *Groin groin*, répondait le cochon, tapi dans les fourrés.

Et quand ce fut au tour de Sirius de chercher l'enfant, l'animal appela lui aussi, avec dans sa voix de porcelet toutes les intonations qu'aurait utilisées un être humain.

– *Groin groin* ?

– Kid l'est pas là ! L'est *cassé* !

C'était drôle. Pourtant, de l'autre côté du feu, le vieil homme paraissait maussade, presque triste.

– Est-ce que ça va ? demanda Avril.

Il renifla :

– Oui, ça va. Ça va. Mais parfois, les histoires sont trop lourdes à porter.

Avril ne sut pas s'il s'adressait à elle ou aux étoiles qui s'écroulaient dans l'encre du ciel.

– Aujourd'hui est une date spéciale pour moi, dit le vieil homme. C'est un anniversaire.

– C'est votre anniversaire ? demanda Avril, sans savoir comment l'homme faisait pour savoir quel jour on était. Ni même quelle année. Est-ce que le temps avait encore un sens, d'ailleurs ?

– Non, répondit le Conteur. C'est l'anniversaire de mes fils.

– Oh, je ne savais pas que vous aviez des enfants.

L'homme plongea un bâton dans le feu qui se mit à crépiter.

– J'ai eu deux fils. Mais ils sont morts à présent.

Avril hocha la tête. Visiblement, l'homme avait envie de se confier. Mais elle avait peur d'être maladroite et de le blesser.

– Qu'est-ce qui s'est passé ?

– Je t'ai dit que les Étoiles Noires avaient brûlé mes livres et mes carnets. Qu'ils avaient menacé de me couper les mains. Mais ça ce n'est rien. Ils m'ont enlevé ce que j'avais de plus précieux. Ils les ont pris. Tous les deux. Ils ont pris mes fils.

Avril, instinctivement, porta la main au tatouage sur son épaule, dissimulé par la toile de sa veste. Elle baissa la tête.

– Je suis désolée.

– Il ne faut pas.

L'homme se leva. Il alla fourrager dans le chariot et il en revint avec une flasque et deux gobelets. Il en tendit un à Avril et il y versa une rasade d'une boisson liquoreuse.

– Trinquons à la mémoire de mes fils.

Avril n'osa pas demander leurs prénoms. Elle n'osait rien dire du tout. À présent, elle était triste elle aussi.

Ils entrechoquèrent leurs verres et ils burent la boisson forte d'un seul coup. Avril toussa un peu et elle ne put retenir une larme.

Au bout d'un moment, le vieil homme dit :

– Tu sais, Avril, je t'ai dit que les histoires étaient comme un bon bout de pain. Qu'elles pouvaient nous nourrir. Mais il arrive aussi que les mots s'entassent au fond de nous comme des pierres dans un sac. Ils nous entraînent alors vers le fond. Parfois, ça fait du bien de se délivrer de ce poids.

– Je suis contente que vous m'ayez raconté cette histoire, balbutia la jeune fille. Merci pour votre confiance. Merci pour tout ce que vous faites pour nous.

– Je sais que ce Kid n'est pas ton frère, dit abruptement le Conteur. J'ai vu la photo, le premier soir où je t'ai rencontrée. Tu dormais. La photo était dans ta main.

J'ai toujours été trop curieux. Sur cette photo, ce sont les parents du gamin, ce ne sont pas les tiens. Tu es noire. Et Kid est blanc. Ou alors tu as été adoptée ?

Avril baissa la tête.

– J'ai entendu que tu l'appelais « frérot » et qu'il t'appelait « sœurette. » Mais ce que je crois, même si tu as été adoptée, c'est que Kid n'est pas ton frère. Et pourtant tu veilles sur lui comme si c'était ton frère. Ce sont ses parents que vous allez retrouver là-bas, à la Montagne ?

Avril se leva d'un bond, laissant rouler le gobelet sur le sol.

Elle regarda avec fureur le vieil homme, ses yeux las, ses traits tirés, ses vêtements froissés. Elle lui en voulait d'avoir prononcé ces mots. D'avoir regardé la photo. D'avoir osé parler des liens qui l'unissaient à Kid, de son passé qui n'appartenait qu'à elle.

Elle fut incapable du moindre mot. La colère était montée du plus profond de son ventre, comme pour mieux verrouiller sa bouche.

– Si un jour, tu veux me raconter cette histoire, murmura l'homme en baissant la tête, si un jour tu veux laisser tes pierres au bord du chemin, je serai là.

Elle ne répondit pas. Rageusement, elle s'enroula dans sa couverture de survie, à l'autre bout du campement, ignorant le regard interrogateur de Kid.

Le lendemain, Avril et le Conteur se saluèrent comme tous les jours.

Ils ne reparlèrent plus de cela.

Enfin, au soir du septième jour, ils arrivèrent sur un plateau écrasé par le soleil.

Loin en dessous d'eux, une immense vallée baignée de givre, large de plusieurs dizaines de kilomètres, cisaillait le paysage. Tout en bas, un large fleuve boueux serpentait paresseusement. Les routes qui sillonnaient la vallée étaient encombrées de carcasses rouillées de véhicules.

Au sud, deux cheminées blanches, énormes, pareilles à deux entonnoirs, pointaient leur cône vers le ciel pâle et le fleuve s'engouffrait entre ces deux cheminées pour ressortir plus loin.

Plus au nord, de l'autre côté du fleuve, un amas grisâtre attira l'attention d'Avril. Ce devait être la Ville dont lui avait parlé le Conteur. On devinait des centaines de fenêtres, la géométrie précise des quartiers d'habitations, le tout ceinturé par un mur. Un grand pont enjambait le ruban boueux du fleuve mais le mur venait fermer le pont, comme si on avait voulu interdire définitivement l'accès à la cité. Avril fut déçue. La Ville n'avait rien à voir avec celle représentée dans le Livre de Madame Mô. Il planait au-dessus des habitations une fumée grisâtre. Des dizaines de feux charbonnaient ici et là, sans qu'on puisse dire s'ils étaient le résultat d'incendies, de combats ou s'ils avaient été allumés simplement pour préparer un repas.

De l'autre côté de la vallée, au-delà de l'entaille profonde de la vallée, bien au-delà des falaises d'un plateau encore plus haut que celui où ils se tenaient, à plusieurs jours de marche certainement, on devinait des pics sauvages, enturbannés de nuages cotonneux.

Kid leva le doigt en direction de l'est :

– Agad, sœurette, la Montagne ! La Montagne !

38.

Le plateau était dénudé et martelé par le soleil, aussi ils rebroussèrent chemin jusqu'à l'orée de la forêt qui ourlait la dalle rocheuse. L'âne renâcla, il semblait prêt à entamer la descente vers la vallée par un petit chemin escarpé mais le Conteur le rassura en lui murmurant à l'oreille.

– Ne t'en fais pas, nous irons là-bas, comme tu le veux. Mais il se fait tard et il fait chaud. Dans une ou deux heures nous n'y verrons plus rien. Nous allons passer la nuit ici. Et puis j'ai un bon gâteau pour toi, mon gros.

L'âne fit claquer ses grosses lèvres et consentit à faire demi-tour, non sans lâcher trois petites crottes de mécontentement.

Ils trouvèrent abri sous les chênes rabougris. Malgré l'heure tardive, le soleil était ardent, énorme dans le ciel blanc, pareil à l'œuf d'un animal monstrueux, et la chaleur était suffocante, rien à voir avec le froid glacial qui semblait régner dans la vallée, à quelques kilomètres à peine.

Avril aida Kid à descendre du chariot et elle s'écroula contre un arbre, vaincue par la canicule. L'enfant en sueur s'en alla claudiquer à la suite de Sirius. Le Conteur détela l'âne qui chercha aussitôt le meilleur endroit pour dormir un peu. Il aurait fallu monter le campement pour la nuit, ramasser du bois, inspecter les alentours mais ni le vieil homme ni Avril n'en avaient la force.

– Demain, nous descendrons dans la vallée, dit le Conteur. Il nous faudra trouver un moyen pour traverser le fleuve.

La tête d'Avril bourdonnait. Dans son dos, le tronc du chêne était si brûlant qu'elle avait peur qu'il s'enflamme.

– On évitera de passer par la Ville, ajouta le vieux. Les villes sont trop dangereuses.

– Et ces grandes cheminées blanches qu'on voyait ? Il n'y a pas un pont là-bas ?

– Sans doute. Mais ce sont les cheminées de refroidissement d'une centrale. Les réacteurs ont dû lâcher depuis un moment. Tout est certainement contaminé. Si je me souviens bien, il y a un pont en amont, entre la Ville et la centrale. Nous essaierons de le trouver. En espérant qu'il n'ait pas été détruit.

Ils restèrent avachis durant de longues minutes, jusqu'à ce qu'ils entendent Kid crier.

Ils se redressèrent d'un bond. L'enfant revint sous les arbres en battant des mains.

– Venez, venez ! Agad là-bas !

De toute évidence, il voulait qu'ils le suivent et c'est ce qu'ils firent. Ils s'enfoncèrent tant bien que mal dans les broussailles en se demandant comment Kid avait pu aller jusque-là avec sa jambe bloquée par l'attelle.

Le visage et les mains griffés, ils débouchèrent dans une clairière abritée du soleil.

– Agad ! Aleau ! Aleau ! criait Kid en sautillant.

Devant eux, s'ouvrait un large bassin où se reflétait la ramure des chênes. L'eau était sombre et profonde et parfaitement calme et la fraîcheur qui s'en dégageait leur donna à tous la sensation, bien lointaine, d'entrer dans une de ces boutiques climatisées où on pouvait déguster une glace en plein été.

Le Conteur et Avril se regardèrent. Kid trépignait d'impatience.

– Attention, dit le vieil homme. Elle est peut-être contaminée.

– Il a raison, approuva Avril. Il vaut mieux ne…

Sirius ne se posa pas de questions et plongea avec un grand plouf dans l'eau fraîche. On vit le petit corps du porcelet s'enfoncer profondément sous la surface puis se confondre avec l'eau jusqu'à disparaître entièrement pour réapparaître enfin. Sa tête émergea, ruisselante, et il poussa un grognement de contentement.

Ce fut le signal.

Kid, sans plus se soucier de son attelle, courut maladroitement jusqu'à la mare et plongea dans l'eau. Il réapparut en agitant follement les bras.

– Leau lé froa !!!! cria-t-il. Mé leau lé bon !

Et comme il ne savait pas nager, il but la tasse et toussa et cracha.

– Au secours ! Au secours !

Avril se précipita et le repêcha d'une main.

– Non, Kid, il ne faut pas, tu ne sais pas nager ! Et puis on te l'a dit, elle…

Alors le gamin s'esclaffa et il se dressa sur ses jambes.

– Pfffffff... Blague ! Kid lé grand ! Kid l'a pied !

Et l'enfant tira soudainement sur le bras d'Avril et elle bascula dans le bassin. L'eau glacée lui coupa le souffle. Elle prit appui sur la vase du fond et émergea de l'eau en poussant de petits cris qui firent hurler Kid de rire.

– Ah ah ! On diré cochon quand Avril crie !

– Quoi ?!

– Cochon de leau ! répéta-t-il, hilare. Avril cochon de leau !

Avril, les poings sur les hanches, fronça les sourcils.

– Kid, tu sais ce que c'est qu'un requin ?

– Non.

– Eh bien tu as intérêt à nager sinon tu vas le savoir très vite !

Et dans un grand hurlement, la jeune fille plongea vers lui.

Le Conteur les regarda se poursuivre et s'éclabousser. Il les regarda et un sourire vint peu à peu fendre son visage. Peut-être pensait-il à ses fils lorsqu'ils étaient vivants. Peut-être se disait-il que, derrière ses airs farouches, Avril n'était encore qu'une grande enfant. Peut-être pensait-il que la vie valait d'être vécue, pour des moments aussi simples que celui-ci.

La jeune fille reprit son souffle et se tourna vers lui.

– Vous ne venez pas ? Elle est bonne !

Le vieil homme secoua la tête.

– Ésope n'aime pas qu'on le laisse seul très longtemps. Je vais aller voir si tout va bien là-bas. Restez là, je vous apporte un seau et du savon. Je me baignerai quand vous reviendrez.

Une fois l'homme reparti, Avril retira les vêtements de Kid et se dénuda à son tour.

Ils s'installèrent près du bassin, à l'ombre des chênes, et la jeune fille nettoya le corps maigre de l'enfant. Il protesta un peu en montrant Sirius qui, un peu plus loin, se roulait dans la boue.

– Moa veux faire com' Sirius. Savon pa bon !

– Allons, Kid, tu n'es pas comme Sirius.

– Si, Kid lé com' Sirius !

Avril réalisa que Kid parlait de plus en plus mal. Elle se dit qu'elle n'aurait pas dû le laisser dormir et vivre avec les animaux. C'est comme s'il avait fini par oublier le langage et les manières des hommes. Oui, il ressemblait de plus en plus à un petit animal.

Dès qu'il put, il glissa entre les mains de la jeune fille et il rejoignit Sirius dans la boue.

Avril n'eut pas la force de protester. Après tous ces jours de marche, elle avait envie de prendre un peu de temps pour elle. Cela faisait des années qu'elle vivait pour Kid. Elle se rappela qu'à une autre époque, elle aurait passé ses journées avec des amies à jouer, à se promener. Toutes ces choses que faisaient autrefois les adolescentes de son âge. Et elle en éprouva une profonde nostalgie. Alors aujourd'hui, Kid pouvait bien se rouler dans la boue, elle s'en moquait : elle allait profiter de ce moment pour nager un peu et se détendre. Cela faisait des jours qu'ils marchaient, elle avait bien droit à un peu de repos. Elle savonna soigneusement son corps et ses cheveux puis se rinça. Le soleil déclinait au-dessus mais sa peau fut sèche en un instant. Elle attendit d'avoir chaud puis se plongea à nouveau avec délice dans l'eau glacée. Elle fit quelques brasses et se laissa flotter sur le dos. Elle regarda le ciel blanc encadré par la dentelle sombre de la canopée et ferma les yeux. C'était si agréable. Il ne manquait plus que le chant des oiseaux. Et comme elle tendait l'oreille elle entendit un bruit, plus loin sur sa droite.

Elle ouvrit lentement les yeux et fouilla du regard les bois alentour.

Son cœur fit un bond.

Il y avait quelqu'un, là-bas, de l'autre côté du bassin. Une silhouette immobile, tapie dans les fourrés.

Kid n'avait rien vu et jouait avec le cochon. En essayant de garder son calme, Avril fit quelques brasses pour regagner le bord de la mare. Elle sortit de l'eau, nue et ruisselante. Elle enfila maladroitement ses vêtements trempés et, discrètement, elle empoigna le couteau.

Elle fit le tour du plan d'eau, passa sa main dans les cheveux de Kid.

– Bon, il va falloir y aller, dit-elle d'une voix forte. Le Conteur et Ésope nous attendent. Ils vont s'inquiéter si on ne revient pas très vite.

Kid leva vers la jeune fille des yeux interrogateurs.

– Faut partir ?

– Oui, Kid. Il faut y aller. Vite.

Elle essayait de ne pas paraître inquiète mais l'enfant devina que quelque chose clochait.

– L'a peur Avril ?

– Non, souffla-t-elle. Dépêche-toi, on y va.

Il se relevait quand on entendit un grand bruit du côté de la forêt. On aurait dit qu'un animal fonçait dans les broussailles. Avril se retourna et elle aperçut un chien débouler des fourrés, là-bas, de l'autre côté du bassin.

Elle blêmit :

– Oh non, pas un chien.

C'était un animal à la robe beige, vieux et massif. Il se figea un instant. Ses mâchoires claquèrent, comme s'il aboyait, mais il ne sortit de son poitrail qu'un souffle rauque. Puis le chien fusa dans leur direction.

La jeune fille poussa Kid et Sirius derrière elle. Elle se tint prête, le couteau brandi, la main tremblante.

Le chien s'arrêta à quelques mètres, la gueule écumante.

Avril était terrifiée. Elle n'osait pas faire un geste.

Le chien aboyait sans bruit, excité par la peur d'Avril.

Alors un cri éclata dans la clairière.

– Jasper ! Jasper, au pied !

Le chien, la langue pendante, freina des quatre pattes. Il tourna la tête vers les bois. Un garçon sortit des broussailles, l'air paniqué. Brun, efflanqué, il devait avoir une quinzaine d'années.

– Jasper ! Viens ici !

Le vieux chien baissa la tête, penaud, et rejoignit le garçon à contrecœur.

Aussitôt après, le Conteur déboula près de la mare, le fusil au poing. Il mit le garçon en joue.

L'adolescent leva les mains en secouant la tête, affolé.

– Non. S'il vous plaît. Je ne voulais pas leur faire peur. Je…

Il y eut un autre bruit, plus loin sur la droite. Un claquement métallique. Le bruit d'une carabine qu'on arme.

Un homme brun fit son apparition. Il tenait le Conteur dans sa ligne de mire.

– Nolan, recule, ordonna-t-il à l'adolescent.

Il fit quelques pas. Ses mains tremblaient.

– Et vous, dit-il à l'adresse du Conteur, lâchez votre arme. Laissez mon fils en paix.

Il y eut un silence tendu.

Puis le Conteur abaissa son fusil.

– Qu'est-ce que vous faites chez moi ? demanda l'homme. Qui êtes-vous ?

Alors le Conteur ôta son grand chapeau, inclina la tête et salua théâtralement.

– Veuillez excuser notre intrusion. Je m'appelle le Conteur, et voici ma petite troupe, dit-il en désignant Avril, Kid et Sirius.

– Qu'est-ce que vous faites chez moi ? demanda l'homme, un peu interloqué par les manières du vieil homme.

Le Conteur sourit en se redressant :

– Mais voyons, nous apportons pour le plaisir de vos oreilles des histoires incroyables venues du bout du chemin !

37.

L'homme s'appelait Herik. Son fils Nolan. Et leur vieux berger belge Jasper.

Ils habitaient dans une vieille ferme nichée dans la végétation au-dessus du plan d'eau.

Le Conteur et Herik avaient parlementé près de la mare.

– Ils nous invitent à passer la nuit chez eux, avait dit le Conteur.

– Est-ce que c'est prudent ? avait demandé Avril.

Le vieil homme avait haussé les épaules :

– Pas plus que d'escalader un vieux hêtre pour aller chercher de l'eau dans un parachute sur le point de se décrocher. Pas moins non plus.

À présent, la nuit était tombée. Le chariot était stationné devant la ferme, un vieux bâtiment de briques rongées par le temps. Par prudence, le Conteur n'avait pas ôté le harnais d'Ésope. Ça ne plaisait pas trop à l'âne d'être ainsi entravé alors qu'il aurait pu aller gratter les plates-bandes mais le vieil homme restait méfiant :

– On ne sait jamais, Ésope. Il nous faudra peut-être partir très vite. Prépare-toi à galoper.

Ils étaient attablés dans une salle à manger rustique autour d'une longue table de bois. Une grande cheminée s'ouvrait sur tout un pan de mur. À l'intérieur crépitait un feu odorant, senteur qui se mêlait à celle du contenu d'une marmite noircie suspendue à une crémaillère. Des bougies, disposées çà et là, drapaient la pièce de tons chauds. Malgré l'aspect défraîchi du bâtiment, la salle à manger qui servait aussi de cuisine était extrêmement propre et ordonnée.

Herik, une fois débarrassé de sa carabine, n'était pas vraiment effrayant. Il souriait franchement et il semblait extrêmement doux, prévenant avec tout le monde. Il avait ainsi proposé à Kid et Avril des vêtements propres mais la jeune fille avait refusé en secouant la tête :

– Non, c'est déjà très gentil de nous inviter à manger.

L'homme tira la marmite du feu et la posa au centre de la table.

– Maïs pour tout le monde.

Kid se pencha sur sa chaise pour mieux humer l'odeur sucrée.

Nolan protesta en gonflant ses joues.

– Encore ?!

Herik s'excusa auprès du Conteur :

– On mange beaucoup de maïs. Nolan pense qu'à force d'en manger, il va devenir une poule.

La blague ne fit pas rire le garçon.

– Ça nous conviendra très bien, déclara le Conteur en enfilant une serviette à son col.

Nolan observait Avril derrière sa moue boudeuse. Quand ils avaient tous les deux disposé les couverts et les assiettes sur la table, le garçon ne lui avait pas adressé la parole. Ce n'était pas vraiment de l'hostilité. On aurait plutôt dit qu'il ne savait pas comment faire pour parler à cette fille un peu plus grande que lui. Comme si elle l'intimidait.

– Avant, nous avions des poules, dit Herik en servant à chacun de grandes louches de purée de maïs. Les poules sont parties. Mais par chance, il reste le maïs qui servait à les nourrir ! Et aujourd'hui, c'est lui qui nous nourrit !

Kid se jeta sur son assiette puis se ravisa et, relevant la tête, il demanda :

– Sirius aussi l'a faim. Et Ésope aussi l'a faim. Et Jasper aussi.

Herik regarda le cochon et le vieux chien qui se reniflaient comme pour s'apprivoiser.

– C'est entendu, dit l'homme. Ils ont faim aussi. On va les nourrir. Nolan, tu veux bien servir nos amis à quatre pattes ?

L'adolescent remplit trois écuelles, en disposa deux près de la cheminée pour le chien et le cochon et sortit apporter la sienne à l'âne.

– Un cochon, souffla l'homme en s'asseyant. Un vrai petit cochon. C'est extraordinaire ! Où est-ce que vous l'avez trouvé ?

Le Conteur coula un regard vers Avril puis il se pencha au-dessus de la table avec un large sourire. Les lueurs chaudes des bougies lui donnèrent un air de faune.

– Vous n'allez pas en croire vos oreilles !

Il se mit à raconter le manoir, la cave, la bombe, et il enjoliva grandement l'histoire que lui avait racontée Avril, en faisant presque une épopée, se donnant d'ailleurs un rôle de premier choix. Si bien que la vérité disparaissait complètement de son récit, mais ce n'était pas bien grave. Tous l'écoutèrent, la cuillère suspendue devant la bouche, subjugués, et Avril plus que les autres. Même Nolan, revenu de l'extérieur, se défit de sa moue boudeuse et suivit le récit avec des yeux ronds. Les péripéties s'ajoutaient aux péripéties. On frissonnait et on riait à la fois. L'homme n'avait pas menti et il méritait bien son titre de Conteur. Avec les bougies, la cheminée, le feu qui crépitait, et le vieil homme qui faisait des grimaces, mimait certaines scènes en agitant les mains, on aurait dit une veillée d'antan.

– Et voilà comment nous avons trouvé Sirius ! conclut le Conteur. Ou plutôt comment il nous a trouvés !

Herik, sous le charme, hocha la tête.

– Quelle histoire ! répéta-t-il plusieurs fois.

– Eh oui, approuva le Conteur. Malgré tout ce qu'on pourrait croire, la magie habite encore ce monde ! Mais maintenant que les oreilles sont rassasiées, il serait bien qu'on s'occupe de nos estomacs, non ?

Tout le monde approuva, même Kid qui avait déjà fini son assiette pendant l'histoire.

L'ambiance se fit plus détendue. Il n'y eut plus que le bruit des couverts dans les assiettes. Et les ronflements de Sirius et Jasper qui s'étaient allongés côte à côte près de la cheminée.

– Je n'ai pas votre talent, dit Herik entre deux bouchées. Et mon histoire n'est pas aussi brillante. C'est juste une histoire de vie. Mais j'aimerais vous la raconter parce que, vous savez, vous n'avez rien à craindre de nous.

Le Conteur, penché sur son assiette, ne releva pas la tête. Il mangeait avec de grands bruits, comme à son habitude.

– Les temps sont durs. On ne peut plus compter sur personne. Mais ici vous n'avez rien à craindre. Sirius et Ésope non plus. Ici, on aime les animaux. Regardez Jasper. C'est un vieux chien. Très vieux. On prend bien soin de lui. Et on est bien contents d'avoir de la visite, pas vrai Nolan ? demanda-t-il en se tournant vers son fils.

L'adolescent, qui n'avait cessé de couler des regards vers Avril depuis le début du repas, rougit jusqu'aux oreilles.

– Avant, poursuivit l'homme, c'était une grande ferme ici. On avait des vaches, des poules, des cochons. Nous produisions nos propres céréales. Un puits nous permettait de remplir le bassin, celui dans lequel vous vous êtes baignés. Nous étions autonomes. C'était un choix de vie que nous avions fait, Amalie et moi.

L'homme marqua une pause, un peu troublé, puis sa voix s'affermit.

– Amalie, ma compagne, était née à la campagne. Nous nous sommes rencontrés à la ville. Je travaillais dans un bureau dans ce temps-là. Je passais mon temps à trier des papiers dont je ne savais rien. Quand j'ai rencontré Amalie, ça a été, comment dire, un vrai coup de foudre. Alors par amour, j'ai tout quitté. Mon travail idiot mais bien payé, mon appartement, mes surgelés, ma voiture. J'ai échangé tout cela contre un tracteur, des bottes, du maïs, et cette ferme. Amalie m'a tout appris. Et je suis devenu un nouvel homme. Un vrai homme, on pourrait dire.

Le Conteur essuya sa bouche, tira la pipe de sa poche, et interrogea l'homme du regard.

– Allez-y, ça ne nous dérange pas. Ça ne sera pas pire que tous les poisons qu'on a déversés dans l'air. Le Conteur hocha la tête et alluma sa pipe. L'odeur de tabac se mêla à celle du maïs délicieusement sucrée.

– On a fait le choix de faire les choses bien. Pas comme ce qui se faisait partout. Pas comme toutes ces fermes-usines qui engraissaient des animaux jusqu'à l'obésité. Qui les piquaient pour qu'ils grossissent plus vite. Qui leur injectaient des vaccins pour résister aux maladies que cette concentration engendrait. Tout ça, toute cette souffrance pour produire de la viande sous plastique pour les plus pauvres. Non, on ne voulait pas de ça. Ni pour les animaux ni pour la terre. On les voyait, dans la vallée, ces céréaliers qui défrichaient le sol comme on écorche une bête. Nous, on voulait faire les choses sagement. Comme elles devaient se faire au début du monde, certainement. Pour nous, pour la terre, pour les bêtes et pour le bébé que nous venions d'avoir. Oui, pour Nolan.

Le garçon, les bras croisés, afficha une moue renfrognée.

– Bref, poursuivit Herik, tout alla bien durant une dizaine d'années, jusqu'à cette malédiction. Je dis malédiction parce que ça en est une, je pense. Oui, en cela les Étoiles Noires n'ont pas complètement tort. Je n'ai aucune sympathie pour eux et pour ce qu'ils ont fait mais ils ont raison de dire que nous avons été punis. Oui, peu à peu, on s'est rendu compte que les animaux ne se reproduisaient plus. Enfin, ils s'accouplaient mais ça ne donnait rien. Les veaux étaient de plus en plus petits et difformes. Les cochons et les poules aussi. Et bientôt, plus rien. Plus de naissances. Et ça a été la même chose dans les champs. Les grains tombaient en poussière. Ils ne germaient plus. On a compris que quelque chose n'allait pas. Vous, vous l'avez sûrement entendu à la télé. On en parlait un peu. À demi-mot. Personne ne voulait admettre la réalité. Moi, je l'ai vu. J'étais là. Et pour un paysan, il n'y a rien de pire que de voir sa terre mourir.

– Papa ! Pas encore ! le coupa Nolan, visiblement agacé. Ça fait cent fois que tu répètes tout ça !

– Et alors ?! s'emporta Herik avec un mouvement brusque qui fit frémir le chien près du feu. J'ai bien le droit de raconter, non ?!

L'adolescent se leva de sa chaise. Il lança un regard noir à son père.

– Tu fais que parler du passé. Avant c'était comme ci, avant c'était comme ça. Mais on s'en fout d'avant !

Herik tendit une main vers son fils mais il la repoussa.

Nolan était hors de lui.

– Pour une fois qu'on rencontre des gens, toi tu passes ton temps à raconter tes trucs ! Tu vois pas que ça les intéresse pas ?! Qu'ils s'en fichent de tes histoires ?! Mais non, toi tu ne penses qu'à avant ! Avant ! Avec le tracteur, les bottes, et maman ! Pourquoi t'as toujours besoin de parler d'elle ! Maman est partie. Elle reviendra pas ! Et tes cochons et tes poules et tes vaches non plus ! Avant, ça existe plus !

Nolan, les larmes aux yeux, renversa sa chaise et s'engouffra dans l'escalier qui menait à l'étage.

Il y eut un grand silence gêné. Herik, les épaules voûtées, regardait fixement le feu qui s'éteignait dans l'âtre avec des miroitements orangés. Kid s'était réfugié sous la table. Avril baissait la tête et le Conteur tirait sur sa pipe en fermant les yeux.

– Faut l'excuser, dit l'homme à voix basse. Faut l'excuser. Amalie… Amalie n'a pas supporté de voir sa ferme dépérir. Un matin, il y a quatre ans, Nolan est allé dans la grange et il l'a trouvée. Elle avait… elle avait mis fin à ses jours.

La pipe du Conteur claqua sonorement contre la table et le bruit les fit tous sursauter.

– C'est très triste, déclara le vieil homme d'une voix dure. Oui, nous comprenons. Mais il est grand temps pour nous d'aller nous coucher. Demain nous attend une longue route. Ésope n'aime pas rester seul très longtemps. Et puis les enfants sont fatigués, n'est-ce pas ?

Avril et Kid approuvèrent.

Herik s'ébroua, comme au sortir d'un mauvais rêve.

– Vous… vous partez ? Mais où est-ce que vous voulez aller ?

– Loin.

– Vous n'allez pas dans la vallée, au moins ? questionna Herik. Là-bas, tout est contaminé. Il ne faut pas aller là-bas.

Le Conteur se leva de sa chaise.

– C'est un bon conseil. La nuit est bien avancée. Nous allons monter notre campement dans le coin. Nous partirons demain.

L'homme hocha la tête. Il les raccompagna jusqu'à la porte. Sirius les rejoint, les yeux papillonnants de sommeil.

– Je vous remercie pour les histoires. Ça fait du bien de voir de nouvelles têtes.

– Et ça fait du bien de rencontrer de nouvelles oreilles, lui répondit le Conteur.

Dehors, la nuit avait dévoré le monde. Un vent humide s'était levé.

– Attendez, dit l'homme, la main sur le chambranle, il risque de pleuvoir cette nuit. Vous pouvez dormir ici si vous voulez. Il y a deux chambres libres.

Le Conteur secoua la tête.

– Merci. Si ça ne vous dérange pas, nous camperons sous le hangar de l'autre côté de votre cour.

– Vraiment ? insista Herik. Vous savez, la maison est grande et…

– Non, trancha le Conteur. Je ne dors bien qu'à l'abri des étoiles.

Quelques minutes plus tard, une pluie drue s'abattit sur le plateau.

Chaque goutte frappait le toit de tôle du hangar comme un petit marteau. Le bruit était insupportable et pourtant Kid s'était endormi instantanément, roulé en boule contre Sirius.

Avril, entortillée dans sa couverture de survie, maudit le Conteur qui avait disparu dans le chariot. Elle aurait tout donné pour dormir au creux d'un lit douillet et sec.

36.

Tu sens son odeur, Sirius ?
Oui, toi aussi tu la sens.
Elle est là, quelque part dans la ferme.
On la voit pas, non, mais on la sent.
On l'a sentie dès qu'on est arrivés dans la cour, pas vrai ?
Et peut-être même avant ?
Oui, au bord de la mare, on l'a sentie aussi !
Quand l'homme était caché dans les bois. Qu'il nous regardait. Qu'il faisait semblant de ne pas être là. Oui, on sentait l'odeur, partout sur ses mains, partout sur ses vêtements.
Ça sent fort, la solitude, pas vrai ?
Nous, on peut sentir ça.
L'odeur dit ça.
L'odeur dit : Je suis quelque part dans la ferme. Je suis seule. Je suis vieille. J'ai froid. J'ai mal dans les os à cause de la pluie.
Est-ce qu'elle nous sent, à nous ?
Peut-être pas. Elle est vieille. Elle doit plus arriver à sentir aussi bien à présent.

Et si elle pouvait sentir notre odeur, elle saurait qu'elle n'est pas seule.
On est là.
On va venir la caresser, hein, Sirius ?
On va venir.
Ésope, tu resteras là.
Nous on ira.
Parce qu'on peut pas dormir, nous.
Avec cette odeur.
Cette odeur qui répète tout le temps :
Je suis seule !
Je suis seule !
Je suis seule !

35.

– Avril.

Avril rêvait qu'elle était sous l'eau, pareille à un poisson, quand une voix la tira de son sommeil.

– Avril ?

– Kid, qu'est-ce qui se passe ? Tu n'arrives pas à dormir ?

Elle ouvrit les yeux.

La pluie tambourinait toujours sur le toit de tôle.

L'ombre qui se tenait au-dessus d'elle posa un doigt sur les lèvres de la jeune fille.

– Doucement, ils vont nous entendre.

– Kid ?

L'ombre se pencha. Le visage de Nolan apparut.

– Quoi ? Qu'est-ce que tu fais là ?

L'adolescent lui sourit.

– T'en fais pas, Avril, je te veux pas de mal.

Avril secoua la tête et se retourna dans sa couverture.

– Laisse-moi dormir.

– Attends, attends, implora Nolan. Je suis prêt, je te le jure.

– Prêt à quoi ? demanda la jeune fille qui lui tournait le dos.

– Hein ? Mais prêt à vous rejoindre ! Prêt à en devenir une !

– Une… une quoi ?

– Mais une Étoile Noire.

Avril ne bougea pas, tétanisée. Elle crut avoir mal entendu mais l'adolescent insista.

– Allez, quoi ! Fais pas de secrets, j'ai vu ton tatouage à la mare. L'étoile noire sur ton épaule, je sais que c'est leur signe ! Je sais que t'en es ! Je sais que t'es venue pour moi !

Avril se redressa sur les coudes. Le sourire de Nolan flottait dans la nuit comme une demi-lune.

– T'en fais pas, j'ai rien dit à mon père. Il se doute de rien. De toute façon, il voit jamais rien. Et les autres, là, le vieux et le gamin, ils savent que t'en es une ?

Avril ne répondait pas. L'adolescent fit claquer sa langue.

– Non, ils le savent pas, pas vrai ?! Ça c'est génial, vraiment génial !

Il dit cela d'une voix excitée et Avril eut peur qu'il réveille les autres. Kid dormait avec Sirius plus loin dans un recoin obscur et on pouvait entendre le Conteur ronfler sous la bâche verte du chariot malgré le vacarme de la pluie. La jeune fille lui fit signe d'attendre et elle s'extirpa de sa couverture.

– Viens. On va discuter là-bas.

Elle le prit par la main comme un adulte l'aurait fait avec un enfant capricieux et elle l'entraîna vers le portail. Au-delà, la nuit fondait, liquide.

Les yeux de Nolan brillaient d'excitation.

– Tu sais, je suis vraiment content que tu sois là, Avril. J'en ai tellement marre d'être ici. Avec mon père et ses histoires d'avant. T'imagines pas, c'est insupportable de vivre dans ce trou paumé ! Les bottes, le tracteur, tout ça, c'est du vent. C'est fini. De toute manière, j'ai jamais aimé ça. Quand j'étais gamin déjà, je supportais pas l'odeur des animaux. Je te jure. Cette odeur, c'est l'enfer. Lui, il croit que c'est le paradis. Il pense que tout va s'arranger, qu'il y a des solutions à tout, que la malédiction va être levée. Il se met le doigt dans l'œil.

Avril l'interrompit.

– Attends, tu te trompes, Nolan.

Mais l'adolescent continua sur sa lancée :

– Non, non, t'en fais pas. Moi, je suis bien d'accord avec vous. Ah ça, oui. Je sais bien que rien ne changera si on fait pas un effort. Je sais bien que Dieu demande des sacrifices. Le monde doit disparaître entièrement. Tout le monde doit mourir et on sera sauvés. Je comprends. Je comprends ça ! Tu sais, des fois je vais au bord du plateau, et je regarde en bas, la vallée. Et je vois que tout est moche. Oui, vraiment moche. Il n'y a rien pour nous ici. Alors ça me dérange pas que le monde disparaisse. Au contraire, je suis heureux, je suis content. J'ai compris que c'était la seule solution. Que Dieu demandait ça ! Et que si on travaillait bien, on serait sauvés. Oui, les mécréants doivent disparaître ! Ils doivent tous mourir, c'est normal. Seuls les justes seront sauvés, c'est ce que Dieu a dit, je le sais. Et nous, on est les élus, pas vrai ? Alors il faut qu'on fasse tout ce qui doit être fait. Même si on doit se salir les mains. Moi, j'ai pas peur.

Quand j'étais gamin, j'ai déjà tué des animaux. Je peux recommencer. Et même s'il faut tuer des enfants, je le ferai, tu sais. Non, j'ai pas peur.

Nolan marqua une pause, se tourna vers la maison plongée dans l'obscurité. Il ne remarqua même pas qu'Avril avait porté les mains à sa bouche, horrifiée.

– J'ai déjà vu des morts. Tous les animaux de la ferme quand ils sont morts de vieillesse, je les ai vus. J'ai pas eu peur. Et tu sais pourquoi ? Parce que j'avais déjà vu ma mère. C'est moi qui l'ai trouvée dans la grange quand elle s'est pendue. Et je te jure, ça m'a rien fait de la voir. Pas plus que de voir un poulet avec…

La gifle d'Avril fit tomber le garçon à la renverse, en dehors de la grange. Il atterrit dans la boue avec un bruit mou.

– Qu'est-ce que tu fais ? cracha l'adolescent, furieux.

Avril s'avança vers lui. La pluie cinglait son visage.

– Tu vas rentrer chez toi. Avec ton père. Et tu ne parleras de tout cela à personne, tu m'entends ? Et tu ne prononceras même plus le nom des Étoiles Noires. Jamais. Tu oublies tout ça, maintenant !

L'adolescent se redressa difficilement, dérapant dans la boue, indifférent à la pluie qui martelait son corps. Il fixa Avril et finit par sourire.

– C'est un test, pas vrai ? Oui, tu veux voir si je serai loyal. D'accord, je m'excuse d'avoir dit que j'étais un élu, je ne fais pas encore partie des Étoiles Noires, pas encore. Mais je vais te prouver que je serai une bonne recrue, viens.

Il se tourna vers un bâtiment de briques tout au fond de la cour.

– Viens avec moi, je vais te montrer.

Avril fit non de la tête.

– Rentre chez toi.

L'adolescent revint vers elle et souffla à son oreille :

– Pourquoi tu crois que mon père a été si gentil avec vous ? Tu ne trouves pas ça drôle ?

– Qu'est-ce que tu veux dire ?

– Viens avec moi, Avril, je vais te montrer.

34.

Sous le déluge, ils se précipitèrent jusqu'au bâtiment qui fermait la cour de la ferme. Nolan alluma une lampe torche.

Avril tremblait, autant de froid que de peur. L'adolescent était complètement exalté. Elle le sentait prêt à faire n'importe quoi. Et elle ne savait que faire pour le raisonner. Il était persuadé qu'elle était venue pour lui. Pour quoi exactement ? Pour l'emporter au loin ? Loin de la ferme et de son père ? Comment lui dire qu'elle n'avait plus rien à voir avec les Étoiles Noires ? Comment lui faire comprendre la chance qu'il avait d'avoir encore un père ?

– Viens, c'est par là. Elle ne sort jamais de là.

Il la guida entre d'anciennes stalles séparées par des murets de béton rongés d'humidité. On sentait encore l'odeur des bêtes même si ça faisait longtemps qu'elles avaient disparu. Le sol était recouvert d'une croûte de paille et de bouses séchées. À chaque pas s'élevait un nuage de poussière qui irritait le nez. L'adolescent mena Avril tout au fond du bâtiment. Le fracas de l'averse se fit plus lointain. Dans le pinceau jaune de la lampe torche, la jeune fille devina une cabane de planches grossières. Il s'en échappait une odeur forte d'urine, d'excréments et de sueur. Nolan lui désigna une porte dans laquelle était percée une ouverture carrée.

– Elle est là-dedans. Va voir.

Avril s'approcha avec appréhension de la porte de la cabane. Un gros cadenas en condamnait l'ouverture.

Elle glissa un œil par le trou ménagé dans les planches, à hauteur d'homme.

D'abord, elle ne vit rien d'autre que l'obscurité chargée d'odeurs nauséabondes.

Puis on entendit un cliquetis de chaînes.

Et enfin une forme apparut.

Une forme animale, grotesque, difforme.

C'était une truie au pelage rosé.

Deux yeux aveugles. Une tête pelée jusqu'au sang. Un ventre qui touchait le sol, et des mamelles grisâtres qui faisaient comme une traîne affreuse derrière l'animal.

Le groin étonnamment proéminent, maculé de mucus et d'excréments.

La truie leva vers la jeune fille ses yeux aveugles.

Avril recula, horrifiée.

– C'est Rosa, cracha l'adolescent. C'était la truie de ma mère. Mon père n'a jamais pu s'en séparer. Rosa a traîné, ici et là, dans la ferme pendant des années. J'ai dit à mon père qu'elle n'aurait pas dû sortir. Elle a dû manger des trucs contaminés. Elle est devenue à moitié folle. Elle est méchante. Si on ouvrait cette porte, je suis sûr qu'elle nous boufferait. Mais rien à faire, mon père la laisse vivre là-dedans, c'est dégueulasse. Alors quand je vous ai vus, près de la mare, vous et votre cochon, et que j'ai raconté ça à mon père, il s'est dit que ça serait une bonne idée pour Rosa.

Avril secoua la tête, elle ne comprenait pas.

– Mon père, ce gars que tu trouves si gentil, il m'a dit : « Nolan, on va aller là-bas, et on va récupérer ce cochon. Et si c'est un mâle, on le mettra avec Rosa et comme ça, ils auront des petits. Et la malédiction sera levée. » Sauf que je savais pas que le vieux avait un fusil et qu'il vous défendrait. Et comme mon père est un lâche, il a pas osé vous tuer. Il s'est dit que ça serait plus facile de vous piquer le cochon cette nuit, pendant que vous dormiez. Mais vous avez pas voulu coucher dans les chambres. Alors il m'a envoyé, moi, voir si tout le monde dormait bien sous le hangar. Il attend que je revienne. Et puis il va venir prendre votre cochon.

Avril tituba un peu, elle s'appuya contre la cabane de bois. Un grognement se fit entendre à l'intérieur.

L'adolescent fouilla dans sa poche, en tira une clé qu'il introduisit dans le cadenas.

– Surtout, n'ouvre pas encore, dit-il à Avril, sinon elle te boufferait.

Il s'éloigna, laissant la jeune fille dans l'obscurité.

À travers l'ouverture, les yeux blancs de la truie flottaient comme deux lunes.

Tout à coup, à l'extérieur du bâtiment, la nuit fut déchirée par un éclair écarlate.

Elle vit Nolan, un bâton incandescent entre les mains et dans le ciel le rougeoiement d'une fusée de détresse. Qu'est-ce qu'il était en train de faire ?

Avril zigzagua entre les stalles pour sortir du bâtiment mais dans l'obscurité elle trébucha sur quelque chose et elle se rattrapa de justesse à un muret de béton. Avec horreur, elle vit que c'était le corps de Jasper. Une large entaille barrait la gorge du chien.

Tout se mit à tanguer autour d'Avril.

Le cadavre du chien lui rappela des souvenirs anciens mais pourtant toujours aussi douloureux. Elle inspira profondément pour retrouver son calme.

Titubante, elle continua vers le seuil mais Nolan lui bloqua la route. Il tenait entre ses mains une machette effilée. L'arme luisait faiblement dans la pénombre.

– Tu vois, dit l'adolescent, j'ai aiguisé ma lame, je suis une bonne recrue. J'ai toujours fait ce que vous m'avez dit de faire. Je suis prêt.

Avril était secouée de tremblements. Elle comprenait de moins en moins ce qui se passait.

– Comment ? Qu'est-ce que tu racontes ?

– Les autres m'ont dit que tu viendrais. Ils m'ont dit : « Un jour, une fille avec la peau noire viendra ici. Elle sera avec un gamin. Elle portera une Étoile Noire sur l'épaule. » Quand je t'ai vue à la mare, j'ai su que c'était toi ! Ils ont dit : « Tu verras la marque. Notre marque. Alors ce sera le signe. »

– Le signe ?

Nolan tapota la lame de la machette.

– Oui, le signe. Le signe de tirer la fusée éclairante. Le signe que je suis devenu un élu. Une Étoile Noire. Toi, ils m'ont dit que tu étais une étoile perdue. Qu'il fallait que je te fasse prisonnière. Et que je te sauvais la vie en faisant ça. Oui, ils ont dit ça.

– C'est n'importe quoi, s'emporta Avril.

L'adolescent ricana.

– Ils ont dit que tu ne serais pas d'accord. Ils m'ont dit de te dire que si tu ne restais pas sagement ici, ils te retrouveraient et ils seraient sans pitié. Ils m'ont dit qu'ils te tueraient. Et qu'ils tueraient le gamin aussi. Alors, tu vois, tu n'as pas le choix.

Avril frissonna de dégoût.

– Et maintenant, les Étoiles Noires savent que j'ai accompli ma mission. Ils vont venir et je partirai avec eux, ce sera bientôt la fin du monde et le paradis. C'est ce que m'a dit leur chef. C'est ce que m'a dit Darius !

Un sourire dément barrait son visage.

– Tu vois, je suis prêt. Maintenant, tu vas aller avec Rosa, dans sa jolie cabane.

De la pointe de son arme, il fit signe à Avril de reculer.

– C'est ça ou ils vous tueront tous. Mais si tu préfères, je peux peut-être le faire moi-même ? Maintenant ?

Avril secoua la tête. Que pouvait-elle faire ? Se laisser prendre ? Après tout le chemin qu'ils avaient parcouru ? Elle savait très bien que Darius voulait la récupérer vivante, elle, mais qu'il tuerait Kid dès qu'il le verrait. Et si elle refusait de se laisser enfermer, Nolan n'hésiterait pas, elle le savait.

Soudain, on entendit un cliquetis du côté de la cabane de bois. Un cliquetis et un grincement. Une porte qui s'ouvrait.

Il y eut un bruit de course dans l'obscurité. Le rire d'un enfant. Le couinement d'un porcelet. Et le grognement d'une vieille truie rendue folle par la solitude.

– Mince, jura Nolan. Le gamin, il a ouvert la porte de Rosa ! J'aurais dû le tuer avant !

Avril profita de la surprise de l'adolescent pour le pousser violemment. Il perdit l'équilibre et bascula par-dessus un muret de béton.

La lampe torche roula dans la poussière, projetant des ombres folles sur les murs et le plafond.

– Kid, cria Avril. Kid, viens vite par ici.

Elle entendit grogner tout près d'elle et elle vit la truie qui fonçait, traînant derrière elle ses horribles mamelles.

Alors elle se mit à courir elle aussi vers la sortie.

Une fois arrivée au portail, Avril se retourna.

– Kid ! Par ici !

Le gamin, accompagné par Sirius, apparut sur le seuil, claudiquant le plus vite qu'il le pouvait malgré son attelle.

– Vite !

Dans l'étable, il y eut un cri, un cri de douleur dont on ne savait s'il était humain ou animal.

Ils coururent tous les trois vers le chariot du Conteur. La pluie brouillait leur vision. On aurait dit que le monde était en train de se noyer, et c'est peut-être bien ce qui était sur le point de se produire.

Ils pénétrèrent sous la grange et ils furent arrêtés par le canon du père de Nolan. Le Conteur, le visage fripé, se tenait près du chariot, les mains en l'air. L'âne roulait des yeux fous et martelait anxieusement le sol de ses sabots.

– Où est mon fils ? hurla Herik. Il n'avait plus rien de l'homme paisible qu'il avait été toute la soirée. Son visage était mangé de tics et ses mains tremblaient.

Avril leva les mains au ciel.

Elle ne savait pas par où commencer.

Kid et le cochon se pelotonnèrent contre le mur.

– Où est mon fils ? répéta froidement l'homme.

– Je… je ne sais pas.

– Écoutez, dit le Conteur en faisant deux pas, toujours les mains en l'air, on peut certainement…

L'homme ne lui laissa pas finir sa phrase et lui envoya un coup de crosse en plein dans le ventre. Le Conteur s'effondra comme un paquet de linge sale. L'âne se mit à braire furieusement.

L'homme leva la carabine et dirigea le canon vers Kid.

Nolan fit irruption sous le hangar, le visage ensanglanté.

– Papa !

Et derrière lui, ruisselante de pluie, apparut la truie, dérapant dans la boue, traînant derrière elle son ventre et ses mamelles desséchées, le groin barbouillé de sang et de boue. Elle poussa un grognement atroce, plein de colère.

– Rosa ? murmura l'homme, stupéfait.

L'homme abaissa la carabine, lentement.

L'adolescent tremblant vint se réfugier près du chariot. Il tenait sa main gauche ensanglantée.

Herik s'agenouilla et, très lentement, tendit la main vers Rosa.

– Rosa. Ma Rosa.

La truie huma l'air de son groin difforme. Ses yeux aveugles papillonnèrent, comme si elle cherchait un lointain souvenir. Elle penchait la tête, d'un côté, de l'autre, comme indécise.

– Papa ! cria Nolan depuis le chariot.

L'animal grotesque se mit à grogner dangereusement.

Herik secouait la tête.

– Non, Rosa. Ne sois pas en colère. C'est moi. C'est moi. Regarde, je ne te veux pas de mal.

L'homme jeta sa carabine loin de lui.

Le groin de la truie analysa toutes ces informations en frétillant. Elle fit quelques pas vers l'homme agenouillé. Puis la gueule de la truie se fendit sur une rangée de dents jaunes et menaçantes.

– Rosa ?

L'animal prit son élan et fonça vers l'homme, prête à le déchiqueter.

Avril eut juste le temps de se jeter sur l'arme, d'épauler, et elle tira au jugé.

– Non ! hurla Kid.

La détonation figea le monde. Jusqu'au rideau de pluie au-dehors qui, un instant, réfléchissant la gerbe de feu de la carabine, fut pareil à une plaque de métal solide.

La truie, foudroyée, s'abattit lourdement dans la boue.

Une odeur de poudre et de mort envahit la grange.

La pluie se remit à tomber.

– Non, Avril, non, gémissait Kid dans son coin.

Le Conteur s'assit dans la poussière, une grimace sur le visage.

Ils regardaient tous l'homme pleurer, agrippé au cadavre de Rosa.

– Rosa. Ma Rosa…

– C'est de sa faute, cracha alors Nolan en désignant Avril. C'est une Étoile Noire ! C'est elle qui a laissé sortir Rosa !

Avril secoua la tête.

– Non, ce n'est pas vrai.

L'homme releva la tête, plein de fureur.

– Pourquoi ? Pourquoi est-ce que tu as tué ma Rosa ?

– C'était pour vous sauver.

– J'avais de grands projets pour Rosa. Avec Sirius, ils auraient pu donner une nouvelle lignée de cochons. Ça aurait mis fin à la malédiction ! On aurait mangé autre chose que du maïs !

– Mais elle allait vous attaquer !

– Non, ce n'est pas vrai, gémit l'homme. Ma Rosa était douce, si douce.

– Papa, Avril ment ! hurla Nolan en se rapprochant de son père. Elle a fait ça parce que c'est une Étoile Noire ! J'ai vu son tatouage sur l'épaule quand on était à la mare. Je te le jure. Et là-bas, dans l'étable, elle a tué Jasper ! Et elle voulait tuer Rosa mais je l'en ai empêchée !

L'homme se releva, un air mauvais sur le visage. Avril raffermit sa prise sur la carabine.

– Il ment, voyons ! siffla Avril. C'est lui qui…

– Montre ton épaule, alors ! lui intima Nolan, serré contre son père. Je ne mens pas, papa. Demande-lui de te montrer son épaule, tu verras !

Avril ne fit pas un geste.

Elle se sentit comme disséquée par le regard du père, du Conteur, de Kid. Même Sirius et Ésope semblaient la regarder avec suspicion.

Incapable du moindre mouvement, du moindre mot, elle fixait l'adolescent d'un regard froid.

– Moi, je l'aimais, Rosa, ajouta Nolan. Je l'aimais. C'était la truie préférée de maman. C'était mon seul souvenir d'elle. Et elle, elle l'a tuée !

Le menton d'Avril se mit à trembler.

Les yeux de l'adolescent brillaient d'un éclat mauvais. Il n'y avait pas de doute, il était prêt à faire partie des Étoiles Noires. Il était fou. Complètement fou.

– Je te crois, mon garçon, dit Herik. Je te crois.

Il se tourna vers le Conteur.

– Vous saviez ? Vous saviez et vous n'avez rien dit.

Le Conteur fit non de la tête.

– Je ne savais rien, lâcha-t-il d'une voix glaciale.

Alors le père de Nolan désigna Avril d'un doigt accusateur.

– Tu as tué Jasper. Tu as tué ma Rosa. Notre Rosa. Tu as tué tous les porcelets que nous aurions pu avoir. Tu fais tout pour entretenir cette malédiction. Tu es la plus mauvaise personne que j'ai jamais connue.

Avril fut incapable d'articuler le moindre mot.

Elle regarda le cadavre pitoyable de la truie. Et quand elle se tourna vers Kid, l'enfant baissa les yeux. Et quand elle regarda le Conteur, ses yeux étaient durs et froids, pareils à la pluie qui labourait le monde au-dehors. Les mains d'Avril tremblaient sur la crosse de la carabine. Et la colère, la colère pulsait dans son ventre. Elle aurait tout donné pour éteindre ces regards posés sur elle. Elle aurait été capable de…

– Tu as de la chance d'avoir cette arme entre les mains, cracha Hérik. Maintenant, partez.

– Non, papa ! intervint Nolan. Ne la laisse pas partir ! Enfermons-la !

Mais l'homme n'écouta pas son fils. Il ne l'entendit peut-être même pas. Il se coucha sur le corps difforme de l'animal et se mit à sangloter.

– Partez et allez au diable !

33.

Avril, Kid et Sirius dans la nuit.

Courant sous le hachoir de pluie.

La jeune fille traînant le gamin derrière elle.

Avril ne sachant plus si le ciel coulait sur ses joues ou si c'était là ses propres larmes.

La rage et la honte mêlées dans son ventre, dans sa gorge, dans ses poings.

Et Kid qui secouait la tête en tous sens, refusant d'avancer, trébuchant dans les ornières, arrachant son attelle, courant à quatre pattes, pestant et grognant contre Avril, répétant sans cesse : « Rosa, pourquoi ? Rosa, pourquoi ? »

Et le cochon noir, qui dérapait dans les sentes, glissait dans la boue et quand Avril se retournait pour voir s'il suivait, les deux billes sombres de ses yeux étaient comme une accusation muette.

Le Conteur était resté là-haut, à la ferme. Avril ne lui avait pas laissé le temps de réagir. Elle ne voulait pas entendre ce qu'il dirait. La moindre parole de celui dont les deux fils avaient été tués par les Étoiles Noires lui aurait été insupportable. Elle avait relevé Kid et l'avait obligé à courir, le poussant sous la pluie sans douceur.

– Cours, maintenant !

Elle pouvait encore sentir la douleur du poinçon de la voix de Nolan dans son dos alors qu'ils s'éloignaient du hangar :

– Reste ici ! Tu es une étoile perdue ! Ils vont venir pour toi ! Reste ici !

Et elle eut peur, terriblement peur.

Mais plus que des Étoiles Noires, c'est d'elle-même qu'elle avait peur. Elle avait abattu la truie sans ciller. Elle avait contemplé son cadavre sans ressentir une quelconque émotion. Et tout à coup, elle s'était revue, six ans plus tôt, quand elle faisait équipe avec Darius, arme à la main. Et quand l'homme lui avait lancé « Tu es la personne la plus mauvaise que j'ai jamais connue », elle avait eu envie de lever la carabine. De le tuer, lui. De tuer son fils à moitié fou. De les tuer, tous. Parce que tous le méritaient. Oui, c'était juste de le faire. À ce moment-là, elle se souvint de ce qui l'avait poussée à rejoindre les Étoiles Noires. L'idée que le monde était arrivé à sa fin. Que la planète qu'on lui avait léguée n'était rien d'autre qu'un organisme malade, dégénéré, et que la meilleure chose à faire était d'abréger ses souffrances et de punir ceux qui avaient fait du monde ce qu'il était. Les paroles de Darius résonnaient encore dans son esprit : « Les hommes sont fondamentalement mauvais, Avril. Ils brisent tout ce qu'ils touchent. Et quand ils ne le brisent pas, ils le salissent. Regarde les rivières polluées, les forêts qui meurent. Regarde tous ces animaux qu'on abat par milliers parce qu'ils sont malades. Dieu, quand Il a créé ce qui nous entoure, a bâti un paradis. Il a fait confiance aux hommes. Parce que Dieu est bon. Il était persuadé que les hommes seraient reconnaissants. Qu'ils prendraient soin de ce qu'Il avait construit. Mais les hommes se sont détournés de Lui. Nos ancêtres, nos propres parents, et tous les adultes que tu connais, ont transformé ce monde en tas de boue. Sans respect pour nous, leurs enfants. Mais surtout sans respect pour Lui. Ils nous ont condamnés à vivre sur des monceaux d'ordures et ils ont bafoué Sa création. Regarde, la division et le mal sont partout. Quand Il a créé le monde, les hommes devaient être égaux. Comme des frères. Où est-ce que tu vois l'égalité dans ce monde ? Où est l'égalité quand on te traite mal juste parce que tu es une fille ? Où est l'égalité quand on crache sur ta peau noire, quand on te montre du doigt parce que tu es soi-disant responsable du virus ? Non, il n'y a là que de l'injustice. Alors Dieu, dans Sa grande sagesse, nous a punis. Et Son châtiment est à la mesure de la faute des hommes : Dieu a décidé que la vie ne serait plus. Il a retiré Son étincelle. Il a repris le feu à l'homme. Plus de bourgeons, plus d'embryons, plus de vie. Mais l'homme est un virus résistant, et ça peut prendre du temps avant qu'il ne disparaisse tout à fait. C'est pour cela que les Étoiles Noires sont là, Avril. Pour répondre à Son appel. Nous ne tuons pas pour le plaisir. Nous ne tuons même pas car tous sont déjà morts. En vérité, nous faisons ce que nous faisons pour hâter Son dessein. Et quand l'homme et toute vie auront disparu sur cette planète, Il se montrera à nous et Il fera de nous de nouveaux hommes et nous serons sages car nous aurons tout vu du monde et de sa ruine et de sa renaissance. Nous sommes les Étoiles Noires, nous sommes les élus. Aussi, Avril, tu ne trembleras pas quand ta main donnera la mort car, en vérité, à travers toi, c'est Sa main qui reprendra ce qui a été donné aux enfants indignes. »

Les mots de Darius martelaient le crâne d'Avril bien plus durement que la pluie.

Elle avait l'impression d'entendre la voix de Darius, là, tout contre son oreille, et c'était insupportable. Alors elle courut plus vite encore, tirant derrière elle le gamin.

Ils dévalèrent la piste qui quittait le plateau dénudé.

La vallée luisait faiblement en contrebas, on ne voyait rien de la Montagne au loin, masquée par la nuit et le rideau de la pluie.

À mi-pente, Avril repéra au-dessus du chemin un dôme de pierres sèches. Un ancien abri de berger sans doute. Ils s'engouffrèrent là-dedans et se laissèrent tomber, exténués, sur le sol caillouteux tapissé d'herbes sèches. Kid se recroquevilla dans un coin, entourant de ses bras le cochon qui grelottait.

Avril tenta de venir près de lui, pour le rassurer, mais l'enfant la repoussa d'un regard mauvais.

– Avril lé méchante ! La tué Rosa !

– Voyons, Kid, plaida la jeune fille, Rosa était vieille. Elle était folle. Elle aurait pu nous blesser.

– Non, s'entêta le gamin, non. Pas vrai. L'homme voulé nous tué. L'homme méchant. Fils méchant. *Zommes* méchants. Pas Rosa ! Rosa voulé nous défendre. Rosa pas folle. Juste seule. Seule. Seule.

Kid lui en voulait d'avoir tué la truie, Avril le comprenait très bien. Avoir préféré sauver l'homme qui les menaçait plutôt que l'animal lui était incompréhensible.

Elle n'eut pas la force d'insister.

Elle se retourna contre la paroi de pierres sèches et ferma les yeux.

Elle entendit le gamin murmurer :

– Seule. Seule comme nous.

Elle voulait dormir. Seulement dormir et tout oublier.

Plus tard dans la nuit, alors que déjà le soleil infusait derrière les montagnes, l'enfant vint se blottir contre elle.

32.

Oui, Sirius, oui.
Je suis triste.
Je suis triste pour Jasper.
Je suis triste pour Rosa.

Sirius, tu me dis :
Il ne faut pas être triste pour Rosa.
Il ne faut pas.

Mais pourtant, Rosa, elle était comme nous !
Elle aimait la caresse du vent sur sa peau.
Elle aimait tourner son groin vers les étoiles.
Elle voulait être libre.
Juste libre.
Mais elle était prisonnière et elle était seule.
Seule comme nous.
C'est tout.
Avril l'a tuée.
Et j'ai senti son plaisir quand elle l'a tuée.
Son plaisir d'humain.

De tenir la vie des bêtes entre ses mains.
Pourtant, elle me le disait tout le temps : « Chaque vie est précieuse. Tu sais ça, Kid ? »
Chaque
vie
est
précieuse.
Alors pourquoi, Sirius ?
Pourquoi Avril a tué Rosa ?
Pourquoi la vie de Rosa, elle valait rien ?
Pourquoi est-ce que j'ai senti ce plaisir quand elle a tiré avec le fusil ?

Sirius, tu me dis :
C'est la vie des bêtes de mourir.
Tu me dis :
Rosa ne voulait plus vivre.
Elle était prête à mourir.
Tu me dis :
La liberté, c'est une pomme.
Quand tu as croqué dedans, tu peux plus t'en passer.
Et tu préfères mourir plutôt que de pas la manger en entier.
Tu me dis :
Avril ne sait pas.
Elle ne sait pas qu'elle est comme nous.
Une étoile de la Constellation.
Elle ne sait pas encore.
Elle n'a pas senti la Montagne dans son ventre.
Parce que ses yeux ne sont pas tournés vers les étoiles.
Il y a trop de nuages.
Encore trop de nuages.

Sirius, tu me dis :
Tu dois l'aider. Tu dois marcher avec elle.
Et bientôt.
Bientôt.
Le vent soufflera.
Et alors elle saura.

Oh, Sirius. Pourquoi c'est si compliqué ?
Et les autres, Ésope, Artos ? Qu'est-ce qu'ils vont devenir ?
Où sont-ils ?

Sirius, tu me dis :
Ferme les yeux, petit homme.
Oublie ta tristesse. Sens, Écoute, Vois.

Et je sens, et j'écoute et je vois.
Je lis le Livre vivant.

Tu es là, Ésope.
Je te sens. Je t'entends.
J'entends tes sabots qui frappent et frappent la roche du plateau.
Tu t'éloignes de la ferme.
Le Conteur, il marche à tes côtés.
Dans sa tête, des images noires.
L'amour et la haine.
Son cœur est partagé en deux.

Ésope, tu me dis :
Le cœur est comme l'homme. Il a besoin de marcher sur les chemins. C'est en marchant qu'il trouve sa route. L'homme aux histoires doit trouver la sienne.

Je ne comprends pas tout ce que tu dis, Ésope.
J'apprends les mots de cette langue qui se parle pas. Mais je ne comprends pas tout.
Est-ce que tu t'en vas, Ésope ?
Est-ce que nos routes se séparent ?

Tu me dis :
Je m'éloigne parce que les chemins de la nuit sont comme les nuages. Ils bougent, tout le temps. Mais on se retrouvera très bientôt.
Tu me dis :
Je marche sur d'autres chemins. Ma propre route. On pourrait croire que je vais au hasard, c'est ce que pense l'homme aux histoires.
Tu me dis :
Et pourtant, quand le moment viendra, je serai à la bonne place.
Fais-moi confiance.
Fais confiance à la Constellation.

Oui, Ésope. Mais alors, pourquoi je me sens si seul ?
Pourquoi ?

Artos ?
Oui, j'entends ton grognement.
Je sens ton odeur.
Tu es là, tout près, dans les bois.
Et le Garçon-mort est devant toi.
Je le sens. Je sens son odeur de mort et de folie.
Il est là, pas loin de la ferme.
Pas très loin de nous. Non, pas très loin.

Entre ses mains, le magnétophone.
Dans ses oreilles, la voix d'Avril.
Cette voix qui l'accompagne partout.
Je l'entends.
Et j'entends ton grognement, Artos.
Je comprends.
Il aurait pu nous trouver ce soir.
Il a vu la fusée rouge dans le ciel.
Mais tu l'as ralenti, Artos.
Tu as grogné. Tu as abattu des arbres. Tu as dessiné pour lui d'autres routes. Tu l'as perdu dans la nuit.
Et il arrive maintenant à la ferme.
Et la colère est dans son cœur.
Parce qu'Avril n'est pas là.
Il est comme Rosa. Fou de solitude.
Il rentre dans la ferme.
Et toi, tu grognes, Artos.
Parce que tu sens.
Tu sens l'odeur de la peur et du sang.
Des hommes vont mourir ce soir.
Et tu es heureuse de ça.
Non, il ne faut pas, Artos.
Je sais qu'on ne peut pas arrêter le Garçon-mort.
Mais il ne faut pas être heureux.
Parce qu'il y a trop de choses mortes dans ce monde.
Et que chaque vie est précieuse.

31.

Au matin, la pointe effilée du soleil trancha les liens du sommeil.

Ils se réveillèrent en se frottant les yeux.

Avril déplia son corps hors de l'abri, les reins douloureux à cause de l'humidité.

Kid, ignorant la jeune fille, se tourna vers le porcelet, et il l'embrassa affectueusement.

La pluie avait cessé et on aurait pu se croire un petit matin de printemps. La vallée s'ouvrait devant eux, immense. En bas, le fleuve fumait, comme si un feu couvait sous ses eaux boueuses. Au sud, on apercevait les deux cheminées blanches des réacteurs. Et plus au nord, la masse sombre de la ville. Entre les deux, un pont enjambait le cours d'eau rougeâtre. La route vers la Montagne.

Avril regarda plus haut, vers le plateau. Elle espérait que les Étoiles Noires n'auraient pas aperçu la fusée de détresse lancée par l'adolescent. Un guetteur avait-il pu voir le signal rougeoyant malgré l'averse, l'heure tardive et la nuit ? Cette semaine en compagnie du Conteur lui avait presque fait oublier que Darius la poursuivait. Mais visiblement, il n'était pas prêt à lâcher prise. Il avait certainement dépêché des messagers sur tous les chemins pour donner son signalement. Et les gens étaient prêts à tout pour ne pas s'attirer les foudres des Étoiles Noires. Quand Darius saurait qu'elle s'était enfuie, sa colère serait terrible. Nolan l'avait dit : prendre la fuite revenait à signer leur arrêt de mort. Désormais, il lui faudrait être beaucoup plus prudente. Prudente et rapide jusqu'à ce qu'ils trouvent le chalet. Darius n'avait jamais entendu parler de cet endroit reculé. Elle espéra qu'il ne les traquerait pas jusque là-bas. Si tant est que le chalet existe encore.

Ils se remirent en route, leurs vêtements trempés sur le dos, un couteau et une photo délavée pour seuls bagages. Kid clopinait devant, la jambe encore un peu raide, le cochon à sa suite. Le gamin était resté muet depuis qu'ils s'étaient levés. Avril avait bien tenté de l'amadouer mais il n'avait pas décroché un seul mot. Il paraissait déterminé à avancer, comme si le fait d'arriver à la Montagne était son seul objectif.

Le sentier dégringolait du plateau pour rejoindre une route secondaire. La route les amena sur la bande d'asphalte défoncée qui longeait le fleuve. Partout, ce n'était que carcasses désossées de véhicules, gravats poussiéreux, morceaux de verre, lambeaux de vêtements, panneaux publicitaires tordus. Des cratères noirs éventraient le goudron çà et là, souvenirs de bombardements. Tels des fantômes, des sacs plastique voletaient dans la brume qui montait du fleuve tout proche. Sirius réussit à en attraper un et le mâchonna un moment avant de le recracher, déçu. Ils avancèrent prudemment vers le fleuve. Le cours d'eau était immense, beaucoup plus large que ce qu'Avril avait cru. Ses eaux, chargées d'une boue lourde et rougeâtre, tourbillonnaient au gré des courants.

Avril montra le nord.

– On va aller par là. Le Conteur a dit qu'il y avait un pont.

Ils longèrent les eaux du fleuve durant une heure. Il n'y avait pas de bruit. Tout était désert, brisé, abandonné. Dans le lointain montaient les fumées charbonneuses de la Ville. Avril se retourna à plusieurs reprises vers le plateau qu'ils avaient quitté. Elle cherchait la silhouette de Darius. Mais le sentier qui descendait à flanc était invisible. Les falaises se dressaient, vierges de toute vie, comme elles devaient l'être au début de notre monde. Nulle trace du Conteur non plus. Sans doute le pas lent d'Ésope avait-il dû entraîner le vieil homme vers d'autres chemins.

Avril ne cessait de penser à Nolan, à l'expression de dégoût qui déformait son visage quand il avait dit : « Tu sais, des fois je vais au bord du plateau, et je regarde en bas, la vallée. Et je vois que tout est moche. Oui, vraiment moche. Il n'y a rien pour nous ici. Alors ça me dérange pas que le monde disparaisse. Au contraire, je suis heureux, je suis content. J'ai compris que c'était la seule solution. Que Dieu demandait ça ! » Elle se souvenait qu'elle avait éprouvé le même dégoût de la vie. Même l'amour de Pa et Ma avait fini par l'écœurer. Leurs sourires, leur confiance en l'avenir, leurs mots tendres, tout cela la répugnait au plus haut point. Elle avait l'impression qu'ils ne voyaient rien de la déchéance du monde. Ou pire, *qu'ils en étaient complices* en se comportant ainsi. Les paroles de Darius, elles, lui paraissaient sincères. Il était comme un frère. « Avril, les Étoiles Noires sont ta vraie famille, disait-il. Ta famille de cœur. » Pa et Ma étaient dans le mensonge. Pa et Ma n'étaient même pas ses vrais parents. Ils l'avaient adoptée parce qu'ils étaient stériles. Ils l'avaient adoptée pour satisfaire leur envie égoïste d'enfant. Pas parce qu'ils l'aimaient. Et cette certitude avait fini par convaincre Avril que les hommes étaient incapables d'amour et que le monde, ce monde si moche, comme l'avait dit Nolan, devait disparaître pour renaître à nouveau.

La voix de Kid la tira de ses ruminations.

– Agad, Avril ! Agad ! s'exclama-t-il en désignant les voitures qui s'entassaient dans le brouillard.

Le petit était subjugué par les carcasses rouillées sur la route. Avril, heureuse qu'il sorte de son mutisme, lui expliqua que c'était des voitures mais qu'elles ne marchaient plus depuis longtemps. La pénurie d'essence avait achevé de précipiter l'humanité dans le chaos. Comme si ne plus pouvoir se déplacer sur quatre roues avait rendu l'homme impuissant.

– *Voature* ! répétait Kid. *Voature* !

Des gens, elle le savait, s'étaient entre-tués pour quelques litres d'essence. Comme si faire avancer ces tas de métal avait pu leur sauver la vie. Comme si une voiture avait *plus d'importance* qu'une vie.

Sur leur chemin, ils ne croisèrent qu'un seul être vivant, un homme au visage hirsute, emmitouflé dans des haillons crasseux. L'homme les regarda arriver, les yeux plissés. Puis, quand ils se rapprochèrent, ses yeux s'agrandirent de stupeur et il s'enfuit en boitillant.

Kid, qui lui avait adressé un salut de la main, laissa retomber son bras.

– L'a peur, l'homme.

Cela convenait très bien à Avril.

– L'a peur de Sirius.

En fin d'après-midi, ils arrivèrent devant le pont. Avril s'engagea sur l'ouvrage qui disparaissait dans la brume. Au-dessous, on entendait les eaux du fleuve gronder. Elle fit quelques mètres, puis le vide s'ouvrit devant elle.

– Oh non, souffla Avril.

Le tablier du pont s'arrêtait net. Une bombe, sans doute, avait sectionné l'ouvrage en son milieu. Les piliers de métal tordus, fouettés par le courant, gémissaient dans la brume.

– Lé coupé le pont, résuma Kid, penché au-dessus du vide.

Avril se tourna vers le sud. Là-bas, se trouvaient les vieux réacteurs. Herik avait dit que toute la zone était contaminée. Et au nord, c'était la Ville. Le Conteur les avait mis en garde : « Il y a une ville là-bas, avait déclaré le vieil homme. Et je vous conseille de faire un grand détour. Il n'y a rien de bon pour vous. » Avril se souvint qu'il avait alors montré le collier d'oreilles.

Ils rebroussèrent chemin et descendirent le talus qui bordait le fleuve. Ils se tinrent loin des eaux qui frappaient rageusement la berge. Le cours d'eau était impressionnant. Il devait bien faire deux cents mètres de large. On aurait dit un énorme dragon secoué de spasmes, s'enroulant sur lui-même, gonflant son ventre, soufflant et crachant. Avril comprit tout de suite qu'il serait impossible de le traverser à la nage.

– Impressionnant, pas vrai ? demanda soudainement une voix derrière eux.

Avril saisit son couteau et se retourna, prête à frapper.

C'était une femme. La quarantaine d'années, corpulente, un paquet de tresses sales nouées au-dessus de la tête, elle était assise sur une poutrelle d'acier rouillé. Elle reposa lentement une barre énergétique sur un gros sac à dos militaire.

– Je ne vous veux pas de mal, d'accord ?

Elle leva la main gauche en signe de paix. La manche droite de sa veste de treillis pendait le long de son corps, vide.

Avril ne baissa pas la garde.

– C'est un cochon ? fit la femme en apercevant Sirius. *Un vrai cochon* ?

– Pas cochon. Cé Sirius, déclara Kid.

La femme les regarda tous les trois avec un petit sourire. Ils formaient vraiment un drôle d'équipage.

– Où est-ce que vous avez trouvé un cochon ?

– Cé Sirius, répéta le gamin.

Avril la fixait avec un air farouche, prête à bondir.

La femme hocha la tête :

– D'accord, d'accord. Sirius.

Il y eut un long silence.

Puis comme Avril ne disait rien, la femme se releva et de sa main gauche balança le sac sur son dos.

– Bon, eh bien, bonne route.

Elle s'éloignait quand Avril l'appela.

– Vous allez à la Ville ?

La femme s'arrêta et se tourna vers elle.

– Oui, enfin, j'espère bien y rentrer. Et vous ?

Avril désigna la berge opposée du fleuve.

– Nous allons par là. Mais le pont est coupé. Est-ce que vous savez où nous pouvons traverser ?

La femme promena son regard sur les piliers tordus autour desquels s'enroulait la brume.

– Le seul pont pour traverser le fleuve se trouve à une centaine de kilomètres plus au sud. Mais il vous faudra faire un détour pour éviter la zone de la centrale. Tout est contaminé là-bas.

– Et à la Ville, il y a bien un pont, non ?

– Oui. Mais il est coupé par le mur.

– Le mur ?

– Un mur pour nous empêcher d'entrer dans la Ville. On ne passe pas comme ça.

La femme se pencha et ramassa un bâton.

Elle traça une carte sommaire dans la poussière du talus. Une grande ligne verticale symbolisait le fleuve. D'un côté, il y avait la berge où ils se trouvaient. De l'autre, la Ville. Entre les deux, comme un trait d'union, un pont.

– Tu vois, le seul moyen de passer de l'autre côté, c'est ce pont. Que tu veuilles aller en ville ou tout simplement rejoindre l'autre berge, il faut passer par là.

La femme ceintura la Ville d'un grand cercle. Le cercle coupait l'extrémité du pont.

– Mais au bout du pont, il y a le mur. Le pont est fermé. Il ne mène plus à rien.

– Mais pourquoi ?

– Parce qu'eux, dans la Ville, ils ont à manger. On dit qu'ils ont fait des réserves, avant tout ça. Alors, tu comprends, ils ne veulent pas de réfugiés.

– Et vous ? Vous pouvez y entrer ?

La femme secoua la tête.

– Je vais essayer. Mais je ne suis pas la seule à vouloir passer de l'autre côté. On m'a dit qu'il y avait un grand campement, là-bas, au pied du mur. On l'appelle le Pont. Ceux de la Ville ne sont pas si mauvais. Il paraît qu'ils donnent un peu de nourriture aux réfugiés, de temps en temps.

La femme haussa l'épaule droite. La manche vide flotta dans l'air.

– Et j'espère qu'ils auront un peu de place pour une moitié de femme.

Avril abaissa son arme, abattue.

– Alors… alors il faut faire des kilomètres pour pouvoir traverser ?

La femme eut un geste vague en direction de la Ville.

– Il y a sûrement un moyen de passer de l'autre côté. Un mur, c'est pas ça qui va m'arrêter.

Avril se demanda, malgré les recommandations du Conteur, si ce n'était pas la seule solution qu'il leur restait pour traverser. Franchir le mur.

La botte de la femme vint effacer le dessin dans la poussière.

– Par contre, je vous conseille de ne pas vous montrer avec un animal vivant là-bas.

– Pourquoi ?

– Ils sont persuadés que ce sont les animaux qui sont responsables de tout ça. Le virus qui a contaminé l'homme et la planète tout entière.

– Oui, c'est ce qu'on disait, au début.

La femme haussa les épaules.

– Je ne sais pas si c'est vrai. Je n'y ai jamais cru. Mais si, là-bas, ils voient le cochon, vous aurez des problèmes. Là-bas, tout le monde déteste les animaux.

La femme les salua de la main gauche et s'éloigna.

– Faites attention à votre cochon, lança-t-elle par-dessus son épaule. Il est bien trop mignon. Si j'avais eu mes deux bras, j'en aurais fait qu'une bouchée.

À ce moment-là, une averse de grêle vint fouetter l'entaille de la vallée.

30.

Ils se réfugièrent dans la cabine d'un vieux poids lourd où l'air sentait le rance et le tabac. Les grêlons ricochaient comme des balles sur le toit de l'habitacle. Kid s'amusa longtemps avec le volant puis sursauta en apercevant son reflet dans le rétroviseur.

– Cé qui ça ?

– C'est juste ton reflet, Kid.

Puis le gamin s'enfonça dans le siège avec une moue boudeuse.

– Kid l'a faim !

Avril réalisa qu'elle aussi avait très faim. Ils n'avaient pas mangé depuis la veille.

L'averse cessa subitement alors que le ciel s'assombrissait. La glace scintillait dans la pénombre. Elle regarda les fumées de la Ville au loin, dans le couchant. Il n'y avait pas le choix. Il fallait se résoudre à aller jusque là-bas et tenter de passer ce mur dont avait parlé la femme. Avril ne pouvait se permettre de traîner plus longtemps sur les chemins avec Darius et les Étoiles Noires à ses trousses. Mais il leur faudrait dissimuler le porcelet.

– Tu sais quoi, frérot, demain, on va aller à la Ville. Mais il va falloir cacher Sirius. Il ne faut pas que quelqu'un le trouve là-bas, sinon on lui fera du mal. Les gens pensent que les animaux sont mauvais.

– Mauvé ? Sirius lé pas mauvé. Zanimo pas mauvé.

– Oui, je sais, Kid. Mais ils pourraient lui faire du mal. Il faut qu'on le cache.

Avril réfléchit. Il faudrait trouver un grand sac à dos.

Elle entreprit de fouiller la cabine mais elle n'y dénicha que de vieilles couvertures et des monceaux de vêtements souillés.

– Kid sait ! s'exclama le gamin. Faut faire comme Madam' Mô.

– Comment ça ?

– Caddie ! On met Sirius dans caddie !

– Mais où est-ce qu'on va trouver un caddie ?

– Là, dit Kid en souriant. Caddie lé là !

Avril regarda au-delà du pare-brise. Il y avait bien un caddie, échoué entre deux voitures.

C'était vraiment inespéré. Un cadeau du ciel.

Elle quitta la cabine et examina le vieux chariot de métal rouillé. Il grinçait affreusement mais les roues fonctionnaient encore. Elle le poussa jusqu'au camion et remonta auprès de Kid.

– C'est bon, on mettra Sirius dedans. Mais il faudra qu'il soit très sage.

– Avril, dit l'enfant d'une toute petite voix, nous allé à la Montagne ?

Avril lui caressa la tête.

– Demain, Kid. Maintenant, il faut dormir.

Ils s'installèrent sur la couchette.

Avril étendit sur eux une couverture crasseuse.

Les yeux du gamin luisaient faiblement dans la pénombre.

– Ésope, il sera là aussi.

– Bien sûr.

– C'est les zétoiles. Les zétoiles elles disent tout à Kid.

Le silence se fit. Avril crut que le gamin dormait mais il parla à nouveau.

– Kid sait pourquoi Avril elle ment.

– Quoi ?

– Avril elle ment parce que Avril l'a peur.

– Je ne mens pas, Kid.

– Avril doit pas avoir peur. Avril lé une Zétoile.

Avril sentit la main de l'enfant chercher la sienne sous la couverture. Elle pensa au soir où elle avait trouvé son petit corps dans le berceau. Il était, exactement comme maintenant, éclairé par les étoiles. Un corps si petit, si frêle. Une chose si douce pouvait-elle exister dans le monde ? Elle eut envie de pleurer mais elle ravala ses larmes, inspira profondément. Le Conteur lui avait dit : « Il arrive aussi que les mots s'entassent au fond de nous comme des pierres dans un sac. Ils nous entraînent alors vers le fond. Parfois, ça fait du bien de se délivrer de ce poids. » Elle chercha en elle les mots qu'elle devait prononcer pour se défaire de cette pesanteur.

– D'accord, Kid, d'accord. Je t'ai menti, murmura-t-elle contre son oreille. Tu sais, j'ai fait des choses, il y a longtemps. Des choses très laides. Ces choses, je les ai faites avec le garçon que tu as vu à l'Arbre.

– Le Garçon-mort ?

– Darius, il s'appelle Darius. Oui avec lui. Et avec d'autres. On nous appelait les Étoiles Noires, parce que c'était notre signe. J'ai encore le tatouage sur l'épaule. Ces choses, je croyais qu'elles étaient bonnes. Mais je me trompais.

– Avril l'a fait quelles choses ?

– Avril… Avril a fait du mal à des gens.

– Et à des *zanimo* ?

– Oui, à des animaux aussi. Avril, elle ne savait plus ce qu'elle faisait, elle ne savait plus qui elle était. Comme elle était noire, elle pensait que les gens ne l'aimaient pas. Les garçons et les filles de son village se moquaient d'elle. Et elle, elle avait honte. Son papa et sa maman l'aimaient beaucoup. Ils pensaient que l'amour peut tout guérir. Mais ils n'ont pas compris qu'Avril était blessée et ils n'ont pas pu la guérir. Plus elle grandissait et plus Avril trouvait le monde laid. Il y avait son papa et sa maman qui travaillaient dur pour presque rien. Il y avait la nourriture qui commençait à manquer. Il y avait les animaux qu'on tuait parce qu'on pensait qu'ils étaient malades, il y avait la guerre, partout. Avril, elle voyait toutes ces horreurs et elle ne voulait pas de ce monde. Ses parents, ils avaient autre chose à faire. Autre chose de beaucoup plus important. À ce moment-là, un garçon l'a aidée. Il vivait dans une caravane, à côté du village. C'était un très beau garçon, très gentil. Elle l'aimait beaucoup. Elle allait souvent le voir. À la caravane, il y avait plein d'autres garçons et d'autres filles. Ils rigolaient bien. Personne ne se moquait d'Avril et de sa couleur. Le garçon disait de belles choses à Avril. Qu'elle était spéciale, qu'elle n'était pas comme les autres. Il lui a parlé des Étoiles Noires. De Dieu. Et Avril a écouté le garçon. Alors Avril a fait semblant de croire. Parce qu'elle voulait que le garçon continue de lui dire qu'elle était belle. Et Avril a fait des choses. De vilaines choses à des gens et à des animaux.

– Et Kid, pourquoi Kid lé pas dans l'histoire ?

– Kid était un tout petit enfant. Il était ailleurs. Ailleurs…

– Avec Pa et Ma ?

– Avec Pa et Ma, oui.

– Et après Pa et Ma sont partis à la Montagne et Kid lé allé avec Avril dans l'Arbre.

– Oui, Kid, c'est ça.

– Pourquoa ? Pourquoa Pa et Ma ils ont laissé Kid et Avril tout seuls ?

– Ils ne les ont pas laissés, Kid. C'est Avril qui a choisi. Elle a choisi de ne pas les suivre. Parce qu'elle croyait qu'elle ne les aimait plus.

La voix de la jeune fille se brisa. Le gamin serra sa main plus fort.

– Pas grave. Maintenant, cé fini. Kid l'aime Avril.

– Je t'aime aussi, Kid. Je… je suis désolée pour Rosa. Je pensais…

– Rosa lé morte mais nous l'aime Avril. Sirius, Ésope, Artos et Kid, nous l'aime Avril quand même.

– Oui, moi aussi je vous aime, souffla la jeune fille. On ira à la Montagne, Kid, tous ensemble. Et rien ne nous arrêtera.

29.

Le mur, haut de plusieurs mètres, les empêchait de voir la Ville au-delà du fleuve. Comme l'avait dit la femme, il la ceinturait entièrement. Le pont qui enjambait les eaux boueuses avait été muré à son extrémité. Si bien que la Ville et l'autre berge semblaient inaccessibles.

Sur le tablier de l'ouvrage, un amoncellement chaotique de baraques de planches et de tôles, de toutes les formes, de toutes les tailles. Voilà ce que la femme avait appelé le Pont.

Le Pont, comme un grotesque champignon qui aurait pris racine puis aurait grossi, jusqu'à coloniser l'ensemble de l'édifice, jusqu'à la boursouflure.

Ici et là, des feux crépitaient, des gens déversaient dans le fleuve des seaux d'immondices, on s'interpellait à voix haute dans le lacis des ruelles. Au-dessus du pont, par-delà les haubans métalliques, flottaient des odeurs de nourriture, de fumée, et de crasse. Un vrai village suspendu à vingt mètres au-dessus des flots.

Kid, qui n'avait jamais vu autant de personnes de toute sa vie, en resta muet.

Avril s'engagea sur le pont en poussant le chariot. Sirius était invisible sous les lambeaux de vêtements qu'ils avaient pu récupérer. Avril avait donné l'autorisation à Kid d'aller lui chercher quelques racines. La jeune fille espérait que ça suffirait pour que l'animal se tienne tranquille.

On les regarda s'avancer sur le Pont avec des regards furtifs et inquisiteurs. Le Pont grouillait de vie. Les cris, les odeurs, tout cela fit tourner la tête d'Avril. Ça faisait si longtemps qu'elle n'avait vu autant d'êtres vivants. Épuisés par leur journée de marche, ils poussèrent le caddie dans la rue principale. À partir de celle-ci se déployait un dédale de venelles où on avait à peine la place de se croiser. Planches, plastique, tôles, vieux panneaux publicitaires, tout avait été recyclé pour construire des baraques de fortune sur lesquelles le soleil couchant déversait une lumière chaude. Des hommes jouaient aux dés sous des auvents en plastique. Assise sur une caisse de bois, une femme tirait les cartes à deux badauds. Des corps reposaient à même le sol, enroulés dans des bâches, et on ne pouvait dire si c'était des cadavres ou des dormeurs. Une jeune fille famélique leur demanda l'aumône dans une langue qu'ils ne connaissaient pas. Avril ne put lui offrir qu'un haillon décoloré tiré du chariot. Quand elle sourit, ils virent qu'elle n'avait plus de dents. La misère lui faisait un visage de vieille femme.

Malgré la fatigue, Avril se tenait sur ses gardes. Darius pouvait avoir donné leur signalement. Rien ne disait que des Étoiles Noires ne se trouvaient déjà là, mêlées aux réfugiés. La jeune fille avait pris soin de dissimuler son visage derrière une large bande de tissu gris qui ne laissait apparaître que ses yeux. Elle avait coiffé Kid d'une casquette de base-ball trouvée dans la cabine du poids lourd, trop grande pour lui. Mais elle doutait que ce soit suffisant. Un enfant aussi jeune attirerait forcément l'attention. À plusieurs reprises, elle fut obligée de tirer Kid en avant. Le gamin se retournait sur tous ceux qu'il voyait et les dévisageait avec un air éberlué.

– Viens, Kid, lui souffla-t-elle. Il ne faut pas traîner. On va essayer de trouver comment passer de l'autre côté du mur.

Soudain, une grosse main se posa sur l'épaule de la jeune fille.

– Dis donc, qu'est-ce que tu fais là ? demanda une voix bourrue. T'es rentrée sans ma permission ?

Avril se retourna. C'était un homme au physique impressionnant. Un crâne rasé, un large nez tordu sous lequel tremblait une moustache noire et épaisse comme un balai-brosse, un ventre énorme qui tendait les mailles de son pull sale. On aurait dit un colosse de foire. L'homme planta ses poings sur ses hanches.

– Tu crois qu'on rentre sur le Pont comme ça ?

Avril bafouilla quelques mots.

– Je... je ne savais pas...

– Bon. Maintenant, tu sauras, déclara le colosse. Vous partez d'ici.

Avril tenta de se débattre.

C'est alors qu'un adolescent au visage grêlé se précipita sur Avril, en faisant voler ses mains.

– Hé ! Mais c'est ma cousine ! Kenza, comment ça va ?

L'adolescent serra la jeune fille entre ses bras.

– Tu vas bien, cousine ?

Avril se laissa faire, décontenancée.

L'adolescent se tourna vers l'homme.

– Hé, le Grec, c'est Kenza, c'est ma cousine. Faut être gentil avec elle, hein ?

L'homme, celui que l'autre avait appelé le Grec, gratta le balai-brosse de sa moustache.

– Mouais. Ta cousine ?

L'adolescent souriait de toutes ses dents jaunes.

– Elle vient juste d'arriver, tu vas pas la mettre dehors, hein ?

Le Grec, les poings sur les hanches, regarda Avril, Kid et leur chariot débordant de haillons.

– Bon. Suivez-moi, ordonna l'homme.

Comme ils s'éloignaient, l'adolescent lança un clin d'œil complice à Avril.

Avril et Kid poussèrent le chariot jusqu'à une cabane de tôle. Le Grec déverrouilla la porte. À l'intérieur, une table, une chaise, et un fouillis d'étagères, de cartons mangés d'humidité. Au fond de la pièce, un matelas à la propreté douteuse était jeté à même le sol.

Le Grec s'assit sur un fauteuil défoncé et chaussa des lunettes qui ne tenaient plus qu'avec des bouts de ruban adhésif. Il feuilleta un vieux livre de comptes.

– Comment vous vous appelez ?

Avril hésita un instant.

– Kenza. Et voici Kid.

Le gamin hocha la tête.

– Et là lé Sirius, ajouta-t-il en montrant le chariot resté sur le seuil.

Le Grec lui jeta un regard suspicieux.

– Quoi ? Qu'est-ce qu'il a dit le gamin ?

– Rien rien, s'empressa de répondre Avril, tout en décochant un coup de pied dans les tibias de Kid.

– Pas Sirius. Pas Sirius, s'empressa de dire Kid. Sirius lé pas là. Sirius lé dans lé zétoiles !

Le gros homme les considéra un instant.

– Mouais.

Il inscrivit finalement leurs noms dans le registre puis il releva la tête.

– Kenza, Kid. Je me moque d'où vous venez, je me moque de savoir où vous allez. Toi, Kenza, je me moque de savoir si c'est ton vrai prénom. Je me moque de savoir si tu as été soldat, Étoile Noire ou si tu as regardé le monde s'écrouler sans rien faire. On a tous notre passé. Et chacun fait avec. Le futur, c'est pareil, c'est votre problème. En attendant, vous pouvez rester ici. Si vous suivez les règles. Ces règles, c'est moi qui les fais respecter. On m'appelle le Grec. Moi, je m'occupe du présent. Juste le présent. Et c'est déjà pas mal. Je fais en sorte qu'on survive, ici et maintenant, dit-il en désignant le pont qui grouillait de vie au-delà de la porte. Ici, ce n'est pas la route. Ici, pas d'embrouilles. Pas de vols. Pas de coups tordus. Tu piques pas à quelqu'un le peu qu'il a. Que ce soit un carton pour dormir, une assiette de soupe ou sa misérable vie. Si ça ne vous va pas, vous repartez d'où vous venez. C'est compris ?

Avril et Kid hochèrent la tête.

– Ton couteau, là, tu le gardes à ta ceinture. Si tu comptes t'en servir bientôt, dis-toi bien que ce sera la dernière fois. Tu m'entends ?

Le Grec n'attendit pas la réponse. Il arracha deux coupons au livre de comptes et les tendit à Avril.

– Tiens, ton numéro et celui du gamin. Tu les perds pas. Si tu veux les vendre ou les échanger, c'est ton choix. Mais t'en auras pas d'autre.

– Le numéro ?

Soudain le sol se mit à trembler. Une étagère s'effondra dans un nuage de poussière. Au-dehors, on entendit un fracas métallique suivi de cris.

Le Grec jura puis il poussa Avril et Kid dehors.

Des gens couraient, l'air hagard. Un nuage de poussière montait dans le soleil couchant. Des cabanes venaient de s'effondrer quelque part dans les ruelles tordues.

Le Grec tendit à Avril deux gamelles de fer-blanc avant de verrouiller la porte.

– Bienvenue au Pont ! lança-t-il avant de s'engouffrer dans une venelle.

La jeune fille regarda les coupons entre ses mains.

Deux morceaux de papier où étaient inscrits les numéros 122 et 123, suivis de la mention « Imprimerie nationale ».

– Alors, ma cousine, comment ça va ? demanda une voix derrière elle.

C'était l'adolescent au visage constellé de cratères. Maigre et dégingandé, il souriait de toutes ses dents jaunes.

– Tu me dis pas merci ?

Avril l'ignora, elle jeta les gamelles dans le chariot et le poussa dans une ruelle.

L'adolescent lui emboîta le pas.

Elle se faufila dans le dédale de rues. Ici et là, des gens tentaient de consolider leurs baraques de fortune, secouées par le tremblement de terre. Certaines étaient en piteux état, guère plus qu'un amoncellement de décombres. Plus ils s'avançaient et plus la taille des ruelles semblait se rétrécir. Les baraques de tôle plantées de part et d'autre penchaient dangereusement, pareilles à des dents cariées.

L'adolescent se mit à marcher à leurs côtés malgré l'exiguïté du passage.

– Le Grec, il est pas méchant. C'est un air qu'il se donne. Paraît qu'il a été boxeur. Y'a qu'à voir son nez, hein ? Mais heureusement que j'étais là. Parce que sinon il vous aurait mis dehors. Je m'appelle Rafik. Vous voulez quoi, hein ?

Il tenta de poser une main sur l'épaule de Kid. L'enfant fit claquer ses mâchoires et l'adolescent, effrayé, eut un mouvement de recul.

– Vous avez faim, pas vrai ? Vous voulez manger ? Rafik peut vous trouver à manger. Des bonnes choses à manger.

Comme Avril ne répondait pas, il insista.

– Vous êtes fatigués ? Vous voulez dormir ? Vous cherchez un lit ? Rafik peut vous trouver un vrai lit. Pas des cartons. Un vrai lit. Pour bien dormir.

L'adolescent approcha une main du chariot.

– Qu'est-ce que vous avez là-dedans, hein ?

Avril dégaina immédiatement son couteau.

– Ne touche pas à ça !

Rafik leva les mains.

– C'est bon, c'est bon. Pas besoin de ça. On est au Pont, ici. On est tous dans le même sac, hein. Rafik comme vous. Pas besoin de se battre. Le Grec serait pas content, tu sais.

– D'accord. Alors laisse-nous tranquilles.

L'adolescent se gratta le front.

– Pffff. Vous êtes tous les mêmes les nouveaux. Tu verras dans une semaine. Tu feras moins la fière et tu viendras voir Rafik.

L'adolescent s'éloigna, les mains dans les poches.

– Rafik, n'oublie pas, ma cousine ! Je m'appelle Rafik !

Avril et Kid s'enfoncèrent plus loin dans le dédale des ruelles. Le soir qui tombait plongeait le Pont dans la pénombre. C'était incroyable de se dire qu'on était sur un pont. On aurait plutôt dit un village du Moyen Âge, du moins dans l'imaginaire d'Avril, avec ses rues boueuses chargées d'immondices, ses maisons branlantes, toutes ces odeurs humaines qui se mêlaient à celle, un peu âcre, des eaux du fleuve.

La ruelle qu'ils suivaient s'acheva soudainement en cul-de-sac. Ils étaient arrivés au pied du mur qui barrait le Pont et interdisait l'accès à la Ville. Les parpaings grisâtres avaient été recouverts de peinture. Des graffitis obscènes se mêlaient à des symboles de paix. Des insultes et des poèmes, les uns et les autres truffés de fautes d'orthographe, couraient dans tous les sens. La plupart étaient destinés à ceux de la Ville, ceux qui vivaient de l'autre côté du mur. Comme si ceux-là pouvaient lire au travers du béton. Les avis de recherche, griffonnés ou gravés dans les parpaings, fleurissaient par dizaines. Tout le monde avait perdu quelqu'un. Tout le monde cherchait quelque chose. Tout s'arrêtait là. Au bout du Pont.

Dans le caddie, Kid écarta les lambeaux du tissu. Les yeux de Sirius papillonnèrent. Il huma autour de lui et grogna faiblement, heureux d'être enfin à l'air libre.

– Sirius l'a faim. Et Kid aussi.

– On va trouver à manger, attends un peu.

Avril retira le voile qui lui couvrait le visage et leva la tête. Le mur faisait au moins cinq mètres de haut, fermant complètement l'accès à la Ville. Des fils barbelés couraient à son sommet. Et Avril eut l'intuition que des gardes se tenaient là-haut, invisibles pour l'instant, mais prêts à repousser ceux qui auraient voulu franchir le mur. Avril se demanda comment la femme qu'ils avaient croisée la veille comptait faire pour passer de l'autre côté.

Soudain, une alarme stridente retentit sur le Pont et une clameur monta des ruelles. Avril enfouit à nouveau le porcelet sous les tissus, remit son voile et ils rebroussèrent chemin.

Il leur fallut quelques minutes pour arriver sur une sorte de place, au pied du mur.

Là, toute une foule était rassemblée, frémissante. Tous levaient leurs regards vers le ciel.

Du haut du mur descendaient des marmites. De grosses marmites noirâtres qui se balançaient au bout de cordes.

On la poussa sans ménagement.

– Montre ton numéro, toi ! lui ordonna une femme aux mains tordues.

– Mon numéro ?

Avril sortit les coupons de sa poche.

– Ouais, c'est bien ce que je pensais, t'es nouvelle, cracha la femme. Moi j'ai le 84. Alors, essaye pas de resquiller, petite, il vous faudra attendre. Allez, pousse-toi.

La femme lui donna un coup d'épaule.

– Ouais, les nouveaux, derrière !

On les tira, on les poussa, les éloignant à chaque fois un peu plus des marmites qui descendaient lentement sur la place.

Avril et Kid s'extirpèrent difficilement de la foule.

Une forêt d'écuelles et de bouches affamées se dressait vers le ciel.

28.

Au matin, Avril et Kid furent réveillés par un tremblement de terre et le fracas des baraques qui s'effondraient dans la brume épaisse.

La veille, ils n'avaient eu droit qu'à un bout de pain qui avait un goût de terre. Avril doutait qu'il ait été fabriqué avec de la vraie farine. Le ventre criant famine, ils avaient trouvé refuge près du parapet, dans le cul-de-sac d'une venelle, et ils s'étaient endormis là, Kid dans le caddie, pelotonné contre Sirius, et Avril à même le sol. Elle n'avait dormi que d'un œil, craignant que quelqu'un ne découvre le porcelet. Après avoir camouflé Sirius sous les tissus, elle décida d'explorer le Pont et de voir si elle pouvait trouver une faille dans le mur. Avril se dissimula sous son voile et elle enfonça la casquette sur la tête de l'enfant.

Ils poussèrent le chariot dans les ruelles. Le Pont s'éveillait lentement. Dans la brume, tout paraissait étrange, irréel. Les réfugiés ressemblaient à des fantômes. Avril se demanda à quoi tous ces gens pouvaient bien occuper leurs journées. Ils déambulaient, les épaules tombantes, s'accoudaient au parapet et regardaient le fleuve charrier ses tonnes de boue rougeâtre. Ici ou là, on jouait aux dés ou aux cartes, en pariant de menues choses. On faisait encore mine de croire qu'il y avait un hasard. Que la chance pouvait tourner. Que l'on pouvait encore gagner, remporter la manche contre le monde. D'autres, plus désespérés, levaient vers le mur des yeux inquiets, demandant à voix haute dans combien de temps serait servie la soupe. Ils ressemblaient à des animaux parqués dans un enclos à ciel ouvert, attendant leur ration de nourriture. Cette soupe maigre était leur seul espoir, leur seul rêve.

Avril se souvenait avoir vu, enfant, les mêmes scènes sur l'écran de la télévision du salon. Des gens à la peau noire, des gens qui avaient la même couleur de peau qu'elle, faisaient la queue pour un bol de soupe en piétinant dans la neige, leurs enfants maigres dans les bras. Leur peau si noire sur la neige si blanche. Elle qui n'avait jamais souffert de la faim, elle n'avait pas compris ce qu'elle voyait. Pourquoi ces gens ne restaient-ils pas chez eux, bien au chaud, plutôt que de courir le monde et d'y perdre la vie ? Elle avait posé la question à Pa et Ma. Et Pa avait parlé de la guerre, des virus, de la faim. Et Ma l'avait rassurée. Ils ne risquaient rien. La guerre était loin. Pas ici. Pas encore. Ailleurs. Très loin. Avril n'en avait rien dit, mais elle s'était demandé où était ce « très loin » et si elle venait de là. Si ses parents, ses vrais parents, avaient pu faire partie de tous ces gens que la guerre jetait sur les routes. Elle avait regardé à l'écran un tout petit enfant dans les bras de sa mère et elle s'était dit qu'elle aurait pu être là-bas, dans ce paysage enneigé, avec la faim au ventre. Pa avait éteint la télé et il avait tenté de la rassurer : « Ne t'en fais pas, Avril. Rien de tout cela ne nous arrivera. » Elle avait demandé : « Pourquoi ? » Et Pa n'avait pas su quoi répondre.

Elle pensait à tout cela quand Kid s'arrêta devant un homme qui jouait de la musique. L'homme poussait les boutons d'un gros accordéon rouge. L'instrument, à bout de souffle, ronflait et crachotait une mélodie un peu mélancolique. C'était un peu dissonant, mais c'était tout de même de la musique et Kid n'en avait jamais entendu. Au milieu des badauds, l'enfant penchait la tête, les yeux ronds.

– Cé quoi ?

– C'est de la musique, Kid.

– *Musik ?*

– Oui, c'est fait pour écouter. Et pour danser.

Et pour montrer à Kid ce qu'était la danse, Avril se mit à bouger sur place, dépliant lentement ses bras. L'enfant la regarda avec attention puis se mit à faire de même. Dans l'attroupement, certains les encouragèrent avec de petits cris. L'accordéoniste hocha la tête et accéléra le rythme et la mélodie dériva vers quelque chose de plus joyeux.

Kid se mit à se trémousser, un large sourire sur le visage.

– Musik ! criait l'enfant. Musik !

Des hommes se mirent à frapper des mains et Kid tourbillonna encore.

– Danse, Avril ! Danse avec Kid.

La jeune fille hésita un peu. Elle surveillait le caddie où les tissus remuaient un peu. Le porcelet, intrigué par la musique, essayait de glisser son groin hors des tissus. Avril l'enfouit encore plus profond.

– Reste sage, Sirius, murmura-t-elle.

Kid l'attrapa par la main et elle se laissa faire. Ils dansèrent tous les deux au milieu du cercle formé par les badauds. Avril ferma les yeux. C'était si bon de se laisser aller. D'échapper à toutes ses sombres pensées. Des réfugiés se mirent à danser avec eux et tous tapaient des mains, ravis eux aussi de tromper la monotonie et l'ennui du Pont.

Quand le morceau s'acheva, on les applaudit et une femme glissa un morceau de pain entre les mains de Kid.

– Allez, viens, dit Avril, en poussant le chariot plus loin dans la venelle. Il faut qu'on trouve comment passer de l'autre côté du fleuve.

Le gamin, tout sourire, lui emboîta le pas en mâchonnant son bout de pain. Cela faisait si longtemps qu'elle n'avait pas entendu de la musique et qu'elle ne s'était pas laissée aller à danser. Il y avait donc des choses que la misère ne parvenait pas à enlaidir. La musique en faisait partie, Avril en fut convaincue.

Quelques minutes après, ils sortirent du Pont et descendirent sur le talus de la berge. Le fleuve grondait dans le brouillard. Sur la berge opposée, de l'autre côté des flots, se dressait le mur, haute muraille grise et impénétrable qui ceinturait entièrement la Ville. Cela faisait penser à un château fort.

Ou à une prison, songea Avril.

Elle se demanda comment ceux de la Ville faisaient pour y entrer ou en sortir.

Elle finit par remarquer deux larges portes de métal rouillées qui s'ouvraient dans le mur en aval du Pont et donnaient sur la berge. Sans doute passaient-ils par là.

Elle observa le fleuve. Les courants étaient terribles à cet endroit-là, il était impossible de traverser à la nage. C'était désespérant : ils ne voulaient même pas entrer dans la Ville mais juste rejoindre l'autre berge ! Chaque heure qui passait rendait plus palpable la menace de Darius. Tôt ou tard, il les retrouverait. Mieux valait rester discrets en se fondant dans la population des réfugiés, aussi ils finirent par remonter jusqu'au Pont.

La joie qu'avait éprouvée Avril en dansant s'en était allée, comme emportée par les eaux du fleuve. Elle se sentait abattue. Elle ne voyait vraiment pas comment ils pourraient traverser. La seule solution consistait maintenant à rebrousser chemin vers le sud.

Ils déambulaient dans une ruelle pleine de brume quand une vieille femme à la peau brune les héla.

– Vous. L'enfant. Venir !

Installée sur une bâche en plastique, elle tenait alignée devant elle une série de cartes à jouer.

Avril refusa la proposition :

– Non, non, on ne veut pas jouer, merci.

Mais la femme insista.

– Pas jouer. Avenir ! Avenir !

La vieille femme voulait leur tirer les cartes ? C'était absurde. Il ne fallait pas être devin pour prédire le pire. Avril s'apprêtait à pousser le caddie plus loin mais Kid s'avança vers la femme.

– Bien, enfant. Assieds-toi.

Avril leva les yeux au ciel.

– On ne peut pas payer. Nous n'avons rien. Pas de nourriture, lança-t-elle à la femme.

Mais celle-ci secoua la tête.

– Pas besoin. Moi juste plaisir de voir enfant.

Elle tendit la main pour caresser la joue de Kid et, étonnamment, le gamin se laissa faire. Les yeux de la femme brillaient de plaisir. Elle n'avait certainement pas vu d'enfant aussi jeune depuis longtemps.

Avril finit par abdiquer. Elle regarda la femme battre les cartes et tendre le paquet à Kid.

– Choisis, enfant. Choisis carte. Une.

Kid huma le paquet qu'elle lui tendait puis, du bout des doigts, il désigna une carte.

La femme la retourna et la considéra en hochant la tête.

– Zoiseau ! s'exclama joyeusement Kid.

Avril vit qu'effectivement, un rouge-gorge était dessiné sur le bout de carton usé. Ce n'était pas un jeu de tarot mais un jeu de sept familles représentant des animaux.

La femme hochait encore la tête.

– Oiseau, souffla-t-elle. Grand voyage. Vous aller loin. Très loin.

Elle eut un geste vague vers le ciel.

– Très haut.

Kid était fasciné. Avril fit la moue. Comment pouvait-on lire l'avenir dans un jeu de sept familles ? Et puis il ne fallait pas être devin pour prédire un voyage à des réfugiés.

– Voyage. Vers la montagne, ajouta la femme.

Kid approuva.

– Oui. La Montagne. Avec Sirius !

Avril, intriguée, se pencha au-dessus de l'enfant. Est-ce que cette vieille femme pouvait *vraiment* voir l'avenir ?

La femme caressa à nouveau la joue du gamin.

– Choisis. Choisis encore. Une.

Kid désigna une nouvelle carte.

Cette fois-ci, la femme dévoila un ours. Ce n'est pas possible, pensa Avril, c'est une coïncidence.

– Ours, constata la femme.

– Artos, répondit Kid. Cé le nom. Artos. Artos, elle marche avec Garçon-mort.

La vieille femme pouffa avec un rire de crécelle.

– Oui. Oui, ourse marche. Ourse marche comme homme. Et petit homme marche comme ourse. Tous animals.

Elle leva les yeux vers Avril tout en pointant un doigt vers Kid. Elle ne riait plus du tout.

– Enfant-animal. Pas petit homme. Non. Enfant-animal.

Avril tenta de sourire mais le regard de la vieille la mettait mal à l'aise.

– Dernière ! Dernière carte ! Choisis. Une.

Kid tira la dernière carte.

C'était un rat.

Kid le contempla longuement. Il ne savait pas ce que c'était.

– Rat, expliqua la vieille.

– *Râ* ?

– Oui, rat. Protection. Rat venir la nuit. Rat protéger enfant.

Elle caressa la joue de Kid.

– Toi, bien écouter rat. Rat dire vérité. Rat protéger toi.

– Râ.

Le gamin regardait la femme, la tête un peu penchée, comme s'il faisait un effort pour comprendre. Il finit par faire oui de la tête, ce qui ravit la vieille femme.

– Bien. Bien. Bon voyage. Grand voyage !

– Allez, viens, Kid. On y va.

Les paroles de la femme avaient troublé Avril, même si elle n'y avait pas compris grand-chose. La Montagne, l'ourse. C'était étonnant. Mais on pouvait faire dire ce qu'on voulait aux cartes, n'est-ce pas ? Pourtant, à propos de l'ourse, Kid avait dit que l'animal suivait le garçon-mort. Est-ce qu'il faisait référence à Darius ? Elle essaya de le questionner tandis qu'ils marchaient dans les ruelles mais le gamin haussa les épaules, comme s'il ne comprenait pas la question ou que c'était une chose bien trop évidente pour être expliquée.

C'est à ce moment-là que retentit l'alarme qui annonçait la distribution de nourriture.

27.

Quand ils arrivèrent, les réfugiés se pressaient déjà sur la place.

Tous avaient le visage levé vers le mur.

Avril et Kid restèrent en retrait, leur coupon et leur écuelle à la main.

Une grande clameur parcourut la foule quand les marmites noircies firent leur apparition tout là-haut. Les cordes se dévidèrent et les récipients descendirent très lentement.

Les gens se pressèrent encore plus. Il y eut des cris, des protestations et quelques coups furent échangés.

La voix imposante du Grec ramena un peu de calme.

– Reculez ! Reculez ! Les numéros 1 à 10, vous avancez !

Avril et Kid piétinèrent longtemps.

Bientôt, ils furent assez près pour voir le contenu des marmites. L'une était pleine de pains, ronds et bruns, comme faits de charbon. L'autre, dans laquelle les hommes et les femmes plongeaient leur écuelle, était remplie d'une soupe claire. Des choses spongieuses et indéterminées flottaient à la surface. Ce n'était pas spécialement appétissant mais ils avaient si faim qu'ils auraient pu avaler une marmite entière. Sitôt qu'ils étaient servis, les réfugiés s'extirpaient de la foule comme ils pouvaient. Et s'ils traînaient trop, on les poussait sans ménagement pour qu'ils cèdent leur place.

Quand ce fut leur tour, Avril et Kid ne purent que constater qu'il ne restait plus de soupe.

Le Grec, qui supervisait les opérations, leur adressa un haussement d'épaules désolé. Il leur tendit un pain racorni.

– Vous devrez vous contenter de ça. Demain, il y en aura peut-être plus.

L'homme tira deux coups secs sur les cordes et les marmites remontèrent le long du mur.

Avril entraîna Kid vers les ruelles.

– Viens, on va se trouver un endroit tranquille.

Soudain, il y eut des cris derrière eux.

Ils se retournèrent et virent une forme agrippée à une des cordes. C'était une femme. Les pieds en équilibre sur les marmites, elle s'élevait vers le ciel. La foule, à présent muette, regardait la femme qui montait en même temps que les récipients. Avril ne la reconnut pas tout de suite. Et puis, en voyant la manche de la veste pendre dans le vide, elle comprit que c'était la femme qu'ils avaient croisée près du fleuve. Oui, c'était elle. La femme regarda en bas. Elle souriait, persuadée d'avoir enfin trouvé un moyen de franchir le mur. Elle était presque arrivée en haut de la construction quand une longue perche de bois apparut par-dessus la muraille, sans qu'on voie qui la tenait. Il suffit d'un coup. La femme, frappée en pleine poitrine, fut déséquilibrée. Elle vacilla, en équilibre sur la marmite. Et sa main lâcha la corde. Elle tomba à la renverse, sans même un cri, ses longues tresses flottant dans l'air. Elle atterrit sur une cabane qui s'écroula avec un bruit épouvantable. La foule, alors, se mit à gronder. Le Grec, qui avait regardé cela comme tous les autres, secoua la tête, navré.

Près d'Avril, un vieil homme hurla :

– Et voilà, à cause de cette imbécile, demain ils nous donneront rien à manger !

La foule, agressive, se massa autour de la cabane effondrée.

Avril hésita. Devait-elle aider la femme ?

Mais devant l'hostilité grandissante de la foule, elle préféra renoncer. Elle entraîna Kid plus loin, elle ne voulait pas assister à ce qui allait se passer.

Ils errèrent sur le Pont, en mâchouillant le pain rance. Puis ils finirent par rejoindre le refuge qu'ils avaient trouvé la veille. Un petit espace près du parapet, au bout d'une ruelle sombre. Après avoir vérifié que personne n'était à proximité, Kid extirpa Sirius du monceau de haillons. Le porcelet s'étira longuement puis il trottina autour d'eux. Il semblait s'accommoder du chariot sans trop de problèmes.

Avril et Kid regardèrent la nuit s'étendre sur les eaux grondantes du fleuve.

Bientôt, des étoiles incandescentes enflammèrent le ciel. Leur éclat était si vif qu'on en gardait l'image sur la rétine durant de longues secondes. Elles semblaient si proches. Avril eut l'impression d'entendre leur sifflement alors qu'elles rayaient le ciel et la déflagration sourde de leur chute.

Il fallait se faire une raison : le Pont était un cul-de-sac. Avril eut de la peine pour la femme qui avait tenté d'escalader le mur. La réaction de la foule l'avait stupéfiée. Au lieu d'aller à son secours, les gens l'avaient insultée. Et qui sait ce qu'ils lui avaient fait ensuite. Ce mur, pensa Avril, était bien à l'image des hommes : fait de peur et d'égoïsme.

Kid, penché au-dessus du parapet métallique, appela Avril.

– Agad, Avril ! Y'a quelqu'un. Là !

La jeune fille le rejoignit.

Elle scruta les ténèbres.

– Là, agad !

Elle vit la lumière d'une lampe torche danser dans l'obscurité, dix mètres au-dessous d'eux, au beau milieu des flots.

On devinait la forme d'un canot malmené par les courants furieux.

Elle crut voir des hommes accrochés au bastingage. L'embarcation progressait difficilement mais il n'y avait pas de doute possible : elle allait vers la Ville. Elle se dirigeait vers la berge d'en face. Ils regardèrent la lumière s'éloigner. Au bout de longues minutes, elle s'immobilisa. La barque avait rejoint la terre ferme. Plus loin, au niveau du mur, une lueur diffuse troua l'obscurité. Une porte de métal venait de s'entrouvrir. Des silhouettes, minuscules, se faufilèrent dans l'interstice. Des gens venaient de rentrer dans la Ville.

Avril se redressa.
– Kid, remets Sirius dans le chariot.
– Où qu'on va ?
– On va trouver Rafik. Et on va passer de l'autre côté.

26.

Le Pont était plongé dans la nuit.

Des feux crépitaient ici et là, projetant des ombres immenses et menaçantes sur les baraques de tôle, donnant aux visages croisés des airs de démons.

Avril et Kid, poussant le chariot devant eux, demandèrent à une vieille femme où habitait Rafik. Elle leur désigna un amas de planches recouvert de bâches en plastique. Ils s'approchèrent. La lumière blafarde d'une lampe éclairait la construction de l'intérieur.

– Rafik ?

L'adolescent passa la tête hors de la cabane.

– Ah, Kenza, ma cousine ! s'exclama-t-il en dévoilant ses dents jaunes. Je t'avais dit que tu reviendrais me voir, hein ! Entre, entre.

Il écarta le pan d'une bâche. Le chariot eut du mal à rentrer dans la cabane mais Kid ne voulait absolument pas laisser Sirius à l'extérieur.

L'intérieur de la baraque était dans un désordre absolu, faiblement éclairé par la lueur bleutée et maladive d'une vieille lampe électrique. Avril et Kid se pressèrent l'un contre l'autre, ne sachant où poser les pieds. Tout un fatras d'objets hétéroclites et brisés encombrait le sol. Rafik s'assit sur un vieux matelas gonflable et leur désigna le coin d'un tapis mangé par les mites.

– Faites comme chez vous !

Avril et Kid s'assirent comme ils purent. La jeune fille retira son voile. La cabane sentait la sueur et la moisissure. L'adolescent fouilla dans un recoin et extirpa un réchaud et une boîte de conserve vide, dans laquelle il entreprit de faire du thé.

– Alors, comment ça se passe au Pont ? demanda Rafik en reniflant deux sachets d'infusion qui avaient dû servir une bonne dizaine de fois déjà. Vous avez mangé, au moins ?

– Non, l'a pas mangé, répondit Kid.

– Ah. Derniers arrivés, derniers servis. C'est la règle, hein. Les gens rigolent pas avec ça. Attendez, je vais vous trouver quelque chose.

Pendant que les vieux sachets de thé infusaient dans l'eau tiède de la conserve, l'adolescent fouilla dans le fatras derrière lui. Il exhiba fièrement une barre énergétique qu'il lança à Kid.

– C'est cadeau.

Avril et Kid se partagèrent la ration. Le gamin en glissa un bout dans sa poche en pensant à Sirius qui se tenait tranquille sous la montagne de haillons.

– Je suis content que tu sois venue, ma cousine.

– Je suis venue pour quelque chose, répondit Avril en engloutissant sa part.

– Bien sûr. On vient voir Rafik parce qu'on a besoin de lui, hein ?

L'adolescent remua le breuvage avec ce qui avait dû être une antenne de radio.

– Si ça vous intéresse, je peux vous avoir des numéros.

– Comment ça ? demanda Avril. Le peu qu'elle avait mangé lui avait donné une faim terrible.

– Des numéros plus intéressants que les vôtres. Pour la distribution de nourriture. Vous avez quoi ?

Avril tira les billets de sa poche.

– 122 et 123.

– Bon. Ça dépend de ce que tu peux y mettre. Mais c'est pas impossible de trouver autour de 40.

– D'où est-ce qu'ils sortent ? C'est toi qui les fabriques ?

L'adolescent se mit à rire.

– Mais non, cousine. Tu sais, les gens restent ici quelques semaines, quelques mois. Et après ils partent. Ceux qui partent, ils revendent leur numéro.

– C'est un trafic alors ?

– Non, s'amusa Rafik, c'est pas du trafic. C'est de la débrouille.

– Et le Grec ne dit rien ?

L'adolescent ricana.

– Qu'est-ce que tu crois, le Grec prend sa part.

Il but une gorgée de thé à même la conserve puis fit passer le récipient à Kid. Le gamin huma précautionneusement. Cela sentait la vase et les plantes.

– Le Grec est là depuis le début, ajouta Rafik. Il était là quand ils ont construit le mur. Il sort son baratin à tous les nouveaux : « Ici pas d'embrouilles, ici pas de coups tordus. » Tu parles. Moi je pense que ça l'arrange bien. Ce mur, c'est son business.

Avril hocha la tête. Il lui fallait faire parler Rafik. Il fallait le mettre en confiance.

– Le mur, il a toujours été là ?

– Non, bien sûr. Il a été construit pendant la guerre.

– Pour empêcher les réfugiés de rentrer ?

– Qui veut des réfugiés, hein ? ironisa l'adolescent. Tu sais ce qu'on disait, que les Étoiles Noires se mêlaient aux réfugiés pour commettre des attentats, tout ça. Alors on a fermé les routes et les portes. On les a enfermés dans des camps. Des prétextes pour ne pas partager la nourriture.

Oui, Avril avait vu tout cela à la télé.

– Mais ceux de la Ville, poursuivit l'adolescent, y'a un truc qui leur faisait beaucoup plus peur que les réfugiés.

– Quoi donc ?

– Ils sont persuadés que tout ce qui nous arrive, c'est à cause des animaux.

– Le virus ? demanda Avril avant de renifler le thé.

– Ouais.

– Et tu y crois, toi ? Tu crois que les animaux sont responsables de ça ?

– Je sais pas, fit l'adolescent en se grattant la joue. Ce qui est sûr, c'est qu'on aura jamais d'enfant. Ni toi. Ni moi.

Avril posa une main sur son ventre. Non, elle le savait, jamais elle ne porterait d'enfant. Elle y avait souvent pensé et elle n'arrivait pas à savoir si c'était un bien ou un mal.

– De toute façon, les animaux, ça m'a toujours foutu la frousse, poursuivit Rafik. Y'a des gens, ici, qui passent leur temps à chercher des rats sur les berges. Il paraît qu'on en trouve encore. Mais moi, tu peux être sûr que si j'en voyais un, je m'approcherais pas.

Avril secoua la tête.

– Pourquoi est-ce que les gens cherchent des rats ?

Rafik haussa les épaules.

– Mais pour en attraper un, cousine ! Ceux de la Ville, ils ont ce truc avec les animaux. On dit qu'ils sont prêts à payer très cher si on leur amène des animaux vivants.

Avril fronça les sourcils.

– Mais pourquoi ? Qu'est-ce qu'ils en font ?

Rafik sourit de toutes ses dents jaunes.

– J'en sais trop rien. Je pense qu'ils les tuent ! Ils ont toujours fait ça. Ils ont abattu les chiens, les chats, les hamsters. Et même les poissons rouges, il paraît. Ils ont brûlé tous les animaux, ici même, sur le Pont ! C'est le Grec qu'a fait le sale boulot. Le Grec, c'était un employé communal. Et c'est devenu une sorte de chasseur de primes. C'est lui qui tuait les animaux.

Avril pensa à ce que le Conteur lui avait raconté à propos des « canicules » des Romains, à ces chiennes rousses qu'on jetait au feu pour apaiser les étoiles.

– C'est à ce moment-là qu'ils ont monté le mur, ajouta Rafik. Pour se protéger de la contamination.

– Et ça a marché ?

Rafik haussa les épaules.

– J'en sais rien. En tout cas, ils ont à manger là-dedans. On dit qu'ils ont pas été touchés par le virus, qu'ils continuent à faire des enfants. Je sais pas si c'est vrai, hein. J'y ai jamais été. C'est ce qu'on dit, quoi.

Avril imagina les gens de la Ville, gras et repus, entourés d'une ribambelle d'enfants. Elle tendit la boîte de conserve à Rafik. Elle n'y avait pas trempé les lèvres.

– Est-ce que tu sais comment on peut passer ?

– Passer où ? En Ville ?! On peut pas rentrer là-bas, cousine. Pas possible.

Avril esquissa un sourire.

– Non. On ne veut pas rentrer dans la Ville. On veut juste passer sur l'autre berge. Mais il nous faut un moyen de traverser le fleuve.

L'adolescent secoua la tête.

– Non. On ne passe pas. Ni le fleuve ni le mur. T'as vu ce qui est arrivé à cette femme aujourd'hui. C'est pas la première à essayer. Ça fout le Grec en rogne. Et tout le Pont aussi. Parce que ça veut dire que demain, faudra qu'on se serre la ceinture. C'est la punition : ils nous donneront pas à manger.

– Mais pourquoi les réfugiés ne se révoltent pas ? Si tout le monde attaquait le mur, ceux de la Ville seraient débordés. Ils seraient obligés de partager.

Rafik se mit à rire.

– Attaquer le mur, hein ? Tu sais, au Pont, on a à manger. Pas beaucoup, d'accord. Mais on a à manger. Ce qui n'est pas le cas ailleurs sur cette planète. Alors, la révolution, rêve pas, tant qu'on a le ventre à peu près plein, c'est pas pour demain.

Avril ne put qu'approuver. En distribuant les miettes de leurs richesses, les gens de la Ville s'assuraient la paix. C'était aussi habile qu'affreux.

– Bon, alors, cousine, j'imagine que t'es pas venue voir Rafik pour causer politique, hein ? Dis-moi, quels numéros tu veux.

– Je ne veux pas de numéros.

– Non ? Alors quoi ? Des couvertures ? Des chaussures ? Dis-moi. Rafik peut trouver tout ce que tu veux, déclara l'adolescent en lui adressant un clin d'œil.

– Je veux passer.

– Passer ?

– Passer de l'autre côté.

Rafik se renversa sur le matelas gonflable.

– Je te l'ai dit, on ne passe pas.

– C'est faux. J'ai vu un bateau qui traversait.

– Non, t'as pas vu ça.

– Si, Kid l'a vu, déclara le gamin. Kid l'a vu le *bato* !

Rafik haussa un sourcil.

– Il parle toujours aussi mal ?

– Écoute, dit Avril en se penchant vers l'adolescent, je sais qu'on peut passer.

L'adolescent se gratta la joue.

– Et puis quoi ? Même si tu pouvais passer, tu sais pas ce qu'il y a de l'autre côté. Tu crois que ceux de la Ville seraient contents de te voir débarquer, hein ? Tu sais, il se raconte de drôles de trucs sur ce qui se passe là-bas.

– Mais on ne veut même pas entrer dans la Ville. Juste passer de l'autre côté. On veut aller vers les montagnes.

– Non. Pas possible, déclara Rafik. Demande-moi ce que tu veux. Une veste, des boucles d'oreilles, un lapin en peluche, un lingot d'or. Mais pas ça.

Avril hocha la tête.

– Bon, c'est dommage. Vraiment dommage.

Elle se leva.

– Allez viens, Kid, on y va. On ne montrera pas à Rafik ce qu'on avait à lui montrer.

L'adolescent la regarda d'un œil narquois.

– Technique classique pour appâter le pigeon, déclara-t-il. Lui faire croire qu'on a quelque chose d'exceptionnel à lui vendre. À lui seul. Et que s'il n'en profite pas maintenant, il n'en profitera jamais. Je connais le truc, c'est moi qui l'ai inventé !

Avril lui jeta un regard méprisant.

– Tu n'as rien inventé du tout, *cousin*. J'ai vraiment un truc *exceptionnel*. Et ce truc, il est là, dans mon chariot.

Rafik se redressa. Avril espéra que Kid ne ferait pas d'esclandre. Tout dépendait maintenant de la réaction du gamin. Elle serra sa petite main dans la sienne pour lui intimer l'ordre de rester tranquille.

– Moi, je vois que des vieux tissus là-dedans, dit l'adolescent.

– C'est bien ce que je dis, répondit Avril. Tu n'es même pas un pigeon, tu es une taupe. Tu ne vois pas plus loin que le bout de ton nez.

– Eh, cousine ! C'est pas très gentil de parler comme ça à Rafik.

– Qui te parle d'être gentil ? Moi, je suis pas venue ici pour boire ton thé infect. Je suis venue proposer un marché.

L'adolescent serra les poings. La lumière bleutée lui donna soudain un air mauvais. Avril inspira, essayant de garder un air parfaitement serein.

– On veut passer. On ne veut pas rentrer dans la Ville. Juste passer sur la berge en face. Mais on veut passer demain.

Elle désigna le chariot.

– Là-dedans, j'ai quelque chose qui intéressera beaucoup les gens de la Ville. Une chose qui pourra se négocier très cher. Une chose qui pourrait même te valoir, à toi, *cousin*, une place *de l'autre côté* du mur.

Rafik se leva, scrutant tour à tour Avril et le paquet de linge sale. Kid ne disait rien mais la jeune fille pouvait sentir la colère qui crispait son poing. Elle espéra qu'il comprendrait la ruse, qu'il ne dirait rien.

– Et qu'est-ce que tu as là-dedans de si précieux ? De la nourriture ? Des armes ? Hein ?

Avril posa une main sur les haillons. Dessous, il y eut un frémissement.

– Un animal.

Les yeux de Rafik s'agrandirent, autant de surprise que d'effroi.

– Un animal ?

La jeune fille hocha la tête.

– *Un animal vivant*.

25.

Avril et Kid revinrent s'installer près du parapet.

Ils sursautaient au moindre bruit, inquiets que Rafik ou le Grec ne viennent leur dérober Sirius. Rafik avait insisté pour voir l'animal mais elle avait refusé de le montrer, espérant ainsi aiguiser la curiosité des passeurs. L'adolescent avait fini par céder. Il avait dit qu'il lui fallait un peu de temps, qu'il devait se renseigner. « Les passeurs sont des gens dangereux, avait-il prévenu. J'espère que tu sais ce que tu fais. » Avril avait haussé les épaules, indifférente. En réalité, elle était terrifiée. Ils avaient décidé de se retrouver le lendemain. Rafik leur avait proposé de dormir dans sa baraque mais Avril avait préféré décliner son invitation. Elle ne se sentait pas en sécurité dans cet espace exigu. S'il fallait fuir, autant dormir à la belle étoile. Elle espérait que personne ne les trouverait dans ce recoin obscur aux limites du Pont. Darius, même s'il suivait leur piste jusqu'ici, aurait bien du mal à les débusquer.

Kid avait l'air d'avoir compris que la proposition qu'Avril avait faite à Rafik n'était qu'une ruse. Il était hors de question de livrer le cochon à qui que ce soit. La jeune fille ne savait pas très bien comment elle ferait une fois de l'autre côté. Il lui faudrait improviser, peut-être se battre, ou fuir dès qu'ils auraient posé le pied à terre. Kid ne semblait pas inquiet, il câlinait le porcelet. L'animal avait englouti d'un seul coup le bout de barre énergétique que le gamin lui avait rapporté. À présent, le cochon se pelotonnait dans le cou de Kid et l'enfant lui murmurait de petites choses.

Le Conteur avait eu raison de les mettre en garde contre cet endroit, pensa Avril. Dans un premier temps, elle avait pensé que le Pont pouvait être un refuge mais il n'avait pas menti. Ici comme ailleurs, les hommes profitaient de la misère des autres. Et même les plus pauvres ne se faisaient aucun cadeau, tous prêts à tromper l'autre pour quelques miettes. En cela, ils étaient pareils à ceux de la Ville.

Avril finit par s'endormir avant le lever du jour. Dans le lointain, les déflagrations des comètes résonnaient comme des coups de tambour, comme si notre monde n'avait pas été autre chose qu'une peau tendue sur laquelle le ciel tout entier serait venu abattre ses poings énormes.

Kid, lui, s'assoupissait tout juste quand quelque chose fila le long du câble d'un hauban, avant de se couler sur le parapet. Deux yeux étincelèrent dans la nuit, pareils à deux diamants. L'enfant se redressa. La chose ne bougeait pas. Il fit quelques pas et il tendit la main.

La chose escalada son bras, son épaule.

Ce n'était pas une chose.

C'était un être vivant.

Un animal.

Un rat.

24.

Ton museau se glisse contre ma joue.
Tes moustaches chatouillent mon cou.
Nous, on se connaît pas.
Pas encore.
Et pourtant, on le sait, on le sent, tu es une étoile.
Une étoile de notre Constellation.

Je renifle ta peau grise.
Tu sens la vase et la terre et le froid.
Tu sens la peur et la faim.
C'est drôle comme on se ressemble, non ?

Sans mots, tu dis : je m'appelle Un.
Je m'appelle Un parce que je suis le premier et le dernier de ma lignée.

Tu dis : je suis venu au monde il y a six ans de cela, dans le secret du talus du fleuve.
Blotti dans l'écrin chaud d'un nid d'osier, ma mère m'a nourri, moi et mes six frères et sœurs.

Tu dis : je te rappelle ce temps-là. Ce temps qui avait le goût des herbes et du lait. L'odeur de la terre chaude et de la peau tiède.
Et je sens dans ma bouche et dans mon nez tous ses parfums.

Un, tu dis : très tôt, j'ai appris la peur des hommes. La mort est leur deuxième nom. Ma mère ne les a jamais appelés que comme ça : « Attention, la mort passe sur la berge » et il fallait alors se terrer, cesser de jouer et de grincer des dents, sans quoi la mort serait venue nous prendre.

Tu dis : j'avais déjà ouvert les yeux quand l'eau du fleuve s'est mise à monter.
Nous avons dû chercher un autre terrier.
Ce jour-là, l'homme nous a pourchassés.
La mort ! La mort ! criait ma mère.
La mort ! La mort ! criaient mes frères.
La mort ! La mort ! criaient mes sœurs.
La mort les a tous pris.
L'homme l'a fait avec dégoût.
Même pas pour manger, non.
Il les a tués entre ses poings.

Tu dis : j'ai entendu leurs os craquer entre les doigts de la mort.
Puis.
La mort les a brûlés.
Ces petites choses.
Jetées dans les flammes.

Tu dis : longtemps je suis resté à contempler la fumée dans le ciel.

Et de ma mère et de mes frères, de mes sœurs, bientôt il n'est plus resté que des os.
Des os minuscules que la mort a foulés du pied.

Je sens Un. Je sens ta peur.
Et la peur de tous les autres.
Parce que tu n'es pas tout seul, même si tu t'appelles Un.
Je le sens. Vous êtes des centaines, à survivre dans les talus près du fleuve. Peuple invisible. Chaque rat le dernier de sa lignée. Plus de naissances. Chaque jour un peu moins nombreux.

Un, tu dis : j'aurais pu partir chercher une autre terre mais j'attendais.
Chaque nuit, je levais mon museau vers la nuit et j'espérais la venue des étoiles.
Je savais que vous viendriez, un jour.
Je ne sais d'où vient cet appel sinon du ventre chaud de la terre.
La terre qui avait autrefois le goût des herbes et du lait.
L'odeur de la terre chaude et de la peau tiède.

Viens, Un.
Viens tout contre ma bouche.
Écoute-moi.

Nous sommes là, Un.
Et nous ne sommes pas seuls.
Sens sur mes mains l'odeur d'Artos, d'Ésope et de Sirius.
Lis le Livre vivant !

Artos est là-bas, sur le chemin.
On ne la voit pas mais on peut la sentir.
Sens, Un, sens.
Tu sens ?
Nous sommes l'ourse. Nous sommes Artos.
Nous marchons derrière le Garçon-mort. Et le Garçon-mort pense qu'il est poursuivi par l'esprit des morts. Il marche, sans s'arrêter. Le Garçon-mort nous cherche, il marche vers ici. Demain il sera là.

Sens, sens encore, Un.
Tu sens ? Ésope est bien plus loin.
Lui aussi, il marche sous les comètes. Nous marchons sous les comètes. L'homme aux histoires marche à côté. Et l'homme aux histoires ne sait pas où il va. Mais Ésope l'a dit : nous nous retrouverons. Bientôt.

Et là, là, regarde, c'est Avril. Elle dort.
Ne fais pas de bruit. Il ne faut pas la réveiller. Elle ne sait pas encore qu'elle aussi est une étoile.
Nous ne sommes qu'Un.
Une Constellation.
Et nous allons à la Montagne.

Un, tu me dis : méfie-toi des hommes.
Méfie-toi de ceux qui poussent les bateaux sur le fleuve.
Méfie-toi de la mort.

Tu me dis : de l'autre côté du fleuve, c'est le royaume des morts.

Tu les as vus.
Tu as senti l'odeur.
L'odeur de la mort.
Tu dis : les frères mangent les frères.
Tu dis : si vous allez là-bas, de l'autre côté, ils vous mangeront. C'est ainsi que ceux de la Ville survivent.
Tu dis : j'ai vu. J'ai vu tous les hommes enfermés dans des cages. Les chaînes à leur cou, à leurs pieds. Ils font aux hommes ce qu'ils faisaient autrefois aux animaux.

Et je lis ton Livre vivant et je lis.
Je vois.
Je vois les hommes qui mangent les hommes.
Et je referme vite le Livre parce que je veux pas lire ça, non.

Tu lèches mon cou.
Tu dis : ensemble, nous mettrons fin au règne des hommes.
Nous ferons trembler la mort.

Oui, je lève la tête et maintenant, je les vois.
Ils sont là, perchés sur le parapet.
Frères et sœurs de la fin du monde.
Des centaines de rats.

23.

Quand Avril se réveilla, le Pont était étincelant de givre. Des cristaux en suspension flottaient dans l'air. Tout semblait figé. Seules les eaux grondantes du fleuve en dessous lui rappelaient que notre monde continuait sa course folle.

Avril réveilla Kid. Le petit ronchonna un peu puis, quand il ouvrit les yeux, il s'agrippa à la jeune fille.

– La Ville mangé les zoms ! Faut pas alé ! Un a dit à Kid. Un a senti. La Ville mangé les zoms !

Avril ne comprit pas ce que Kid voulait lui dire.

Elle tenta de le rassurer comme elle pouvait, le serrant contre elle.

– Ne t'en fais pas, Kid, ce n'était qu'un cauchemar. Un mauvais rêve.

L'état de l'enfant la préoccupait vraiment. Kid était maigre et sale, ses cheveux hirsutes et collés par paquets, sa peau de plus en plus pâle. Sous l'épiderme, on voyait tout du réseau fragile des veines. Ses yeux bleus qui autrefois ressemblaient à deux flaques d'eau claire s'assombrissaient de jour en jour. Il ne savait presque plus parler et, au réveil, il se déplaçait souvent à quatre pattes. Avril était obligée de le sermonner pour qu'il se tienne droit. Est-ce que les mots et la marche pouvaient s'oublier ainsi ? C'était certainement à cause du manque d'eau et de nourriture. Il fallait partir d'ici le plus vite possible.

Le gamin répéta à plusieurs reprises ses phrases incompréhensibles mais voyant qu'Avril ne l'écoutait pas, il se tourna vers le caddie et il se mit à câliner Sirius, allant même jusqu'à lui lécher le visage.

Ils poussèrent le chariot jusqu'à la cabane de Rafik. Elle devait retrouver l'adolescent en milieu de matinée. Elle espérait que l'idée de mettre la main sur un animal vivant aurait appâté les passeurs. Les bâches en plastique étaient lourdes de givre. Elles miroitaient comme du verre. Avril appela mais il n'y eut pas de réponse. Ils durent se résoudre à attendre, transis de froid.

Autour d'eux, le Pont s'éveillait lentement. Des ombres maussades se penchaient au-dessus de flammes maigres, se réchauffant tant bien que mal. Tous savaient qu'il n'y aurait pas de distribution de nourriture à cause de la femme qui avait tenté la veille de passer par-delà le mur. La journée s'annonçait longue. Avril avait peur. Elle savait que si son plan fonctionnait, s'ils parvenaient à monter sur le bateau, il lui faudrait ruser pour sauver Sirius. Les passeurs ou ceux qui voulaient récupérer l'animal ne la laisseraient pas s'enfuir si facilement. Kid ne lui pardonnerait jamais si Sirius était pris. Comment allait-elle faire ? Elle n'en avait aucune idée. Et la peur la tétanisait bien plus que le froid.

Rafik finit par se montrer une heure plus tard, son visage grêlé dissimulé par un passe-montagne rouge.

Il proposa à Avril et Kid de boire un thé.

– Non, déclara la jeune fille. Nous n'avons pas le temps. Alors, est-ce que quelqu'un peut nous faire passer ?

L'adolescent eut un geste vers le caddie.

– Peut-être. Ça dépend. Je veux voir l'animal, d'abord.

– Je le montrerai quand on sera dans le bateau. Pas avant.

– Non, mais tu te rends compte de ce que tu me demandes, hein ? Cet animal, c'est mon ticket d'entrée. Je sais même pas si c'est un hamster, un chat ou… un rat ! Comment tu veux que…

Avril le coupa sèchement :

– J'ai un animal vivant. Point. Et personne n'y touchera avant qu'on soit dans le bateau.

Rafik s'approcha d'Avril.

– T'as intérêt à pas me raconter des salades, cousine. Sinon…

– Sinon quoi ? Cet animal, ils le veulent ou pas ?

L'adolescent leva les yeux au ciel.

– D'accord, d'accord. Mais j'espère qu'il n'y a pas d'embrouilles. Parce que j'ai négocié qu'on passe tous les trois. Et si tu m'as menti, ils nous feront pas de cadeau, de l'autre côté.

– Il n'y a pas d'embrouilles.

– Tu sais ce qu'ils nous feront si…

– Il n'y a pas d'embrouilles, martela Avril. Et elle comprit que Rafik avait aussi peur qu'elle.

L'adolescent se gratta sous le passe-montagne.

– Bon, je t'explique : ce soir, tu sortiras du Pont. Tu iras sur la berge, juste sous le pont. On se retrouvera là-bas. Si la voie est libre, une barque arrivera.

– Ça veut dire quoi « si la voie est libre » ?

– T'en fais pas pour ça. On se retrouve là-bas. On montera dans la barque avec l'animal. Tu verras, il y a un système avec une corde, pour ne pas être emporté par le courant. Le passeur s'occupera de tout, il connaît le fleuve. Une fois de l'autre côté, vous me laissez l'animal. Moi, je rentre dans la Ville. Et vous, vous suivez la berge et vous partez de votre côté.

– Et l'animal, qu'est-ce qu'ils vont en faire, ceux de la Ville ?

Rafik dévoila ses dents jaunes dans une grimace.

– C'est pas ton problème. Tu veux passer, tu passes. Il y a des gens qui veulent l'animal, ils auront l'animal. L'offre et la demande, hein ?

– Ils vont le tuer ? Le manger ?

Kid, penché sur le caddie, se mit à grogner.

– Mais j'en sais rien, moi ! cracha l'adolescent. Je m'en fous !

Avril hocha la tête.

– D'accord, toi tu ne fais que profiter de la misère des gens, pas vrai ?

Rafik serra les poings. Sa voix se fit aussi glaciale que l'air autour d'eux.

– Écoute-moi bien, cousine, dit-il dans un souffle. Ça a toujours été comme ça, hein. Y'a des riches, quelques-uns, et y'a des pauvres, plein. Et les riches profitent des pauvres. C'est normal. On peut rien y faire. C'est pareil depuis le début du monde.

Avril ricana nerveusement.

– C'est bon, tu n'as pas à justifier tes combines.

Rafik cracha à ses pieds.

– Tu penses que je vaux pas mieux que ceux de la Ville, hein ?

La jeune fille détourna le regard mais Rafik se planta devant elle.

– Non, non, cracha Rafik. Tu peux pas me juger comme ça. Tu sais rien de ma vie, Kenza !

Comme Avril ne disait rien, il désigna le mur qui dominait le Pont.

– Tu vois ce mur ? Tu le vois ? Mon père, il était maçon. Ce mur-là, il a participé à sa construction. Mon père, il a bossé comme un chien. Moi, j'étais qu'un gamin. On vivait sur le Pont, déjà, dans cette cabane pourrie. On était des réfugiés. Mon père, il partait tous les matins. Il empilait les parpaings. Et je regardais le mur qui montait, de jour en jour. Et je regardais la Ville qui disparaissait derrière. Et ceux de la Ville, ils nous regardaient disparaître, nous, les réfugiés. Mais je te jure, ils étaient pas différents de nous, ceux de l'autre côté. Sauf qu'ils avaient de quoi manger et des armes. Ils nous avaient promis qu'on pourrait rentrer quand le mur serait fini. Mon père y croyait. Un jour, le mur était déjà haut, il y a eu un tremblement de terre. Mon père est tombé. C'était un accident. Mon père est mort, là, pour ce mur, pour moi, avec l'espoir qu'on serait à l'abri, enfin. Mon père a vécu et il est mort comme un chien. Il est mort et, à part moi, personne l'a remarqué. Le mur a continué à grandir. Et quand il a été fini, quand la Ville a été à l'abri du monde, ils ont fait passer les maçons de l'autre côté. Mais moi, on m'a dit que je n'avais pas le droit d'y aller. Je suis jamais passé de l'autre côté. J'ai survécu comme j'ai pu. Le Grec m'a aidé. Tous les gens d'ici m'ont aidé. Alors t'as pas le droit de nous juger !

Les yeux de Rafik s'emplirent de larmes rageuses.

– Ne crois pas que je les aime, ceux de l'autre côté. Non. Si je veux entrer en Ville, c'est pour survivre. Pour pas finir comme mon père.

Avril baissa la tête. Que pouvait-elle répondre à l'adolescent ?

– Je suis désolée.

– Laisse tomber, lâcha Rafik en essuyant ses yeux. On fait comme on a dit. Tu descends sur la berge, tu attends la barque, et quand le passeur sera là, on traverse, d'accord ?

Avril hocha la tête.

– Et aussi, ajouta l'adolescent, le Grec m'a donné un message pour toi.

– Un message ?

– Ouais. Y'a quelqu'un qui vous cherche.

– Comment ça ?

Rafik haussa les épaules.

– Un gars. Il a dit qu'il cherchait une fille à la peau noire et un gamin. Le Grec a compris qu'il y avait un truc pas net. Alors il a dit qu'il avait vu personne comme ça. Mais le gars est quand même entré sur le Pont.

Avril se mit à trembler.

– À quoi il ressemble ?

– Un type assez jeune. Blond. Défiguré par une brûlure. Le Grec lui a demandé quel était le nom de la fille qu'il cherchait. Il a dit qu'elle s'appelait Avril.

Comme la jeune fille pâlit soudainement, Rafik demanda.

– Avril, c'est toi, hein ?

La jeune fille ne répondit pas.

– Ce type, tu le connais ?

– Darius, souffla Avril. Il s'appelle Darius.

22.

– Il faut que tu nous fasses passer tout de suite, implora la jeune fille. S'il nous trouve, tu peux dire adieu à l'animal.

– Non, non ! Moi je veux rien savoir de vos embrouilles.

– Il faut que l'on parte. Maintenant ! souffla Avril. Darius est fou, complètement fou, il nous tuera tous, l'animal aussi. Darius, c'est une Étoile Noire.

– Une Étoile Noire ? Mais qu'est-ce qu'il fait ici ? Pourquoi il te cherche, hein ?

Avril inspira profondément.

– Parce que j'en étais une, moi aussi. Et que je me suis enfuie.

Rafik jura entre ses dents jaunes.

– Le Grec va pas du tout aimer ça.

Avril réfléchit puis elle ajouta :

– Darius n'est pas tout seul. C'est le chef d'une brigade. Ils doivent être des dizaines, là-bas, à attendre autour du Pont. S'ils savent que je suis là, ils vous attaqueront. Ils nous tueront tous.

Elle avait dit ça pour faire peur à Rafik. En vérité, elle ne savait pas si quelqu'un suivait encore Darius. Le couple qui les avait pourchassés dans la forêt quelques semaines auparavant avait dit : « Les Étoiles Noires, c'est fini. Tout est fini. » Au fil du temps, les Étoiles Noires avaient disparu, comme le reste de notre monde. Les gens avaient fini par comprendre qu'il n'y avait pas de Dieu réclamant vengeance. Que le ciel était vide. Terriblement vide.

Rafik hocha la tête.

– D'accord, d'accord. Vous restez là, hein ? Je vais voir ce qu'on peut faire. Mais en plein jour, c'est trop risqué de passer.

– Si ceux de la Ville veulent vraiment l'animal, ils nous laisseront traverser !

L'adolescent s'engouffra dans le dédale des ruelles.

Avril et le gamin se mirent à l'abri sous la tente de Rafik.

Kid, accroché au caddie, ne cessait de répéter des mots auxquels Avril ne comprenait rien.

– La Ville mangé les zoms ! Faut pas alé ! Un a dit à Kid. Un a senti.

Avril prit l'enfant entre ses bras.

– Ne t'en fais pas, frérot. N'aie pas peur. Tout ira bien. Personne ne nous mangera. Et personne ne fera du mal à Sirius, je te le promets.

Le gamin se calma un peu.

Avril s'agenouilla devant lui.

– Quand on sera de l'autre côté du fleuve, il faudra courir. Tu peux faire ça ?

L'enfant fit oui de la tête.

– Et Sirius, il peut courir aussi ?

– Oui. Sirius sé bien courir.

– Tu vas voir. Quand on sera de l'autre côté, tout ira bien. On trouvera à manger.

Un maigre sourire vint étirer les lèvres du gamin.

– On n'est plus très loin de la Montagne. On va y arriver, Kid, on va y arriver.

À ce moment-là, Avril entendit une voix s'élever quelque part non loin de la baraque.

Sa propre voix qui récitait : « *Mon unique amour a jailli de mon unique haine, je l'ai connu trop tard et vu trop tôt sans le connaître, prodigieux amour auquel je viens de naître qui m'impose d'aimer un ennemi détesté.* »

La jeune fille tressaillit.

Darius.

C'était donc bien réel. Darius était là. Tout proche.

Et il avait avec lui le magnétophone et la cassette qu'elle avait enregistrée pour Madame Mô. Elle se boucha les oreilles pour ne pas entendre sa propre voix. C'était insupportable. Une torture.

Pourquoi donc écoutait-il la cassette, ici, au milieu du Pont ? Malgré ce que le Grec lui avait dit, Darius savait qu'Avril se cachait là.

Et s'il diffusait la cassette, c'est parce qu'il savait qu'elle l'entendrait aussi.

Darius voulait qu'Avril sache qu'il était là, tout proche. Le garçon avait toujours eu le goût de la mise en scène. Quand autrefois il accueillait sa petite cour à la caravane, il prononçait de grands discours enflammés qui vous ôtaient la raison. Et à ceux qui le trouvaient trop radical, il savait démontrer que leur vie, jusqu'à présent, n'avait été qu'un mensonge orchestré par les adultes, un mauvais trompe-l'œil destiné à masquer la vérité.

Avril se souvint d'un gamin qui avait rejoint leur groupe un après-midi. C'était un adolescent obèse, couvert d'acné, qui ne cessait de tripoter son visage. Quand Darius avait déclaré que Dieu exigeait que l'homme disparaisse de la terre, le gamin avait levé le doigt : « Est-ce que nos parents vont mourir aussi ? Non, parce que mes parents, ils sont sympas avec moi. » C'était une question naïve qui avait mis Darius dans une colère terrible. Il avait roué de coups l'adolescent. Personne n'avait fait un geste pour l'arrêter. Personne n'avait bronché non plus quand il avait passé une corde autour du cou du gamin et qu'il avait attaché cette corde à la branche basse d'un érable. L'adolescent obèse pleurnichait, lamentable. Il se voyait déjà pendu. Darius, la corde dans la main, s'était approché du groupe et avait déclaré : « On n'accède pas à la vérité du fond de son canapé, non. Il faut se lever, s'arracher à la pesanteur, et déchirer le voile pour voir, enfin ! Si vous n'avez pas ce courage-là, si vous n'avez pas cette force-là, alors vous n'avez rien à faire ici. Ici avec moi. Ici sur cette terre ! Vous n'êtes pas dignes d'entendre Sa parole et d'accomplir Sa mission. Alors c'est à vous de décider à présent. Voulez-vous rester endormis ou voulez-vous être les élus de Dieu ? » Et il avait attendu la réponse de chacun.

Qui était prêt à voir ce gamin mourir ? Qui avait ce courage-là ? Tous s'étaient regardés, personne n'osant faire le premier pas.

Cela avait duré une éternité.

Tous ces adolescents, réunis là à l'écart du village, ils avaient la vie de ce gamin entre leurs mains et le gamin n'en finissait pas de pleurer et de renifler. Quelqu'un avait craché : « Mais qu'il arrête de brailler ! » Ça avait été comme un signal. Tous avaient relevé la tête et ils avaient regardé le garçon d'un air mauvais. « Ouais, la ferme ! » Le gamin n'était plus la victime de Darius. Il était coupable de sa propre bêtise, de sa peur. La morve et les larmes qui coulaient sur ses joues devinrent les preuves évidentes que Darius avait raison. Une vague de haine avait parcouru le groupe. Il fallait en finir. Il fallait qu'il meure.

Alors une voix avait dit tout haut : « Je veux être une élue. »

Cette voix, c'était celle d'Avril.

Et les autres s'étaient joints à elle. « Oui, moi aussi ! Je veux être un élu ! » « Moi aussi ! » L'adolescent obèse avait fondu en larmes et une large tache sombre était venue s'étaler sur son pantalon. Darius avait hoché la tête avec un petit sourire. Il avait regardé la corde entre ses mains et il l'avait jetée aux pieds du garçon. Le groupe l'avait regardé allumer une cigarette, assis sur le marchepied de la caravane.

C'était affreux d'y repenser mais Avril avait été *déçue*. Tout le groupe avait été déçu qu'il ne pende pas le gamin. C'était comme avoir hésité longtemps à sauter d'une falaise, avoir bataillé pour vaincre sa peur et ses doutes avant de s'élancer dans le vide… pour finalement toucher le sol trente centimètres plus bas. Ils avaient l'impression d'avoir été privés d'un grand frisson, d'une impression de vertige, de l'illusion de pouvoir voler, enfin, débarrassés de toutes leurs angoisses. Ils s'étaient regardés, les uns les autres, et ils n'avaient vu que des copies du garçon obèse et boutonneux. Une bande d'adolescents perdus, mal dans leur peau et terrifiés par l'avenir.

Darius avait haussé les épaules, goguenard : « Ben quoi ? Ce gamin, vous vouliez pas que je le pende *réellement* ? » Tout cela n'avait été qu'une mise en scène. Une façon de leur prouver que sans lui, ils n'étaient rien. Une manière de tester jusqu'où ils étaient prêts à aller. Darius avait pu constater cet après-midi-là qu'ils pouvaient aller très loin.

Avril fut persuadée que Darius diffusait la cassette dans le seul but de la provoquer. Qu'espérait-il ? Qu'elle se montre ? Qu'elle le rejoigne ? C'était absurde.

Et pourtant.

La voix d'Avril se fit plus distante.

Et pourtant, Avril eut envie de le voir. Parce que ce visage, c'était tout ce qui restait du temps d'avant, quand elle était encore une adolescente, qu'elle vivait au Village et que Pa et Ma étaient encore là.

C'était complètement absurde.

Envie de le voir, *juste une dernière fois*.

Une dernière fois avant la Montagne.

Le son s'éloigna un peu plus.

Avril se pencha vers l'enfant :

– Kid, reste là avec Sirius. Ne bouge pas, d'accord ? Je reviens.

– Où elle va Avril ?

– Je reviens.

Elle se faufila sous les bâches. Elle suivit le son, le cœur battant, sursautant à chaque personne croisée dans le dédale des baraques.

Et puis, au détour d'une ruelle, elle le vit.

Darius.

Il marchait lentement, le magnétophone entre les mains, promenant sur le Pont un regard lointain. Ses cheveux blonds et sales tombaient en paquets sur ses épaules. Ses vêtements noirs étaient déchirés, maculés de boue. Et son visage était affreux.

Même ainsi défiguré, il était beau.

Une beauté maladive, vénéneuse, à l'image de son esprit, Avril le savait. Et pourtant elle était là, tapie derrière une plaque de tôle, à l'angle de cette ruelle, à épier celui qu'elle avait fui cinq ans auparavant.

Un attroupement s'était formé autour de Darius. Des badauds qui regardaient le magnétophone avec un air ébahi.

Le jeune homme baissa le volume et prit la parole. Sa voix était claire et forte, teintée d'un brin de mélancolie.

– Je m'appelle Darius. La voix que vous entendez, c'est celle d'une jeune fille. Une jeune fille à qui je tiens beaucoup. Énormément. Tous les deux, nous avons survécu à la guerre, aux milices, aux bombardements, à la faim. Comme vous, nous avons connu la perte et la peine. Comme vous, nous avons marché sur les routes et les chemins. Comme vous, nous avons traversé des déserts, des montagnes et des fleuves. Comme vous, nous avons plusieurs fois pensé que c'était notre dernière heure, notre dernier repas. Mais jamais, jamais nous n'avons renoncé !

Darius fit une pause.

– Non, nous n'avons jamais renoncé, poursuivit le jeune homme blond. Car ce qui nous a fait tenir, c'est l'amour !

Avril en eut le souffle coupé. Elle se mordit les lèvres, pour s'empêcher de hurler.

Darius tourna sur lui-même, regardant la foule massée tout autour.

– Je sais que vous avez eu votre part de peine. Nous partageons tous cela. En cela, nous sommes semblables. Mais si vous avez connu l'amour, alors vous savez qu'il n'y a pas de douleur plus vive que celle d'être séparé de celui ou de celle que l'on chérit.

Des badauds hochèrent la tête pour approuver.

– Mon cœur saigne. Mon cœur saigne depuis des années, depuis que nous avons été séparés, elle et moi. Aujourd'hui, je viens à vous avec l'espoir, le mince espoir, que vous aurez vu cette jeune fille dont vous entendez la voix.

– Comment elle s'appelle, ta fiancée ? demanda un homme dans le public.

Darius sourit.

– Elle s'appelle Avril.

Les gens se regardèrent, fouillant dans leurs souvenirs.

– Mais elle peut avoir changé de nom. Ce que je peux vous dire, c'est qu'elle a la peau noire.

Il y eut un brouhaha. Chacun pensait avoir vu une fille correspondant à la description qu'avait fait Darius. Mais Avril avait bien pris soin de se dissimuler sous des couches de haillons et son visage était masqué par le voile de tissu gris. Elle n'était pratiquement pas sortie de la ruelle près du parapet. Personne ne pouvait l'avoir vue. C'était impossible.

– Et, ajouta Darius, détail important : elle voyage avec un enfant blanc. Un enfant très jeune. Il n'y en a plus beaucoup, n'est-ce pas ?

– Oui, ça c'est vrai, approuva quelqu'un.

Avril aurait dû rebrousser chemin, aller retrouver Kid. Mais elle ne parvenait pas à détacher ses yeux de la silhouette de Darius, comme hypnotisée.

Une voix se fit entendre au-dessus de la foule.

– Moi, je l'ai vue, ton amoureuse avec son gamin ! Elle a le numéro 122, elle a voulu me passer devant à la distribution !

La foule laissa échapper un soupir de satisfaction.

Darius s'approcha de la femme aux mains tordues qui, il y a deux jours, sur la place, avait écarté Avril sans ménagement.

– Et sais-tu où elle est ?

– Faut voir, répondit la femme en se grattant la tête.

– Allez, dis-lui ! lança quelqu'un.

Les gens retenaient leur souffle.

La femme, mal à l'aise, se dandinait.

Darius sortit son coupon de nourriture et le lui glissa entre les doigts.

– Tiens, toi tu as faim. Et moi, j'ai plus besoin d'amour que de soupe.

La femme sourit.

– Ton amoureuse, je crois bien l'avoir vue traîner avec son gosse du côté de chez Rafik.

La foule, dans un même mouvement, se tourna vers la ruelle où se tenait Avril quelques secondes auparavant. Mais elle n'en vit rien, car elle s'était mise à courir.

21.

Avril se précipita dans la cabane.

– Kid ! Il faut partir ! Maintenant !

Personne ne lui répondit.

– Kid ?

Avec horreur, elle vit que la baraque était vide. Plus aucune trace du gamin et du caddie.

Elle s'empêtra dans les bâches en plastique, ressortit, le souffle court.

Dans le lacis des ruelles, elle pouvait entendre la foule menée par Darius. Tous ces gens crédules qui pensaient faire le bien et qui étaient maintenant sur ses traces.

Elle se faufila jusqu'à l'entrée du Pont, tirant son voile plus haut sur son visage, comme si elle espérait devenir invisible. Elle n'osait pas appeler Kid à haute voix, de peur de se faire repérer, même si les habitants de cette zone n'avaient pas entendu le conte à dormir debout de Darius. Les gens vaquaient à leurs occupations, consolider une toiture, allumer un feu, repriser une veste, sans lui prêter aucune attention. Mais, tout à sa frayeur, il semblait à Avril qu'on l'épiait, qu'on se retournait sur son passage.

Elle passa la tête dans plusieurs cabanes, espérant que Kid serait simplement parti vagabonder. Mais à chaque fois, elle ne trouvait là que des ombres, vieillards alités, yeux hagards, corps recroquevillés dans le sommeil ou la mort.

Comme elle approchait du bout du Pont, une main l'arrêta. Elle se retint de hurler.

– Là ! Là ! L'enfant ! lui dit une jeune fille au visage famélique.

Ce n'est qu'en voyant ses mâchoires privées de dents qu'Avril la reconnut. C'était la mendiante qui les avait accostés quand ils étaient arrivés ici. Celle à qui elle avait offert un morceau de tissu.

– Là ! insista-t-elle en désignant quelque chose dans l'air.

Avril se retourna.

Kid se tenait là-haut, dans les haubans du pont, en équilibre sur les câbles métalliques, à plusieurs mètres du sol. Il se tenait d'une main, et de l'autre, il pressait Sirius contre sa poitrine.

– Kid !

Mais le gamin ne l'entendit pas. Ou alors il ne voulut pas l'entendre. Des paillettes de givre dansaient autour de lui. Il regardait fixement le mur, à l'autre bout du pont, comme s'il voulait défier la Ville tout entière.

– Kid, descends de là !

Rafik fit son apparition, essoufflé.

– Je t'ai cherchée partout. Pourquoi t'as filé ? La barque est là, on a convaincu le passeur. Faut se dépêcher. Mais qu'est-ce que…

L'adolescent leva lui aussi la tête vers Kid.

– Mais… mais c'est un *cochon* ?

Avril se rapprocha du parapet.

Des gens se massèrent sous les haubans.

– C'est quoi là-haut ?

– C'est un gamin.

– Il est jeune, dis donc !

– Ouais, un petit gamin.

– Regardez, il a un truc entre les bras.

– C'est… c'est un animal ?

– C'est un cochon !

– Un cochon, un cochon *vivant* !

Avril ne savait que faire. Est-ce qu'il fallait qu'elle monte là-haut pour aller chercher Kid ?

Rafik secoua les épaules de la jeune fille.

– C'est quoi cette histoire ?! La barque nous attend ! Faut y aller !

– Eh regardez, s'exclama quelqu'un. Il y a une autre bête ! Sur l'épaule du gamin !

– Oui, je le vois !

– Mais… mais c'est un rat ! Un rat !

Soudain, là-haut, Kid se mit à crier.

Mais ce n'était pas un cri humain.

On aurait dit une plainte animale.

Un long gémissement très aigu qui figea tous ceux qui se trouvaient là.

Et comme en écho à cette plainte, il y eut des cris sur le Pont.

Cela venait de l'entrée, près de la berge.

Le Grec apparut dans la ruelle, les yeux fous.

– Des rats ! Des dizaines de rats !

20.

Je suis Un.
Et je suis tous les rats.
Et j'entends. J'entends leur chant.
Leur chant terrible.
Leur chant de guerre.

Ça fait :
Nous sommes les rats.
Les premiers et les derniers.
Les habitants du fleuve.
Vous nous avez chassés, exterminés.
Mort ! Mort ! Mort !

Vous avez tué nos frères et nos sœurs.
Nous n'avons jamais protesté. Nous n'avons jamais rendu les coups.
Car la vengeance n'est pas de notre monde.
Et la terre, la terre ne cessait de nous dire : Vis ! Vis ! Vis !
Et votre chanson disait : Mort ! Mort ! Mort !

Les rats chantent :
Aujourd'hui est le jour.
Nous n'avons vécu que pour ce jour-là.
Nous sortons de nos tanières. Nous montons à l'assaut du talus. Et voici le pont où les hommes grouillent, aussi misérables que nous. Les premiers et les derniers.
Mort ! Mort ! Mort !

Nous sommes des centaines.
Les premiers et les derniers.
Et nous nous glissons entre les pieds des hommes.
Et les hommes hurlent de terreur.
Ils courent, trébuchent, tombent.
Certains d'entre nous sont écrasés par leurs pieds immenses.
Mort ! Mort ! Mort !

Les rats chantent :
Un. Nous avons entendu ton appel.
Nous sommes là.
Et nous courons sur le Pont.
Nos pattes crissent sur le bitume.
Nos pattes s'agrippent aux parpaings.
Aujourd'hui, nous partons à l'assaut de la Ville !
Mort ! Mort ! Mort !

Et je voudrais les arrêter.
Parce qu'il y a assez de choses mortes.
Mais je sais que je pourrai pas.
Parce que maintenant les paroles de leur chanson, c'est juste :
Mort ! Mort ! Mort !

19.

Ce fut une panique totale.

Les gens hurlaient, couraient, chutaient sur les baraques de fortune et les baraques elles-mêmes s'effondraient dans un grand fracas. Tout le monde refluait devant les rats venus de la berge. Le Grec écarta les gens sans ménagement, le regard fou. Tous se précipitaient à l'autre bout, vers le mur. Avril aperçut la silhouette maigre de Darius. Il bataillait contre la marée humaine mais c'était impossible de se frayer un passage. Il fut rapidement emporté par le flot furieux de la foule.

Kid descendit des haubans. Sirius contre lui, et le rat sur son épaule.

Tous ceux qui étaient là s'écartèrent pour le laisser passer.

Ses yeux étaient sombres et étincelants, pareils à une nuit traversée par la queue des comètes.

Le gamin lança à Avril :

– Maintenant. Partir.

Rafik secoua la tête.

– Mais qu'est-ce qu'il se passe ici ? C'est qui ce gamin ?

Le gros rat gris sur l'épaule de Kid montra les dents.

L'enfant s'approcha de l'adolescent et il tendit la main vers le mur qui barrait l'extrémité du Pont.

– Le mur. Casser. Rafik casser mur. Avec rats.

Rafik regarda fixement le gamin puis il hocha la tête.

– Oui, Kid a raison. Le mur. C'est le moment de faire tomber le mur !

– Quoi ? s'exclama Avril. Tu ne viens plus avec nous ?

Rafik se tourna vers les ombres qui tremblaient autour d'eux.

– Regardez ! Les rats attaquent la Ville, hein ? Il faut en profiter ! Faire comme eux ! Faire tomber le mur !

– Mais Rafik, la barque !

L'adolescent secoua la tête.

– Allez-y. Partez.

– Tu es sûr ?

– Partez ! cracha Rafik.

Avril prit l'adolescent entre ses bras et elle lui souffla à l'oreille :

– Bonne chance.

Puis elle entraîna le gamin à sa suite. Ils fendirent la foule en direction de la berge, malmenés comme s'ils remontaient un fleuve à contre-courant. Ils se débattirent, donnèrent des coups de coude, plantèrent leurs dents dans des bras et des épaules. Ceux qui apercevaient le rat et le porcelet se mettaient à hurler de frayeur. Entre leurs pieds, ils pouvaient sentir les rats qui grouillaient. Derrière eux, les rongeurs se lançaient à l'assaut du mur, plantant leurs griffes dans les parpaings, s'élevant vers le ciel en une sombre nuée. Quelques instants plus tard, des hommes et des femmes entreprirent de bâtir des échelles de fortune pour suivre la route des rats. Ils attaquaient le mur.

Enfin, Avril et Kid purent s'extraire du Pont. Ils reprirent leur souffle puis dévalèrent le talus qui menait à la berge.

La barque était bien là, posée sur les flots boueux. Un homme maigre et barbu, habillé d'un manteau grisâtre, se tenait à son bord, une longue perche entre les mains. Pour aider à la traversée, une corde était tendue entre les piles du pont, jusqu'à l'autre rive. L'homme regardait vers l'édifice au-dessus, les sourcils froncés. Avril et Kid s'enfoncèrent jusqu'aux mollets dans l'eau épaisse et nauséabonde.

– Nous voilà. On y va !

L'homme recula quand il vit le rat sur l'épaule de l'enfant et le cochon entre ses bras.

– Hé, mais qu'est-ce qu'il se passe ici ?

– Faites-nous traverser ! hurla Avril. Maintenant !

L'homme secoua la tête.

– Non, non. On m'a dit que je devais emmener une fille, un garçon, un gamin et un paquet. Pas ça, dit-il en montrant les animaux.

Avril agrippa la barque mais l'homme la repoussa à l'aide de sa perche.

– Pas question que tu montes à bord !

Kid lâcha le cochon dans l'eau et, d'un bond, il sauta dans l'embarcation.

– Hé, mais qu'est-ce que tu fais, gamin ?!

Le rat dégringola de l'épaule de l'enfant et se mit à courir dans le fond de la barque.

Le passeur poussa un cri de frayeur. Il tenta de donner un coup de perche à l'animal mais le rat était plus rapide. L'homme fit un brusque pas de côté, la perche lui échappa des mains et son corps bascula dans l'eau.

Avril en profita pour grimper.

– Kid, attrape Sirius !

Elle se saisit de la perche et poussa l'embarcation vers le lit du fleuve.

L'homme essaya de retenir la barque. Il s'agrippait des deux mains au plat-bord, jurant et pestant entre ses dents.

– Vous allez me payer ça !

Le gros rat gris se dressa sur ses pattes arrière. Ses dents se plantèrent profondément dans les doigts de l'homme, laissant la marque profonde et sanglante de ses incisives jaunes. Le passeur poussa un cri et retomba dans l'eau épaisse.

Kid avait remonté le porcelet à bord. Avril enfonça la perche dans la vase et s'arc-bouta pour pousser la barque vers les flots.

L'embarcation prit de la vitesse et, emportée par le courant, se mit à dériver dangereusement.

– Kid ! Attrape la corde !

L'enfant se jeta sur la corde de traction qui filait de pile en pile sous le pont, seul moyen pour ne pas être emporté par les flots.

– Avril ! Kid peut pas. Lo lé trop fort !

La jeune fille jura et vint rejoindre l'enfant. Elle agrippa la corde d'une main et poussa de l'autre sur la perche.

Le passeur les maudissait depuis la berge mais ses paroles furent emportées par le grondement du fleuve.

Au bout d'un moment, la perche ne rencontra plus que du vide. Le lit était profond à cet endroit.

– Tiens bon, on va y arriver, hurla Avril.

La barque était secouée en tous sens par les flots rougeâtres. Les courants invisibles, pareils aux mains puissantes d'un énorme géant, cherchaient à écarteler l'embarcation. Les planches craquaient et gémissaient, comme si elles allaient rompre d'un moment à l'autre, malmenées par la violence de l'eau épaisse. À plusieurs reprises, Avril et Kid furent sur le point de lâcher la corde de traction. Le givre leur entaillait les doigts. Avril pouvait sentir les muscles de ses bras hurler sous sa peau. Le cochon était tapi au fond de la barque. Il roulait des yeux fous. Le rat se tenait dressé à la proue, toute son attention dirigée vers la berge de l'autre côté.

Ils tirèrent, encore et encore. La berge se rapprochait, devant.

Avril risqua un œil au-dessus d'elle, vers le Pont. Là-haut, penchées au-dessus du parapet, des silhouettes s'agitaient. Certaines tenaient des torches enflammées, désignaient la Ville. L'une d'elles, pourtant, se tenait droite, immobile, comme insensible à la folie qui s'était emparée du Pont.

Darius.

Les mains agrippées aux haubans, il observait la lente progression du bateau. Ses longs cheveux blonds flottaient dans le vide. Par-dessus le rugissement des flots, il sembla à Avril entendre sa voix, sa propre voix, qui contait l'histoire tragique de ces deux amoureux enfin réunis dans la mort. Mais, bien entendu, c'était impossible. C'était la fatigue, ce ne pouvait être que la fatigue.

Au bout du Pont, là où le mur barrait l'accès à la Ville, Avril vit des silhouettes lancées à l'assaut de la muraille. Ceux du Pont escaladaient le mur. Comme des rats. Et personne, là-haut, ne semblait être présent pour les retenir.

Ils peinèrent encore sur la corde. Ils n'avaient pas la force et la connaissance du passeur. Mais contrairement à lui, ils avaient l'espoir de partir loin, très loin d'ici.

Enfin, la berge fut proche. Avril s'empara de la perche et la plongea dans l'eau. Elle fut soulagée quand elle sentit la vase en dessous.

– C'est bon, Kid. Encore un effort, on y est presque !

Le courant se fit peu à peu moins violent.

Le mur, immense, s'élevait devant eux, au-dessus du talus et on pouvait voir au-delà la fumée d'un incendie qui se dévidait en un lourd panache noir.

Et tandis qu'ils se rapprochaient, la porte, la grande porte de métal qui perçait la muraille, s'ouvrit lourdement. Des hommes et des femmes surgirent sur la berge, hurlants, terrorisés, poursuivis par une horde de rats et par une foule entière, armée de torches et de bâtons. Elle vit la cagoule rouge de Rafik parmi eux. Ceux de la Ville fuyaient, pourchassés par les rats et les réfugiés du Pont. Certains tentèrent de s'élancer le long de la berge mais ils furent bien vite rattrapés par la foule. D'autres se jetèrent à l'eau et furent immédiatement emportés par le courant. Puis quelqu'un montra la corde tendue d'une rive à l'autre et ils furent des dizaines à s'y agripper. La barque se mit à tanguer dangereusement.

– Tiens bon, Kid ! Ne lâche pas !

D'autres hommes encore passèrent la porte. Entièrement nus, portant des chaînes aux mains et aux pieds, ils se jetèrent sur les fuyards en poussant des cris de bêtes enragées. C'était un chaos affreux. Avril comprit alors ce que Kid lui avait dit : « *La Ville mangé les zoms !* » et elle sut que ceux qui étaient nus étaient des réfugiés qui avaient payé leur passage en pensant rejoindre un paradis. Mais qui n'avaient trouvé que l'enfer. Le passeur avait menti. Tout ça n'était qu'un énorme mensonge. Les hommes de la Ville se moquaient bien du porcelet. Non, c'était eux, Avril, Kid et Rafik, que les hommes de la Ville avaient achetés. Et, sans les rats, ils seraient peut-être à cette heure enfermés dans une cage d'acier.

Elle regarda tout cela avec horreur.

La bataille, le feu, la mort.

Et les rats étaient partout autour des hommes.

Et les hommes étaient pareils à des rats.

Ç'en était fini de la Ville.

Et c'était peut-être une bonne chose.

Sur la berge, ceux de la Ville s'agrippaient maintenant par dizaines à la corde, avançant au-dessus de l'eau à la force de leurs bras. Avril ne savait que faire. Elle tira son couteau et le bloqua dans sa main qui tenait la perche. Devait-elle couper la corde ? Laisser le fleuve emporter la barque ? Elle aurait voulu que tous ces gens lâchent la corde, tendue comme celle d'un arc, prête à rompre. Mais ça aurait été les envoyer à la mort dans les flots rageurs. Et dans le même temps elle hésitait à avancer. Elle le savait, les hommes rendus fous par la peur sont prêts à tout.

Elle prit la décision de pousser la barque quand elle aperçut Darius qui s'avançait lentement sur la berge. Un sourire tailladait sa bouche. Le jeune homme s'enfonça dans l'eau boueuse jusqu'aux mollets, à quelques dizaines de mètres à peine d'Avril. Il appela, les mains en porte-voix :

– Avril ! Je suis là pour toi ! Reviens !

La jeune fille secoua la tête. Elle eut envie de se boucher les oreilles.

– Avril ! cria encore Darius qui bataillait contre les flots, Avril, je n'ai pas menti ! Je t'aime !

Avril tressaillit.

Il était là, lui, Darius, les pieds plantés dans la boue rougie du fleuve, au milieu de toute cette boucherie, de ce chaos, blême, maigre, les vêtements en lambeaux, le visage éclaboussé de sang et il hurlait qu'il l'aimait ? Ça n'avait pas de sens. Il était complètement fou.

Et pourtant.

Et pourtant...

Avril fut frappée au cœur. Elle se mit à douter.

Les mots de Darius comme un poison.

L'amour comme un poison.

Le jeune homme, là-bas, tendait sa main vers elle.

Elle baissa les yeux.

Croisa le regard de Sirius. Les deux perles noires de ses yeux.

Et elle regarda Kid qui peinait sur la corde.

Cet enfant qu'elle avait sauvé de la folie de Darius.

Elle se rappela des mots du jeune homme alors qu'elle tenait le bébé dans ses bras, cinq ans auparavant :

– La pesanteur, Avril. Il faut s'arracher à la pesanteur. Comme les oiseaux.

Et elle savait parfaitement ce qu'il avait fait, ce soir-là, ce soir terrible. Et ce qu'il attendait qu'elle fasse. Il voulait qu'elle tue le bébé.

Alors Avril releva la tête vers Darius. Elle le regarda sans tendresse.

Et, d'un coup, elle lâcha la corde.

Kid seul ne put la retenir.

La barque fut giflée par le courant.

Ils basculèrent tous les deux au fond de l'embarcation.

Le couteau vola dans les airs et disparut dans le fleuve.

La tête d'Avril heurta le plat-bord avec un craquement affreux.

Et la barque fut emportée par les flots.

18.

Tout était calme et tranquille.

Kid sentit quelque chose d'humide passer dans son cou.

Ça n'était pas désagréable mais ça le chatouillait un peu.

Il aurait tant aimé pouvoir dormir encore et poursuivre son rêve.

Mais il y avait cette chose dans son cou.

Cette chose humide et collante.

Kid grommela et tourna la tête.

Dans son rêve, tout était calme et tranquille. Il se tenait tout en haut d'un arbre immense. L'ascension lui avait pris des jours et des jours. Il était épuisé mais heureux. L'arbre était vraiment très haut, si haut que des étoiles, régulièrement, venaient s'accrocher à sa chevelure. Elles restaient là, piquées dans la ramure, et elles palpitaient joyeusement, répandant autour d'elles de la poudre d'or. C'était magnifique. Kid avait avancé sa main, espérant capturer un peu de cette beauté, mais sitôt que ses doigts avaient touché la lumière, l'étoile était tombée en poussière. Une poussière terne et grise dénuée de toute magie. Kid avait alors compris que la beauté ne pouvait se départir de la liberté. Ce que l'on possède finit par perdre tout éclat. Comme si la liberté était l'essence même de la beauté. Il avait donc repris son ascension. Il ne restait plus que quelques mètres jusqu'à la cime. À peine quelques mètres, ce n'était rien par rapport à tout le chemin qu'il avait fait. Étonnamment, cette distance fut la plus dure à franchir. Comme si ses muscles pesaient à présent des tonnes. Chaque geste lui arrachait un cri. Enfin, il arriva à la cime. Là-haut, il découvrit un nid. Un nid immense, très doux, qui semblait être fait de cheveux tressés. Au centre du nid reposait un œuf énorme. Kid s'approcha, très doucement. À la faveur de la lumière des étoiles, il vit que sous la coquille de couleur crème se dessinait en ombres chinoises tout un sombre écheveau de veines. En regardant bien, on pouvait même deviner un petit cœur. Un petit cœur qui palpitait. Une vie. Une vie à naître. Voilà donc, pensa Kid, voilà donc le feu qui a été repris au monde. Voilà cette chose perdue dont la disparition a rendu fous les hommes. Il s'assit sur le bord du nid et il passa ses bras autour de l'œuf. C'était chaud et doux.

Cette chose humide dans son cou l'éloigna de l'arbre, du nid.

Kid grogna un peu, se tourna à nouveau.

L'oreille contre la coquille, il pouvait entendre les battements du cœur.

De plus en plus forts. Un petit tambour de vie.

Quelque chose bougea dans l'œuf. Il entendit le bruit des vagues de cette mer intérieure lécher la coquille.

C'était humide. Un peu collant.

C'était dans son cou et ça chatouillait.

Qu'est-ce que ça chatouillait !

Alors l'arbre, le nid, l'œuf et les étoiles s'éloignèrent subitement et le rire monta dans sa gorge.

Kid se débattit en riant et il finit par ouvrir les yeux.

Sirius était au-dessus de lui, dans la barque, et lui donnait des coups de langue.

– Sirius, l'arrête ! L'arrête !

Le gamin écarta le cochon qui grognait joyeusement et il se redressa.

La barque était coincée dans un entrelacs de troncs morts, loin des courants du fleuve. À quelques kilomètres se dressaient les imposantes cheminées blanches du réacteur. Mais Kid les remarqua à peine. Il se jeta sur le corps inanimé de la jeune fille qui reposait au fond de l'embarcation. Un s'écarta avec un couinement pour le laisser passer.

– Avril ! cria le gamin. Avril va bien ?!

Il se pencha au-dessus d'elle, caressa ses cheveux sales.

Quand il retira sa main, du sang maculait ses doigts.

Il s'en souvenait à présent. Avril était tombée à la renverse quand elle avait lâché la corde, sous le pont. Sa tête avait heurté le plat-bord.

Lui aussi avait roulé dans l'embarcation.

La barque avait été emportée dans le courant, secouée par les grosses mains du fleuve.

Kid s'était précipité vers Avril.

Il avait essayé de la réveiller mais ça avait été impossible.

Alors il avait tiré son corps sous le banc de nage et ils s'étaient tous blottis près d'elle, Kid, Un et Sirius, se cramponnant les uns aux autres pour s'abriter des flots qui secouaient l'embarcation.

Tremblants, ils n'avaient pas regardé la Ville et Darius s'éloigner derrière eux. Ils n'avaient rien vu non plus du fleuve sur lequel la barque filait comme une comète folle, ni du pont crevé qu'ils avaient tenté de traverser quelques jours plus tôt. Recroquevillés, ils se regardaient, tête contre museaux, les yeux exorbités, en ne cessant de se murmurer de petites choses dans la langue des bêtes, pour se rassurer.

Ils furent douchés par des paquets d'eau rougeâtre qui passaient par-dessus bord. Le fleuve avait pris la barque dans sa gueule et tentait de la broyer. Les planches grinçaient, gémissaient, hurlaient mais ne voulaient pas céder. Cela avait duré de longues minutes. Une éternité. Alors le fleuve, comme s'il avait compris que malgré sa force, il ne pourrait briser cette insignifiante coquille de noix, décida de s'en débarrasser. La barque quitta les flots et, l'espace d'un instant, elle plana comme un oiseau. Tout devint étrangement silencieux, comme avant un orage. À l'intérieur, sous le banc de nage, ils s'agrippèrent, les uns aux autres, terrifiés, certains que la mort allait venir.

La barque retomba avec un choc terrible.

Kid perdit connaissance.

Et puis ce fut le silence.

Et le rêve.

Et la langue de Sirius dans le cou de Kid.

– Avril ? Avril ? appela encore Kid en caressant la joue de la jeune fille.

Mais Avril ne répondait pas.

Ses joues étaient extrêmement pâles. La blessure à l'arrière de son crâne paraissait sérieuse. Il fallait la soigner au plus vite.

Kid se redressa en gémissant, regarda autour de lui. La barque avait été projetée contre la berge. Elle avait atterri sur la rive du côté de la Montagne. Le fleuve filait, à présent un peu plus tranquille, vers le sud.

L'enfant et les deux animaux humèrent l'air, tête et museaux dressés. Au-dessus du talus envahi d'herbes fauves s'étendait un bois touffu. Ça sentait le froid, la vase, l'herbe sèche et la pluie à venir. Il n'y avait aucun signe de danger. La Ville était loin à présent. Kid savait que le Garçon-mort n'abandonnerait pas. Il était à leur poursuite mais il lui faudrait au moins une journée entière pour arriver jusqu'ici.

Kid ferma les yeux. Il se concentra sur Ésope. La présence de l'âne était encore lointaine. Il avançait lentement. Il était là-bas, au-delà de ces deux étranges cheminées blanches qui trouaient l'horizon. Artos, elle, avait été contrainte de faire demi-tour après avoir suivi le Garçon-mort jusqu'au Pont. L'enfant sentit l'odeur de l'ourse qui cheminait de l'autre côté du fleuve.

Sirius et Un levèrent des yeux interrogateurs vers Kid.

Dans leur langue, il leur dit de rester auprès d'Avril et de veiller sur elle.

Le gamin sauta hors de la barque. Il remonta le talus et s'engagea dans les bois. Il espérait trouver des racines que le Conteur avait utilisées pour le soigner autrefois. Des perles de verre éclaboussaient le sous-bois de leur éclat. Kid s'agenouilla. Il fit rouler ces perles entre ses mains et se demanda d'où elles pouvaient provenir. Il renifla la terre. Mais tout semblait étrangement figé. Il n'y avait d'autre odeur que celle de l'herbe fanée. Comme s'il n'y avait ici plus aucune vie. Le gamin se redressa. Il passa la main sur le tronc d'un pin imposant et, sous ses doigts, il sentit que l'écorce rouge était comme recouverte de verre. Quand il posa son oreille contre le tronc, il n'entendit rien. La sève ne palpitait pas derrière l'écorce. Et pourtant l'arbre avait l'air vivant car il portait encore ses feuilles. Alors pourquoi l'arbre était-il silencieux ? Tous les pins étaient ainsi. Une vraie forêt pétrifiée. Il y avait quelque chose d'étrange ici. Avril et le Conteur avaient parlé de cet endroit. Ils avaient dit que tout était *contaminé*. « Contaminé », qu'est-ce que ça pouvait donc signifier ? Que les choses avaient l'air vivantes mais qu'elles étaient mortes à l'intérieur ?

Kid revint à la barque en tirant des branches sèches.

Un et Sirius étaient postés sur le plat-bord, immobiles comme deux statues antiques. Ils veillaient sur Avril, inconsciente. Derrière, le fleuve déroulait ses méandres rougeâtres. Ils accoururent dès que l'enfant apparut.

Kid leur dit qu'il fallait partir. Que cet endroit était mort.

Le rat acquiesça en couinant.

L'enfant ôta sa veste et son pull et enfila une branche dans chaque manche. Puis il se défit de son pantalon et le déchira en morceaux. À l'aide des bandes de tissu, il noua des traverses entre les deux premières perches.

Une civière de fortune. Ce ne serait pas très solide ni pratique mais cela permettrait de déplacer Avril.

Il sortit ensuite la jeune fille du bateau.

Sirius et Un l'aidèrent tant bien que mal en tirant sur les vêtements d'Avril.

Il fit bien attention à ne pas heurter sa tête et, tandis qu'il la ramenait sur la berge, l'enfant, complètement nu, ne cessait de lui parler et d'essayer de la rassurer, persuadée qu'elle pouvait l'entendre.

– Kid va aidé Avril. Avril lé forte. Avril lé pas morte, non. Cé juste bosse. Avril se reposé. Kid et Sirius et Un vont aidé Avril. Avril cé une zétoile, comme nous. Elle peut pas être morte, non. Pasque y'a la Montagne. Nous va à la Montagne. Avril avec nous. Avril lé une zétoile de la Constellation. La Constellation va brillé sur la Montagne. Tous zensemble va brillé les zétoiles.

Il continua ainsi tout du long, sans s'arrêter, le souffle court, écorchant son corps maigre et nu et barbouillé de boue, peinant à charrier celui d'Avril, dégageant les habits de la jeune fille qui se prenaient aux branches. Il décrivit ce qu'ils feraient une fois à la Montagne. Les *sandouitches* à la confiture qu'ils partageraient. Le livre qu'Avril pourrait lire dans le canapé. Les *zétoiles* et la nuit infinie qui les berceraient jusqu'au matin, jusqu'au soleil qui surgirait du lac, venant réchauffer la peau épaisse des vaches et les sommets enneigés. Il lui promit qu'il apprendrait à lire et à écrire et que, si elle le voulait, il lui ferait la lecture.

Enfin, il se laissa tomber contre Avril, épuisé. Et les animaux vinrent se blottir contre eux.

Si le petit avait pensé à Pa et Ma, il n'en avait rien dit. La photo qui était dans la poche de sa veste n'était maintenant plus qu'une boule de papier chiffonné. Il s'en était aperçu tout à l'heure, alors qu'il ôtait ses vêtements. Il y a quelques semaines à peine, il aurait été ravagé par le chagrin mais là, il n'avait pas semblé s'en émouvoir. Peut-être avait-il compris que cette photo n'était qu'une histoire imaginée par Avril et que c'en était fini du temps des histoires. Ou qu'une autre histoire était en train de s'écrire. Comme si seul le présent comptait maintenant. L'enfant pensa à la Ville. Comment les rats étaient montés à l'assaut du mur. Comment les hommes s'étaient entre-tués. Toute cette colère qui habitait le monde. Toutes ces vies gaspillées. Bientôt, tout ça serait fini. Les bêtes et la terre seraient réconciliées. Bientôt, tout serait calme et tranquille, comme dans son rêve.

Tous allongés dans la boue rougeâtre, ils regardèrent le ciel amonceler des tonnes de nuages noirs et lourds au-dessus d'eux. Le soleil disparut complètement, et même si ce n'était que la fin de l'après-midi, on aurait pu croire la nuit. Peu de temps après, la première goutte, énorme comme un poing, vint frapper la terre. D'autres suivirent. Sirius grogna pour donner le signal du départ. Alors le ciel entier se déversa sur eux.

Martelés par la pluie, ils chargèrent Avril sur la civière improvisée et Kid entreprit de la tirer sous le couvert des arbres. Le corps de la jeune fille glissa à plusieurs reprises et Kid fut obligé de la ceinturer avec les restes de son pantalon.

Ils reprirent leur progression et bientôt ils arrivèrent dans les bois. La canopée les protégeait un peu de la violence de l'averse mais, tout là-haut, le ventre des nuages était gonflé d'électricité. Ils semblaient sur le point d'exploser, comme d'énormes baudruches géantes.

Kid, peinant sur la civière, trouva refuge sous un pin à la ramure large.

Soudain, les perles de verre répandues dans le sous-bois se mirent à frémir. On aurait dit qu'elles s'élevaient imperceptiblement au-dessus du sol en tintant comme de minuscules clochettes.

L'enfant leva les yeux. Au-dessus, le ciel se fendit en deux.

La lame d'un éclair jaune déchira l'obscurité et les jeta au sol, aveuglés et terrifiés. La détonation fut terrible. Le cochon roulait des yeux fous et Un se faufila sous le pull d'Avril. Kid haletait, résistant comme il pouvait à la panique. Dans l'air flottait une étrange odeur métallique.

Il y eut un grand silence, lourd de menaces.

Et le couperet de la foudre vint s'abattre à nouveau sur le bois.

Kid se releva, entraînant les autres à sa suite.

Les éclairs tombaient tout autour d'eux, faisant voler en éclats les arbres, projetant dans l'air les perles de verre comme si c'était de la grenaille.

Devant eux, un pin immense fut partagé en deux, d'un seul coup, fendu par la hache hurlante du ciel, et s'embrasa immédiatement. L'arbre ne fut plus qu'une torche géante agitée dans la nuit. La chaleur du brasier leur fit instantanément roussir les cheveux et les poils.

Ils bifurquèrent, épouvantés. Kid tirait la civière, Sirius la poussait du front. Ils avançaient difficilement dans la gadoue du sous-bois. Avril était bien trop lourde pour eux deux. Un passa son museau dans l'encolure d'Avril. Ses moustaches vibraient de terreur. De mémoire de rat, on n'avait jamais vu le ciel si en colère. La pluie tombait sans discontinuer. La foudre lacérait furieusement l'obscurité. Ici et là, des arbres enflammés hurlaient dans la tempête.

Poussant et tirant et grognant, ils arrivèrent au milieu d'une piste forestière. Au loin, les cheminées blanches se dressaient sur le ciel noir. Illuminées par les éclairs, elles semblaient faites de papier découpé.

Comme ils remontaient la piste boueuse, la civière se fit soudain plus lourde.

Kid se retourna et vit que Sirius ne poussait plus.

Sirius n'était plus là. Le cochon avait disparu.

Kid l'appela mais il n'y eut pas de réponse.

Il huma l'air autour. Mais les odeurs des pins calcinés, de la pluie et de la foudre étaient si fortes qu'il ne put le localiser. Kid demanda à Un où était Sirius mais le rat ne savait pas lui non plus ce qui avait pu se passer. La peur l'empêchait de lire le Livre vivant du porcelet.

– Sirius ! Sirius ! appela encore l'enfant.

Mais il n'y eut pas de réponse.

Kid continua à remonter la piste. Il s'arc-bouta sur la civière. Le visage d'Avril était livide sous son masque de boue. Il poussa et poussa encore mais les perches du brancard s'enfoncèrent profondément dans une ornière et Kid tomba sur le chemin, vaincu par la faim, la fatigue et la peur.

Qu'allait-il faire maintenant ?

Et puis soudain quelque chose bougea, devant.

L'étoile blanche de Sirius apparut sur le chemin.

Le porcelet dévala la pente et grogna contre l'oreille de Kid en lui donnant de petits coups de groin.

– Kid sentir ? Sentir quoi ? demanda l'enfant. Ici que pluie, feu.

Sirius insista. Il disait qu'il avait senti quelque chose plus haut, quelque chose de spécial, qu'il fallait aller par là.

Kid hocha la tête. Ils peinèrent sur la civière et réussirent à la tirer de l'ornière.

Comme ils arrivaient en haut de la piste, effectivement, une odeur vint chatouiller le nez de Kid. Le petit redressa la tête, renifla l'air autour de lui. C'était une odeur un peu sucrée. Un parfum qu'il connaissait mais qu'il n'arrivait pas à nommer. Il décida de suivre cette piste invisible. Ils arrivèrent dans une clairière tapissée de perles de verre.

Alors Un couina à l'attention de Kid.

L'enfant releva la tête.

– Où ? Où la lumière ?

Le rat couina une nouvelle fois.

Kid essuya ses yeux.

Et devant, il y avait bien une lumière.

Une petite flamme tremblante.

Derrière le carreau d'une fenêtre.

Et l'odeur, l'odeur qu'avait sentie Kid, venait de là.

De cette maison qui se tenait dans la clairière, pareille à un phare dans la tempête.

Kid s'approcha, sur ses gardes, et risqua un œil par la fenêtre embuée.

À l'intérieur, il découvrit une pièce illuminée par des bougies.

Une casserole chantait sur le feu d'une cuisinière.

L'odeur qui se faufilait par l'interstice de la fenêtre le frappa en plein dans l'estomac.

– *Cocholat* !

Il se souvenait à présent.

Oui, cette odeur, c'était celle du chocolat !

17.

Kid se tourna vers Sirius et Un et leur demanda de l'attendre.

Un protesta. Le rat trouvait que ce n'était pas une bonne idée de rentrer dans une maison d'homme. Il craignait que ceux qui vivaient là ne veuillent les tuer. Il ne cessait de répéter que les hommes n'aimaient pas qu'on rentre dans leurs terriers. Qu'ils ne voulaient rien partager, rien, jamais, et surtout pas avec des rats. Mais une nouvelle série d'éclairs frappa le monde, faisant tinter et miroiter les perles de verres alentour, et ces déflagrations finirent par le convaincre. L'enfant leur promit d'être prudent, de leur rapporter à manger. Et si la maison était vide, ils s'y abriteraient jusqu'à la fin de la tempête.

Kid posa la main sur la poignée de la porte d'entrée mais elle était fermée.

L'enfant fit le tour de la maison. Il y avait une autre porte sur le côté.

Celle-ci était ouverte. Il la poussa doucement et se retrouva dans un petit réduit où était entreposé du bois. Une autre porte donnait sur la cuisine. Il fit quelques pas, laissant derrière lui des empreintes boueuses. À l'intérieur, tout était propre et bien ordonné. Les flammes des bougies drapaient la pièce d'une lumière jaune et douce. Il écouta. Malgré le fracas des éclairs et de la pluie au-dehors, il lui sembla que la maison était silencieuse. Le parfum du chocolat l'empêchait de sentir s'il y avait quelqu'un à proximité.

Il s'avança prudemment de la cuisinière et retira le couvercle de la casserole. Un liquide brun frémissait dans le récipient. Des volutes onctueuses s'élevèrent jusqu'à son nez. Il ne put se retenir plus longtemps. Il plongea un doigt dans le chocolat, se brûla, souffla sur son doigt et le porta à sa bouche. Il en ferma les yeux de plaisir. Que c'était bon !

Il résista un peu mais son estomac prit vite le dessus sur son esprit. Il avait si faim !

Il saisit la casserole et s'assit à même le sol. Il se promit de ne pas tout finir, d'en rapporter un peu aux autres. Mais à chaque fois qu'il léchait un de ses doigts, un autre était déjà plongé dans le récipient. Impossible de s'arrêter.

Il avait presque achevé le contenu de la casserole quand il entendit un bruit à la fenêtre. C'était Un et Sirius qui donnaient de petits coups de museau contre le carreau.

Kid, un peu honteux, leur fit signe qu'il venait leur ouvrir. Tout occupé à manger, il les avait presque oubliés. Mais les animaux lui firent comprendre qu'il y avait autre chose. Ils semblaient avoir peur. Kid ne comprit pas de suite. Ce n'est que quand il entendit la voix qu'il réalisa qu'il y avait quelqu'un dans la pièce.

– Mais qui est ce petit animal ? demanda une femme.

Kid se retourna, le visage barbouillé de chocolat, prêt à s'enfuir.

Il y avait là une vieille femme, toute voûtée, qui lui souriait gentiment. Kid crut pendant un instant qu'il s'agissait de Madame Mô. Mais non, la femme était plus grande, sa peau moins jaune. Ses yeux brillaient comme les perles de verre du sous-bois. Elle portait des habits très élégants et un collier brillant. Elle ressemblait à un gâteau.

– Tu as faim ? demanda la femme.

Le ventre de Kid répondit pour lui en gargouillant.

– Comment est-ce que tu t'appelles, mon enfant ?

– Kid, répondit Kid.

Le gamin se tourna vers la fenêtre.

Les animaux avaient disparu.

– Kid, c'est joli, dit la femme. Moi je m'appelle Rosine. Et j'ai plein de bonnes choses à manger ici.

16.

La femme avait sorti tout un tas de provisions de ses placards.

Elle les avait entassées sur la table et elle cuisinait maintenant pour Kid.

La présence d'un enfant nu dans sa cuisine n'avait pas eu l'air de la surprendre plus que ça.

– Personne ne vient plus me rendre visite depuis longtemps. Parce que les gens n'osent pas venir ici. Ils disent que c'est contaminé, à cause de la centrale. Moi, je n'y crois pas trop, à ces choses-là. Si c'était mauvais de vivre ici, je le saurais, pas vrai ? Déjà avant, ils faisaient tout un tas d'histoires, en disant que c'était dangereux. Bon, il y a bien eu cette explosion quand tout s'est détraqué. Mais rien n'a changé, non. À part les perles de verre, qui un jour sont tombées du ciel. À part ça, non, tout est toujours pareil. Mais c'est une chance, tu sais. J'ai pu récupérer toutes les Capsules de la forêt. Et je n'ai jamais manqué de rien.

Rosine se tourna et agita une cuillère vers Kid.

– Il faut que tu t'habilles, mon petit. Je te donnerai des habits propres. Mais avant, il faut que tu manges. Tu es trop maigre. Oui, bien trop maigre. Les petits garçons doivent manger pour devenir des hommes.

Kid hocha la tête. Il était bien d'accord avec ça.

Mais il était plus urgent de soigner Avril. Il se tourna vers la fenêtre. Au-dehors, la tempête s'était calmée. Les éclairs avaient cessé mais il pleuvait toujours. Les animaux avaient disparu. Sans doute devaient-ils l'attendre plus loin. Il espéra qu'ils veilleraient sur Avril.

L'enfant hésitait. Pouvait-il faire confiance à Rosine ? Devait-il lui parler d'Avril et des animaux ? Il y avait de bonnes choses à manger et certainement un endroit au sec pour dormir. Mais comment la femme réagirait-elle quand elle verrait Sirius et Un ? Accepterait-elle de laisser entrer les animaux dans sa maison ?

Un l'avait répété plusieurs fois : « Les hommes n'aiment pas laisser entrer des inconnus dans leur terrier. Et ils sont prêts à tuer pour ne pas partager. » Le rat avait raison. Il suffisait de voir ce qui s'était passé sur le Pont. Les hommes étaient égoïstes. Mis à part Madame Mô et le Conteur, tous les hommes qu'avait croisés Kid avaient essayé de les tromper ou de leur faire du mal. Et pourtant, cette femme était en train de cuisiner. De cuisiner de *bonnes choses*. Juste pour lui. Elle lui faisait penser à Madame Mô. Avec sa bonne tête toute ronde, elle ressemblait à un gâteau. Elle ne pouvait pas être si mauvaise, n'est-ce pas ? Il aurait bien aimé demander leurs avis à Sirius et Un mais ils étaient invisibles.

La vieille femme posa sous son nez une assiette fumante remplie d'une sorte de purée. Une purée délicieusement parfumée.

L'enfant secoua la tête.

– Non. Kid partir. Avril lé là. Avril l'attend.

La vieille femme se mit à rire.

– Ah ah, peut-être bien que nous sommes en avril, oui. Mais je t'avoue que je ne me souviens plus vraiment. Comment savoir, avec ce temps qui change tout le temps. Regarde toute cette pluie dehors.

Kid secoua la tête à nouveau, malgré le parfum de la nourriture qui mettait son ventre au supplice.

– Non. Kid partir.

– Mange au moins ce que j'ai préparé pour toi.

Comme Kid se retenait au-dessus de l'assiette, Rosine ajouta :

– Tu peux manger sans crainte.

Kid regarda la purée. Cela faisait des jours qu'il n'avait rien mangé d'autre que quelques quignons de pain et le chocolat de la casserole était loin de l'avoir rassasié.

– Et ensuite, ajouta la vieille femme, quand tu auras mangé, tu pourras partir si tu veux.

Le gamin eut une dernière pensée pour la troupe au-dehors et il plongea la tête dans l'assiette. Il était déterminé : il allait juste manger cette purée puis il demanderait à la femme de quoi soigner Avril et un peu de nourriture. Ensuite, il s'en irait.

Rosine vint s'asseoir près de lui. Elle le regarda avaler sa purée, les yeux brillants, émerveillée par l'appétit du gamin.

– Tu as faim, Kid, souffla-t-elle en joignant ses mains devant sa bouche. Regarde comme tu es maigre. Pauvre petit.

Quand il eut fini, Kid releva la tête et sourit un peu honteusement.

– Tu es tout sale. Laisse-moi essuyer ton visage.

Rosine approcha doucement une serviette du visage de l'enfant. Un peu méfiant au début, il se laissa faire. La vieille femme passa délicatement une serviette sur la bouche et les joues de l'enfant. C'était si bon d'avoir une personne qui prenait soin de vous.

Rosine regarda le corps nu et maigre de l'enfant, couvert d'hématomes et de cicatrices.

– D'où est-ce que tu viens, comme ça ? demanda-t-elle.

Kid haussa les épaules.

– L'Arbre, répondit-il simplement.

– L'arbre ? Tu veux dire que tu as été abandonné dans la forêt ?

– *Abandonné* ? répéta l'enfant.

Rosine lui sourit.

– Est-ce qu'on t'a laissé tout seul dans la forêt ? Ton papa et ta maman, où est-ce qu'ils sont ?

Kid baissa la tête. Il ne savait plus vraiment ce qu'il devait croire. Pa et Ma étaient-ils vraiment à la Montagne, comme Avril le lui avait répété tant de fois ? Avaient-ils seulement existé ? Est-ce que Kid n'était pas comme cette brindille rose et molle qu'il avait un jour trouvée dans la forêt et qu'il avait avalée sans même s'en rendre compte ? Une chose sortie de la terre. Une chose aveugle et solitaire qui ne savait ni d'où elle venait ni où elle allait. Oui, il était comme cette brindille rose dans le grand ventre du monde.

Rosine, comme si elle avait perçu le trouble de l'enfant, s'empressa de poser une autre question.

– Kid, où est-ce que tu vas ?

L'enfant releva la tête.

– Montagne.

La femme haussa les sourcils. Elle se retint de demander ce que Kid espérait trouver à la Montagne.

– Tu sais, Kid, je suis si seule ici. Ça me fait très plaisir que tu sois là. Tu es mon petit cadeau du ciel.

Rosine le fixa longuement et il la regarda lui aussi avec ses yeux étranges, insondables, comme pailletés d'or pur. Au bout d'un moment, la vieille femme essuya quelque chose au coin de sa paupière et se leva pour débarrasser la table.

– Il pleut encore dehors, dit-elle en pliant la serviette. Reste un peu, Kid. Je vais faire une tisane, ensuite, je te donnerai des habits et tu partiras.

Rosine mit de l'eau à chauffer sur la cuisinière.

– Tu partiras, souffla-t-elle en se retournant. Si c'est vraiment ce que tu veux.

L'enfant la regarda, cette vieille femme au visage si doux et si rond, qui vivait à l'écart dans cette forêt morte, et il lui sourit, peut-être parce qu'il avait compris qu'elle souffrait de la solitude, cette maladie qui rongeait le cœur de tous les êtres vivants.

Rosine déposa sur la table deux tasses d'infusion.

– Bois tant que c'est chaud.

Kid renifla le breuvage. Cela sentait le sucre et d'autres épices qu'il ne connaissait pas.

Rosine posa devant lui une photo encadrée.

– Regarde, c'était Hektor, mon mari.

Le gamin se pencha en sirotant.

Sur la photo, un homme imposant tenait une Rosine plus jeune entre ses bras. Entre eux deux, un garçon blond d'une dizaine d'années avait le pied posé sur un ballon. Il regardait fièrement l'objectif.

– Et là, c'est Mano, mon fils, déclara Rosine, en posant son doigt sur la silhouette du garçon. C'était il y a longtemps, très longtemps.

Après un silence, elle ajouta :

– Ils sont morts à présent.

Kid songea à la photo de Pa et Ma et il se sentit un peu triste pour la vieille femme.

Rosine tendit une main pour caresser sa joue et le gamin se laissa faire.

– Je rêve souvent de Mano, dit-elle en souriant. Oui, je rêve souvent de lui. Quand il est mort, il avait un peu plus de quinze ans. Il est tombé gravement malade. Chaque jour, il devenait de plus en plus faible. Mano disait que c'était à cause de la centrale, mais moi je n'y ai jamais cru. Hektor non plus, ça lui semblait ridicule. De toute façon, même si c'était vrai, qu'est-ce que nous aurions pu faire ? C'était la guerre. Il était hors de question de partir sur les routes. On savait qu'à la Ville, les choses ne se passaient pas bien, qu'ils avaient commencé à construire un mur pour empêcher les réfugiés d'entrer. Alors je me suis occupé de mon Mano, du mieux que j'ai pu. Et un matin, mon Mano s'en est allé.

La vieille femme chassa une larme et tenta de sourire à Kid.

– Hektor, mon mari, ne s'en est pas remis. Quand Mano disait que c'était à cause de la centrale, ça rendait Hektor fou de rage. Mon mari a travaillé toute sa vie là-bas. C'était un bon travail. On vivait correctement. Non. Le problème, on savait bien d'où il venait. Ils le disaient à la télé.

Les yeux de Kid s'arrondirent.

– La *télé* ?

– Oh, la télé, c'était… c'était une chose qui te permettait de savoir des choses, sans bouger de ton canapé.

– Comme le Livre ?

Rosine sourit.

– Oui, un peu comme un livre. Mais là, il n'y avait rien à faire pour savoir toutes ces choses. Pas de pages à tourner. Pas de temps gaspillé. Il suffisait de pousser un bouton. Bref, ils l'ont dit, ce sont les animaux qui ont apporté ces maladies, ces virus. Mano et Hektor sont morts de ça.

– Zanimo pas méchants. Zanimo gentils.

Rosine secoua la tête.

– Tu es trop jeune, Kid. Mais je t'assure. Sans les animaux, rien de tout ça ne serait arrivé.

Kid fut soulagé de ne pas avoir parlé à la vieille femme de Sirius et de Un. Sans doute n'aurait-elle pas aimé les voir trottiner dans sa cuisine.

– Je le disais à Hektor quand il partait à la chasse. Dans ce temps-là, il y avait encore des animaux par ici. Mais il ne voulait rien entendre. Je lui disais tout le temps qu'il ne fallait pas les manger, qu'il allait s'empoisonner. Hektor était comme ça. Il a chassé jusqu'au dernier animal. Et il est mort lui aussi.

Kid se mit à bâiller. Ses yeux papillonnaient. Il lui sembla que ça faisait une éternité qu'il était là.

– Mais je t'ennuie avec mes histoires, mon enfant.

Kid montra la fenêtre.

– Kid partir. Rosine donner manger. Pansement. Eau.

La vieille femme lui sourit.

– Bien sûr, je te donnerai tout ce que tu veux pour ton voyage.

Le gamin se leva mais ses jambes se dérobèrent sous lui.

Il se retint de justesse à la table. Il se sentait fatigué, si fatigué. Les flammes des bougies tournoyaient autour de lui comme des étoiles folles.

– Tu es épuisé, Kid, tu ferais mieux de passer la nuit ici.

Le gamin secoua mollement sa tête. Il tendit la main vers la porte.

– Avril lé là avec Sirius et Un. Lé blessée. Faut la soigné.

Il vacilla, à bout de forces, et se laissa tomber à quatre pattes sur le sol.

Rosine poussa un cri effrayé et se précipita.

– Mon chéri, tu ne t'es pas fait mal ?

Elle inspecta le corps nu de ses mains tremblantes.

– Tu es trop fatigué. Je ne peux pas te laisser repartir ainsi. Il y a une chambre prête. Tu dormiras ici.

Kid protesta. Mais les mots se mélangeaient dans sa bouche.

Il n'aspirait plus qu'à une chose, une seule.

– Dormir. Kid dormir.

La vieille femme caressa la joue de l'enfant et un grand sourire se dessina sur son visage. Son visage qui ressemblait tant à un gâteau.

15.

Un et Sirius avaient trouvé refuge sous un grand pin vitrifié.

Le cochon avait tiré Avril jusque-là avec peine.

Le ciel se déversait toujours sur le monde, et rien ne semblait pouvoir l'arrêter.

Dans le lointain, les étoiles filantes trouaient le ventre des nuages avec des sifflements furieux. On pouvait presque sentir le sol trembler quand elles s'abattaient au-delà des montagnes.

Dans la maison, les lumières s'éteignirent une à une. Les bonnes odeurs de chocolat et de purée s'estompèrent peu à peu.

Sirius couina de dépit.

Un lui fit remarquer qu'il avait eu raison depuis le début : les terriers des hommes étaient pleins de dangers. Sans doute la vieille femelle avait-elle dévoré l'enfant.

Sirius n'était pas d'accord. Non, les hommes ne se mangeaient pas entre eux. C'était impossible.

Un se retint de lui raconter ce qu'il avait vu. Comment ceux de la Ville mangeaient ceux du Pont qui arrivaient à passer le fleuve. Sirius était jeune. Le rat était déjà bien vieux pour une vie de rat. Il avait vécu trop près des hommes pour croire encore en eux. Il avait vécu les guerres, l'extermination. Il avait connu la faim, la soif, la peur. Les siens avaient été pourchassés sans relâche et sans pitié. Et quand les hommes avaient fini de traquer le peuple des rats, ils s'étaient mis à s'entre-tuer. Les femelles et les enfants n'avaient pas été épargnés. La violence des mâles humains était inconcevable. Quelle autre espèce tuait ses femelles ? Quel genre d'animal fallait-il être pour mettre à mort les enfants de sa horde alors que la survie même du groupe était menacée ? Non, il n'y avait rien de bon à attendre des hommes. Un se retint de dire tout ça à Sirius. Cela ne servait à rien de discuter. Il espéra juste que la femelle de la maison n'était pas en train de manger Kid.

Les deux animaux humèrent l'air et se pelotonnèrent contre Avril pour la réchauffer.

Ils attendraient que l'enfant revienne, avec la patience imperturbable dont seules sont capables les bêtes.

14.

Kid ouvrit lentement les yeux.

Il avait dormi d'un sommeil sans rêves.

Il s'étira et tendit la main pour chercher Avril mais ses doigts ne rencontrèrent que du vide.

– Avril ! cria l'enfant en se redressant.

Il regarda autour de lui.

Il découvrit avec stupeur qu'il était allongé dans un lit.

Un vrai lit.

Il était dans une chambre, une chambre comme il n'en avait vu que dans le Livre de Madame Mô. Avec du papier fleuri sur les murs, une table de chevet, une commode de bois sombre, un tapis moelleux sur le sol. Des photos décoraient les murs. Sur sa gauche, une porte était fermée. Et en face du lit, une fenêtre ornée de barreaux donnait sur la pluie et le petit matin au-dehors.

Il se souvint alors de tout ce qui s'était passé. Le Pont, le Garçon-mort, les rats, la fuite, la blessure d'Avril, la civière, la tempête, Rosine, toutes ses bonnes choses à manger. Et puis la fatigue, terrible. Le sommeil l'avait pris dans ses bras, il n'avait pas pu résister. Il se sentit terriblement honteux. Il avait passé la nuit au chaud, dans un vrai lit, après avoir dévoré un vrai repas, alors que Un, Sirius et Avril étaient là-bas dehors, sous l'averse.

Quand il sauta en bas du lit, il s'aperçut qu'il portait des vêtements doux et chauds. Une petite veste et un pantalon bleu où étaient dessinées des étoiles jaunes. Rosine l'avait-elle habillé pour la nuit ? D'ailleurs, comment était-il arrivé dans ce lit ? Il n'en avait aucun souvenir. Il vit son collier de capsules rouillées posé sur la table de chevet et il le passa à son cou.

Il se précipita vers la fenêtre. Il regarda au-delà des barreaux, vers les arbres, mais il ne vit personne. L'averse n'avait pas cessé depuis la veille. Il tenta d'ouvrir la fenêtre mais elle était fermée avec un lourd cadenas, semblable à celui qu'il avait vu sur la porte du cabanon de Rosa. Même s'il avait pu l'ouvrir, jamais il n'aurait pu passer par là à cause des barreaux.

Kid se concentra pour sentir l'odeur de ses compagnons mais quand il se mit à humer l'air, l'odeur du chocolat emplit ses narines et masqua tout le reste. Rosine devait être dans la maison, en train de cuisiner.

Il s'avança vers la porte mais quand il posa la main sur la poignée, il vit qu'elle était fermée à clé. Il eut beau agiter la poignée dans tous les sens, la porte refusait de s'ouvrir. Paniqué, il se mit à tambouriner de toutes ses forces. Mais la porte était solide et, de l'autre côté, personne ne lui répondit.

Est-ce qu'il était prisonnier ? Prisonnier comme la truie de la ferme ?

Alors il se souvint comment il avait ouvert l'enclos de Rosa. Avec un petit objet en métal. *Une clé*. Oui, il lui fallait trouver la clé de la porte ou de la fenêtre pour pouvoir sortir ! Il se mit à arpenter la chambre à la recherche de cette chose. L'idée que la clé était forcément à l'extérieur de la pièce ne lui vint pas à l'esprit. Il ne s'était jamais retrouvé enfermé ainsi. Il ouvrit un tiroir de la commode mais il n'y trouva que des vêtements qu'il éparpilla sur le sol. Un autre tiroir était plein de petits objets, certains étaient en fourrure, d'autres en plastique. Il les examina avec curiosité.

C'était amusant. Il y avait des hommes miniatures, armés de fusils, des casques sur la tête. D'autres représentaient des animaux qu'il ne connaissait pas. Ceux en fourrure étaient particulièrement doux. Il en renifla un mais il n'y trouva pas une odeur de bête. Il y avait juste le parfum ancien d'un humain. Très bizarrement, toutes ces choses lui paraissaient familières. Il lui sembla que lui aussi, un jour, avait eu ce genre d'objets. Qu'il avait habité dans une chambre pareille à celle-ci. *Une chambre d'enfant*. C'était un sentiment très étrange, qui mit Kid un peu mal à l'aise. Il poursuivit ses recherches, écarta les animaux miniatures, mais ne put s'empêcher de tomber en admiration devant de drôles de bêtes en plastique. Elles avaient des pattes munies de grandes griffes et leur gueule était hérissée de dents tranchantes comme des sabres. Ces animaux-là, il les avait déjà vus dans le Livre. Il réfléchit intensément pour se souvenir de leur nom.

– Ah oui, Kid se rappelle. *Disaunores* !

Il en fourra un dans la poche de son pantalon.

Après avoir fouillé la commode sans avoir réussi à trouver la clé, il examina les photos au mur. On y voyait Mano, le fils de Rosine, ballon au pied. Sur d'autres images, c'était des hommes habillés avec des shorts de couleur vive qui couraient après des balles. Il allait se glisser sous le lit quand il entendit un bruit. Un bruit de clé. Il releva la tête et il découvrit Rosine sur le seuil de la chambre. La vieille dame souriait. Elle remit la clé dans la poche de sa veste et elle ramassa un plateau sur lequel il y avait un bol fumant de chocolat, une théière en porcelaine et une coupelle de gâteaux secs.

– Est-ce que tu as bien dormi, mon chéri ?

Kid se redressa et il hocha la tête.

Rosine fut ravie.

– Excuse-moi, j'étais à la cuisine. Je ne t'ai pas entendu.

Elle s'avança et présenta le plateau à Kid.

– Je t'ai préparé un bon petit déjeuner. Avec du chocolat, comme tu l'aimes.

Kid huma le parfum. Son estomac se mit à gargouiller. Puis il se ressaisit. Non, il ne devait pas boire le chocolat. Maintenant que la porte était ouverte, il devait sortir d'ici. Retrouver les autres au-dehors.

L'enfant secoua la tête.

– Kid, partir.

Le sourire de Rosine fondit un peu.

– Mais voyons, il pleut encore dehors. Et puis regarde toutes les bonnes choses que j'ai préparées pour toi.

Elle tendit le plateau vers l'enfant.

– Tu veux me faire plaisir, n'est-ce pas ? Alors, mange au moins un petit peu, mon chéri.

Kid hésita. Rosine pencha la tête en souriant un peu tristement. Ses yeux brillaient, comme si elle allait pleurer.

– S'il te plaît, Kid. Pour me faire plaisir.

L'enfant capitula et répondit à son sourire. Il sauta sur le lit et la vieille femme vint s'asseoir près de lui. Elle posa le plateau sur ses genoux.

Kid lapa goulûment le chocolat et Rosine le regarda faire, la main sur le cœur.

– C'était la chambre de Mano. C'est là qu'il a grandi, mon petit Mano. C'était un si beau petit garçon. Comme toi, Kid. Je t'ai mis son pyjama, il te va très bien.

Elle montra les photos sur les murs.

– Mano adorait jouer au foot. C'était sa passion. Il était très bon, oui, très bon. Est-ce que tu aimes le foot, Kid ?

L'enfant haussa les épaules en essuyant ses lèvres.

– Si tu veux, s'enthousiasma Rosine, je pourrai te donner le ballon de Mano. Je suis certaine que tu aimeras jouer avec, n'est-ce pas ?

Kid reposa le bol sur le plateau. Rosine lui tendit un gâteau.

– Mange ça, ça te fera du bien, tu es tout maigre.

Le gamin obéit pour lui faire plaisir. Il y avait quatre gâteaux sur le plateau, il en mangerait un et il emporterait les autres pour ses compagnons au-dehors.

– Kid partir, déclara-t-il la bouche pleine, s'étranglant à moitié.

Rosine lui tapota le dos puis elle versa de la tisane dans le bol vide.

– D'accord. Je comprends, Kid.

Le gamin déglutit et avala une gorgée d'infusion.

La vieille femme lui caressa la joue.

– Est-ce que… est-ce que tu accepterais de me faire un câlin avant de partir ?

Kid la regarda et il fut ému par la façon dont elle avait demandé ça, d'une toute petite voix.

Elle lui ouvrit les bras et l'enfant vint se blottir contre elle. Il entendit son cœur battre derrière le tissu comme si un petit oiseau se débattait là, en quête d'un ciel perdu. Kid inspira profondément. Rosine sentait le chocolat et la solitude.

Leur étreinte dura longtemps. Finalement, Kid s'écarta et la vieille dame se leva. Elle montra la fenêtre.

– Il pleut encore beaucoup. Ce n'est pas bien raisonnable de sortir.

Mais Kid ne fit pas attention, il sauta sur ses pieds et tout se mit subitement à tanguer autour de lui.

Rosine se tourna vers lui.

– Tu vois, dit-elle avec un sourire, tu es encore fatigué. Tu devrais te reposer.

– Non. Kid partir.

La vieille femme s'avança vers la porte.

– Ce n'est pas un temps à mettre un petit garçon dehors, tu vas rester dedans aujourd'hui.

Kid tenta de protester mais il se sentait fatigué, si fatigué à nouveau.

Rosine lui indiqua le lit.

– Recouche-toi, ordonna-t-elle en tirant la clé de la poche de sa veste.

Le sourire avait disparu de son visage, qui ne faisait plus du tout penser à un gâteau. Ou alors à un gâteau tout sec.

– Je t'ai donné un petit quelque chose pour que tu dormes bien.

Elle posa la main sur la poignée de la porte.

– Je t'apporterai à manger ce soir. Sois bien sage, mon chéri.

Kid voulut courir mais ses jambes semblaient ne plus lui obéir. Il vit la porte se refermer et il entendit la clé tourner dans la serrure.

Chancelant, il tambourina contre la porte mais seul le silence lui répondit.

En s'appuyant au mur, il arriva jusqu'à la fenêtre.

La pluie tombait toujours au-dehors.

Il donna un coup de coude dans la vitre qui vola en éclats.

Et il lança un cri par-dessus l'averse.

Un cri de détresse.

Et il s'effondra sur le sol.

13.

Il y eut un bruit de verre brisé suivi d'un cri.

Sirius leva son groin.

Ça venait de là-haut, de l'étage de la maison.

C'était la voix de Kid. Quelque chose de grave était en train de se passer.

Sirius l'appela mais l'enfant ne répondit pas.

Le rat se dressa sur ses pattes arrière et il vit le carreau cassé à la fenêtre.

Kid était certainement derrière. S'il ne sortait pas de lui-même, c'est qu'il était prisonnier. Il fallait aller à son secours. Entrer dans cette maison le répugnait. Mais il n'y avait pas d'autre solution. Dans l'humidité froide de la forêt, ils avaient attendu toute la nuit le retour du gamin. Avril avait repris conscience durant quelques minutes mais elle n'avait pas semblé les reconnaître et avait tenu des propos incohérents. À présent, c'était certain, Kid était en danger.

Un se tourna vers le porcelet et lui fit comprendre qu'il allait monter jusque là-haut.

Sous la pluie, il pataugea jusqu'à la maison puis il planta ses griffes dans le crépi lépreux.

Il grimpa jusqu'à la fenêtre du rez-de-chaussée. Il regarda à l'intérieur. La vieille femme était assise dans un fauteuil. Elle feuilletait tranquillement un album photo. Tout paraissait calme.

Il poursuivit sa route et progressa rapidement le long de la façade, jusqu'à la fenêtre du premier étage. À travers la fenêtre, il vit Kid, allongé sur le sol.

Un se glissa à travers les barreaux et le carreau cassé. Il huma l'air. Il ne semblait pas y avoir de danger alors il se précipita sur l'enfant, plongé dans un sommeil profond. Le rat tenta de le réveiller en mordillant ses lèvres.

Kid s'ébroua en grognant.

– Dormir. Kid dormir.

Un couina.

Les yeux de l'enfant papillonnèrent.

– Un ?

Le rat se mit à tirer sur sa manche de pyjama pour le faire bouger.

– Kid lé fatigué.

Le rat insista, alors l'enfant finit par se lever en titubant. Un l'entraîna vers la porte en poussant de petits cris d'encouragement.

L'enfant se pendit à la poignée, la porte était verrouillée. Il se souvint alors que Rosine l'avait fermée à clé.

– Porte lé fermée.

Il se laissa glisser contre le mur. Il se sentait tout engourdi. Sans doute à cause de ce que la femme avait dû verser dans sa tisane, comme elle l'avait fait la veille.

Cette fois-ci, il n'en avait pris qu'une gorgée mais il avait du mal à garder les yeux ouverts.

Le rat ne cessait de tourner entre ses pieds, de lui mordiller les orteils pour ne pas qu'il se rendorme.

– Un. La clé. Chercher la clé.

Le rat s'immobilisa et se gratta l'oreille. Les pensées de Kid étaient troubles. Malgré toute sa concentration, l'animal ne parvenait pas à saisir ce que l'enfant voulait lui dire. Son Livre vivant était illisible, les images et les odeurs et les sons brouillés.

– Clé. Dans la poche.

Et pour faire comprendre au rat ce qu'il disait, il plongea la main dans sa propre poche et il en ressortit le petit dinosaure qu'il avait dérobé tout à l'heure. Il fit mine de tourner le jouet dans la serrure.

– Clé. Poche. Femme.

Le rat considéra pensivement le jouet en plastique. Puis il regarda la porte. Sa queue se mit à fouetter l'air. Il chercha dans sa mémoire quelle pouvait être cette habitude qui n'appartenait qu'aux hommes. Et puis il revit le Grec qui tournait un morceau de métal quand il quittait sa cabane. Oui. La clé. C'était cette chose dont Kid parlait.

Il couina pour dire qu'il avait compris.

Il mordilla affectueusement le gros orteil de Kid et disparut par la fenêtre.

Le rat se laissa couler le long de la façade, retenant sa chute comme il le pouvait, en plantant ses dents et ses griffes dans le crépi gorgé d'eau.

Il s'arrêta devant la fenêtre du rez-de-chaussée. La femme était assoupie, l'album photo sur les genoux.

La veste dont Kid avait parlé était jetée sur le dossier du fauteuil.

Un rejoignit Sirius sous le grand pin rouge qui les abritait de l'averse.

Il expliqua au porcelet que Kid était prisonnier de la vieille femme. Qu'il leur fallait aller chercher la clé qu'elle avait dans la poche.

Ils réfléchirent longtemps à la meilleure façon de procéder et quand ils furent d'accord, ils pataugèrent jusqu'à la maison.

Sirius prit son élan et fonça contre la porte d'entrée. Le fracas fut terrible. Le porcelet en tomba à la renverse. Un, sur le rebord de la fenêtre, vit la femme qui émergeait du sommeil en fronçant les sourcils. Le rat couina en direction du cochon pour lui dire de recommencer. Sirius, titubant, s'élança une nouvelle fois contre la porte et l'étoile blanche de son front heurta le panneau avec un choc sourd. À l'intérieur, la vieille femme se leva et disparut de la pièce. Le rat se faufila au-dessus de la porte et Sirius alla se cacher sur le côté de la maison.

La porte s'ouvrit peu après. Rosine passa la tête par l'entrebâillement. Elle scruta la forêt diluée sous la pluie.

– Qui est là ?

Un attendait le bon moment. Il fallait que la femme ouvre la porte plus en grand. Le rat ne voulait pas prendre le risque d'être vu.

Rosine allait refermer quand un couinement se fit entendre. Elle suspendit son geste.

– Est-ce qu'il y a quelqu'un ? demanda la femme qui fit un pas sous la pluie.

Sirius couina à nouveau, plus fort cette fois-ci, et Rosine s'avança encore.

Le porcelet fit alors son apparition. Il pataugea dans la gadoue et la vieille femme retint un cri de surprise.

Un en profita pour se glisser à l'intérieur. Il fut assailli par tout un tas d'odeurs humaines qu'il tenta d'ignorer. Le cœur battant, il fila dans le couloir. À gauche s'ouvrait la cuisine, à droite le salon où il vit le fauteuil sur lequel la femme avait laissé sa veste. D'un bon, le rat grimpa sur le dossier et plongea son museau dans la poche.

À l'extérieur, Sirius se dandinait du mieux qu'il pouvait. Il espérait être suffisamment séduisant pour charmer la femme. Tous les hommes qu'il avait croisés jusqu'ici n'avaient pu résister à ses formes. À chaque fois, ils avaient voulu l'attraper pour se nourrir de sa chair. Il avait grandi avec, gravée au fond de lui, au plus profond de ses gênes, cette chose terrible. Il était la proie parfaite. Celui que tous voulaient dévorer, depuis la nuit des temps. Si bien que ses ancêtres, des générations de porcs avant lui, avaient accepté cela comme une évidence. Une fatalité. Ils venaient au monde pour mourir sous le couteau des hommes. Ils le savaient avant même de sortir du ventre tendu de leur mère. Il suffisait d'entendre les grognements, les cris, de sentir l'odeur de la peur dans l'urine, les déjections et la sueur qui imprégnaient les stalles où les truies étaient entravées. Ils n'étaient que de la viande. Et leur vie, leur vie de porc, n'était qu'un intermède entre leur naissance et le moment où le couteau se glisserait sous leur gorge. Un purgatoire qu'il fallait traverser docilement. Parce que depuis toujours le monde était ainsi fait.

Pourtant, cette fois-ci, il sentit l'odeur de la peur se répandre dans l'air. Mais ce n'était pas sa peur, non. C'était celle de la vieille femme. Elle se tenait là, sur le seuil de la maison, les mains croisées sur le cœur, la bouche ouverte, haletante. Il fut interloqué, si bien qu'il arrêta de se dandiner et observa la femme avec un regard curieux. Ils se faisaient face. La vieille femme et le porcelet, giflés par l'averse. L'odeur de la peur était si violente. Lui qui avait toujours eu peur des humains, voilà que la situation s'inversait. Il n'était plus la proie. Il était le prédateur. C'était follement grisant.

Sirius releva lentement la tête et découvrit ses dents sous ses babines retroussées. De sa gorge monta un grognement sourd et menaçant.

Le parfum écœurant de la peur se fit plus fort et la femme recula peu à peu, le visage blême. Sirius s'avança, plantant fermement chacune de ses pattes dans la boue.

La vieille femme secoua la tête. Elle posa une main tremblante sur la poignée. Alors le cochon s'élança vers elle, la gueule grande ouverte, prêt à la mordre.

À ce moment-là, Un se faufila par la porte, la clé entre les mâchoires. Il ne comprit pas ce qui se passait. Il vit Sirius qui fonçait. La femme qui reculait à l'intérieur avec un cri d'effroi. Et la porte claqua derrière lui comme une détonation, manquant de lui trancher la queue. Le cochon freina des quatre pattes et leva vers le rat des yeux étincelants. Sirius grogna. Plus jamais il n'aurait peur des hommes.

Un renifla le cochon avec curiosité. Une odeur nouvelle émanait de l'animal à la peau noire. Un parfum de victoire.

C'était très étrange. Mais l'urgence était ailleurs. Il fallait apporter la clé à Kid.

Un remonta le long du mur, se faufila entre les barreaux et passa par le carreau cassé.

L'enfant était toujours allongé sur le sol de la chambre, les yeux papillonnants.

Le rat déposa la clé dans sa main. Comme Kid ne réagissait pas, il grimpa sur lui et lui mordit violemment le nez.

Le gamin se redressa avec un cri.

– Un ?!

Le rat couina pour s'excuser.

Kid, voyant la clé, se mit difficilement debout.

– Kid va mieux. Kid réveillé. Pas dormir.

Les effets du somnifère commençaient à s'estomper. Sa démarche était plus assurée.

Il glissa la clé dans la serrure et déverrouilla la porte très lentement.

– Pas faire de bruit, souffla l'enfant en posant un doigt sur sa bouche. Silence.

Le rat vint se blottir dans la poche de son pyjama, tout contre le dinosaure en plastique.

Kid ouvrit la porte. À partir du palier, un escalier plongeait au rez-de-chaussée. Le gamin descendit prudemment les marches. Une à une. La femme était en bas, dans la cuisine. Un pouvait sentir son odeur. Une odeur de tristesse et de peur.

Ils arrivèrent en bas de l'escalier.

Quand Kid passa devant la porte de la cuisine, il vit Rosine qui sanglotait, le dos tourné à la fenêtre. Cela lui serra le cœur. Le rat passa la tête hors de la poche et couina pour lui dire de sortir. À ce moment-là, la vieille femme releva la tête.

– Kid ? murmura-t-elle.

Elle fit un pas vers lui, le visage bouleversé. Elle ne se demanda même pas comment Kid avait pu sortir de la chambre.

– Je viens de voir un animal. Un cochon vivant. Là. Dehors !

Le gamin hocha la tête et posa sa main sur la poignée de la porte.

Rosine s'affola.

– Non, ne pars pas ! s'exclama-t-elle en portant les mains à son cœur. Ne me laisse pas toute seule !

Kid ouvrit la porte et fit un pas au-dehors.

La vieille femme se précipita.

– Non, Mano, mon chéri, reste là !

Kid se retourna. L'avait-elle appelé Mano ? Est-ce qu'elle le prenait pour son fils, depuis le début ?

Rosine s'agrippa à la manche du pyjama.

Le rat fut tenté de planter ses dents dans la main de la femme mais Kid lui fit signe de ne pas bouger.

– Pas Mano, dit l'enfant. Moi, Kid.

Mais la vieille femme secouait la tête. Elle refusait de le lâcher, de le laisser partir.

– Tu dois rentrer ! Tu dois rester ici ! Tu n'es qu'un petit garçon !

Alors Sirius s'avança sous la pluie, le groin dressé, et il vint se poster contre la cuisse de Kid. Le rat lui aussi sortit de la poche et grimpa jusqu'à l'épaule de l'enfant.

Rosine se mit à trembler.

– Des animaux. Des animaux vivants ?

Kid passa une main sur sa joue.

– Pas triste. Pas peur. Rosine pas triste. Pas peur.

Il défit ensuite un à un les doigts de la vieille femme qui tenaient la manche de sa veste. Elle se laissa faire. Et sa main retomba dans le vide. Elle s'ébroua, comme si elle sortait d'un long rêve, comme si elle se demandait qui était cet enfant accompagné d'un rat et d'un cochon.

Kid leva son doigt et montra quelque chose dans le ciel.

Rosine leva la tête.

Là-haut, des comètes répandaient des traînes d'or sous les nuages noirs.

– *Zétoilfilantes*, souffla Kid. Zétoilfilantes comme nous. Zétoilfilantes elles brillent. Zétoilfilantes elles meurent. Mais toujours nous se souvenir.

Kid se hissa sur la pointe des pieds et il déposa un baiser léger sur la joue de cette vieille femme si seule. Elle ferma les yeux un instant. Et personne n'aurait pu dire si c'était de douleur ou de plaisir, ou peut-être bien les deux mélangés.

– Mano zétoilfilante. Mano pas mort. Mano toujours dans le cœur.

L'enfant glissa le dinosaure en plastique dans la main de la vieille femme.

Les yeux de Rosine se mirent à briller aussi fort que les comètes qui trouaient le ciel.

Elle esquissa un faible sourire.

– Bonne route, Kid.

Ils rejoignirent Avril sous le grand pin.

Elle grelottait et, bien que très pâle, elle était à présent à demi consciente.

Kid se serra contre elle. Il lui murmura des paroles d'encouragement. Ils allaient y arriver. Elle ne devait pas douter.

Ils reprirent peu après leur route. Bien plus lentement car Kid était encore tout engourdi par les somnifères et le sol détrempé les ralentissait. La civière s'enfonçait régulièrement dans la boue et ils devaient peiner pour la faire avancer.

La pluie ne cessa pas durant tout leur trajet.

Les cheminées blanches de la centrale se rapprochèrent peu à peu.

Au soir venu, ils arrivèrent près d'une clairière.

Un feu de camp crépitait dans la nuit.

Ils s'approchèrent sans peur.

Quand ils arrivèrent dans la lumière, le Conteur releva la tête de son cahier et Ésope se mit à braire de contentement.

12.

Le Conteur se leva précipitamment.

Il vint aider Kid à tirer la civière sous un auvent de plastique tendu devant le chariot. À l'extérieur, un feu abrité par deux plaques de tôles tentait de faire refluer l'humidité.

Ésope, debout sous l'abri, les accueillit en faisant claquer ses grosses lèvres. Kid remarqua que ses sabots étaient emballés dans des sacs plastique. Sirius fit des bonds joyeux autour de l'âne.

Ils installèrent Avril sur une bâche.

– Avril ? Avril, est-ce que tu m'entends ? demanda l'homme.

La jeune fille ouvrit les yeux. Elle balbutia quelque chose d'incompréhensible.

Kid lui montra le crâne d'Avril.

– Avril, boum, lé blessé la tête.

– Quand est-ce qu'elle s'est fait ça ?

Le gamin désigna le ciel.

– Avant pluie.

Le Conteur ausculta le crâne d'Avril. Un gros hématome gonflait sur sa nuque mais il n'y avait plus de saignement. Il ne semblait pas y avoir de fracture.

– La blessure n'est pas si grave. C'est sûrement une commotion cérébrale, dit l'homme. Il n'y a pas grand-chose à faire à part attendre. En espérant que son cerveau n'ait pas été touché.

– Racine ? demanda Kid ? Bonne racine qui soigne ?

Le Conteur fit non de la tête.

– Non, Kid, on ne trouvera pas de bonne racine ici. La terre, les arbres, les cailloux, tout est empoisonné. Je ne devrais même pas faire du feu avec ces branches, c'est certainement très dangereux.

– Zarbres lé morts, déclara Kid.

– Oui, petit. Tout est mort ici. Tu as vu ces perles de verre ? C'est le signe qu'il y a eu une explosion à la centrale. La terre autour de la centrale a été vitrifiée par la chaleur. La terre s'est changée en verre. Tout est contaminé. Tu comprends ce que je dis ?

Le gamin acquiesça.

– On ne doit absolument toucher à rien et partir très vite.

Kid regarda les pieds de l'homme. Comme les sabots de l'âne blanc, ils étaient emballés dans des sacs plastique.

– Il faut que tu te laves entièrement. Ensuite, je te donnerai des sacs pour que tes pieds ne soient pas en contact avec le sol. Et pareil pour Sirius.

Le gamin grimaça.

– Si on reste ici, on sera malades, très malades, martela le Conteur.

Kid tourna la tête vers le nord, là où se trouvait la maison de Rosine.

– Malade ?

– Oui, Kid. Personne ne vit ici. Ici, on ne peut que mourir. Allez, déshabille-toi.

Comme Kid ôtait le pyjama bleu détrempé, Un risqua son museau hors de la poche. Il se mit à renifler l'homme.

Le Conteur fronça les sourcils.

– Qu'est-ce que c'est que ça ? Un rat ?

– Pas rat. Cé Un. Cé une zétoile.

Un descendit sur la cuisse de Kid et vint rejoindre Sirius et Ésope. Il monta sur le dos du porcelet et tendit son museau vers l'âne blanc.

Le Conteur regarda les trois animaux réunis puis se tourna vers Kid.

– Un âne, un cochon, un rat… Il y a vraiment des choses que je ne comprends pas dans ce monde.

– Et ourse, ajouta Kid. Artos marche. Artos va venir. Artos lé zétoile aussi.

Le vieil homme gratta sa barbe.

– Ourse ? Toi, petit, tu sais des choses, n'est-ce pas ? Tu sais ce qui se passe ici ?

L'enfant hocha la tête. Ses yeux étincelaient dans la nuit.

– Est-ce que tu peux m'expliquer ? Est-ce que ces animaux sont spéciaux ? Est-ce que toi, tu es… spécial ?

Kid pointa son index vers l'est.

– Nous être zétoiles. Nous Constellation. Nous briller sur la Montagne.

Le vieil homme le considéra longuement. Puis il finit par se détourner. Il fourragea dans le chariot et en sortit un morceau de savon, une bassine et des sachets de rations vides.

Il plaça le récipient sous la pluie.

– Quand la bassine sera pleine, tu te laveras. Tu laveras aussi Sirius et le rat.

– Cé Un.

– Bon, d'accord. Tu laveras Un. Ensuite tu mettras ces sacs autour de tes pieds et on s'occupera d'Avril. Sirius et Un iront dans le chariot. Il ne faudra pas qu'ils marchent dans la terre avant qu'on quitte cet endroit, c'est d'accord ?

Kid ne répondit pas et fit ce que l'homme lui avait demandé.

Tandis que Kid nettoyait ses pieds boueux, le Conteur alluma sa pipe.

– Vous êtes allés à la Ville, n'est-ce pas ?

– Oui. Zoms méchants.

– Je vous avais prévenus. Il n'y a rien de bon là-bas, dit le Conteur en contemplant les joues pâles d'Avril.

– *Garçon-mort* arriver. Nous enfuir. Nous allé Montagne.

– Qui est ce *garçon-mort* dont tu parles ?

– Garçon-mort pas gentil. Avril la peur.

– Avril le connait, ce garçon ?

Le gamin haussa les épaules.

– Garçon-mort est tout seul. Garçon-mort veut Avril. Lui bientôt ici. Nous allé Montagne.

Le Conteur tira sur sa pipe. Il regarda Kid enfiler les sacs plastique à ses pieds et faire quelques pas maladroits.

– C'est bien. Comme ça tu seras protégé du poison.

– *Poason* ?

– Un poison. Quelque chose de très mauvais, qui peut te tuer. Ici, partout il y a un poison qu'on ne voit pas. Un poison qui vient des grandes cheminées là-bas.

Le vieil homme donna un coup de menton vers les cônes qui luisaient faiblement dans l'obscurité, à quelques centaines de mètres à peine.

Kid hocha la tête.

– Kid lé propre.

– Occupe-toi de Sirius maintenant.

L'enfant, entièrement nu, prit Sirius sous son bras et il le ramena jusqu'à la bassine. Le porcelet se mit à couiner quand Kid le plongea dans l'eau froide.

– Je ne voulais pas venir ici, souffla le vieil homme. Quand vous êtes partis de la ferme, j'ai décidé de continuer ma route. Seul avec Ésope. Je l'ai suivi. Je savais que vous alliez essayer de traverser le fleuve et que vous risquiez d'aller jusqu'à la Ville. Mais ce n'était plus mon problème. Moi, je vais là où Ésope va.

– Ésope lé le chef de Conteur, dit Kid tout en savonnant Sirius qui se débattait dans la bassine avec de grandes éclaboussures.

– Oui, approuva le vieil homme. Ésope est le chef. Il m'a fait faire des détours et je n'ai pas tout de suite compris que l'on venait là. Dans la zone contaminée. Jamais je ne serais venu ici. Mais Ésope a insisté. C'est comme… c'est comme s'il savait que vous alliez arriver.

– Ésope sait. Les zétoiles entendent tout.

Le Conteur resta silencieux un long moment. L'enfant déposa le porcelet tout propre dans le chariot puis il baigna le rat qui se laissa faire avec des couinements de plaisir.

– Est-ce que toi aussi, tu sais ? demanda le Conteur. Est-ce que tu comprends ces animaux ?

Kid sourit gravement.

– Kid sait. Kid lé un zanimo aussi.

Le rat entreprit de se lécher les pattes.

– Est-ce que… est-ce qu'ils te parlent ?

L'enfant secoua la tête.

– Les zanimo parlent pas. Kid voit Livre vivant des zanimo.

– Leur *Livre vivant* ? Qu'est-ce que c'est ?

– Tout. Kid voit tout. Comme dans Livre.

– Tu as un lien avec eux ?

– Oui. Nous lé les zétoiles de la Constellation.

– Quelle constellation ?

Le gamin haussa les épaules. Il déposa Un auprès de Sirius dans le chariot, puis il désigna Avril.

– Tu as raison, il faut s'occuper d'elle. Ses vêtements sont trempés. Il faut la mettre au chaud.

Un à un, ils ôtèrent délicatement les vêtements de la jeune fille.

– Tu as été très courageux de l'amener jusqu'ici, déclara le vieil homme.

Kid haussa les épaules :

– Kid l'aime Avril. Kid jamais laisser Avril. Jamais.

Tandis qu'ils manipulaient son corps, Avril appela faiblement :

– Kid ?

L'enfant la rassura :

– Kid lé là. Pas avoir peur. Kid lé là.

Le Conteur se pencha sur l'épaule de la jeune fille. Il passa un doigt sur l'étoile noire tatouée là. L'encre avait pâli. Mais elle était bien là, toujours présente.

– Alors Nolan ne mentait pas, murmura le vieil homme. C'est bien une Étoile Noire.

– Oui, approuva Kid. Garçon-mort aussi, lé zétoile noire. Avril l'a dit.

Le vieil homme étendit une couverture de survie sur le corps tremblant de la jeune fille puis il se tourna vers Kid.

– Est-ce qu'Avril est ta sœur ?

L'enfant secoua la tête.

– Non. Avril mentir.

– Pourquoi ?

– Avril la peur.

– Alors qui es-tu ?

Kid ne répondit pas.

– Qu'est-ce qu'il se passera quand nous serons à la Montagne ?

L'enfant vint se presser contre le Conteur.

Il prit la main du vieil homme et il la dirigea vers le ciel.

Là-haut, les comètes illuminaient la nuit.

– Conteur faire le vœu.

– Le vœu ?

– Faire le vœu avec les zétoilfilantes.

– Tu veux que je fasse un vœu ?

– Oui, répondit Kid. Conteur faire le vœu pour bonnes choses. Kid sait pas ce qui arrive à la Montagne.

Plus tard dans la nuit, la terre se mit à trembler.

Dans le ciel, les étoiles brillèrent plus fort.

Kid, pelotonné entre Avril et Sirius, laissa échapper un gémissement.

Il ouvrit les yeux, des yeux immenses comme la nuit.

Le porcelet et le rat s'éveillèrent eux aussi.

Sans bruit, ils se laissèrent glisser hors du chariot.

Ils levèrent la tête vers l'ouest.

Là-bas, la Constellation tremblait.

11.

J'ouvre les yeux.
Au-dessus de moi, le ciel, infini, et les dessins complexes des étoiles filantes.
Tout semble paisible.
La pluie tombe. Presque chaude.
Je tire la langue pour recueillir quelques gouttes.
C'est bon.
Même s'il y a la faim. Même s'il y a la fatigue.
J'aurais tant besoin de dormir.
Et pourtant, quelque chose m'a réveillé.
Une odeur.
Je sens. L'air est lourd. Pluie, boue, herbes.
Et le parfum un peu âcre des hommes. Encore lointain.
Je me redresse.
Le danger. Les hommes.
C'est ça qui m'a réveillé.
Les hommes. Le danger.
Je me mets debout. Mes articulations craquent, à cause de l'humidité.
Je me gratte l'oreille.

Il y a quelque chose d'étrange. C'est comme si… comme si j'avais des griffes.
Je regarde ma main, et je découvre une patte énorme, poilue, hérissée de griffes épaisses et jaunes.
Mon corps est pareil, immense, couvert de poils bruns.
Je grogne.
Je comprends alors que je suis plus vraiment Kid.
Je suis Artos.
Je suis Kid et Artos, dans le même temps.
C'est pas un rêve.
Non.
Je suis dans le Livre vivant d'Artos !
Je grogne, comme une ourse grognerait.
Je marche, comme une ourse marcherait.
Cela fait des jours que je marche. Je suis affamée. J'ai tenté de traverser le fleuve à plusieurs reprises mais les eaux sont trop profondes, le courant trop violent. Alors j'ai dû marcher encore, encore et encore. Les odeurs du petit homme, de la jeune femelle, de l'âne et du porcelet sont proches. Demain, je traverserai le fleuve. Je prendrai la direction de la Montagne. Là où, appelés par les étoiles, nous devons tous aller. Je les retrouverai.
Mais ce soir, j'ai été réveillée par la puanteur des hommes. Par le danger.
Ils arrivent. Ils ne sont pas loin. J'entends maintenant leurs pas. Je vois leurs torches qui trouent la nuit.
Je les attends. J'ai peur. Mais il ne faut pas montrer sa peur aux hommes. La peur les excite, je le sais. La peur leur donne le goût du sang.
Les torches se rapprochent.
Leur éclat m'aveugle.

Ils sont là.
Des mâles. Ils sont six. Ils rient, ils crient. Ils ont peur eux aussi. Ils sentent la peur, la solitude et la folie.
Les hommes tentent de m'encercler.
Je grogne : « Éloignez le feu ! Éloignez la lumière ! »
Je me dresse sur mes pattes arrière. Je tourne sur moi-même.
Je fouette les torches de mes griffes. Il y a un cri.
L'odeur du sang et de la peur envahit la forêt. Un des mâles s'effondre en hurlant, le bras sectionné.
Les autres hurlent, brandissent des fourches, des haches. Ils sont prêts à bondir. Et je suis prête à me défendre. Nous nous regardons, longuement.
Il y a un silence.
L'un d'eux se jette sur moi. Une lame lacère ma cuisse. Mais je n'ai pas mal. Je n'ai pas le temps pour ça. Je dois vivre.
Je prends la tête de l'homme entre mes crocs. Je sens les os se briser. Le goût du sang explose dans ma bouche.
Une lame se plante dans mon dos.
Puis une autre dans mon flanc.
Je rugis. De colère.
Une torche m'aveugle.
Trois hommes sont morts. Mais les hommes reviennent à la charge, encore et encore. Mes coups de pattes deviennent moins précis. Mes griffes ne lacèrent que le vide. Les armes des hommes labourent ma chair, leurs torches enflamment ma peau d'ourse.
Je fatigue. Je vacille dans le cercle des hommes.
Ils savent qu'ils peuvent gagner. Qu'ils peuvent me tuer. Ils savent que je doute.
Et pourtant. Et pourtant il y a la Montagne. Il y a cet appel dans mon ventre. Le tambour de la terre.

Mais soudain un nouveau mâle s'avance dans le cercle. Je le reconnais. Je reconnais son odeur.
C'est le Garçon-mort.
C'est lui que j'ai suivi dans les bois pendant des jours et des jours. Il a l'air calme. Il ne sent pas la peur. Il me regarde fixement. Il parle.
Et peut-être qu'Artos ne comprend pas ce qu'il dit. Mais moi, Kid, j'entends parfaitement.
Le Garçon-mort dit : « Laissez cet ours tranquille. »
Les autres rient.
Ils disent : « Il est à nous. C'est notre proie ! »
Ils disent : « Va-t'en ou tu mourras. Nous te mangerons toi aussi. »
Le Garçon-mort ne dit rien. Il regarde les trois hommes, un par un.
Puis, vif comme un éclair, il tire un poignard de sa ceinture et il se jette sur les hommes.
Sa lame est comme la foudre. Elle tranche. Rien ne l'arrête.
Les trois hommes, un à un, s'effondrent.
Morts.
Le Garçon-mort essuie sa lame.
Il s'approche de moi. Je suis sur mes gardes.
Le Garçon-mort dit : « Tu as cru que je ne t'avais pas vue ? Je sais que tu m'as suivi ces dernières semaines, dans les bois. J'ai fait semblant de ne rien remarquer mais je te voyais. Je n'ai pas compris, au début. Je ne voulais pas comprendre. J'ai cru que tu voulais me manger. Mais tu ne l'as pas fait. Maintenant, je crois que je sais. Je sais que tu protèges Avril et cet enfant, c'est ça ? Je sais que tu les as déjà sauvés une fois, en faisant fuir deux Étoiles qui les poursuivaient. Ils m'ont dit comment tu avais

protégé le gamin. Comment tu lui avais *parlé*. J'ai vu cet enfant, avec le cochon et le rat. Il est spécial, n'est-ce pas ? Je ne sais pas ce qui se passe. Je ne sais pas si tu comprends. Je ne sais même pas comment c'est possible. Mais je t'ai vu me suivre jusqu'au Pont. Et faire demi-tour. Et maintenant, tu es en route pour les rejoindre, j'en suis certain. »

Je grogne. Je comprends ce que le Garçon-mort dit et je ne le comprends pas.

Je suis troublée. J'ai peur.

Le Garçon-mort hoche la tête. « Je sais que tu as peur. Que tu as faim. »

Il dépose devant moi de la nourriture.

Je sens. Odeurs de blé, de raisins secs, de noisettes, de miel.

Je salive.

Le Garçon-mort dit : « Mange. Mange et reprends ta route. Va où tu dois aller. »

Je sais que je ne devrais pas.

Mais la faim est trop forte.

Alors je mange.

Je mange et lui me regarde sans rien dire.

Le Garçon-mort.

10.

Ils se réveillèrent avant le petit matin.

Avril avait repris un peu de couleurs.

Kid, qui avait dormi contre elle sous la couverture de survie, lui caressa la joue.

– Kid ? murmura la jeune fille, les yeux encore clos.

– Oui. Kid lé là.

Avril battit des paupières et sourit à l'enfant.

– Où… où est-ce qu'on est ?

– Nous allé à la Montagne.

– Et Darius, parvint à articuler Avril. Où est Darius ?

Le Conteur vint s'agenouiller près d'elle.

– Avril, ne t'en fais pas, tu es en sécurité maintenant.

En apercevant le vieil homme, les yeux d'Avril s'écarquillèrent.

– Comment… comment est-ce que vous nous avez retrouvés ?

– Peu importe, déclara le Conteur.

Après un silence, il ajouta :

– Tu as certainement une commotion cérébrale. On va t'installer dans le chariot. Tu dois te reposer et ça ira mieux dans quelques jours. Il faut que tu boives maintenant. Tu comprends ?

La jeune fille hocha la tête, évitant toutefois le regard du vieil homme.

Le Conteur lui donna un peu d'eau. Avril but avidement puis elle ferma les yeux.

Le vieil homme tenta de rassurer Kid.

– Ne t'inquiète pas. Elle va se reposer. Ça ira mieux ensuite.

À l'abri sous les bâches, ils se partagèrent un peu de nourriture.

Ésope, sitôt sa barre énergétique et son thé avalés, se mit à piaffer et à ruer, impatient de reprendre la route. Le Conteur attela l'animal puis ils chargèrent Avril dans le chariot et Sirius s'installa contre elle pour lui tenir chaud.

Le Conteur ne se donna pas la peine de plier l'auvent. Il abandonna tout sur place.

– Tout ce qui a touché la terre est contaminé. Il ne faut plus s'en servir. Les bâches, les tôles, vos vêtements, on laisse tout ici. Tu peux t'envelopper dans une couverture de survie si tu veux.

Mais Kid préféra rester nu. Avec son collier de capsules et ses sacs plastique entortillés autour des pieds, il ressemblait à un enfant sauvage. Après avoir discuté avec l'âne, il monta sur le dos de l'animal et Un vint se poster sur son épaule.

Le Conteur mit son fusil en bandoulière, vissa le large chapeau noir sur son crâne, se saisit de la bride et, enfin, le chariot s'ébranla sous une pluie battante.

Ésope, comme s'il savait parfaitement où il allait, prit la direction de l'est.

Ils suivirent une piste caillouteuse qui montait légèrement sur une lande de genêts vitrifiés. Tout autour, le paysage fondait sous l'averse en nuances de jaunes. Les perles de verre explosaient sous les sabots emmaillotés de l'âne et les roues cerclées du chariot. Le Conteur ne cessait de scruter les fourrés. Peut-être craignait-il que le garçon-mort dont avait parlé Kid ne soit tapi quelque part. Bientôt la pente devint plus forte et accidentée et les muscles d'Ésope se bandèrent sous l'effort. Kid sauta à terre, Un agrippé à son épaule, et il se mit à trottiner aux côtés de l'âne blanc. Le Conteur encouragea l'animal avec de petits claquements de langue. La piste se fit sinueuse, enchaînant les lacets pentus. À chaque raidillon, le chariot se mettait à tanguer et l'essieu laissait échapper des plaintes métalliques. Quand Ésope peinait trop sous la charge, le vieil homme et l'enfant faisaient le tour du véhicule et s'arc-boutaient sur la planche du hayon arrière. Tous leurs efforts réunis vers les sommets des montagnes qui se dressaient au loin.

À la mi-journée, fouettés par le vent et la pluie, ils débouchèrent sur un plateau qui dominait la vallée.

Là, ils donnèrent à boire à Avril et ils partagèrent une ration. Tout en mangeant, ils contemplèrent le fleuve qui, tel un dragon de boue, rugissait tout en bas. Le fleuve était devenu énorme. À présent, les flots atteignaient le pied des cheminées et les eaux avaient inondé la route sur laquelle Kid et Avril avaient marché il y a quelques jours à peine.

Le Conteur secoua la tête, désolé.

– Si l'eau monte encore, le poison va se répandre partout.

Plus au nord, on apercevait la Ville au-dessus de laquelle s'élevait un long panache noir. Un immense incendie. La Ville brûlait, malgré la pluie. Le Pont semblait avoir été emporté par les eaux folles du fleuve. Le rat sur l'épaule de Kid laissa échapper une longue plainte, comme une sorte d'hommage à tous ses frères et ses sœurs qui étaient morts là-bas.

Alors un puissant tremblement de terre les jeta presque au sol, et sous leurs yeux, ils virent une des cheminées de la centrale vaciller et se fendre, de bas en haut.

Le Conteur posa sa main sur l'épaule de Kid.

– Viens. Il ne faut pas rester là.

Ils reprirent leur route et s'enfoncèrent dans une forêt aux arbres ras et tordus par le vent. La piste montait en pente douce, le terrain était moins accidenté, et ils purent progresser sans trop d'efforts pendant près d'une heure. À la faveur d'une pause, le Conteur observa le sol en rajustant le fusil dans son dos.

– Il n'y a plus de perles de verre. On doit être sortis de la zone contaminée. Je vais aller chercher des racines pour soigner Avril. Attendez-moi.

Comme il s'avançait vers la forêt, Kid l'interpella.

– Conteur attendre. Kid sentir forêt.

L'enfant s'approcha d'un chêne rabougri. Il le renifla, colla son oreille contre l'écorce, puis secoua la tête.

– Non, *poason*. L'arbre lé mort. Plus loin. Aller plus loin.

Le Conteur fronça les sourcils sous son chapeau détrempé.

– Tu peux aussi parler avec les arbres ?

Kid s'esclaffa.

– *Zarbres* parlent pas !

Puis il grimpa sur le dos d'Ésope.

– Mais Kid entend ce que zarbres disent.

Le Conteur plissa les yeux, se demandant certainement si l'enfant se moquait de lui, mais il finit par se rendre à l'évidence : Kid était capable de certaines choses qu'il ne pouvait comprendre.

Ils reprirent donc leur route. Au fil du chemin, la température chuta peu à peu et la pluie se changea en neige. Sirius glissa son groin entre les replis de la bâche et sa petite langue tenta d'attraper des flocons. Malgré les protestations de Kid, le Conteur alla chercher dans le chariot de quoi couvrir l'enfant. Il revint avec une vieille couverture élimée qu'il jeta sur ses petites épaules maigres. Un fut ravi et il disparut sous le tissu en couinant de contentement. Bientôt, tout fut blanc et immaculé autour d'eux. Il régnait un silence calme et ouaté, uniquement troublé par le grincement des roues du chariot.

En fin d'après-midi, ils arrivèrent dans un vallon encaissé où se croisaient plusieurs pistes. Ésope suspendit son pas, huma l'air autour d'eux, puis il se mit à gratter la croûte de neige du museau, comme s'il était bien décidé à rester là.

Le Conteur laissa tomber la bride.

– Je crois qu'Ésope a fini sa route pour aujourd'hui.

Kid se laissa glisser du dos de l'animal et il s'éloigna dans la forêt pour ausculter un arbre. Il se tourna vers le Conteur en souriant.

– Ici, zarbres lé vivant.

– Il n'y a plus de poison ?

– Non, plus *poason*.

Ils décidèrent tout de même de garder les sacs plastique autour de leurs pieds pour se protéger un peu de l'humidité et ils établirent un campement sommaire à la croisée des chemins. Le Conteur avait abandonné toutes les bâches près de la vieille centrale. Il ne restait plus qu'un carré de plastique qu'ils tendirent entre trois perches plantées dans le sol. Un pauvre abri qui s'alourdit rapidement sous le poids de la neige.

Le Conteur réunit un peu de bois et peina longtemps sans réussir à allumer un feu. Avec un pincement au cœur, il alla chercher des livres entassés dans la charrette et il en déchira les pages et enfin les flammes jaillirent.

– Je l'ai toujours dit que les mots pouvaient réchauffer, souffla le Conteur au-dessus du feu. Aujourd'hui, je peux constater que c'est bien vrai.

Il s'enfonça ensuite dans les bois pour aller chercher des plantes mais avec la neige, il lui fut impossible de dénicher quoi que ce soit.

Quand il revint au chariot, le visage fermé, Kid montra Sirius :

– Sirius chercher plante avec Conteur. Sirius lé très fort !

Le cochon approuva avec un grognement.

Le Conteur considéra l'animal avec un regard curieux. Il retourna dans la forêt avec le cochon et, effectivement, ils revinrent quelques dizaines de minutes plus tard avec une brassée de racines tordues.

– Sirius lé fort, hein ?!

Le vieil homme ne put qu'approuver.

– Pas de consoude ici, on est trop en hauteur. Mais j'ai mis la main sur de l'arnica. C'est un vieux berger qui m'a appris ça.

Il mit de l'eau à bouillir au-dessus du feu. Tandis qu'il détaillait les fines racines en morceaux, il demanda à Kid :

– Tu as toujours la photo du chalet, petit ?

– Photo lé partie. Mais pas grave. Ésope et Sirius y savent la route.

– D'accord, admit le vieil homme. Et dis-moi, ces gens, sur la photo, cet homme et cette femme, c'était tes parents ?

– Kid jamais vu Pa et Ma. Avril raconté Kid. Mais Kid jamais vu.

– Tu as grandi avec Avril, n'est-ce pas ?

Kid hocha la tête.

– Oui. Avril et Kid. Tout seuls.

– Alors, comment Avril connaissait-elle ce garçon, celui qui vous poursuit ?

– Garçon-mort ?

– Oui, le garçon-mort.

– Garçon-mort lé ami Avril avant Arbre.

– Et toi, tu n'étais pas là quand ils étaient amis ?

– Non, Kid lé pas là.

– Alors cet endroit où on va, ce chalet, à qui il appartient ? Qui étaient ces gens sur la photo ?

– Avant, Kid la eu une chambre. Comme Mano. Avec disaunores. Kid se rappelle. Un peu.

Le Conteur écarquilla les yeux.

– Disaunores ?

Kid le fixa sans rien dire. Le regard du gamin était un peu triste, aussi l'homme changea de sujet. Il lui montra les racines noires et fibreuses qu'il avait ramassées et lui raconta comment autrefois les bergers, voyant que les chèvres blessées broutaient cette plante, avaient découvert ses propriétés.

– Mais c'est aussi une plante toxique. Il faut faire très attention au dosage.

Ils regardèrent les racines tournoyer dans l'eau frémissante puis le Conteur ôta la casserole du feu et, après un moment, il remplit un gobelet.

– Voilà, tu vas voir, avec cette potion magique, Avril va être guérie.

Quand il monta à l'arrière du chariot, la jeune fille était réveillée.

Le Conteur l'aida à se redresser.

– Est-ce que tout va bien ? demanda-t-elle avec une petite voix.

– Tout va bien. Et toi, est-ce que ça va ?

Avril hocha la tête.

– Tu te souviens de tout ? Pas de trou de mémoire ? Pas de confusion ?

– Non. J'ai juste mal au crâne et je me sens très fatiguée, murmura Avril.

– Tu as eu de la chance, tu sais.

– Oui. Kid m'a sauvée. Sans lui… je serais morte.

Le Conteur lui tendit le gobelet.

– Bois ça, ça te soulagera.

– Comment va Kid ? demanda Avril en humant le parfum un peu âcre qui s'échappait du récipient.

– Ne t'en fais pas, Kid est très courageux. Je crois que ce gamin est mieux armé que nous pour ce monde.

– Comment ça ?

– Tu n'as rien remarqué d'étrange chez lui ?

Elle but une gorgée et grimaça. Le liquide était extrêmement amer. Avril se souvenait du cri animal que Kid avait lancé depuis les haubans, de la horde de rats qui avait envahi les ruelles avant de monter à l'assaut du mur. Comme si Kid les avait appelés. Elle se souvenait des yeux de l'enfant à ce moment-là. Des paillettes dorées qui virevoltaient dans son regard. De son air déterminé. Oui, Kid était spécial. Il n'avait plus rien à voir avec le petit enfant qu'elle avait essayé d'éduquer. Malgré tous ses efforts pour lui apprendre à lire, à parler, à se laver, il était devenu quelqu'un d'autre depuis qu'ils avaient quitté l'Arbre. Comme si l'arrivée du porcelet l'avait transformé, définitivement, réveillant en lui quelque chose de profondément animal.

– Kid a toujours été… un peu étrange. Qu'est-ce que vous voulez dire ?

– Je l'ai observé. Avec Ésope. Avec Sirius. Et je ne sais pas, j'ai l'impression…

Avril acheva sa phrase :

– Qu'il parle aux animaux ?

Le vieil homme hocha la tête.

– Oui, je ne sais pas comment c'est possible mais Kid comprend ce que vivent les animaux. Il entend leurs pensées.

– C'est comme s'il était lui-même un animal, n'est-ce pas ?

Le Conteur gratta sa barbe poivre et sel.

– Peut-être que c'est le futur de l'homme. La seule façon de survivre.

Ils restèrent face à face sans rien ajouter durant de longues secondes. Enfin le Conteur rompit le silence.

– Reste au chaud ce soir encore. Kid t'apportera à manger. Ça devrait aller mieux demain.

Avril le regarda rassembler sans rien dire quelques affaires dans le fourbi.

Le vieil homme déposa des vêtements chiffonnés à côté d'elle.

– Tiens, c'est trop grand pour toi mais tu t'habilleras avec ça. Il y a une vieille paire de chaussures, là. Ça devrait t'aller.

Avant de descendre du chariot, il se retourna vers Avril.

– Tu te souviens des pierres ?

– Les pierres ?

– Celles qui sont trop lourdes à porter.

Avril se rappela des mots du Conteur et du soir où il lui avait révélé que ses deux fils avaient été tués par les Étoiles Noires.

– Oui, je me souviens.

– Kid m'a raconté que vous étiez poursuivis par quelqu'un. Un garçon.

Avril détourna le regard.

– Est-ce que ce garçon peut nous trouver ici ? demanda le vieil homme.

Avril secoua la tête :

– Non, je ne pense pas.

Mais elle savait que c'était faux. Tant que Darius serait vivant, il serait après elle. Jamais il n'abandonnerait.

Avril en eut le pressentiment : tôt ou tard, il la retrouverait.

Le Conteur passa une main dans sa barbe.

– Avril, il y a trop de pierres dans ton sac.

La jeune fille balbutia quelques mots.

– Je suis désolée. Pour ce qui s'est passé à la ferme. Je ne voulais pas vous…

Il l'interrompit en posant une main sur son épaule.

– Demain. Nous parlerons demain. Tous les deux.

Le vieil homme sortit du chariot et Avril se recoucha sur la paillasse. Elle avait mal au crâne et le goût du breuvage du Conteur lui soulevait un peu le cœur. Elle se sentait perdue. Depuis le Pont, elle avait perdu la maîtrise des événements et cela la déstabilisait. Elle aurait dû s'occuper de Kid, le protéger, et pourtant c'est lui qui l'avait sauvée. C'est même lui qui l'avait arrachée à Darius. Elle se rappela ce qu'elle avait éprouvé dans la barque sous le Pont. Cet étrange mélange d'attirance et de répulsion. C'était incompréhensible. Elle savait pourtant qui était Darius. Alors pourquoi ne cessait-elle pas de penser à lui ? Elle savait que si Darius les retrouvait, il n'hésiterait pas à tuer Kid. Elle se jura de le défendre. Et de tuer Darius s'il le fallait, même si elle s'était promis de ne plus jamais verser le sang.

Lasse et engourdie par la potion du Conteur, elle enfouit son visage dans la paillasse d'herbes sèches et ferma les yeux, en espérant que le sommeil viendrait rapidement.

À l'extérieur, le Conteur fit bouillir de l'eau pour préparer une soupe.

La neige tombait toujours, lourde et collante. Dans la forêt, des arbres gémissaient, craquaient et s'effondraient sous le poids. Au sud, le soleil déclinait. L'ombre des montagnes s'étendit lentement sur le vallon.

Kid porta une gamelle de soupe à Avril mais elle dormait déjà. Il n'osa pas la réveiller et se contenta de se serrer contre elle en embrassant son visage.

Il ressortit du chariot et ils mangèrent sous la toile sombre du ciel. Le vieil homme aspirait toujours sa soupe avec de grands bruits mais ce qui avait fait rire Avril ne semblait pas déranger Kid. Il lapait sa soupe avec de plus grands bruits encore. Quand ils eurent fini, le Conteur nettoya les gamelles avec un peu de neige et il alluma sa pipe. Le gamin finit par dodeliner de la tête.

– Kid, cette nuit tu vas dormir avec Avril dans le chariot. Moi, je resterai là avec Ésope.

L'enfant scruta les ténèbres, un peu anxieux.

– Ne t'en fais pas, ajouta le Conteur en désignant le chapelet d'oreilles, si le garçon-mort arrive, il aura affaire à moi.

L'enfant acquiesça avant de rejoindre Avril, accompagné de Un et Sirius.

Le Conteur prit son fusil, s'enveloppa dans une couverture de survie et vint se blottir contre l'âne blanc qui grelottait de froid. Ce soir-là, le Conteur n'avait pas écrit dans son carnet. Il n'était pas arrivé à trouver les mots pour dire toutes les questions qui tournoyaient dans sa tête comme autant de comètes folles. Épuisé par la journée, il finit par sombrer dans un sommeil glacé.

9.

Artos, tu marches dans le silence des forêts mortes.
Tu es blessée, affamée.
Tu entends le Garçon-mort qui marche derrière toi.
Tu sens son odeur.
Tu sais qu'il te suit.
Mais tu n'as plus la force de te battre.
Il n'y a plus que l'appel.
L'appel de la Montagne.
Ce tambour qui frappe sans cesse dans ton ventre.
Marcher.
Encore et encore.
Mettre une patte devant l'autre.
S'oublier complètement.
Ne plus être ce corps blessé et meurtri.
Être seulement dans le mouvement.
Cette chose dont seuls les bêtes, les étoiles et les fous sont capables.
Encore et encore.
Marcher.

8.

Quand Avril ouvrit les yeux, Sirius l'accueillit à grands coups de langue. Elle le chassa en riant.

Tout bougeait et cliquetait autour d'elle. Le chariot avait repris sa route.

Elle se sentait mieux. La nausée l'avait quittée et la migraine avait pratiquement disparu.

Elle passa les vêtements que le Conteur avait laissés pour elle. Comme il l'avait dit, c'était effectivement bien trop grand. Les chaussures, par contre, étaient trop petites mais elle dut s'en contenter.

Elle écarta les bâches à l'avant du chariot.

Le paysage était blanc, immaculé.

Le chariot gravissait une route enneigée.

Kid était sur le dos d'Ésope. Le Conteur marchait à ses côtés.

Le vieil homme se retourna.

– Tu vas mieux ?

Avril hocha la tête.

Kid laissa échapper un cri de joie en apercevant la jeune fille. Il se mit debout sur le dos de l'âne et bondit dans le chariot où il couvrit Avril de baisers.

– Avril lé soigné !

– Oui, Kid, ça va.

Avril découvrit le rat, agrippé à l'épaule de l'enfant. Elle se recula instinctivement.

– Kid, qu'est-ce que c'est que ça ?!

Le gamin prit le rat entre ses mains.

– Cé Un ! Cé une zétoile !

Avril frissonna quand Kid lui mit le rat sous le nez.

– Pas peur Avril ! Un lé avec nous !

La jeune fille tendit la main et caressa avec un peu d'appréhension le museau du rat. Un laissa échapper un petit couinement de satisfaction. Elle n'avait donc pas rêvé quand elle avait vu tous ces rats envahir le Pont.

Kid se pencha vers elle.

– Kid la vu Artos.

– Artos ?

– Oui, Artos, l'ourse.

Avril secoua la tête.

– Qu'est-ce que tu me racontes, Kid ?

– L'ourse, insista l'enfant. Garçon-mort l'a suivie. Garçon-mort marche vers la Montagne.

La jeune fille frémit.

– Non, Kid, c'est impossible. Darius ne peut pas nous trouver.

– Garçon-mort marche ! Artos et Kid ont vu.

La jeune fille se souvenait parfaitement de l'ourse qu'ils avaient croisée dans la forêt, et comment l'animal avait protégé Kid. Elle ne savait comment mais il fallait se rendre à l'évidence, un lien existait entre les animaux et l'enfant.

– D'accord, Kid, je te crois. Tu… parles avec cette ourse ?

– Non, Kid pas parler. Kid sentir. Kid voir. Kid entendre. Kid comprendre. Kid lire Livre vivant !

– Et c'est pareil avec Sirius ? Tu peux comprendre ce que pense Sirius ?

L'enfant acquiesça.

– Kid comprendre Sirius, Un, Ésope.

– Mais comment est-ce que c'est possible ?

– Nous zétoiles, Avril.

– Nous ?

Kid posa sa main sur le cœur d'Avril.

– Nous. Avril aussi lé zétoiles.

La jeune fille regarda la petite main posée sur sa poitrine.

– Mais… pourquoi moi je ne peux pas comprendre les animaux ?

– Avril la peur, répondit Kid avec un sourire un peu triste. Quand Avril la plus la peur, Avril comprendra.

Avril regarda l'enfant, le rat, et le porcelet qui la fixaient sans ciller.

– Alors tu sais depuis le début que Sirius n'est pas un chien ?

Kid haussa les épaules.

– Sirius lé Sirius. Pas chien. Pas cochon. Sirius lé vivant. Sirius lé zétoile.

Le chariot s'immobilisa soudain.

Le Conteur écarta les bâches.

– Ésope est fatigué. On va faire une pause.

Ils descendirent tous du chariot, sauf Un qui ne voulait absolument pas mettre les pattes dans la neige.

Ils étaient sur une route forestière. Tout autour, des arbres lourds de givre craquaient. Des panneaux routiers tordus indiquaient un village à quelques kilomètres. Au-dessus d'eux, le ciel était d'un blanc parfait, ourlé au nord d'un coup de pinceau sombre.

Kid s'éloigna avec Sirius dans les bois. Ils entreprirent de gratter le sol pour trouver des racines.

Le Conteur tendit à Avril une bouteille remplie d'un liquide ambré.

– Bois ça.

– Qu'est-ce que c'est ? demanda la jeune fille.

– La même chose qu'hier.

– Ce n'est pas très bon.

– Ça n'a pas à être bon. Bois.

Avril se retourna pour cacher son sourire. Le Conteur était toujours aussi aimable. Elle était heureuse de le retrouver, même si elle savait que tôt ou tard il lui faudrait s'expliquer sur le tatouage qui ornait son épaule. Le Conteur l'avait dit : « Demain, tu me raconteras. » En glissant la tête hors du chariot, elle avait pu voir que l'horrible collier d'oreilles desséchées était toujours à sa place. Elle le savait, le vieil homme attendait l'histoire qu'il avait demandée.

– Il ne faut pas traîner, déclara le Conteur en désignant au nord une barre compacte de nuages gris. Une tempête va certainement arriver sur nous. On se repose un peu et on repart.

Avril fit quelques pas dans la neige. Elle inspira profondément. C'était si agréable. Si agréable d'être vivant. Juste pour ça : entendre la neige craquer sous ses pas, se remplir du froid sec, lever la tête vers le ciel infini, regarder un enfant et un cochon ouvrir la bouche pour recueillir quelques flocons sur leur langue. C'était peu de chose. C'était tout. Et Avril pensa que si les hommes avaient gardé ça en tête, rien ne serait arrivé. « *Si toi, tu n'avais pas oublié tout ça, tu n'aurais jamais fait ce que tu as fait* » lui murmura une petite voix intérieure.

Avril but le contenu de la bouteille en grimaçant. Le goût était vraiment affreux.

Elle revint vers le chariot où le Conteur donnait à manger à Ésope.

– Merci, dit-elle en tendant la bouteille au vieil homme. Merci pour tout ce que vous faites pour nous.

– Je te l'ai dit, ce n'est pas moi qui décide, c'est...

– C'est Ésope le chef. Oui, je sais. Mais merci quand même. Vous n'êtes pas obligé. Surtout... avec ce qui s'est passé à la ferme. Je suis désolée.

Le Conteur tapota les flancs de l'âne blanc.

– J'avoue que j'ai été attristé. Profondément attristé par ta fuite. Il faut croire que je commençais à m'attacher à vous.

Avril baissa la tête.

– Alors pourquoi continuez-vous à nous aider ?

Le vieil homme lui sourit.

– Peut-être que je suis encore un peu attaché.

– Mais vous n'êtes pas en colère contre moi, maintenant que vous savez qui je suis ?

– Je ne sais pas qui tu es, Avril. J'ai vu le tatouage sur ton épaule. L'étoile noire. Mais ce serait trop simple si on pouvait résumer les gens à un tatouage, n'est-ce pas ?

– Ou à un collier d'oreilles, approuva la jeune fille.

Le Conteur regarda l'affreux chapelet suspendu à l'avant du chariot et il hocha la tête.

– Quand tu t'es enfuie, j'ai été triste pour toi.

– Pour moi ?

– Oui. Parce que je savais que ta fuite ne te mènerait nulle part. Tu aurais dû me dire la vérité.

Dans la forêt, Kid entreprit d'escalader un arbre.

Avril lui cria de faire attention mais le gamin ne se donna même pas la peine de répondre. Elle se tourna vers le Conteur.

– Je ne voulais pas vous mentir. Mais comme vous m'aviez dit que les Étoiles Noires avaient pris vos fils, je n'ai pas voulu parler de mon passé. Pour ne pas vous faire de peine…

– Tu sais d'où vient la tristesse, Avril ? Elle vient des silences. Pas des mots.

La jeune fille voulut protester mais le Conteur ne lui en laissa pas le temps.

– Et là, tu mens encore, Avril. Ce n'était pas pour me protéger que tu n'as rien dit. C'était pour te protéger, toi. Parce que tu avais honte.

Avril finit par hocher la tête.

– Oui, c'est vrai.

– La honte, c'est comme l'égoïsme. C'est humain.

– Vous pensez que je suis une égoïste.

– Oui.

La jeune fille serra les poings.

– Vous dites ça pour me faire du mal ?

– Non. Je te dis ça parce que j'ai fait pareil. J'ai été égoïste. Et quand j'ai réalisé qui j'étais, j'ai essayé de fuir, moi aussi. De fuir ce que j'avais été. Mais on ne peut pas échapper à son passé. Il vous rattrape toujours. Il se cache où on s'y attend le moins. Au fond d'une bouteille. Au bout d'une corde. Ou sous les traits d'un garçon-mort.

Avril tressaillit.

– Je t'ai dit que les Étoiles Noires avaient pris mes deux fils mais je ne t'ai pas tout dit. Moi non plus, je n'ai pas été tout à fait honnête.

Le vieil homme inspira profondément.

– Albin et Roman avaient quinze ans. Ils étaient jumeaux. J'étais séparé de leur mère. Ils vivaient avec moi. Enfin, disons plutôt qu'ils vivaient sous le même toit que moi, à côté de moi. Moi, je ne pensais qu'à l'écriture. Je m'enfermais dans mon bureau, du matin au soir. J'y passais parfois plusieurs jours d'affilée, sans même me rendre compte que je n'avais ni mangé ni dormi. Ni même parlé à mes enfants. Je n'ai pas vu ce qui arrivait. Je pensais qu'ils avaient tout ce qu'il leur fallait pour être heureux. Une piscine, des téléphones, des télés, des pizzas surgelées, des vacances au ski. Je ne me suis pas rendu compte qu'ils avaient beaucoup plus besoin d'un père que de tout ça. Quand les troubles ont commencé, je n'ai pas imaginé que ça pouvait les marquer. Ils passaient leur temps devant leurs ordinateurs, à regarder en boucle les images de toutes ces atrocités. Sur le moment, je n'ai rien vu. C'était comme… comme si j'étais aveugle. Et quand j'ai ouvert les yeux, c'était trop tard. Je me suis levé un matin et j'ai trouvé un brasier dans mon jardin. C'était tous mes livres. Et toutes nos photos de famille. Sur le mur du salon, il y avait une immense étoile noire. C'était tout ce que m'avaient laissé Albin et Roman. Un feu de souvenirs et une étoile noire, rien d'autre.

– Ils étaient partis ?

– Oui. J'ai d'abord cru qu'on les avait obligés à rejoindre les Étoiles Noires. Qu'ils avaient été drogués. Qu'ils étaient séquestrés, je ne sais où. Je refusais la vérité. Alors j'ai tout quitté, et je suis parti à leur recherche. Un soir, j'ai trouvé leur campement. Les Étoiles Noires ont menacé de me tuer. De me trancher les mains. Mais je n'ai pas hésité. Je voulais retrouver mes fils. Les arracher à tout ça.

– Et vous les avez retrouvés ?

– Oui. Ils étaient là. Ils n'ont répondu à aucune de mes questions. Quand ils ont vu dans quel état pitoyable j'étais, ils se sont mis à rire. À rire, Avril. Et tous ceux autour d'eux ont ri avec eux. Et je me suis vu au travers des yeux de ces jeunes garçons, de ces jeunes filles… J'ai vu ce que j'étais devenu, au fil des années. Et j'ai compris pourquoi ils me détestaient. Je n'étais qu'arrogance et égoïsme. J'étais le vieux monde, sale et fatigué. Ils n'ont pas eu besoin de me couper les mains ni de me battre à mort. Ce simple rire a suffi à me détruire. Quand je t'ai dit que les Étoiles Noires m'avaient pris mes enfants, c'était faux. Personne ne me les a volés. Je les ai perdus.

Le Conteur détourna le regard. Avril avait cru voir une larme briller au coin de ses yeux.

– Elle est là, la vraie fin du monde, Avril. Sans amour, le monde est un désert.

Avril posa sa main sur celle du vieil homme.

– Merci, souffla-t-elle. Merci de nous aider.

– J'essaie juste de sauver ce qui reste de beau.

Avril s'apprêtait à lui répondre quand le cri de Kid retentit.

Il était perché en haut de l'arbre et il montrait quelque chose en direction de l'ouest.

– Artos ! Artos lé la !

7.

– Artos lé là ! répéta Kid en courant vers Avril. Kid la vue Artos !

– Tu parles de l'ourse, n'est-ce pas ? demanda le Conteur.

– Oui. Artos ! Artos lé dans forêt !

Avril n'était pas très rassurée à l'idée d'être confrontée à une ourse bien vivante.

– D'accord, on va attendre qu'elle arrive.

Kid secoua la tête.

– Non, Artos lé blessée ! Nous aider Artos !

– Kid, ce n'est pas très prudent.

Mais le gamin ne l'écouta pas. Il partit en courant vers les bois.

– Kid, reviens ici !

L'enfant disparut entre les arbres.

Avril jura entre ses dents.

– Je crois que tu ferais mieux d'y aller, déclara le Conteur. Le chariot ne passera jamais dans ces bois. Je vais rester là avec Ésope et Sirius.

La jeune fille porta la main à sa ceinture. Mais elle se rappela qu'elle avait perdu son couteau dans leur fuite du Pont.

Le Conteur lui tendit son fusil.

– Prends, on ne sait jamais.

La jeune fille remercia le vieil homme et elle fila entre les arbres, suivant les traces qu'avait laissées Kid.

La neige craquait sous ses pas.

Enfin, elle déboucha au-dessus d'une ravine.

Elle eut du mal à croire ce qu'elle voyait.

Kid était là, assis dans la neige. Il tenait l'ourse contre lui. Un tout petit corps d'enfant noyé dans la fourrure de l'énorme animal.

Avril leva son arme, prête à faire feu. L'ourse leva son museau vers la jeune fille et grogna.

– Kid, éloigne-toi !

L'enfant se tourna vers elle.

– Non ! Cé Artos ! Artos pas méchante ! Artos lé blessée !

Effectivement, du sang coulait de la gueule de l'ourse et un souffle rauque s'échappait de sa poitrine.

– Artos lé zétoile ! insista Kid.

Avril baissa son arme et descendit dans la ravine. Elle s'approcha prudemment.

Le gamin caressait la tête de l'ourse, les larmes aux yeux.

– Qu'est-ce qui s'est passé ? demanda Avril.

– Artos lé blessée. Zoms méchants.

La fourrure de l'animal portait de larges entailles. Le poil était roussi par endroits.

– Qu'est-ce qu'on peut faire pour elle ?

– Artos aider nous dans forêt. Nous aider elle maintenant.

La jeune fille hocha la tête.

– D'accord. Je vais aller chercher le Conteur. On va voir ce qu'on peut faire.

Elle sortait de la ravine quand elle entendit une voix.

Sa propre voix.

L'enregistrement qu'elle avait fait pour Madame Mô : « *Deux des plus belles étoiles de tout le ciel / Ayant affaire ailleurs, sollicitent ses yeux / De bien vouloir resplendir sur leurs orbes / Jusqu'au moment du retour. / Et si ses yeux / Allaient là-haut, si ces astres venaient en elle ? / Le brillant de ses joues les humilierait / Comme le jour une lampe. Tandis que ses yeux, au ciel / Resplendiraient si clairs à travers l'espace éthéré / Que les oiseaux chanteraient, croyant qu'il ne fait plus nuit…* »

Avril se figea.

L'ourse se mit à gronder.

– Je savais bien que cette ourse me mènerait à toi, dit une voix.

La voix de Darius.

Le garçon apparut entre les arbres enneigés, de l'autre côté de la clairière. Sous la barbe qui dévorait son visage, ses traits étaient tirés. Il était plus pâle que jamais. Ses vêtements en lambeaux. Ses cheveux blonds tombaient en paquets sur ses épaules maigres. Il arrêta le magnétophone qu'il tenait entre ses mains et le posa au sol.

– Je ne sais pas comment c'est possible mais heureusement que l'ourse était là. Sans elle, je ne vous aurais jamais retrouvés.

Darius fit quelques pas vers Kid et l'ourse.

Avril leva son arme.

Le garçon ricana.

– C'est comme ça que tu dis bonjour ?

La jeune fille ne répondit pas.

– Alors Avril. Comment vas-tu ? Ça fait longtemps.

– Je n'ai plus rien à voir avec toi, Darius. Laisse-nous.

– Vraiment ?

– Vraiment. Les Étoiles Noires, c'est fini.

Darius haussa les épaules.

– Bien sûr que c'est fini. Tout est fini, Avril. Il suffit de regarder autour de nous, n'est-ce pas ? Le monde est mort. Tout à fait mort.

– Tu te trompes, Darius. Tant que nous sommes vivants, le monde n'est pas mort.

Le garçon considéra ce qu'elle venait de dire.

– Tu as raison, Avril. Le monde est à nous. Il n'y a qu'à se baisser et prendre ce qui reste. Tous ceux des Étoiles Noires sont morts. Parce qu'ils n'étaient pas dignes de vivre.

– Ils ne voulaient plus te suivre et tu les as tués, n'est-ce pas ?

Darius haussa les épaules.

– Nous sommes les élus, tu te souviens ?

– Non. Tout ça, ce ne sont que des histoires. Il n'y a pas de Dieu. Il n'y a pas d'élus.

– Mais si, insista Darius. Regarde-nous. Regarde tout ce que nous avons traversé. Est-ce que ce n'est pas la preuve ?

– Qu'est-ce que tu veux ?

– Ce que je veux ? Mais Avril, tu le sais bien. Je veux qu'on soit comme avant, tous les deux.

– Avant n'existe plus.

Le garçon serra les poings. Il donna un coup de menton vers Kid.

– Tu préfères ce gamin et ses animaux ?

– Ce gamin, ces animaux, ils sont beaucoup plus humains que toi !

Darius grimaça.

– Est-ce que tu lui as raconté ? Est-ce que tu lui as dit qui il était ?

Avril secoua la tête.

– Ne fais pas ça.

Le garçon fit quelques pas vers l'enfant. L'ourse remua sur le sol. Elle parvint difficilement à se remettre sur ses pattes, laissant une flaque de sang sur la neige.

– Avril t'a dit que tu étais son frère, n'est-ce pas ? Tu sais que c'est faux ? Avril n'a jamais été ta sœur.

Kid ne disait rien. Darius s'avança vers Avril.

– Avril a toujours douté d'elle-même. Il ne faut pas lui en vouloir. Je la connais bien, tu sais. Elle est si fragile. C'est comme une maladie. Ce n'est pas vraiment sa faute. Avril a été adoptée. Elle a toujours cru qu'elle était moins belle que les autres, moins forte, moins aimée. Moi, j'ai essayé de la guérir. De lui donner confiance.

– Tais-toi !

– Je comprends. Ce n'est pas facile à entendre. Mais Kid doit savoir. Kid doit savoir que ses parents sont morts par ta faute.

Avril mit Darius en joue.

– Tais-toi !

Le garçon écarta les bras, en signe de paix.

– Je me demande souvent si c'est le hasard qui nous a ramenés au village. Ce que je crois, c'est que tu avais tout décidé. Tu te souviens, Avril, de ce que tu as ressenti quand tu les as vus derrière la fenêtre ? Quand tu as vu combien ils étaient heureux avec l'enfant ? Avec leur vrai enfant ? Tu te souviens de ta jalousie à ce moment-là ? Tu te rappelles ta haine ?

La jeune fille secoua la tête.

– C'est toi qui les as tués. Toi ! Moi, je n'y suis pour rien. Je ne voulais pas ça.

Darius vint planter son torse en face du canon du fusil.

Il était si proche qu'Avril pouvait sentir son odeur. Le jeune homme souriait, et son sourire traçait une ligne sur son visage, reliant la beauté angélique à la laideur de la brûlure.

– Non, Avril, souffla Darius. Tu mens. Je sais que c'est dur à admettre mais tu es responsable de ça. Tu les as tués. Tu l'as fait parce que tu as compris qu'ils l'aimaient, lui. Comme jamais ils ne t'aimeraient.

Le garçon prit le canon du fusil des deux mains et le dirigea vers son propre visage, vers sa joue qui portait la trace de la morsure du feu.

– Tu comptais pour moi, Avril. Et je croyais que je comptais pour toi. Tu te souviens ? Quand tu as regardé par la fenêtre, tu pleurais. Et moi je t'ai pris dans mes bras. Je t'ai consolée. Pourtant, tu m'as enfermé dans le brasier et tu t'es enfuie. Tu m'as abandonné, Avril. Tu as abandonné la seule personne qui t'aimait.

La voix de Darius se brisa presque. Une larme étincela au coin de ses yeux.

– Ce soir-là, Avril, c'est comme si tu m'avais tué. Alors, si tu es certaine de ce que tu veux, finis ce que tu as commencé. Tue-moi.

La jeune fille ferma les yeux, se remémorant tout ce qui les avait réunis pendant ces longues années sur les routes. Elle ferma les yeux. Une seconde de trop.

Darius lui arracha l'arme et la poussa en arrière. Avril roula dans la neige.

– Tu vois, sourit le jeune homme. Tu ne peux pas me tuer, Avril. Parce que sans moi, le monde n'existe plus. Tu m'aimes encore, n'est-ce pas ?

– Je ne t'aime pas, je ne t'ai jamais aimé ! cracha la jeune fille. Je n'ai pas tiré parce que je ne veux plus que le sang coule. Je ne veux plus de morts.

Darius, le fusil entre les mains, la regarda tristement.

– Vraiment ? Alors c'est vraiment la fin ?

Avril hocha la tête.

– Bien, lâcha le jeune homme, la mine grave. C'est drôle comme tout ressemble parfois à une tragédie. Alors on va faire comme dans Roméo et Juliette. Si on ne peut être réunis dans la vie, on le sera dans la mort.

Il tourna l'arme vers Kid.

Il s'apprêtait à faire feu quand l'ourse, dans un ultime effort, se jeta sur Darius en rugissant.

Elle renversa le garçon sur le sol et l'emporta dans la pente, faisant claquer ses mâchoires, donnant de grands coups de pattes. Darius se défendit comme il put, avec une férocité égale à celle de l'animal. Son visage ruisselait de sang. Ses vêtements en lambeaux laissaient entrevoir de profondes griffures.

Soudain, l'ourse se dressa sur ses pattes arrière et ouvrit grand sa gueule hérissée de dents jaunâtres.

Le garçon leva le fusil.

Il y eut une détonation et l'ourse se figea.

Elle cligna des yeux, comme surprise.

Une tache noire s'élargit sur son poitrail.

Du fond de sa gorge monta une plainte étrangement aiguë.

L'animal titubа, comme un homme ivre, et toute sa masse s'abattit lourdement sur Darius.

– Artos ! cria Kid.

Avril bondit sur l'enfant.

– Viens, Kid, il ne faut pas rester là !

– Non !

Avril le tira à sa suite. Elle ne savait pas si Darius était mort ou vivant.

– Viens, Kid ! Il faut partir ! On ne peut plus rien. On ne peut plus rien pour Artos ! Partons !

6.

Ils rejoignirent le Conteur près du chariot.

– C'est toi qui as tiré ? Où est mon fusil ?

– Je ne l'ai plus. Il nous faut partir. On parlera de ça plus tard.

Kid sanglotait. Malgré ses protestations, Avril le hissa dans le chariot où Sirius semblait aussi désemparé que l'enfant.

– Je te jure qu'on va arriver à la Montagne, lui lança Avril. Nous ne sommes plus très loin.

Le gamin se blottit contre le porcelet, le visage fermé.

Avril aurait voulu prendre le temps de le consoler mais le Conteur l'appela depuis l'avant du chariot.

– Dépêchons-nous. La tempête arrive.

Effectivement, plus au nord, le ciel avait pris la teinte jaunâtre d'un vieil os.

Elle rejoignit le Conteur. Inquiète, elle se retourna vers la forêt, comme si elle s'attendait à voir surgir Darius.

Le Conteur posa sa main sur l'épaule de la jeune fille.

– Qu'est-ce qui s'est passé là-bas ? Où est l'ourse ?

Avril secoua la tête.

– Elle nous a sauvés. Mais Darius… Darius l'a tuée.

– Et lui, où est-ce qu'il est ?

– Je ne sais pas. Il est mort, peut-être. Partons !

Ésope piaffa et le chariot s'ébranla. L'âne blanc, comme s'il avait compris l'urgence, allait au trot, soulevant des paquets de poudreuse. Avril et le Conteur furent contraints de presser le pas.

– Darius, qu'est-ce qu'il veut ? demanda le vieil homme, peinant dans la neige fraîche.

Avril hésita à répondre.

– Il veut que je retourne avec lui, finit-elle par lâcher.

– Vous étiez ensemble autrefois ? Deux Étoiles Noires ?

Avril acquiesça.

– Oui. Darius n'a pas supporté que je le quitte. Il est fou. Il voulait qu'on meure… qu'on meure tous les deux.

Avril pensa à Kid. Elle avait vu les larmes rouler sur ses joues. Elle ne savait pas s'il avait pleuré à cause de l'ourse ou de ce que Darius avait révélé. À présent, Kid savait la vérité et ça la tourmentait. Avril n'avait qu'une seule crainte : que le gamin la déteste pour ce qu'elle avait fait à ses parents.

Elle prit une profonde inspiration et se tourna vers le Conteur.

– Il a aussi raconté la vérité à Kid.

– La vérité ?

– Que ses parents étaient morts par ma faute.

– Alors, les voilà, les pierres qui étaient trop lourdes à porter ?

– Je n'ai pas voulu tout ça, souffla Avril, les joues rougies. Est-ce que vous croyez que Kid me pardonnera un jour ?

– Je n'en sais rien. Le cœur est un muscle surprenant.

– Je l'aime, vous savez.

– Je le sais. Et Kid est exceptionnel. Alors il te pardonnera peut-être.

Le Conteur enfonça le chapeau sur son crâne.

– Mais pour ça, il faudrait d'abord qu'on survive à la tempête qui arrive.

Le vent s'était subitement levé. Il y eut tout d'abord des bourrasques, sauvages, qui soulevèrent la neige poudreuse autour d'eux comme si c'était de la poussière. Peu à peu, le ciel vira au blanc sale avant de s'obscurcir brutalement. Le vent se renforça rapidement, poussant des plaintes lugubres entre les arbres dépenaillés. Bientôt, le paysage enneigé, si calme quelques heures auparavant, ressembla à une mer en furie.

– Un blizzard, hurla le Conteur par-dessus le vent. Il faut trouver un abri !

Avril se souvint qu'elle avait vu des panneaux indicateurs quand elle s'était réveillée.

– Il doit y avoir un village plus loin !

Elle regarda autour d'elle. Elle n'y voyait pas à plus de quelques mètres. Les cristaux de glace, pareils à de minuscules aiguilles, venaient se planter dans la peau de ses joues, de ses mains. La neige, poussée par le vent, forma bientôt des congères immenses dans lesquelles Ésope piétinait. L'âne blanc roulait des yeux fous. Une barbe de glace s'était formée autour de ses grosses lèvres.

– On ne va pas y arriver, hurla le Conteur. Il n'y a rien ici !

– On va trouver ! Il faut continuer !

Ils ne firent pas plus d'une centaine de mètres.

Ésope finit par s'arrêter complètement.

Avril se blottit contre l'animal. Ses poils étaient raides de givre.

Elle se pencha vers son oreille.

– Allez Ésope, courage. On peut le faire. On va trouver un abri, c'est promis.

L'âne secoua la tête, épuisé.

– Je te le promets. Encore un effort. Et nous serons bientôt à la Montagne. Nous serons tous réunis, toutes les *zétoiles*.

Elle prononça ce mot comme Kid le prononçait lui-même, et cela lui fit une drôle de sensation. Elle sut alors que Kid avait raison. Ils étaient tous liés. Ils avaient tous le même but. Et ils allaient y arriver. Ils *devaient* y arriver.

L'âne s'ébroua, comme s'il avait entendu les pensées de la jeune fille, faisant voler de la glace tout autour de lui. Il avança une patte. Puis une autre.

– C'est bien, Ésope, l'encouragea Avril, c'est bien !

Le Conteur laissa faire la jeune fille. Il se remit à marcher lui aussi, luttant contre les assauts furieux du vent et les rafales de glace.

Ils avancèrent péniblement durant une dizaine de minutes.

Avril avait beau scruter autour d'elle, il n'y avait pas de village. Malgré tous ses efforts, elle ne parvenait pas à se rappeler si les kilomètres étaient indiqués sur le panneau. Elle n'était plus très certaine d'elle-même. Le village pouvait être très loin, à des jours entiers de marche.

Soudain, elle aperçut quelque chose dans le blizzard.

Une forme sombre, élancée.

Comme un arbre, qui se dressait au milieu de la tempête.

Si l'arbre avait attiré l'attention d'Avril, c'est que l'instant d'avant, elle regardait exactement à l'endroit où il se tenait à présent, et qu'il n'y était pas. Il avait suffi d'un battement de paupières et l'arbre était apparu.

Avril secoua la tête. C'était impossible. Elle était épuisée. Elle continua pourtant à avancer sans quitter l'arbre des yeux.

Et l'arbre se mit à bouger. Très légèrement. Comme s'il avait fait un pas de côté.

Avril s'arrêta. Est-ce que des mirages pouvaient naître au milieu d'un blizzard ?

Mais non, ce n'était pas une illusion, le Conteur lui aussi avait vu l'arbre. Il le montrait du doigt en criant quelque chose. Elle se rapprocha et se colla contre lui pour entendre ce qu'il disait.

– Un cerf, Avril ! C'est un cerf vivant !

Oui, ce qu'on voyait, ce n'était pas des branches, c'était les bois de l'animal. Et ce qu'elle avait pris pour un tronc était en fait son poitrail.

Avril posa sa main sur l'échine de l'âne.

– Allez, en avant ! Nous allons par là !

Ils progressèrent dans la direction du cerf. Sa silhouette se dessina plus précisément. C'était un animal gigantesque et majestueux au pelage sombre, lourd de glace. À chaque fois qu'ils se rapprochaient, le cerf faisait quelques pas pour s'éloigner.

– Je crois qu'il veut nous amener quelque part, hurla Avril.

Le Conteur enfonça son chapeau sur son crâne.

– J'espère bien. Sinon, nous sommes morts.

Ils suivirent le cerf durant ce qui leur parut être une éternité.

Enfin, Avril pointa quelque chose du doigt.

– Là, regardez !

Le Conteur releva la tête.

Devant eux, dans la tempête, se dressait une poignée de bâtisses collées les unes aux autres. En retrait, le cerf agita ses bois immenses et poussa un mugissement rauque qui aurait pu passer pour le son d'une corne de brume. Deux formes plus petites apparurent alors derrière lui et le rejoignirent. Deux biches fines au pelage crème qui ne cessaient de secouer la tête pour chasser la glace de leurs longs cils graciles.

Avril et le Conteur ne les quittèrent pas des yeux tandis qu'ils avançaient vers le hameau.

Les trois animaux les regardèrent de la même façon.

Et Avril fut persuadée qu'ils étaient venus pour les aider. Eux aussi étaient en route pour la Montagne.

Le Conteur désigna une maison.

– Avril. Viens, on va s'abriter là !

Quand la jeune fille se retourna vers le cerf et les biches, ils avaient disparu.

5.

Le Conteur poussa la porte.

Elle n'était pas fermée à clé.

Il glissa un œil à l'intérieur.

C'était une pièce basse de plafond, aux lourds murs de pierre. Il faisait sombre. Les carreaux des fenêtres étaient recouverts par une épaisse couche de glace et de neige.

Les lieux semblaient abandonnés.

– C'est bon, il n'y a personne, on y va ! lança-t-il à Avril.

Kid, Sirius et Un descendirent du chariot, grelottants.

Le Conteur dételа l'âne et le poussa à l'intérieur de la maison. Ses sabots claquèrent sur les tomettes anciennes puis Ésope s'ébroua, projetant tout autour de lui de gros morceaux de givre.

Avril referma la porte difficilement, comme si la tempête voulait les poursuivre jusque dans la maison. Une dernière bourrasque fit voler dans la pièce un nuage de paillettes de glace.

Enfin, ils étaient à l'abri.

Ils reprirent leur souffle, scrutant autour d'eux la grande pièce qui tenait lieu de cuisine et de salle à manger. Une cheminée contre un mur, un vaisselier, une gazinière antique, une large table de bois. Tout au fond, un escalier menait à l'étage.

Kid s'approcha de la table. Deux bols, un pot de confiture et une corbeille de pain y étaient abandonnés, recouverts de poussière, comme si quelqu'un avait interrompu son petit déjeuner. Le gamin avança la main mais Avril retint son geste.

– Non, attends, murmura-t-elle. Il y a peut-être encore quelqu'un ici.

Le Conteur ouvrit prudemment une porte. Il découvrit une réserve, débordant de bois sec et de nourriture. C'était trop beau pour être vrai. Il y avait quelque chose qui clochait. Comme si ceux qui avaient vécu ici s'étaient soudainement volatilisés. Il fallait être prudents, ça pouvait être un piège.

Le vieil homme fit signe à Avril de le rejoindre au pied de l'escalier. Ils montèrent prudemment à l'étage. Ils y trouvèrent d'abord une petite salle de bains puis une chambre vide. Avril poussa une autre porte, et elle sursauta quand elle découvrit sur un lit deux corps enlacés. Un homme et une femme, assez jeunes tous les deux. Ils n'avaient pas bougé quand elle était entrée dans la chambre. En regardant plus attentivement, elle vit que les deux amoureux étaient recouverts de poussière, leur peau aussi blanche que de la porcelaine. Ils paraissaient paisibles, comme deux dormeurs éternels.

Le Conteur la rejoignit sur le seuil de la pièce.

– Qu'est-ce qui s'est passé ? demanda Avril.

Le Conteur désigna une boîte de pilules renversée sur la table de chevet.

– Ils se sont donné la mort.

– Mais pourquoi ? Ils avaient de quoi survivre, non ?

Le vieil homme posa une main sur l'épaule de la jeune fille.

– Sans doute. Mais parfois ça ne suffit pas.

Avril ne put s'empêcher de penser à l'histoire qu'elle avait enregistrée pour Madame Mô. Comment les deux amoureux s'étaient rejoints dans la mort. Et comment Darius avait voulu les imiter.

– Viens, laissons-les tranquilles, déclara le Conteur avant de refermer la porte.

Ils descendirent dans la pièce principale où Kid et les animaux grelottaient, blottis les uns contre les autres.

Le Conteur alla chercher du bois dans la réserve et il alluma un feu dans la cheminée. Le feu se mit à crépiter avec des claquements gourmands. Kid, Sirius et Ésope s'en approchèrent, ravis. De la vapeur montait du pelage des animaux. Un, pas très rassuré, se faufila sous une chaise. Le gamin retira ses habits et exposa son corps à la chaleur des flammes.

Avril était un peu mal à l'aise. Elle ne cessait de penser à l'homme et à la femme enlacés là-haut. Elle se demandait s'ils avaient le droit de profiter de tout ce qui avait appartenu à ceux qui avaient vécu là.

Le vieil homme se tourna vers Avril et perçut son trouble.

– On ne peut plus rien faire pour eux. Ils ont fait leur choix. Nous le nôtre. Tu veux vivre, n'est-ce pas ?

La jeune fille hocha la tête.

– Alors il n'y a pas de regrets à avoir, Avril. Prends ce qui t'arrive comme un cadeau. Je pense que tu devrais parler à Kid maintenant.

Le Conteur alla ouvrir quelques conserves.

Avril s'agenouilla devant l'enfant et le prit entre ses bras. Sa peau était tiède et douce. Il résista un peu puis finit par s'abandonner à l'étreinte de la jeune fille.

– Kid, murmura Avril, je suis désolée pour Artos.

– Artos la sauvé Kid.

– Oui, elle a été très courageuse. C'était une ourse vraiment incroyable.

– Artos lé morte, pas vrai ?

– Je ne sais pas. Est-ce que… Est-ce que les *zétoiles* brillent encore ?

– Kid sait pas. Kid voit pas. Kid lé trop triste pour lire le Livre vivant.

– Tu es triste à cause de ce qu'a dit Darius ? Sur Pa et Ma ?

Kid baissa la tête.

– Tu sais, Kid. Je ne voulais pas leur faire de mal. Je ne voulais pas te mentir. Mais j'étais perdue. Vraiment perdue.

Le gamin caressa sa joue.

– Avril lé plus perdue. Avril lé zétoile maintenant.

– Tu peux être en colère contre moi, tu sais ? Je le comprendrais. Tu as le droit.

– Pas colère. Avril la dit, avant existe pas.

Il posa une main sur le ventre de la jeune fille.

– La Montagne existe. Avril sent la Montagne ?

La jeune fille ferma les yeux.

Elle sentit quelque chose battre dans son ventre. Au plus profond d'elle-même. Une pulsation lointaine. Quelque chose de plus grand qu'elle mais dont elle faisait entièrement partie. C'était une sensation étrange.

– Qu'est-ce qu'il y a, là-bas, à la Montagne ?

– Kid sait pas. Mais Kid sait une chose.

– Quoi donc ?

– Kid laime Avril.

Ils s'enlacèrent longuement près du feu.

Le Conteur déposa une casserole sur la table.

Ils vinrent s'asseoir et le vieil homme regarda Avril avec un sourire. Comme s'il avait toujours su que Kid pardonnerait à Avril.

Ils mangèrent en silence puis Kid se pelotonna près de la cheminée avec les animaux et il ne tarda pas à sombrer dans le sommeil.

Avril fit le tour de la pièce tandis que le Conteur faisait la vaisselle. Elle regarda les photos du couple qui avait vécu là. Sur les clichés, l'homme et la femme paraissaient heureux. Elle se demanda ce qui avait pu les pousser à mettre fin à leurs jours. Peut-être l'idée de ne jamais avoir d'enfant. L'idée que le monde s'arrêtait là, avec eux. Finalement, c'est ça qui avait poussé les gens vers la folie. Ce vide qui s'ouvrait devant. Ce néant. Cette solitude infinie.

Avril chassa le givre d'une fenêtre. À l'extérieur, tout était sombre.

– Tu es inquiète ? demanda le Conteur.

– Je ne sais pas. Vous pensez que Darius a pu survivre à l'attaque de l'ourse ?

– Je n'en ai aucune idée. Mais s'il est là-dehors, avec ce blizzard, je ne donnerai pas cher de sa peau.

Avril hocha la tête.

– Et demain, qu'est-ce que nous ferons ?

– Nous suivrons Ésope.

– Vous pensez que le chalet est encore loin ?

– Et si le chalet n'était pas le but de ce voyage ?

Avril se tourna vers lui.

– Qu'est-ce que vous voulez dire ?

– Ésope, Sirius, Un, et le cerf tout à l'heure. On dirait que tous ces animaux vont au même endroit. Et qu'ils veulent que vous veniez avec eux. Ce n'est pas forcément le chalet. Ça pourrait être la montagne qu'on voyait derrière sur la photo. Ou le lac.

Avril pensa à la sensation qu'elle avait éprouvée tout à l'heure, quand Kid avait posé sa main sur son ventre.

– Oui, c'est exactement ça. On dirait… un appel. Et pourtant, cette histoire de Montagne, je l'avais inventée pour Kid. C'était une sorte de conte. Une légende.

– Et que disait exactement cette histoire ?

– Je lui avais dit que quand Sirius viendrait, ce serait le signal. Le signal pour partir vers la Montagne.

– Et retrouver vos parents ?

Avril acquiesça.

– Mais il n'y a pas de parents ?

– Non.

Le Conteur s'assit et alluma sa pipe.

– Tu me dois une histoire, Avril. Et je crois qu'il est temps de la raconter.

– Je ne sais pas par où commencer, murmura la jeune fille.

– Une bonne histoire commence toujours par le début.

Avril vint s'asseoir en face de lui.

– Le début... J'ai été adoptée. Pa et Ma ne pouvaient pas avoir d'enfant. À cause du virus, sans doute. Mais à l'époque, on ne savait pas encore. Je ne sais pas qui étaient mes vrais parents. Je ne l'ai jamais su. Je ne me suis pas posé la question jusqu'à l'adolescence. Pa et Ma étaient bienveillants. Ils m'aimaient, vraiment. Et puis j'ai grandi. J'ai commencé à comprendre que tout n'était pas si simple. À la télé, je voyais les guerres, les réfugiés. On disait que le virus avait été amené par les migrants. D'autres soutenaient que c'était à cause des animaux. Tout se mélangeait. Personne ne savait rien mais tout le monde donnait son avis. La guerre se rapprochait, peu à peu. Nous, on vivait dans un village, on pensait être protégés de tout ça. Mais toutes ces rumeurs, c'était comme un poison. Un poison invisible. On a commencé à me montrer du doigt. À cause de ma couleur de peau.

– Tu étais l'étrangère.

– Oui, la fille à la peau noire. Pa et Ma croyaient que l'amour qu'ils avaient pour moi pouvait me protéger de tout. Mais ils étaient aveugles. Je n'allais vraiment pas bien. Je ne parlais plus à personne. C'est... c'est à ce moment-là que Ma est tombée enceinte.

– De Kid ?

Avril hocha la tête.

– C'était incroyable, cette grossesse dans ce monde où plus rien ne naissait. Mais moi, je ne l'ai pas supporté. J'étais jalouse. Je me suis sentie rejetée. Et j'ai trouvé refuge dans les paroles de ce garçon qui venait d'arriver au village.

– Darius, le garçon-mort, celui qui te poursuit.

– Oui. Darius m'a raconté beaucoup de choses. Il m'a convaincue que le monde était puni, à cause de l'attitude des hommes. Que Dieu réclamait vengeance.

– La propagande des Étoiles Noires.

Avril acquiesça.

– C'est Darius lui-même qui a tatoué l'étoile noire sur mon épaule. Il disait que le noir de notre étoile était le symbole de la renaissance, qu'il ne fallait pas croire tout ce que disaient les médias à propos des Étoiles Noires, que nous étions les élus. Je l'ai cru. J'ai voulu le croire. Je me sentais tellement mal. C'était comme si Dieu... était venu remplir tout ce vide en moi. Alors, comme vos enfants, j'ai brûlé mes livres, j'ai déchiré mes photos. J'ai fini par ne plus parler à mes parents. J'étais persuadée qu'ils préféraient le bébé qui allait naître. Un jour, je me suis disputée avec eux et Pa a vu le tatouage sur mon épaule. Je me souviens de l'air horrifié de Ma. De ses mains sur son ventre. Comme si elle voulait protéger le bébé. Le protéger de moi. Pa m'a enfermée dans ma chambre. Il ne voulait plus que je sorte. Je devenais folle. Et puis il a décidé qu'on devait partir. Loin. Pour me protéger de Darius et des gens du village.

– À la Montagne ?

– Oui. Il m'a parlé de Beausoleil, de la Montagne. Il avait loué un chalet pour deux semaines. Il disait qu'on serait bien, là-bas. Qu'on se retrouverait. Mais je n'ai jamais vu ce chalet. Le soir même, Darius était sous la fenêtre de ma chambre. J'ai pris quelques affaires et je me suis enfuie de la maison. Nous sommes partis sur les routes. Au début, on se contentait de voler, de saccager des maisons, de peindre des étoiles noires, de faire peur aux gens. On s'arrêtait dans des villages, au hasard. On parlait aux gamins, aux ados. On essayait de les convaincre, on leur disait que les adultes étaient mauvais, qu'ils devaient rejoindre les Étoiles Noires, que c'était ce que Dieu voulait. Il suffisait de regarder autour. La guerre, partout, la famine. Quand ils étaient d'accord, on les tatouait. Et ensuite, ils allaient faire ce qu'ils avaient à faire.

– Darius était une sorte de prêcheur ?

– Oui. Il disait qu'il était là pour répandre la parole de Dieu. Que c'était sa mission. Et que j'étais là pour le seconder. Darius ne se salissait pas les mains. Il laissait les autres poser des bombes et tuer des innocents. Vous savez comment ça s'est passé ensuite. La guerre s'est répandue partout. Les villes, les gouvernements, les familles, tout s'est écroulé si vite. Si vite… À part quelques Capsules larguées pour aider les survivants, personne n'a pu empêcher le monde de mourir. Il a suffi de quelques années pour détruire ce que l'homme avait mis des siècles à construire. Et j'ai participé à ça.

Il y eut un silence, uniquement troublé par la tempête qui mugissait de l'autre côté des vitres.

Le Conteur posa sa main sur celle de la jeune fille.

– Les pierres, Avril. Tu dois poser les pierres.

Avril regarda l'enfant allongé devant la cheminée. Elle inspira profondément pour chasser la honte et la peur.

– Un jour, notre route nous a ramenés près du village où j'avais vécu avec Pa et Ma. Ça faisait trois ans que j'étais partie. Le village avait été épargné par la guerre. J'ai voulu revoir Pa et Ma. Darius trouvait que c'était une mauvaise idée. Mais j'ai insisté et un soir on est allés à la maison. Quand je me suis approchée de la fenêtre, je les ai vus, tous les trois, sur le canapé devant la cheminée. Pa et Ma étaient plus maigres, plus vieux. Entre eux, il y avait le bébé. Le bébé qui avait déjà bien grandi. Ensemble, ils lisaient un livre d'enfant. Ils avaient l'air si heureux, malgré la faim, malgré la guerre, malgré toutes ces choses terribles qui se passaient dans le monde. Et moi… j'étais si triste. Si en colère contre eux. Ce bonheur, c'était… insupportable. Et puis tout a basculé quand le chien est sorti de la maison.

– Sirius ?

– Oui. Notre chien. Le chien avec qui j'avais grandi. Mon Sirius. Je l'appelais mais c'était comme s'il ne me reconnaissait plus. Il aboyait. Il montrait les crocs. Alors tout s'est enchaîné. Vite. Trop vite. Comme dans un cauchemar. Je me souviens du corps de mon Sirius et du sang qui coule de son cou et du couteau entre mes mains. Je me souviens d'une porte qui claque. Je me souviens de cris. Je me souviens de Pa debout devant la cheminée, les yeux écarquillés, de Ma qui part en courant vers la chambre, et puis… et puis Pa me prend par les épaules et il me secoue et Darius le pousse et Pa tombe contre la cheminée et sa tête, sa tête saigne et le feu mord des vêtements et moi je me jette sur lui et…

Avril baissa les yeux.

– C'était trop tard pour Pa. Il était mort. Quand je me suis retournée, le feu était partout et Darius n'était plus là. Je savais qu'il ferait du mal à Ma et au bébé. J'ai couru dans la maison. Je criais, je pleurais, je secouais la tête mais le cauchemar continuait. J'ai ouvert la porte de mon ancienne chambre. L'enfant était là. Si petit dans son berceau. Mais il n'y avait pas trace de Ma. J'ai pris le bébé dans mes bras. Il pleurait. Et je m'en voulais, je m'en voulais tellement. Alors Darius est entré dans la chambre. Il tenait un couteau plein de sang. Et j'ai su qu'il avait tué Ma. Darius a caressé ma joue. Si tendrement. Il m'a regardée et il m'a dit : « La pesanteur, Avril. Il faut s'arracher à la pesanteur. Comme les oiseaux. » Il avait l'air complètement fou. J'ai regardé autour de moi, cette chambre d'enfant qui avait été la mienne. Il y avait encore mes jouets. Mes peluches. Et sur le mur, ce poster que j'avais toujours aimé. On voyait un homme avec des moustaches, un costume et un chapeau. Il tenait par la main un petit enfant. Et en dessous, il y avait marqué « The Kid ».

– C'est pour ça que tu as appelé l'enfant comme ça.

– Oui. Je n'ai jamais su son vrai prénom. J'ai regardé autour de moi, j'ai regardé tout ça. J'ai réalisé tout ce que j'avais perdu. Darius voulait que je tue l'enfant. La maison était en flammes. Tout s'effondrait autour de nous. J'étais terrifiée. Horrifiée par ce que nous avions fait. Il a essayé de m'arracher le bébé. Je l'ai poussé. Il est tombé à la renverse et il s'est assommé contre le lit de l'enfant. J'ai vu un sac par terre, j'ai vidé le contenu d'une commode dedans. Il y avait des habits, des biberons, des photos.

– La photo du chalet où ils étaient allés sans toi.

– Oui. Ensuite, je suis sortie, le bébé entre les bras. J'ai bloqué la porte. Et j'ai laissé Darius là-dedans. Je suis partie sur les routes. J'ai trouvé refuge dans une cabane. J'ai essayé d'effacer tout ça, de faire de Kid un petit homme bien éduqué, qui ne deviendrait jamais aussi stupide que moi. De m'occuper de lui, comme une grande sœur.

– Jusqu'à ce que Darius te retrouve.

– Oui.

Il y eut un long silence.

– Vous savez, reprit Avril, je ne les ai pas quittés pour Dieu. Ni pour Darius. Je suis partie parce que je ne supportais pas celle que j'étais devenue. Toute cette jalousie. J'ai préféré fermer les yeux et fuir. Avec le temps, je me suis rendu compte que je n'avais pas su voir tout ce qu'ils m'avaient donné. Ils m'aimaient. Ils m'aimaient vraiment. Même si je n'étais pas leur enfant, j'étais leur fille. Je les ai abandonnés. Et je le regrette. Comme je regrette d'avoir privé Kid de ses parents.

– C'était aussi les tiens, Avril.

La jeune fille hocha la tête.

– Darius a profité de ta peur, ajouta le Conteur. Mais toi, tu as bravé les flammes, tu as sauvé Kid. Tu as sauvé ton frère…

Avril baissa la tête.

– Est-ce que vous me détestez maintenant ? demanda-t-elle après un silence pesant.

Le Conteur posa sa main sur celle de la jeune fille.

– Il me reste trop peu de temps à vivre pour ça.

– Comment ça ?

Le Conteur posa son cahier sur la table. Il le feuilleta. Les pages étaient remplies d'une écriture serrée. Seule une dizaine était encore vierge.

– La fin de l'histoire approche, Avril. Et je ne suis pas certain d'en faire partie.

4.

Le Conteur eut du mal à ouvrir la porte.

Appuyé contre le chambranle, il contempla le monde pris sous une gangue de glace qui scintillait dans le soleil du matin.

Les montagnes enturbannées de neige étaient toutes proches.

L'air était vif et frais comme un poisson de rivière.

Ésope passa sa tête par-dessus l'épaule du vieil homme et fit claquer ses grosses lèvres.

– Oui, Ésope, on va y aller, ne sois pas impatient.

Ils entassèrent dans le chariot des conserves et des bonbonnes d'eau prises dans la réserve. Le Conteur alla chercher quelques vêtements neufs dans la chambre des amoureux.

Ils firent le tour des maisons du hameau. Toutes étaient abandonnées.

Avril scruta la lande au-delà. Il n'y avait pas de traces de Darius.

Ils se remirent en route après avoir partagé un peu de nourriture.

Le chariot avançait dans l'immensité tel un brise-glace.

Kid trottait à côté d'Ésope, le rat sur l'épaule, et Sirius à sa suite.

Le gamin paraissait serein et Avril s'en félicita. Elle se sentait délivrée d'un poids depuis que Kid savait la vérité. Oui, le Conteur avait raison. Les silences et le mensonge étaient un poison et les mots avaient le pouvoir de consoler.

Avril regardait le gamin à moitié nu courir devant elle, les cheveux fous, la peau tannée par le voyage. Il ressemblait maintenant à un petit homme et elle fut fière de ce qu'il était devenu. Il ne ressemblait pas du tout à ce qu'elle avait voulu faire de lui et c'était très bien ainsi.

L'âne blanc progressait difficilement au milieu de la lande enneigée quand Kid appela Avril.

– Avril, agad !

Le gamin se tenait penché au-dessus de toute une série d'empreintes.

– Ce sont des traces d'animaux, déclara le Conteur. Là, c'est un renard, je crois. Et là, c'est peut-être bien le cerf. Et regardez, là, plus loin, les biches qui l'accompagnaient.

Kid passa son index sur les traces laissées par les bêtes.

Ils levèrent tous les yeux vers l'est, vers la Montagne, là où toutes les traces convergeaient, comme s'ils espéraient surprendre les bêtes sur les pentes enneigées.

– Tous ces animaux, souffla Avril. Comment est-ce que c'est possible ?

Le vieil homme gratta sa barbe poivre et sel.

– Tu sais, j'y ai pensé cette nuit. Tu te souviens des arbres-mères dont je t'ai parlé ? La façon dont ces arbres défendent la forêt ?

– Oui. Mais quel est le rapport avec les animaux ?

– Peut-être que la terre a voulu se défendre. À la façon des arbres-mères.

– Se défendre contre quoi ?

– Contre un virus.

La jeune fille fronça les sourcils.

– Quel virus ? Je ne comprends pas.

– L'homme, Avril.

– Vous voulez dire que la terre aurait rendu toutes les espèces stériles pour punir l'homme ?

Le Conteur secoua la tête.

– Non. La terre n'est pas consciente à la façon d'un homme, je pense. Et ça n'a rien à voir avec un quelconque dieu. Mais peut-être que tout est relié depuis toujours sans que nous n'en sachions rien, à la façon des arbres-mères et de la forêt. Certaines cultures racontent qu'il existait un lien naturel entre les hommes, les animaux, les arbres...

– Et lé *zétoiles*, ajouta Kid en montrant le ciel.

– Oui, et les étoiles, approuva le vieil homme. Et si tout est lié, une espèce ne peut prendre le pas sur les autres. Si elle le fait, elle devient dangereuse pour l'équilibre. Cette stérilité, c'est peut-être une manière d'affamer le virus pour limiter son expansion.

– Tout meurt pour empêcher l'homme de vivre ?

– C'est possible.

– Mais alors pourquoi reste-t-il des animaux vivants ?

– Mais parce que la terre n'est pas comme l'homme. Elle n'a pas cette conscience qui pousse parfois l'homme au suicide. Ce qui est vivant *veut* rester vivant. La survie est inscrite dans nos gènes. La terre peut sacrifier la quasi-totalité de l'espèce mais elle n'ira jamais jusqu'à la détruire entièrement. Il faut sauvegarder le patrimoine génétique pour la prochaine génération.

– La prochaine génération ?

– Ces animaux ne sont peut-être pas stériles, Avril. Ils sont comme… un échantillon.

– Mais pourquoi est-ce qu'ils vont tous au même endroit ?

– La vraie question, Avril, répondit le Conteur en montrant la Montagne, c'est pourquoi est-ce que nous aussi nous y allons.

– Vous croyez que nous aussi nous sommes…

– Un échantillon, oui, Avril.

Avril regarda les pentes enneigées qui étincelaient dans le soleil.

– Comme des livres dans une bibliothèque. Des Livres vivants.

– Exactement. Des livres à protéger.

– Protéger ? Mais de quoi ?

Le Conteur leva les yeux vers le ciel.

– Je ne sais pas, Avril. Je ne sais pas.

Derrière eux, Ésope, impatient, fit claquer ses grosses lèvres.

– Mais Ésope doit le savoir. Je lui fais confiance. Là où Ésope va, je vais.

– Ésope est le chef.

– Ésope est le chef.

L'âne blanc posa ses sabots là où d'autres animaux avaient posé leurs pattes avant lui.

Aucun d'entre eux ne se retourna.

Ils avançaient, le regard rivé sur la Montagne, chacun charriant son lot de questions sans réponses.

3.

Ils cheminèrent ainsi durant deux longues journées enneigées.

Les cols succédaient aux vallées. Et les vallées aux cols. Ils montaient, toujours plus haut, dans la Montagne. Et la course du soleil et le ventre plein de la lune rythmaient leur marche. Et ils mettaient leurs pas là où des animaux, inconnus et invisibles, avaient avant eux posé leurs pattes. Et les étoiles, toujours, même en plein jour, ne cessaient de dégringoler du ciel pour s'abattre de l'autre côté des sommets.

Avril le sentait tout au fond d'elle : ils touchaient au but. C'était très étrange, cette pulsation dans son ventre. Cette sensation d'être *reliée* à la Terre. D'être en accord. Sur le même rythme.

La nuit, elle faisait des rêves étranges. Si réels. À plusieurs reprises, elle avait rêvé d'un arbre immense, au sommet duquel se trouvait un nid. Un nid fait de cheveux. Dans ce nid, il y avait un œuf gigantesque. Et sous la coquille de l'œuf, elle avait senti la vie palpiter. *La vie.* Et quand elle émergeait du sommeil, elle pouvait encore la sentir palpiter, de la même façon, là, dans le secret de son propre ventre. Toutes ces choses incroyables lui donnèrent le courage de marcher et d'affronter le froid vif qui régnait sur les montagnes.

Au troisième jour, ils suivirent un torrent qui chantonnait au fond d'une vallée encaissée. L'eau était claire et fraîche. Ils se débarbouillèrent tous en frissonnant. Dans la matinée, le relief s'accentua peu à peu et le torrent se fit plus tumultueux. Tout en haut de la vallée, on pouvait apercevoir un étroit goulet qui, elle l'espérait, déboucherait enfin sur le lac et le chalet qu'ils avaient tant cherchés.

Bientôt, Ésope, qui peinait sous la charge, eut du mal à avancer. Ses muscles tendus fumaient dans l'air froid et il secouait sa grosse tête dans tous les sens.

Le Conteur décida d'alléger la charrette au maximum.

Ils la vidèrent de tout ce qui n'était pas vital.

Gamelles, vieux bidons, objets brisés et inutiles, ils entreposèrent tout cela sur une dalle rocheuse près du torrent. On aurait dit les offrandes d'une ancienne peuplade aux dieux de la montagne. Le Conteur y déposa également tous les vieux livres défraîchis.

– Ils ne vous manqueront pas ? demanda Avril.

Le vieil homme secoua la tête.

– Non. Là où nous allons, je crois que nous n'aurons plus besoin de livres.

Il décrocha le collier d'oreilles, le fit tourner un moment entre ses mains. Puis il le jeta dans les eaux furieuses où il disparut immédiatement.

– C'est mieux, dit Avril. Ces… ces oreilles affreuses me faisaient peur.

Le vieil homme rajusta son chapeau.

– Moi aussi. Mais ça me permettait d'avoir la paix.

– Vous voulez dire que…

Le Conteur laissa échapper un sourire.

– Oui. Jamais je n'aurais pu faire une chose pareille. Je les ai achetées à un vagabond que j'ai croisé sur la route. Il m'a assuré que ça me porterait bonheur. Et il ne m'a pas menti. Jusqu'à présent.

Avril en resta bouche bée.

– Alors… vous m'avez menti ! Tout ça, ce n'était que des histoires !

Le Conteur haussa les épaules.

– Qu'est-ce que tu veux ? Raconter des histoires, c'était mon métier !

– Vous êtes un affreux personnage !

Le vieil homme réfléchit un instant en grattant sa barbe.

– Oui. Tu as sans doute raison, Avril.

La jeune fille leva les yeux au ciel.

– Vous êtes un affreux personnage… mais je vous aime bien quand même.

Le Conteur camoufla son sourire derrière une grimace et ils reprirent leur route.

Et avant la nuit, ils arrivèrent à l'endroit qu'ils avaient cherché durant des semaines.

2.

On aurait dit qu'un bout du ciel était tombé dans le cirque enneigé.

Un cercle parfait dont la surface reflétait le soir couchant.

Ils le reconnurent tout de suite, même s'ils ne l'avaient jamais vu.

Le lac.

Celui de la photo.

Le lac était là, enfin, devant eux.

Le paysage était magnifique. Tout était blanc, immaculé. Et là, nichées dans l'écrin pur des montagnes, les eaux sombres du lac démultipliaient les traînées dorées des étoiles filant dans le ciel mauve. Dans le lointain, on entendait les déflagrations sourdes des comètes s'abattant sur la terre. Une pulsation qui s'accordait à celle qui battait dans leur ventre.

Avril se tourna vers Kid. Elle eut peur que cette vision ravive la douleur de ne pas retrouver Pa et Ma, la brûlure des mensonges avec lesquels Avril l'avait bercé depuis si longtemps.

Mais non, les yeux de Kid brillaient, pareils au lac et aux étoiles qui tombaient de l'autre côté de la Montagne.

– Montagne, souffla Kid, le doigt levé vers les pics enneigés.

Avril le prit entre ses bras.

– Nous y sommes arrivés, Kid. Nous y sommes enfin !

Ils s'embrassèrent et, en silence, ils contemplèrent longuement le spectacle de ce paysage, certains qu'il devait être semblable depuis le début du monde.

Ésope s'ébroua et reprit sa marche. Ils le suivirent, descendant dans le cirque en faisant de prudents lacets.

Ils passèrent devant un panneau décoloré qui annonçait « Beausoleil – Village vacances ».

Près du lac, Avril distingua une dizaine de chalets. Et comme ils se rapprochaient, elle vit que les maisons de bois étaient noircies par le feu. Il ne restait plus que des amas de poutres et des planches tordues et calcinées qui n'avaient plus rien de commun avec le chalet de la photo.

Ésope les conduisit jusqu'aux décombres. Tout avait été détruit par un incendie, il y a certainement très longtemps. Il ne restait pas un seul chalet debout.

Kid ne semblait pas plus perturbé que ça mais Avril était dépitée. Elle avait espéré trouver là un abri, loin du monde et de ses tourments. Un havre de paix. Mais il fallait bien se rendre à l'évidence : il n'y avait rien de tout cela. Elle comprit qu'à force de raconter tous ces mensonges à Kid, elle avait fini par y croire elle-même.

– Qu'est-ce qu'on va faire maintenant ? souffla-t-elle en contemplant les poutres noircies qui émergeaient de la neige.

Le Conteur posa une main sur son épaule.

– Je te l'ai dit, Avril. Le chalet n'est peut-être pas le but du voyage.

La jeune fille lui lança un regard désemparé.

– Mais quel est le but, alors ? Ça fait des semaines qu'on marche. Et il n'y a rien. Il n'y a plus rien ! Où est-ce que vous voulez qu'on aille maintenant ?!

– Je ne sais pas.

– Et ces histoires d'animaux qu'est-ce que ça veut dire ?!

– Je ne sais pas, répéta le Conteur en s'éloignant. Ce que je sais, c'est qu'il nous faut trouver un abri pour la nuit.

Avril fit quelque pas vers le lac qui s'obscurcissait tandis que le ciel virait au pourpre. Elle s'assit au bord de l'eau et croisa les bras autour de ses genoux.

– J'en ai assez de trouver des abris. De dormir n'importe où. D'avoir faim, d'avoir froid. D'avoir peur.

Kid vint l'enlacer. Sirius et Un restèrent un peu en retrait, intimidés. Avril avait les larmes aux yeux.

– Avril pas pleurer.

La jeune fille caressa la joue du gamin.

– Oh Kid, je suis désolée. On n'aurait jamais dû quitter l'Arbre. Tout ça, ce voyage, ces histoires, c'est de ma faute, je suis désolée.

– Avril pas triste. Avril lé zétoile ! Avril lé à la Montagne !

Elle montra le paysage autour d'elle, les pics enneigés, les chalets calcinés, les eaux du lac maintenant si sombres.

– Mais Kid, regarde, il n'y a rien à la Montagne ! Rien du tout ! Qu'est-ce qu'on vient faire ici ?

Le gamin leva un doigt vers le ciel au-dessus d'eux.

– Constellation.

Avril se prit la tête entre les mains.

– Je ne comprends rien. Je ne comprends absolument plus rien.

Kid posa ses mains sur celles de la jeune fille. Avec douceur, il l'obligea à tourner son visage vers le sien. Ses deux yeux étaient le reflet exact du ciel. Sombre et mouvant et poudré d'or.

– Avril doit faire confiance.

– Mais, Kid…

Elle voulut se libérer des mains de Kid mais Kid raffermit son étreinte. Il le fit sans violence. Il le fit comme une chose qui devait être faite.

– Avril doit faire confiance à Kid, répéta-t-il d'une voix assurée.

La jeune fille ferma les yeux. Elle sentit les lèvres de Kid se poser sur son front, très délicatement.

Elle murmura dans le cou du garçon :

– D'accord, Kid. Je te fais confiance.

Le Conteur décida d'établir le campement dans les restes d'un chalet. Une large plaque de tôle supportée par deux poutres noircies offrait un espace relativement protégé. Le vieil homme dételа Ésope. L'âne blanc était épuisé et il s'allongea immédiatement sur le sol. Un et Sirius vinrent se blottir contre lui et lui donnèrent de petits coups de langue.

Avril, Kid et le Conteur réunirent des pierres pour former un foyer et ils s'assirent autour du feu pour se réchauffer un peu. Avec la nuit, la température avait chuté rapidement et il se remit bientôt à neiger. Ils firent tiédir des conserves de haricots à la tomate qu'ils mangèrent à même la boîte de métal. Mis à part les crépitements du feu et la déflagration sourde et lointaine des comètes, il n'y avait aucun bruit. Ils auraient pu se croire au bout du monde. Et ils l'étaient peut-être, effectivement.

– Où est-ce que vous voulez aller, maintenant ? demanda Avril au vieil homme quand ils eurent terminé leur maigre repas.

Le Conteur haussa les sourcils.

– Tu le sais, Avril.

– Là où va Ésope, bien sûr. Mais, je veux dire, est-ce que vous allez toujours marcher comme ça ? Errer sans fin ?

– Errer, répéta pensivement le Conteur. En définitive, c'est peut-être ça la vie.

– Comment ça ?

– L'appel. La Montagne. Marcher. Marcher encore. Un poète a écrit ça un jour : Il n'y a pas de chemin. Le chemin, ce sont les traces de tes pas. Et je pense qu'il avait bien raison.

– Il ne devait pas connaître le froid et la faim, votre écrivain.

– Détrompe-toi, Avril. Il a été chassé de son pays par la guerre et il est mort en exil.

La jeune fille croisa les bras autour de ses épaules.

Le Conteur bourra sa pipe.

– Demain, Ésope et moi, nous partirons certainement. Si vous voulez marcher avec moi, vous êtes les bienvenus.

– Merci, murmura Avril.

Mais elle n'avait envie que d'une seule chose : dormir. Dormir très profondément et oublier tout cela.

Le Conteur tira un brandon du feu et le tendit vers sa pipe.

Les herbes se mirent à rougeoyer.

À ce moment-là, une détonation vint briser le silence.

La pipe tomba de la bouche du Conteur.

Une étoile de sang s'élargit à l'endroit de son cœur.

Le vieil homme s'effondra. Mort.

1.

Avril se redressa, horrifiée.

Les animaux s'ébrouèrent en poussant des cris plaintifs.

Kid, le corps tendu, scrutait la nuit.

Alors la voix d'Avril tonna dans le cirque : « *Je veux rester près de toi / et ne plus sortir de ce sinistre palais de la nuit / ici, ici, je veux rester avec ta chambrière, la vermine ! / Oh ! c'est ici que je veux fixer mon éternelle demeure / et soustraire au joug des étoiles ennemies cette chair lasse du monde…* »

– Darius, souffla Avril.

Les piles du magnétophone faiblissaient et la voix de la jeune fille avait quelque chose de las, comme si elle était fatiguée de répéter sans cesse l'histoire de ces deux amoureux qui n'en finissaient pas de mourir, encore et encore.

Ils virent une silhouette s'approcher, si sombre sur la neige qui luisait faiblement sous les comètes. Une silhouette qui n'avait rien d'humain. On aurait dit un ours.

Le rat monta sur l'épaule de Kid et couina quelque chose dans l'oreille du gamin. Kid huma l'air. Il crut y déceler une odeur familière.

– Artos ? demanda l'enfant.

La forme s'approcha en titubant dans la neige. Elle était couverte de poils bruns, collés en paquets. Elle boitait, comme si elle était blessée.

Quand la chose releva la gueule, ils virent que ce n'était pas Artos.

C'était bien Darius. Son corps recouvert de la peau de l'ourse comme d'une cape de berger. Une longue entaille sanglante barrait son visage blafard et bleui par le froid. Il semblait plus mort que vivant.

Il sourit affreusement en levant le fusil effilé du Conteur.

– Tu ne peux pas fuir, Avril. Nous sommes faits pour être ensemble.

– Laisse-moi, tu es fou.

Sirius se mit à grogner près du feu.

– Avril. Pourquoi est-ce que tu m'as laissé ? Pourquoi est-ce que tu m'as abandonné ?

– Je te l'ai dit, s'emporta Avril. Parce que je ne voulais pas de ta folie. Tu voulais tout détruire.

– Non, Avril. Au contraire, je voulais reconstruire.

– Reconstruire ? Mais quoi ?!

Elle montra le cirque autour d'eux.

– La beauté était là, et on ne voyait même pas. Tu es comme ceux que tu condamnais. Aveugle !

Elle se tourna vers le corps du Conteur, les larmes aux yeux.

– Pourquoi est-ce que tu l'as tué ? Il n'y était pour rien.

Darius haussa les épaules.

– Mais enfin, Avril, parce que c'est une tragédie ! Et dans une tragédie, tout le monde doit mourir. Les parents du gamin étaient les premiers. Et nous serons les derniers. Tu sais, quand j'ai entendu ta voix, sur cette cassette, j'ai su que c'était un signe. Cette histoire, elle est magnifique.

– C'est toi qui dis ça ?! Toi qui as brûlé des centaines de livres ?!

– Mais Avril, c'est différent. Cette histoire, c'est notre histoire. Je l'ai écoutée, encore et encore. Tous les soirs. Sur tous les chemins. Et j'ai su que tu lisais pour moi. Que c'était un appel. Une déclaration d'amour.

La jeune fille tressaillit.

– Tu délires, Darius. Mon amour, c'est comme ton dieu, il n'existe pas. Je ne t'aimerai pas.

Le garçon se mordit la lèvre et désigna Kid, réfugié près du chariot.

– Alors tu l'aimes lui ? Tu aimes cet enfant ?

– Comme un frère. Comme je ne t'aimerai jamais.

Et comme elle disait ça, Avril se rendit compte qu'elle avait fait une erreur.

Darius grimaça un sourire.

– Vous faites une drôle de famille, tous les deux.

– Ne lui fais pas de mal, Darius.

Il pointa son fusil vers Kid.

– Qu'est-ce que tu serais prête à faire pour lui ?

Avril fit un pas vers Darius. Elle lui ouvrit ses bras.

– Laisse-le. Il n'y est pour rien. Tu n'auras jamais mon amour. Alors tu peux me tuer, moi. Maintenant.

Ils restèrent face à face, sous la neige qui tombait en flocons légers.

L'âne blanc derrière eux piaffait de colère.

Darius hésitait. Ses yeux cernés étaient lourds. Avril vit que du sang maculait le sol aux pieds du jeune homme. Le fusil tremblait entre ses mains.

Avril s'approcha encore, jusqu'à saisir le canon de l'arme pointé vers la tête de Kid. Elle posa une main sur le métal froid et dirigea lentement la gueule du fusil vers sa propre poitrine.

– Tu peux me tuer, souffla-t-elle. Et tout sera fini.

Elle était maintenant tout près de Darius. Son visage, sous la gueule écorchée de l'ourse, n'était qu'un masque de souffrance et de folie.

– Et je mourrai ensuite, murmura le garçon. Avec toi. À tes côtés.

– Oui, répondit doucement Avril. Mais lui, laisse-le vivre, ce n'est qu'un enfant.

– Alors tu l'aimes, hein ?

Avril ne répondit pas. Et son silence fut comme une blessure pour Darius. Son masque se craquela, laissant place à une effroyable colère.

– Tu l'aimes vraiment, ce gamin ?

Il tenta de faire pivoter son fusil vers Kid mais Avril retint le canon des deux mains.

– Kid, pars ! ordonna Avril.

Comme Kid hésitait, elle se mit à hurler.

– Pars avec Ésope ! On se retrouvera. Promis !

Avril et Darius bataillèrent, leurs mains cramponnées sur le fusil.

Kid courut vers l'âne blanc, le rat sur son épaule.

Sirius, lui, bondissait entre les jambes des deux jeunes gens, tentant de mordre les mollets du garçon. Furieux, Darius décocha un violent coup de pied au porcelet. Sirius s'éloigna en couinant.

Avril en profita pour affermir sa prise sur le fusil et elle envoya la crosse dans la mâchoire de Darius. Il y eut un horrible craquement. Le jeune homme, sonné, le visage en sang, fit quelques pas en arrière, emportant l'arme avec lui.

Avril se mit à courir vers le lac. Elle vit Kid qui s'éloignait au trot sur le dos d'Ésope. Dans le ciel, les étoiles filantes fusaient de toutes parts.

Elle approchait des eaux mordorées quand il y eut une détonation.

Elle sentit quelque chose lui labourer l'épaule gauche, là où était tatouée l'étoile noire.

Avril fit encore quelques pas puis tout se mit à tanguer autour d'elle. Le lac, le ciel, les montagnes. La jeune fille tomba à genoux sur la berge enneigée.

Sur la couche de glace qui recouvrait les eaux, elle vit son visage, son propre visage et, à l'arrière-plan, très haut dans la nuit, les rayures des étoiles filantes.

Elle toucha son épaule. Ses doigts étaient poisseux de sang.

– Voilà, dit Darius derrière elle. C'est la fin.

Elle se retourna vers le garçon.

Elle vit qu'il souriait tristement sous le pelage de l'ourse.

Avril ferma les yeux.

Elle avait une balle dans l'épaule mais, étrangement, elle ne sentait pas la douleur.

Non, une autre sensation l'avait envahie.

Il y avait une pulsation, au creux de son ventre. Quelque chose de sauvage, régulier et tenace. Comme un cheval lancé au galop que rien ne pouvait arrêter. Et elle aurait juré que ce battement venait de plus loin encore que de son ventre, que de son corps. Comme si cette pulsation provenait de là, du sol gelé sous ses deux mains, du cœur même de la Terre, de la Montagne tout entière.

Darius se tenait là, devant elle, mais elle ne ressentait aucune peur, aucune colère. Elle était sereine. Elle releva la tête vers lui.

– Tu te trompes, dit-elle très calmement. Aujourd'hui, ce n'est pas la fin, c'est le début d'un nouveau monde…

Le garçon haussa les sourcils, essuya le sang qui coulait de ses lèvres fendues.

– Qu'est-ce que tu…

Un hurlement venu des hauteurs du cirque abrégea sa question.

Un hurlement de bête.

Darius se retourna, scruta les ténèbres.

– Kid, tu ne me fais pas peur ! Tu ne sauveras pas Avril comme ça !

Il souriait quand un autre cri, rauque et profond, le fit sursauter. Cette fois-ci, c'était tout proche. Quelques mètres à peine. Et pourtant, rien ne bougeait dans l'obscurité.

Darius leva son arme.

Alors ce fut comme si des étoiles s'allumaient une à une sur les versants du cirque. De toutes petites étoiles mouvantes qui descendaient de la Montagne et qui convergeaient toutes maintenant vers la berge du lac.

Le jeune homme secoua la tête, incrédule.

– Qu'est-ce que c'est ?

Les étoiles se rapprochèrent et on entendit la neige crisser.

Alors Darius vit que ce n'était pas des étoiles mais des yeux. Des dizaines d'yeux qui luisaient dans l'obscurité.

Des silhouettes peu à peu se dessinèrent sur les pentes enneigées.

Des animaux.

Renards, loutres, fouines, blaireaux, sangliers, leurs silhouettes trapues ou élancées émergeaient de la nuit, précédées par l'éclat de leurs yeux de bêtes. Leurs pattes et leurs griffes laissaient de profondes empreintes dans la neige. Du fond de leurs gorges montaient des grondements sourds. Ici et là, on entendait des insectes striduler, leurs élytres faisaient vibrer l'air et près du lac d'énormes crapauds orangés, presque phosphorescents, firent battre le tambour rauque de leur gorge.

Les bêtes se rapprochèrent encore, très lentement, et Darius recula jusqu'au bord de l'eau. Elles étaient peut-être cinquante. Peut-être cent. De toutes les formes, de toutes les tailles. Et elles formaient à présent un demi-cercle autour d'Avril et de Darius. Elles se tenaient là, immobiles et silencieuses comme les juges d'un tribunal primitif.

Avril vit alors le cerf flanqué des deux biches fendre la cohorte des animaux et tous s'écartèrent pour le laisser passer comme s'il était le prince de cette assemblée.

De ses naseaux montait une fumée bleutée et ses bois étaient pareils à un arbre majestueux, dressé vers le ciel nocturne.

Derrière les animaux, Kid apparut, dressé sur le dos de l'âne blanc, Un à ses côtés et Sirius se faufilant entre les pattes d'Ésope.

Et l'enfant était semblable aux bêtes, terrible, libre et sauvage.

Darius secoua la tête.

– Qu'est-ce qui se passe ?

Avril ne répondit pas. Accroupie dans la neige, elle tenait son épaule blessée et le sang dessinait autour d'elle la corolle d'une fleur écarlate.

Le grand cerf remua ses bois, ses bois immenses et, à l'unisson, les animaux et les insectes se mirent à gronder. Une note basse et profonde comme le chant de la Terre. Une vibration qui venait du plus lointain de leurs ventres de bêtes et qui terrorisa Darius.

Il leva son fusil pour faire feu. Comme un éclair, un renard fusa de la meute et, l'instant d'après, il fut sur Darius, enfonçant le rasoir de ses petites dents dans le mollet du jeune homme.

Darius laissa échapper un cri de douleur. Il appuya sur la gâchette mais il n'y eut pas de détonation. Le fusil était vide. Il frappa le renard avec la crosse de l'arme et on entendit les côtes de l'animal exploser. Le renard jappa de douleur mais il attaqua à nouveau, déchirant la cuisse du jeune homme.

Darius poussa un cri et il bascula en arrière. Paniqué, il se mit à ramper sur la berge, laissant derrière lui une longue traînée sanglante.

Alors le grand cerf leva l'arbre de sa tête vers le ciel et il laissa échapper un long brame.

Ce fut le signal.

Les animaux se jetèrent sur Darius, faisant claquer leurs mâchoires, donnant des coups de griffes. Ils ne lui laissèrent aucun répit. Ils arrachèrent des touffes de poils de la toison de l'ourse, ils labourèrent son corps de leurs crocs et de leurs mandibules.

Le jeune homme hurlait, se débattait, tentant vainement de repousser les nuées d'insectes et les attaques des bêtes. Avril vit la main de Darius s'extraire de cette masse grouillante et se tendre vers elle mais elle ne bougea pas. Le jeune homme pataugea dans l'eau glacée, dans l'espoir d'échapper aux animaux. Mais là aussi, venues des profondeurs du lac, des formes noires et oblongues vinrent le harceler.

Il fit quelques brasses pataudes mais, alourdi par la peau de l'ourse, il fut entraîné vers le fond. Il ressortit en hoquetant, essayant d'enlever la toison gorgée d'eau. Mais c'était comme si Artos s'agrippait à lui. Comme si l'ourse tenait à présent celui qui lui avait ôté la vie et qu'elle était bien décidée à l'emporter dans l'autre monde.

Les animaux sur la berge, à nouveau immobiles et silencieux, le regardèrent se débattre. Il batailla contre la dépouille avec de grandes gerbes d'eau. Et plus il s'agitait, plus la peau de l'ourse semblait se refermer sur lui et l'étreindre avec plus de force encore.

Dans un ultime sursaut, Darius lança sa main vers le ciel puis la gueule noire du lac l'avala.

Elle l'avala tout entier.

Et le silence se fit sur la Montagne.

Avril se tourna vers les animaux.

La neige tombait toujours, épaisse et collante.

Elle regarda les dizaines de bêtes autour d'elle.

Et elle sut qu'elle était à présent l'une d'entre elles.

Les animaux se dispersèrent, s'évanouissant un à un dans la nuit.

Elle fit quelques pas vers Kid.

La douleur éclata dans son épaule.

La blessure saignait abondamment.

Tout tremblait autour d'elle.

Elle fit un autre pas et elle s'effondra sur le sol.

Sa dernière vision fut pour le feu des étoiles qui embrasait notre monde.

0.

C'était une petite grotte où ils eurent du mal à tous rentrer.

Un lieu obscur qui sentait l'humidité, la boue, et qui portait encore la mémoire des animaux qui avaient un jour vécu là.

Au fond de la cavité coulait le mince filet cristallin d'une source.

Dans les premiers temps, ils avaient regardé les étoiles s'abattre sur la terre.

À toute heure, les explosions barbouillaient le ciel de rouge, de jaune et de noir. Elles faisaient trembler les parois autour d'eux. Le soir, le spectacle n'en était que plus incroyable. La nuit s'illuminait, comme pour une fête antique. Kid, Un, Sirius et Ésope se réunissaient à l'entrée de la caverne et ils regardaient silencieusement les comètes déchirer le ciel et allumer de gigantesques incendies de l'autre côté de la Montagne.

La neige tombait toujours, recouvrant le monde d'un manteau lourd et épais.

Kid et Sirius firent quelques expéditions dans la forêt, à la recherche de racines. Le garçon en fit des décoctions et des cataplasmes pour Avril.

La jeune fille, recroquevillée sur un lit de fougères sèches, hésita longtemps entre mourir et vivre. Ses rêves étaient parcourus par une sarabande où les danseurs portaient tous des masques d'animaux.

Kid ramassa du bois pour entretenir un feu maigre qui les faisait tousser et qui les réchauffait à peine.

Bientôt, le ciel tout entier se drapa de noir et la neige vint boucher l'entrée de la caverne.

Un interstice dans la voûte laissait couler sur eux un filet de lumière. Ils se devinaient plus qu'ils ne se voyaient.

Ils ne mangèrent plus, se contentant de boire à même la source, bouche et museaux tendus. Ils passaient de longues heures, blottis les uns contre les autres. Pelages et peaux réunis. C'était doux. C'était bon. C'était chaud. Il n'y avait rien d'autre à faire que se délecter du temps qui passe et de la chanson de la source.

Ils se bercèrent de cette musique des semaines entières.

En écoutant bien, on pouvait percevoir d'infimes variations dans la mélodie.

De légers tremblements, des oscillations. Comme un sismographe qui aurait enregistré le chant ténu du monde au-dehors de la grotte. On aurait pu croire à un requiem. Les incendies, les inondations, les tremblements de terre, les glissements de terrain et les centaines et les centaines de vies qui s'éteignaient une à une. Mais il n'y avait rien de triste dans cela. C'était simplement le dernier mouvement d'une symphonie.

Avril commença à émerger quelque temps plus tard.

La blessure de son épaule s'était refermée. À l'endroit où se tenait autrefois l'étoile noire, la peau avait cicatrisé, effaçant pour toujours le signe de Darius. Avril se sentait pourtant très faible, aussi elle resta allongée entre les animaux et elle ne parla pas car il n'y avait pas besoin de paroles. Elle était maintenant semblable aux bêtes autour d'elle. Leurs pensées lui arrivaient sous la forme de mots formés d'images, de sons et d'odeurs. Un seul et unique Livre vivant.

Elle regarda Kid enduire ses mains de boue rouge et tapisser les parois de la grotte de ses empreintes. Il y dessina également le cerf, le cochon, l'âne et le rat. Près de la source, il dessina le Conteur, avec son chapeau et sa barbe, ainsi que d'autres silhouettes fantomatiques, dont deux vieilles femmes. L'une d'elle aurait pu être Madame Mô. L'autre, Avril ne la reconnut pas. Elle ressemblait à un gâteau.

Quand Avril put bouger, elle vint elle aussi peindre sur les parois. Elle dessina maladroitement la maison du village. Devant, elle plaça Pa et Ma, Kid et la forme noire de Sirius. Plus tard, elle vit que Kid l'avait ajoutée, elle, auprès de toute la famille, et ils s'étreignirent sans rien dire.

Un soir, du sang s'écoula entre les jambes de la jeune fille. Elle crut d'abord qu'elle était blessée, puis elle écouta son ventre et son ventre lui murmura que tout allait bien. Qu'une étincelle s'était allumée en elle. Elle le sentit au plus profond d'elle. Son corps venait de se réveiller d'un long sommeil.

Un jour, elle trouva dans un recoin de la grotte le carnet du Conteur. Kid avait déchiré quelques feuilles pour allumer le feu. Sous le filet de lumière, elle le feuilleta.

Elle lut toutes ces histoires glanées par le vieil homme, le récit de toutes ces vies qui s'étaient maintenant certainement éteintes. Elle se vit elle-même dans les lignes écrites par le Conteur. Leur rencontre près de l'arbre-mère. Le vieil homme avait écrit : « Aujourd'hui, j'ai rencontré une jeune fille revêche et mystérieuse, un gamin sauvage et un cochon noir avec une étoile blanche sur le front. Je sais que je les accompagnerai sur leur chemin. Je ne sais pas où celui-ci me mènera. Mais qui sait où mènent les chemins ? » Cela lui sembla si lointain.

Les jours passèrent et elle se rendit compte que, peu à peu, elle était incapable de déchiffrer les signes qui étaient tracés sur les feuilles. Mais cela ne l'inquiéta pas. Elle plaça le carnet sous une pierre, près de la source, là où était tracée la silhouette rouge du Conteur et elle retourna se blottir entre le cochon et l'âne.

Elle sombra dans un sommeil profond et moelleux.

Et Kid se glissa contre elle.

Et c'était si doux qu'elle ne distingua plus les jours des nuits, et le monde des rêves.

Un matin, longtemps après, ils furent réveillés par le soleil.

1.

Un brin de soleil avait glissé jusqu'à eux pour réchauffer leur peau.

Ils ouvrirent les yeux. Lentement. Comme s'ils remettaient le pied, ou la patte, sur une terre quittée depuis bien des jours.

La couche de neige qui calfeutrait l'entrée ressemblait à une élégante dentelle.

La source chantait, tout au fond de la caverne. Une mélodie fraîche et joyeuse.

Ils s'ébrouèrent, s'étirèrent, déplièrent leurs muscles, firent craquer leurs articulations.

Puis, tout heureux de se retrouver, ils s'embrassèrent les uns les autres, et ils caressèrent ces corps amis.

Ils avancèrent vers l'entrée de la grotte et de leurs ongles, de leurs griffes, ils détricotèrent la dentelle de neige. Et plus ils creusaient, plus dans leur ventre grandissait une faim terrible.

Enfin, le monde s'ouvrit devant eux.

Le miroir du lac était étincelant sous le soleil et le ciel, uniformément bleu.

Ils se remplirent des odeurs nouvelles. Le parfum des fleurs qui tapissaient le cirque leur fit presque tourner la tête. Les bourgeons des pins, gorgés de sève, aiguisèrent leur appétit. Tout était propre et neuf.

Avril fit un pas hors de la caverne.

Un pas un peu maladroit pour qui n'avait pas marché sur deux pattes depuis longtemps, peut-être des semaines, peut-être des mois.

Entre ses pieds, un long convoi de fourmis noires charriait la carapace d'un scarabée.

Elle les contempla longuement puis elle leva les yeux vers les pentes verdoyantes de la Montagne.

Elle vit là une harde de biches qui broutait calmement. Et plus haut encore, un renard qui ramenait un mulot au terrier. On entendit dans le lointain le braiment d'un âne et les oreilles d'Ésope se dressèrent.

Alors ils réalisèrent que la Montagne bruissait de la symphonie fougueuse et désordonnée d'un nombre inimaginable de vies.

L'âne blanc, le cochon, le rat et les deux humains se regardèrent et peut-être comprirent-ils que la Constellation dont ils faisaient partie était bien plus large que ce qu'ils avaient imaginé. Des milliers d'étoiles brillaient à présent au-dessus de centaines de Montagnes, tout autour du monde. Ils se regardèrent et chacun sut qu'il était libre. Ésope, de son pas lourd, descendit vers le lac, Un fila comme une comète dans les hautes herbes, et Sirius frotta son groin contre la jambe d'Avril, comme un ultime adieu.

Derrière elle, Kid laissa échapper un rire.

Quand elle se tourna vers lui, elle vit qu'il lui montrait quelque chose du doigt.

Une toute petite chose noire épinglée dans le ciel bleu.

Un oiseau.

Ils suivirent le vol gracieux de l'animal. L'oiseau passa sur la crête, projetant sur la roche son ombre, pareille à un trait de plume, et il disparut de l'autre côté de la montagne.

Avril et Kid s'élancèrent à sa poursuite, talonnés par Sirius. Ils gravirent le versant et, une fois arrivés sur la hauteur, ils découvrirent tout autour d'eux d'autres sommets, d'autres vallées. Un monde, à perte de vue.

La main de Kid se glissa dans celle d'Avril.

Le porcelet huma l'air de son groin frétillant.

L'oiseau planait au-dessus d'un vallon ourlé de chênes au feuillage argenté. Il se laissait porter, sans efforts, par les courants invisibles. Il tourbillonna de longues minutes et Kid et Avril, main dans la main, ne purent détacher leur regard de ce spectacle incroyable. Puis l'oiseau descendit comme une flèche au creux du vallon et ses ailes fines partagèrent en deux une colonne de fumée.

Alors ils baissèrent les yeux vers une prairie en contrebas et ils virent deux silhouettes qui se tenaient là autour d'un feu de camp. Deux silhouettes humaines. L'une d'entre elles leva la main vers eux. Cinq doigts écartés qui leur firent penser à une étoile.

Sirius laissa échapper un petit couinement.

Avril et Kid se regardèrent et sourirent.

Très lentement, ils levèrent eux aussi leurs mains.

Et ce simple geste, ces mains ouvertes, tendues vers l'autre, se passait de tous les mots.

C'était un salut.
Une invitation.
Un signe de paix.

Merci à celles et ceux qui ont fait avec moi un bout de chemin jusqu'à la Montagne :
Aimée, sa famille et l'équipe du Chalet Mauriac, Jean-Marc, et les joueurs de cartes du Cercle ouvrier de Saint-Symphorien.
Les amis, la famille, et les compagnons de plume qui m'ont prêté l'oreille. Jo, Guillaume, Alex, Valie, Vincent, Marion, Taï-Marc, Gaïa, Heli, Madeline, Claire, Guy, Jocelyne, Simon, Laure, Raphaël, Pascale, Cyrille, Sophie, Jean-Marc, Émilie, Jean-Pierre, Martine... et tant d'autres durant ces deux dernières années.
Les lectrices et lecteurs qui me suivent sur cette route (une pensée pour Gaëlle, Émilie, Tom, Iris, Nathan, Audrey, Théo, Lucille, Jolène, Amélie, Bob, Jean-Michel, Cécile, le club de lecture de l'École du nord de Maurice et aussi vous et vous !).
Les bibliothécaires, enseignants et libraires qui sèment mes petits cailloux ici et là.
Mes éditeurs, Sylvie Gracia et Olivier Pillé et tout l'équipage du Rouergue – sans qui la Montagne serait toujours bien lointaine.
Et enfin, un immense merci à Laure, pour sa patience, son soutien, sa relecture très attentive et ses précieux conseils sur les ponts et le langage.

Stéphane Servant a reçu le soutien de l'agence
régionale Écla, dans le cadre d'une résidence d'écriture
au Chalet Mauriac, propriété de la région
Nouvelle-Aquitaine, à Saint-Symphorien.

Ouvrage réalisé par Cédric Cailhol Infographiste

Reproduit et achevé d'imprimer
par l'Imprimerie Grafica Veneta
en juillet 2017.

Dépôt légal : août 2017

ISBN : 978-2-8126-1433-0
ISSN : 2416-7274

Imprimé en Italie